오만한
자들의
황야

하지은
장편소설

오만한 자들의 황야

황금가지

목차

0. 파이프의 기억

그 파이프는 머리와 수염이 모두 하얗게 센 어느 노인을 기억했다.

노인은 마른 입술로 파이프를 물고 한숨 같은 날숨으로 연기를 뿜어내곤 했다. 그에게는 5년 전 병으로 먼저 떠나보낸 아내가 있었고, 각기 제 삶을 찾아간 세 자녀가 있었으며 노인 자신만큼이나 늙은 검둥개 한 마리도 있었다.

파이프는 노인의 마지막 눈빛을 기억했다. 더 이상 자신을 물 수 없게 된 그날, 그는 집 앞 의자에 앉아 먼 들판을 내다보고 있었다. 그 눈빛이 너무도 강렬해서 뭔가 중요하거나 시선을 끄는 것이 거기 있는 것 같았다. 그러나 결국엔 아무것도 없었고, 아무 일도 일어나지 않았다.

무언가 새롭고 신비로운 것을 보듯 타오르던 노인의 눈동자는 어느 순간 허망하게 꺼졌다. 그것이 마지막이었다.

파이프는 노인의 손을 떠나 바닥에 떨어졌다. 사람들이 노인을 옮겨 간 뒤로도 꽤 오랫동안 거기에 혼자 남아 있었다.

시간이 흘러 파이프를 집어 든 사람은 어느 소년이었다.

파이프는 소년의 얼굴 가득하던 주근깨를, 장난기와 희망과 설렘으로 가득하던 눈동자를 기억했다. 소년은 어른 흉내를 내듯 파이프를 물고 그럴싸하게 빨아 보다가 아직 남아 있는 담배 향을 들이마시고는 한동안 콜록거렸다. 그런데 묘하게도 그 경험이 마음에 들었던지, 파이프를 소중하게 감싸 들고 집으로 가져가 보물 상자에 넣어 두었다.

파이프는 소년이 곧 찾아 주리라 기대했으나 그런 일은 일어나지 않았다. 사실 파이프를 주울 무렵 소년은 아이의 세계로부터 탈피하여 어른의 세계로 가려는 중이었다. 그것은 이웃의 엠마라는 소녀를 만남으로써 더욱 빠르게 앞당겨졌다.

이제 소년에게 중요한 것은 예쁜 조약돌, 녹슨 걸쇠, 장난감 총 따위가 아니라 엠마, 엠마의 웃음소리, 엠마와 자주 어울리는 조나단 등이었다.

파이프는 소년에게서 잊혔고, 그것이 자신의 운명이라면 받아들이고자 했다.

다시 오랜 시간이 흘렀다. 잊힌 낡은 상자 안에서 파이프는 바깥에 거대한 소동이 일어났음을 느낄 수 있었다. 여러 날에 걸친 굉음과 불길 등이 소년이 살던 마을을 휩쓸고 지나갔다.

파이프도 거의 불에 타 사그라질 뻔했으나 누군가의 손에 의해 꺼내졌다. 그는 파이프를 정성스레 씻기고 다듬어 다시 말끔하게 만들어 주었다.

파이프는 그에게 무척 고마웠지만 유감스럽게도 그 남자에 대해 별다른 것을 기억하지 못했다. 그의 얼굴엔 표정이 없었고 눈빛 또한 죽어 있었기 때문이다. 온갖 정성을 들여 단장한 파이프를 그는 다른 남자에게 선물했다. 선물 받은 남자는 별로 기뻐하는 기색도 없이 거기에 놓게, 라고 했을 뿐이다.

파이프는 자신의 새 주인이 전혀 마음에 들지 않았다. 축축한 입으로 자신을 물 때마다 기분이 별로 좋지 않았다. 많은 이들이 경례하는 것으로 보아 높은 인물임이 분명했지만, 정작 내면은 황폐하고 겁에 질려 있었다. 그는 하루하루를 마지못해 살고 있었다. 부하들이 어떻게 하느냐고 물을 때마다 이렇게 하라고 대답하긴 했지만 그 이유는 자신도 몰랐다.

파이프가 그와 헤어지게 된 건 뜻밖의 사건 때문이었다. 그 어느 때보다도 축축하고 깊게 파이프를 빨아들인 남자는, 뒤이어 자기 머리에 대고 총을 쏘았다.

파이프는 축축한 침보다 더 기분 나쁜 액체가 있다는 것을 그때 처음 알았다. 비린내가 나는 붉은 액체 구덩이 속에 버려진 채로 파이프는 누군가가 자신을 옮겨 주기를 간절히, 아주 간절히 바랐다. 노인과 같이 말 없고 투박한 사람도 좋을 것이고, 소년과 같이 희망과 장난기로 가득한 사람도 좋을 것이다.

소망이란 참으로 알기 힘든 변덕쟁이다. 그런 소망을 품자마자 누군가가 파이프를 주워 들었으니 말이다. 그러나 모든 면에서 파이프가 원하던 사람과는 거리가 멀었다.

그는 불길처럼 맹렬하게 타오르는 반면 어둠처럼 몹시 차가웠으며 세상의 모든 부정한 것을 끌어다 그의 내면에 집어넣기라도 한 듯 악독했다. 곁에는 마찬가지로 악을 찬미하는 수많은 사람이 따라다녔으며 그들 중에서 그는 왕처럼 군림하며 복종과 두려움을 강요했다.

그의 이름은 베르네욜이었다.

1. 황야와 바람의 부름

베르네욜은 처형을 기다리고 있었다. 그 전에 처형식에 참관할 신부를 만나기로 되어 있었다. 신부는 성전을 들이대며 신의 이름 앞에 진심이 담겨 있지 않은 후회와 참회의 말들을 지껄일 것을 강요할 터였다.

베르네욜은 이미 충분히 준비되어 있었다. 그렇게 말하는 신부에게 침을 뱉어 줄 준비가.

그가 감금되어 있는 사각 마차의 문이 열렸다. 강렬한 빛이 시야를 어지럽혀서 베르네욜은 잠시 눈을 감았다 떴다. 문이 닫히고 다시 어둠만이 남은 그곳에 한 사람이 더 있었다. 처형이 집행될 도시 베룬에서 가장 큰 성당의 주인이며 눈앞의 범죄자를 제외하고는 모두로부터 존경받는 사람이었다.

베르네욜은 고개를 들어 신부를 쳐다보았다. 신부는 그가 예상하던 모습 그대로였다. 많은 사람들 앞에서 고결한 척, 신을 찬미하는 척, 선량한 척 가장하고 있지만 눈동자 깊은 곳에 자리 잡은 저열한 욕망을 숨기지는 못했다. 그도 인간이었다. 어쩌면 자신보다 더 더러운 인간.

신부 역시 그런 베르네욜을 마주 보며 생각했다. 서른여섯 명의 사람을 살해했으며 다섯 아이의 목을 베어 피를 마셨다는 미치광이 살인마치고는 너무도 침착하다고. 처형장에 도착하자마자 그의 몸은 수많은 사람들 앞에서 여섯 갈래로 찢길 터였지만 그에 대해 별 유감도 없어 보였다.

"기도를 할 건가, 고해를 하라고 할 건가? 어느 쪽이든 빨리 하고 나가 줬으면 좋겠군, 신부."

거친 음성이 신부의 귀를 할퀴었다.

"당신은 무얼 하고 싶소?"

"난 아무것도 하고 싶지 않아. 그렇지만 당신네 족속들은 무엇이든 억지로 시켜야 직성이 풀리지 않던가. 신앙이든 기도든."

"우리는 억지로 무언가를 하도록 강요하지 않소. 그저 스스로 할 수 있게끔 인도할 뿐이오."

"내 앞에서 그런 궤변 지껄이지 마. 당신도 사람들 앞에서 마음에도 없는 소리를 하는 데 신물이 났을 거 아닌가? 당신들이 진실로 선의의 뜻에서 행동하는 게 아니라는 것쯤은 알고 있어."

종교에 대한 일방적인 불신과 부정. 많은 이들이 그러하듯 그 깊이를 한번 들여다보지도 않고서. 신부는 마음을 가다듬고 대답했다.

"마음에도 없는 소리가 아니오. 우리는……."

"자꾸 우리, 우리 하지 마. 당신에겐 자의식이 없나, 영혼이 없나?"

신부는 눈을 질끈 감았다가 떴다.

"좋소. 그렇다면 나는, 당신을 참회시키고 싶소."

"나는 참회하고 싶지 않아."

"그렇게 수많은 사람들에게 고통을 준 것을 후회하지도 뉘우치지도 않는단 말이오?"

"모두 내 목적을 위해서였으니까. 후회하지도 뉘우치지도 않아."

"당신 때문에 희생당한 가엾은 이들은 어찌할 것이오? 사람이 누구나 자신만을 위해 행동하는 걸 막기 위해 법이 있고 신앙이 있는 것이오."

"그렇다면 나는 법도 신앙도 부정하겠다."

신부는 어두운 눈으로 베르네욜을 내려다보았다.

"그 대가가 온몸이 여섯 갈래로 찢겨 죽는 것이라 해도? 죽음이 죽음으로 당신을 이끈 것을 후회하지 않는단 말이오?"

신부의 냉엄한 질문에 베르네욜은 대답하지 않았다. 하지만 그 침묵이 굴복을 의미하지는 않는 듯했다.

바깥에서 여러 발의 총성이 들려왔다. 처형장에 가까워진 모양이었다. 흥분에 못 이긴 총잡이들이 너도나도 총을 꺼내 허공에 대고 쏴 갈기고 있을 것이다. 어서 내놓아라, 베르네욜의 목을! 그의 몸을 찢어 피를 뿌려라!

"많은 이들이 그런 착각을 하지. 하지만 죽음만이 가장 큰 형벌은 아니다."

총소리를 듣던 베르네율이 조용히 말했다. 신부는 허탈한 마음으로 물었다.

"그렇다면 무엇이 당신에게 가장 큰 형벌이오?"

"안다 해도 소용없을 거야. 나는 이미 그 형벌을 받았고 이제 두 번 다시 받을 수 없다."

신부는 그게 무엇일지 궁금해하지 않았다. 이 구원할 수 없는 악한에게 이미 형벌이 내려졌다는 것을 다행이라고 여기지도 않았다. 다만 연민을 느꼈다.

"이제야 당신을 위해 기도할 의미가 생긴 것 같소."

베르네율이 그 말에 웃었을 때, 마차가 멈춰 섰다. 뒤에서 문이 벌컥 열리고 총을 든 두 남자가 신부를 바라보았다. 신부는 손을 들어 보였다.

"잠시만 기다려 주시오. 아직 기도가 끝나지 않았……."

귀를 멀게 하는 굉음이 그의 목소리를 묻었다. 처음 느껴 보는 감각이 신부의 온몸을 찔렀다. 신부는 믿을 수 없다는 눈으로 앞에 있는 남자를 바라보았다.

이마에서부터 코까지 마치 십자가와 같은 모양으로 흉측하게 찢어진 상처를 가진 남자. 신부는 그가 누구인지 알고 있었다. 베르네율을 잡기 위해 나라에서 파견한 보안관과 현상금 사냥꾼들을 누구보다도 많이 살해했던, 베르네율의 오른팔인 팔마였다.

신부는 털썩 무릎을 꿇었다. 배를 만져 본 뒤에야 축축하고 비린 액체가 자신의 몸에서 흘러나온다는 사실을 알았고, 이어 끔찍한 고통이 엄습했다.

쓰러진 신부가 신음하는 것을 내려다보며 베르네욜이 천천히 몸을 일으켰다. 팔마가 마차 안으로 들어와 그의 족쇄를 풀어 준 뒤 품에 갈무리했던 꾸러미를 꺼냈다.

베르네욜은 그것을 받아 풀었다. 안에는 새까맣고 질긴 소가 죽으로 만들어진 총집, 그리고 사탄의 뿔이라는 이름을 가진 아름다운 리볼버 한 자루와 갈색 파이프가 들어 있었다.

베르네욜은 파이프를 입에 물고 총을 꺼내 든 채 신부를 내려다보았다. 신부는 그를 향해 팔을 뻗고 있었다. 그의 손이 자신의 발에 닿자 베르네욜의 얼굴은 혐오감으로 굳어졌다.

"내게 매달리는 건가, 신부? 그 어느 때보다도 절박한 이 순간, 신이 아닌 내게?"

신부는 입을 열어 띄엄띄엄 뭔가를 말했지만 피거품만 흘러나왔다. 베르네욜은 발을 뒤로 치우고 신부의 머리에 총을 가져다 댔다.

"기도는 당신 자신을 위해서나 하라고."

사탄의 뿔이 신부의 머리를 관통했다. 베르네욜은 신부에게서 천천히 흘러나오는 피를 감상하듯 바라보다 몸을 돌렸다. 성직자를 죽이는 것보다 만족스러운 순간은 그에게 별로 없었다.

그가 팔마와 함께 마차에서 내려서자 기다리고 있던 다른 부하들이 눈인사를 보내왔다. 그중에는 멸망한 쿤족의 마지막 후예와 긴 머리채를 시원하게 뒤로 넘긴 여성도 있었다. 베르네욜은 고개만 끄덕하고 그들 사이를 가로질렀다. 팔마가 곁에 바싹붙었다.

"형님의 말은 협곡 아래에 있습니다. 그걸 타고 사이논 쪽으로 빠져나가면……."

"팔마."

"예?"

"넌 입 모양을 보고 사람이 무슨 말을 하는지 알 수 있다고 했지. 그 신부가 마지막에 내게 뭐라고 말하더냐. 분명히 목숨을 구걸했을 테지?"

팔마는 긴 흉터가 새겨진 콧잔등을 긁적이며 말했다.

"아뇨. 무지 건방진 말을 지껄이던데요."

"뭐라고?"

"형님의 죄를 사하겠다고요."

베르네욜이 고개를 홱 돌려 바라보자 팔마는 움찔하며 멈춰섰다. 마치 팔마가 그 말을 한 신부인 양 노려보았던 것이다.

"형님?"

베르네욜은 대답 없이 다시 걷기 시작했다. 멀리 처형장에서는 흥분을 못 이겨 소리 지르는 사람들의 목소리가 들려왔다.

죽여라! 베르네욜을 죽여라!

자신의 이름과 죽음의 단어를 같이 부르는 것을 들으며 베르
네율은 낮게 웃었다.

"그래, 내가 바로 베르네율이다. 누가 감히 나를 사할 것이며
누가 나를 죽일 수 있단 말이냐? 나 자신이 세계의 원죄이며 또
한 죽음인데."

만찬이 끝났음을 본능적으로 느끼는지, 협곡 위에 앉아 있던
까마귀들이 시끄럽게 울며 그곳을 떠나갔다.

라신은 종탑 위로 날아가는 한 무리의 까마귀 떼를 바라보
았다. 그때는 신학 수업 중이었는데, 가장 좋아하는 수업인데도
불구하고 자꾸만 눈이 창밖으로 향했다. 평생을 수도원에서 신
을 섬기며 살아가리라 맹세한 그였지만 소년에서 어른이 되어
가는 지금, 그의 관심은 무엇보다도 바깥세상에 있었다.

라신은 창밖 삐뚤어진 돌담 사이사이 끼어 있는 이끼를, 장
바구니를 든 채 바삐 걸어가는 여인들을, 달려오는 마차를 아
슬아슬하게 피하며 놀고 있는 아이들을 보았다. 그런 사소하지
만 살아 있는 것들을 그는 좋아하고 염려했다.

"수업에 집중하거라, 라신. 네가 좋아하는 성인 레바트만의 이
야기가 아니냐."

"네. 죄송합니다, 바드레 수사님."

그가 고개를 바로 하자 바드레 수사는 빙긋 웃고 다시 책을

읽어 나갔다.

"레바트만과 악마 사라본의 논쟁이야말로 선과 악이 결코 양립할 수 없다는 진실을 여실히 증명하고 있다. 악마가 대성인에게 궤변을 늘어놓고 저주를 퍼붓고 떨치기 힘든 유혹을 보내는 동안, 레바트만은 차분하게 자신의 자리를 지키며 그에게 신의 말씀을 전하였다. 사라본은 마침내 패배를 인정하였으나 결코 참회하지는 않았다. 악마조차도 구원할 수 있다던 레바트만의 의지가 사라본에 의해 꺾인 것이니, 결국에 누가 승자이고 누가 패자인지는 단언하기 힘든 문제다. 다만 이 역사적인 사건을 통해 알 수 있는 건, 악마란 결국 최후의 불길 속에 던져질 타락한 존재일 뿐 참회시킬 수도 구원할 수도 없다는 것이다."

거기까지 읽었을 때 라신이 손을 들었다. 학생들 모두 그를 주목하듯 돌아보았다.

"라신, 하고 싶은 이야기가 있니?"

"수사님, 저는 그 일화에서 레바트만이 단지 실패했을 뿐 틀렸다고 생각하지는 않습니다."

"무슨 말이지?"

"참된 설교와 진실된 마음이라면 악마조차도 구원할 수 있다고 믿습니다."

바드레 수사는 라신을 부드러운 눈으로 바라보았다.

"그렇게 생각하니?"

"네."

"대성인마저 실패한 일을 네가 할 수 있다고 믿는 것이로구나."

라신의 얼굴이 조금 붉어졌다.

"그런 것이 아니라……."

"아니, 그래야 마땅하지. 신학교 학생이라면 그 정도 열정은 가져야 한다. 나는 언젠가 네가 그것을 꼭 증명하길 바란단다."

쑥스러운 듯 라신이 고개를 숙였다. 바드레 수사가 다시 수업을 이어 가려는 순간 누군가 교실의 문을 두드렸다. 뒤이어 들어온 복사 아이가 송구한 얼굴로 말했다.

"바드레 수사님, 손님이 찾아오셨습니다."

"손님이라고?"

"네. 등에 아주 긴 총을 멘 남자였어요."

바드레 수사는 눈을 질끈 감았다가 떴다. 그의 시선이 라신의 얼굴에 잠시 머물렀다. 라신은 호기심 어린 표정을 짓고 있었다.

"오늘 수업은 여기까지 해야겠구나. 손님을 내 방으로 모셔 오너라."

'기분 나쁜 까마귀로군.'

테사르는 수도원 벽을 따라 늘어서 있는 까마귀들을 보며 생각했다. 그 까만 새들은 테사르가 수도원 정문을 지나가는 동안 마치 감시라도 하듯 쭉 지켜보고 있었다. 얼마 전 처형당했어야 할 누군가가 탈출에 성공하지만 않았어도 까마귀들의 배 속은 놈의 살점으로 가득했으리라. 테사르는 그 모습을 상상이 라도 하듯 이를 잘근잘근 물었다.

회랑을 따라 걸어가는 동안 마주치는 사제들이 그의 차림새 를 힐끔거렸다. 흙투성이 바지에 징이 달려 소리 나는 부츠, 총 알이 줄지어 매달린 가죽조끼를 입은 테사르의 모습은 그곳과 전혀 어울리지 않았다. 게다가 양 허리춤에는 리볼버가, 등에는 보통의 소총보다 훨씬 긴 롱라이플이 메여 있었다.

테사르는 호기심 어린 눈으로 총을 훑어보는 어린 복사에게 한쪽 눈을 찡긋 감아 보였다. 복사는 숨을 들이켜고는 허둥지 둥 그를 피해 달아났다. 테사르는 소리 없이 웃었다.

잠시 후 그가 들어선 방에 한 명의 수사가 앉아 있었다.

"오랜만에 뵙습니다, 바드레 수사님."

바드레 수사는 반기는 것도 내치는 것도 아닌 묘한 얼굴로 그를 맞았다.

"남부 최고의 저격수께서 여긴 어쩐 일이신가."

"그런 호칭은 그만두십시오. 부끄럽기만 하니까요. 연락도 없 이 들이닥친 점은 죄송하게 생각합니다. 본래 여기 올 생각으로 베룬에 들른 것은 아니었습니다."

"그럴 테지. 베르네욜의 처형을 보러 왔었나?"

"네. 그의 시체 대신 보안관들의 무능력만 다시 한번 확인했 지만요."

"놀라울 것도 없지. 팔마와 렘, 가니시오. 그들이 남아 있는 이상 베르네율이 얌전히 처형당하는 일이란 없을 테지."

"그러니 붙잡는 즉시 죽였어야 했습니다. 그런 거창한 처형식 따위를 벌일 게 아니라요. 본래 제가 도착하는 대로 손 쓸 생각 이었습니다만, 조금 늦는 바람에……."

바드레 수사는 앞에 앉은 사내를 새삼스레 바라보았다. 그는 여러 면에서 베르네율과 닮아 있었다. 어떤 일에도 주저하지 않으며 오직 원하는 것을 향해 곧게 달려가는 성격, 냉정하게 죽음을 마주하는 눈빛까지도. 그러나 같은 것을 가지고도 정반대의 길을 걸어왔다.

"쫓아갈 셈인가?"

"네."

"테사르, 자네는 혼자야."

"전 겁쟁이가 아니니까요."

"겁쟁이는 용기를 내야 할 때 도망치는 자들일세. 도망쳐야 할 때 용기를 내는 것은 만용이라고 하지. 그리고 정녕 자네가 두려워하지 않는다면 여기에는 왜 온 건가?"

바드레 수사는 그렇게 물으면서 그가 단지 마지막으로 자신을 만나러 온 것이기를, 이제 미련 없이 떠날 거라고 답해 주기를 바랐다. 하지만 테사르는 바드레 수사가 계속 두려워한 그 이름을 꺼냈다.

"라신, 그 아이를 보러 왔습니다."

바드레 수사는 눈을 감아 그를 외면했다. 귀도 그처럼 닫을 수 있다면 얼마나 좋을 것인가.

"결국은."

"두렵지 않다면 거짓일 겁니다. 하지만 베르네욜이 두려운 건 아닙니다. 제가 마지막이 될 것이 두렵습니다. 제 뒤를 이을 사람이 없어진다는 게 두렵습니다."

"그래서 그 뒤를 라신에게 잇게 할 셈인가? 라신은 아무것도 모르네. 신학과 라틴어를 좋아하는 보통 학생일 뿐이야. 자네들의 세계와는 거리가 멀어."

"그건 수사님의 생각일 뿐이지요. 그 아이도 곧 이곳에서 뛰쳐나가고 싶어 할 겁니다. 때가 되면 황야와 바람의 부름을 거절하지 못하는 것, 그게 총잡이들의 숙명이니까요."

"거절하게 만들 걸세. 그러기 위해 내가 여기 있는 거니까."

"그 아이의 아버지는 수사님이 아닙니다."

잠깐이지만 바드레 수사의 얼굴에 상처 입은 표정이 그대로 드러나서, 테사르는 당혹감을 감추기 위해 고개를 숙였다. 사과의 뜻이기도 했지만 옛 스승의 그런 표정을 보고 싶지 않기 때문이기도 했다.

"내가 그걸 모를 거라 생각하지 말게. 누구보다도 가장 잘 알고 있는 사람이 바로 나야."

테사르가 입을 다물자 바드레 수사는 가라앉은 목소리로 말을 이었다.

"자네가 하려는 그 일, 그건 분명히 라신을 망가뜨려 놓을 걸세. 라신이 어떤 아이인지, 그 아이가 어떤 힘을 가졌는지 알게 된다면 자네도 이러지는 못할 거야. 정녕 그 아이에게 그런 잔인한 일을 시켜야 하겠는가? 다시 생각해 볼 수는 없나? 지금은 이리되었어도 자네와 베르네율은 본디……."

테사르의 눈에서 사나움이 번뜩였다. 그걸 본 수사가 말을 멈추자 테사르는 한 글자 한 글자 힘주어 말했다.

"본디 무어란 말입니까. 아직까지 제가 그와의 옛일을 추억이라도 할 것 같습니까? 그놈이 제게 어떤 짓을 했는지 누구보다 수사님께서 잘 아시지 않습니까."

바드레 수사는 모아 쥔 두 손만 묵묵히 내려다보았다. 라신을 아끼는 동시에 그는 테사르를 이해했다. 그래서 아무 말도 해 줄 수 없었다.

"그 아이여만 합니다. 제가 실패한다면 오직 그 아이만이 가능할 테니까요. 피는 무엇보다 강한 법입니다. 그리고 제겐 그걸 요구할 자격이 충분히……."

"그만. 알겠네."

바드레 수사는 고개를 들어 테사르를 똑바로 바라보았다.

"1층 회랑에 가면 그 아이가 있을 걸세."

만나자마자 달려가서 안아 줄까, 이름을 부를까, 사내들답게 악수하고 어깨를 치는 것으로 대신할까. 이런저런 고민을 하며 회랑에 다다랐지만 라신을 처음 보는 순간 테사르는 그저 걸음을 멈출 수밖에 없었다.

정말로 저 아이라고?

그는 순수하게 감탄했다. 새하얀 사제복을 입고 진실하게 무릎 꿇고 앉은 라신의 모습이, 사물의 깊이를 재듯 고요하게 가라앉은 눈동자와 항상 입가에 머물고 있을 듯한 선한 미소가 아름다웠다.

라신은 회랑 바닥에 홀로 앉아 있었다. 사람들이 지나다니는 흙바닥 길이었지만 옷이 더럽혀지는 것도 상관하지 않았다. 그의 무릎엔 입에서 피거품을 토해 낸 까마귀 한 마리가 누워 있었다. 미동하지 않는 걸로 봐선 이미 죽었거나 죽어 가는 중인 것 같았다. 그런 까마귀의 몸 위에 라신은 가만히 두 손을 얹은 채 눈을 감고 있었다.

죽은 새를 위해 기도라도 하는 걸까? 동정심이 많다거나 경건하다고 볼 수도 있을 테지만 테사르의 눈에는 그 모습이 유약하게만 보였다.

'내가 잘못 생각한 걸까. 저 아이가 정말 내 뒤를 이을 수 있을까?'

까마귀의 날개를 푸드덕하고 떨렸을 때, 테사르는 죽기 전 마지막 발악을 하는 거라고 생각했다. 그러나 까마귀는 이내 라신의 무릎에서 일어나 까악거리고 울었다. 테사르는 자기 눈을 의심할 수밖에 없었다. 고개를 몇 번 갸웃거리며 라신을 바라보던 까마귀는 이내 날개를 펼쳐 하늘로 날아갔다.

그답지 않게 멍한 얼굴로 날아가는 까마귀를 바라보던 테사르는 곁에서 무언가 풀썩 쓰러지는 소리를 들었다. 고개를 돌려 보니 라신이 바닥에 쓰러져 있었다. 얼른 다가가 몸을 일으켜 주자 비록 지친 표정이긴 해도 라신은 정신을 잃지 않고 있었다.

"감사합니다. 저 때문에 놀라셨겠군요. 제가 일어설 수 있도록 좀 도와주시겠습니까?"

테사르의 손을 빌려 일어서던 라신은 비틀거리다 다시 주저앉았다.

"죄송합니다. 아무래도 여기서 잠시 쉬어야 할 것 같습니다. 그런데 저를 도와주신 분의 성함을 알 수 있을까요?"

테사르는 그렇게 말하는 라신의 눈을 들여다보았다. 지나치게 깨끗하고 맑은 눈이다. 테사르는 그런 눈을 신뢰하지 않았다. 조금만 파문을 던져도 완전히 부서지고 말 연약한 눈.

"내 이름은 테사르다. 네 아버지란다."

그런 식으로 말할 생각이 전혀 없었는데 자신도 모르게 내뱉고 말았다. 라신은 숨을 약간 들이켰지만 그게 다였다. 크게 놀라는 기색도 없었다.

"제 아버지시라고요?"

"그래. 네가 태어나자마자 여기 수도원에 버리고 갔던 사람이지."

이 말에 화를 내거나 징징거리며 울어 버린다면 라신에 대한 기대를 모두 접으리라고 테사르는 생각했다. 바드레 수사의 말대로 여기, 사각의 벽돌 속에 갇혀 일생을 기만 속에 살게 하리라.

그러나 뜻밖에도 라신은 환하게 웃었다. 그리고 아무 의심 없이 테사르의 품으로 들어와 그를 꽉 껴안았다. 테사르는 꼼짝도 할 수 없었다.

"뵙고 싶었습니다. 너무나 뵙고 싶었습니다, 아버지."

어떻게 한 점 의혹도 없이 그 말을 믿어 버리는 건지, 간단히 선을 뚫고 들어와 사람을 안는 건지 테사르는 이해할 수 없었다. 자신의 등을 붙잡은 라신의 손은 매우 단단했다. 도저히 떨칠 수 없을 것처럼 느껴졌다. 테사르는 그들이 있는 자리가 까마득하게 무너져 내리는 듯한 기분을 느꼈다.

나는 네가 생각하는 그런 사람이 아니야. 너를 보고 싶어서 온 게 아니라고. 내가 너에게 지금부터 시키려는 짓은, 그 일은, 그 일은…….

"나도 보고 싶었다, 내 아들 라신."

아무 감정도 담겨 있지 않은 말이 그의 입에서 흘러나왔다. 동시에 눈은 허공을 보았다. 테사르는 라신을 마주 끌어안았다. 마치 그 자신이 오염된 무언가라도 되는 것처럼, 조심스럽게 꺼리면서.

먼 곳에서 흑갈색의 말이 찬 달빛 아래를 달려가고 있었다. 라신은 신학교 탑에서 말없이 그 모습을 내려다보았다. 학교에 입학한 뒤로 취침 시간을 어긴 것은 그날이 처음이었다.

그는 창살을 움켜쥐었다. 말 탄 이의 등을 대신하여 붙잡듯이. 하지만 기수는 라신의 의지와 상관없이 끝없이 멀어져 갔다.

'아버지!'

태어나 처음으로 만난 아버지. 할 말을 마치자마자 곧바로 돌아서 버린 아버지. 그러나 그런 아버지여도 라신은 사랑할 수밖에 없었다. 아니, 어떤 아버지라 해도 그는 사랑했을 거다.

'당신을 위해 기도하겠습니다. 당신께서 말씀하셨던 것과 달리 이게 우리의 마지막이 아니기를 바랍니다.'

테사르가 라신에게 남기고 간 말은 짧고 분명했다.

이 세상에는 베르네율이라는 악마가 있다. 나는 그 악마를 잡으러 간다. 대단히 위험한 일이기 때문에 이게 마지막이 될지 몰라 너를 보러 왔다. 예상한 대로 잘 자랐구나. 대견하다. 계속 그렇게 살아가거라. 혹시 내가 죽었다는 소식을 듣더라도 절대 복수하려 들어서는 안 된다. 약속하거라. 절대 복수하지 마라.

복수를 위해 떠나는 자가 복수하지 말라 말하고 떠났다. 라신은 아버지의 뒷모습과 그가 했던 말을 계속해서 되새겼다.

복수하러 간다. 복수하지 말거라.

라신은 복수에 대해서 생각했다.

2. 붉음의 도시

"까마귀 한 마리가 따라붙었다."

가니시오가 어조 없는 목소리로 말했다. 팔마는 눈살을 홱 찌푸리며 돌아보았다.

"뭐야, 언제부터?"

"사흘쯤 됐군."

"그런데 왜 이제야 말해?"

"물어본 적 없잖아."

팔마는 속으로 무자비한 욕설을 내뱉었다. 그럴 거면 계속 입을 다물지 귀찮게 이제 와서 말하는 건 또 뭐고? 그는 쿤족이란 역시 상종 못 할 족속들이라고 생각하며 말을 앞으로 몰아갔다.

"형님."

날렵한 준마에 몸을 싣고 여유롭게 나아가던 베르네욜이 대꾸했다.

"왜."

"까마귀가 따라붙었답니다."

"그래서."

"어, 떨어뜨릴까요?"

"네가 오줌 쌀 때마다 내가 일일이 바지를 내려 줄까?"

"……네?"

"그냥 싸 버리라고."

그렇게만 말한 베르네욜은 몇 걸음 앞서갔다. 그의 뒤를 따라가던 렘이 키득거리고 웃었다. 팔마는 그런 렘을 한번 노려봐준 뒤, 이해할 수는 없지만 싸라는 말의 발음이 쏘라는 말과 비슷하다는 이유로 까마귀를 처치하기로 결심했다.

"어이, 배불뚝이랑 목수."

팔마의 부름에 두 남자가 말을 몰아 그에게 다가왔다.

"사냥하러 가자."

그들 셋은 즉시 말을 돌려 무리에서 이탈했다. 지나오면서 본인들이 만들어 낸 흙먼지를 고스란히 뒤집어쓰며 달리려니 팔마는 여간 성질이 나는 게 아니었다.

'두고 보자, 가니시오 자식. 언젠가 내가 직접 머리 가죽을 벗겨 주마.'

오래 달릴 필요는 없었다. 접근을 눈치챈 저쪽에서 먼저 총을 쏴 온 것이다. 왼쪽에서 달리던 배불뚝이가 총 한번 꺼내 보지 못하고 말에서 나가떨어졌다. 협곡 안에 메아리치는 어마어마한 총성이 뒤를 이었다.

'어이쿠야. 롱라이플이라?'

팔마의 머릿속에 롱라이플을 쓰는 자들의 얼굴이 몇몇 떠올랐다. 그의 기억 용량으로는 서너 명이 한계였지만 말이다.

'그중에 두 놈은 죽었지. 남은 녀석 중에 형님을 따라올 만한 자라면…… 그놈인가? 성가신데. 차라리 렘을 데려올걸.'

그는 목수와 반대 방향으로 말고삐를 틀어 거리를 벌렸다. 두 번째 총성이 들려왔다. 목수는 재주넘기하듯 달리는 말에서 뛰어내려 바닥을 굴렀다. 그러곤 바위 뒤에 자리를 잡고 엄호 사격을 시작했다.

팔마는 속력을 줄이고픈 생각도, 바위 뒤에 숨고 싶은 생각도 없었다. 그는 항상 상대방의 얼굴을 직접 보며 머리를 날려주는 걸 좋아했다. 두 다리로 단단히 말의 배를 감싼 그는 양손으로 총을 꺼내 들었다. 고삐를 잡지 않고도 말 위에서 유연하게 리듬을 타며 달리는 그의 기술을 두고 베르네욜은 원숭이 같은 팔마만 가능한 재주라고 말했었다. 물론 팔마는 베르네욜이 자기를 원숭이라 부른 것을 두고두고 자랑거리로 여겼다.

멀지 않은 곳에서 나무 뒤로 고개를 내민 상대의 모습이 보였다. 팔마의 양손에서 즉시 불이 뿜어졌다. 살짝 빠져나왔던 머리가 사라지고 대신 나무껍질만 박살 났다.

순식간에 열두 발의 총알을 소비한 팔마는 빠르게 빈 총을 품에 넣고 허벅지에 묶어 둔 다른 두 개의 총을 꺼냈다. 그러는 동안 상대와는 고작 열 걸음 정도로 가까워져 있었다. 총격이 멈추자 상대의 반격이 시작됐다.

위험천만하게도 팔마는 총알이 빗발치는 길을 가로질렀다. 라이플이 불을 뿜으며 옷깃 하나 차이로 총알이 스치고 지나갔다. 이제 거리가 코앞이었기에 다급해진 상대는 나무 뒤에서 방향을 틀었다. 그리고 반대쪽으로 총구를 내미는 순간, 먼저 자신을 쳐다보고 있던 팔마와 눈이 마주쳤다.

완벽하게 적의 얼굴을 마주하는 상태로 팔마는 두 개의 방아쇠를 동시에 당겼다.

"안녕, 친구. 만났으니 이제 작별할까."

적의 이마에 총알이 박히는 걸 봤음에도 그는 열두 개의 총알을 모두 소진할 때까지 계속해서 쐈다.

"소리 한번 요란하던데. 화끈했나 봐?"

팔마는 빙글거리며 다가온 램에게 대답해 줄 기운도 없었다. 적을 처치하느라 지친 건 아니었다.

그가 존경하는 형님은 단순히 변덕을 부려 팔마가 이탈하자마자 전속력으로 달리기 시작했고, 한참을 되돌아갔던 팔마와 목수는 그들을 따라잡기 위해 반나절을 죽어라 달려야 했다.

결국 밤이 되고 야영을 위해 멈춘 일행이 식사 준비까지 끝낸 뒤에야 팔마가 따라잡았다. 그는 기진맥진한 채 억울한 눈으로 베르네욜을 바라보았지만 베르네욜은 그답게 아무 유감없이 말할 뿐이었다.

"반나절만이라도 네 상판 보기 싫어서."

팔마는 그때부터 입을 다물기로 결심했고 목수가 대신 상황을 설명했다.

"배불뚝이는 죽었습니다."

"그래."

"까마귀도 죽었습니다."

"그래."

"누군지 안 물어보십니까?"

"죽은 놈 이름 알아서 뭐 하나. 그래 봐야 나를 죽이려는 놈이 천에서 구백아흔아홉이 되었을 뿐인데."

목수는 머리를 긁적이고 자기 자리로 돌아갔다.

풀 죽은 얼굴로 앉아 있던 팔마에게 다가온 건 렘이었다. 그녀가 다가오자 팔마는 뚱한 태도로 총을 손질하는 척했다. 렘은 옥수수죽을 한 그릇 떠서 팔마에게 내밀었다.

"누구였어?"

"그냥 조무래기지. 처음에 롱라이플을 쓰는 바람에 그놈인 줄 알고 괜히 찔끔했네."

"그놈이면, 테사르?"

"테사르였으면 나야 좋았게. 흥, 내가 테사르를 죽였으면 형님도 저렇게 나를 막 대하진 못하시지."

팔마는 옥수수죽을 신경질적으로 휘저었다. 렘이 한심하다는 듯 고개를 젓고 말했다.

"삼촌이 저러는 건 너한테도 문제가 있어서라고."

"내가 뭘? 무슨 문제?"

"아무리 아끼는 강아지도 계속 졸졸 따라다니면 짜증 나는 법이거든."

팔마는 옥수수죽을 떠서 입에 넣다 말고 눈알을 이리저리 굴렸다.

"무슨 말이야, 그게? 웬 강아지?"

"됐다. 네가 원숭이처럼 유연한 건 알겠는데 제발 지능까지 닮진 말아 줘."

"뭐가? 형님이 나 보고 원숭이 같다고 한 건 칭찬이었단 말이야!"

렘은 아주 너그러운 표정을 짓더니 팔마의 어깨를 툭툭 치고 자리를 떴다. 불만스럽게 그녀의 뒷모습을 흘기던 팔마는 숟가락을 입 속에 넣었다. 그리고 곧바로 뱉어 냈다.

"이런 빌어먹을, 또 쿤족 놈이 식사 당번이지!"

가니시오가 손을 한번 올렸다 내려놓았다.

"고맙긴 뭘. 맛있게 먹으라고."

"넌 좀 당번에서 빠지라니까? 조건 없이 빼 주겠다니까."

"그건 공평하지 않아. 모두 똑같은 분량의 일을 해야 한다."

"그럼 제발 설거지 분량을 늘려. 요리는 하지 말라고!"

가니시오는 계속 냄비를 휘저으며 태연하게 말했다.

"싫어. 요리는 내 취미야."

"그러니까 왜 제일 못하는 걸 취미로 삼고 난리인데? 그게 무슨 극악한 짓이야?"

"내 마음이다."

상대로 하여금 할 말과 싸울 의지 모두 잃어버리게 하는 한마디에 팔마는 순간 정신이 아득해지고 말았다. 그렇다고 거기에 대고 '네 마음만 있냐? 내 마음도 있다!'라고 외치기엔 그는 너무 나이를 먹었다.

'이 무리는 이상해. 절대로 이상해. 어떻게 나만 정상이냐고.'

투덜거리면서도 그는 분노와 배고픔의 힘으로 죽 한 그릇을 모두 비웠다. 그리고 그렇게 있는 대로 성질 부려 놓고서 결국 죽을 다 먹는 팔마야말로 정상이 아니라고 무리의 모두는 생각했다.

바드레 수사는 천장까지 닿을 듯한 길고 좁은 문을 지나 돌로 만들어진 회당으로 들어갔다. 안쪽은 어둡고 적막했다. 수사의 발걸음 소리만 나직하게 회당 안에 울렸다.

마침내 중앙에 선 그가 고개를 들었다. 목이 꺾어져라 올려다봐야 할 높은 곳에 반원형의 심판대가 있었다. 열두 명의 신부들이 거기 앉아 준엄하게 그를 내려다보고 있었다. 움츠러들

수밖에 없는 분위기였다.

"일개 수사에 불과한 저를 12인의 심판대에 세우시다니 참으로 영광스럽기 그지없군요."

척 듣기에도 잔뜩 비꼬는 말투였다. 심판대 맨 중앙에 앉은 흰머리의 신부가 무뚝뚝하게 답했다.

"그대가 이곳에서 오랫동안 수도 생활을 하며 봉사해 온 것은 익히 잘 알고 있다. 많은 이들이 그대의 과거에 대해 우려하였으나 그대는 기대 이상으로 깊은 신앙심과 바른 소양을 보여 주었다."

"그래서 상이라도 주시려는 겁니까?"

"……하나 이는 어디까지나 이곳 수도원에 국한된 일. 우리는 그대가 세상 밖으로 나가서도 잘 해낼 수 있을지 시험해 보기로 했다. 마침 교단으로부터 저 구제할 수 없는 땅, 그라노스로 가 선교 봉사를 하라는 명령이 떨어진 터. 우리는 그대를 적임자로 결정하였다."

바드레 수사는 어이없다는 표정으로 그들을 올려다보았다. 그라노스라니, 교회는커녕 법도 질서도, 보안관조차 없는 황무지의 땅이 아니던가. 게다가 그곳은 수도원이 있는 지역과 정반대인 대륙의 남동쪽 끝자락에 있었다. 이는 수도원에서 내쫓겠다는 말과도 다름없었다.

"제가 이곳에서 맡고 있는 일이 한두 가지가 아닌데……."

"오늘로써 그대는 모든 의무로부터 해방되었노라."

"가르치던 아이들이······."

"새로운 이가 자리를 대신할 것이다."

"이렇게 하면 라신을 넘겨받을 수 있을 거라 생각했습니까!"

바드레 수사의 목소리가 회당 안에 쩌렁쩌렁하게 울렸다. 흰머리의 신부가 입을 다물었다. 다른 이들은 모두 고개를 내밀어 바드레 수사를 내려다보았다.

"갑자기 그런 명령이 내려왔다는 걸 곧이곧대로 믿을 것 같습니까? 제 품에서 라신을 빼앗아 가시려고요? 어디 한번 해보시죠. 이깟 수사 자리 박차고 그 아이와 함께 나가면 그만입니다."

"형제여, 말을 삼가시게."

"편할 때만 나를 형제라고 부르지 마십시오. 그 명령은 거부하겠습니다."

"그대에게는 거절할 명분이 없다. 선교 봉사 일은 교단에 몸을 담은 자라면 누구나 해야 하는 의무임을 알고 있지 않은가."

바드레 수사는 자조적으로 웃었다. 그리고 흰머리의 신부를 똑바로 쳐다보았다.

"알겠습니다."

"수락하겠다는 것인가?"

"그렇습니다."

열두 명의 신부 사이에 조심스러운 안도감이 번졌다. 흰머리의 신부가 엄숙하게 말했다.

"사흘 내로 주변을 정리하고 떠나도록 하라."

"알겠습니다. 그리고 함께 데려갈 아이는 제가 결정하도록 하겠습니다."

"함께 데려갈 아이라니?"

바드레 수사는 상대의 눈을 똑바로 마주 보며 대답했다.

"신학생들의 경험과 교육을 위하여 본디 선교 봉사에는 한두 명의 학생이 적임자를 따라가는 것으로 알고 있습니다. 그 학생을 뽑는 것은 적임자의 권리이고요."

그제야 바드레 수사의 의도를 눈치챈 흰머리의 신부가 점잖게 꾸짖었다.

"라신은 아니 된다. 그 아이에게는 다른 의무가 주어졌노라."

"무슨 의무 말씀입니까?"

"그 아이는 동부에 있는 본교단으로 가서 교황 성하의 곁을 보좌할 것이다."

어떤 말이 나와도 받아칠 자신이 있었건만, 교황이라는 단어에 바드레 수사는 할 말을 잃어버렸다. 라신에 대한 이야기가 교황에게까지 들어갔는가? 그는 이를 악물었다.

"성하의 곁으로 가서 그 아이가 무엇을 한단 말입니까?"

"우리도 알지 못한다. 그러나 그대가 진심으로 라신을 아낀다면 이를 받아들이지 않을 수 없을 것이다."

확실히 교황의 곁에 있으면 라신의 미래는 막힘없이 찬란할 터였다. 그러나 아무 대가 없이 그런 기회가 주어질 리 만무했다. 교황은 분명히 라신에게 원하는 게 있을 테고 있다면 하나뿐이다.

라신의 저 저주받을 능력.

"거부하겠습니다."

바드레 수사의 말에 흰머리 신부의 얼굴이 어둡게 가라앉았다.

"감히 성하의 명을 거부하겠다고?"

"그렇습니다."

"그대가 무슨 자격으로?"

"보호자로서의 자격입니다. 라신의 아버지로부터 그 아이의 안위와 교육 모두 저에게 일임하겠다고 서약한 증서를 받았습니다. 이는 그가 곁에 없을 때 아버지로서의 역할을 제가 대신할 수 있다는 증표이기도 합니다."

회당 안에 불편한 침묵이 내려앉았다. 바드레 수사는 굳게 결심하고 고개를 들었다. 그는 라신에게 찬란한 미래보다는 평범하더라도 행복한 미래를 만들어 주고 싶었다.

"아버지로서 그 아이를 그라노스 땅으로 함께 데려가겠습니다."

아이는 멀리 들판에서 무언가 반짝이는 것을 발견했다. 황폐한 적색 땅에서 반짝이는 물건은 매우 드문지라 호기심이 동했다. 그러나 우선 뒤를 돌아보았다. 해가 지는 중이었다. 반짝이는 것이 있는 곳까지야 갈 수 있겠지만 돌아오는 길은 장담하지 못했다. 어쨌든 그라노스는 해가 지면 위험한 곳이라는 걸 열세 살밖에 되지 않은 아이도 잘 알았다.

아이의 고민은 길지 않았다. 그 나이 때에 호기심을 이길 수 있는 건 많지 않은 법이다. 아이는 품 안에 든 총과 총알을 확인하고 대담하게 걸음을 떼었다.

10분, 15분? 그러나 그라노스의 땅은 사람의 시야를 자주 속이기 때문에 장담할 수 없었다. 만약 도착한 뒤 해가 진다면 차라리 그곳에서 밤을 지새우는 게 나을지도 몰랐다.

반짝이는 물건에 거의 다다랐을 때 아이는 그보다 더 뒤에서 무언가 다른 게 움직이고 있다는 걸 깨달았다. 즉시 총을 빼 들었다. 결코 장난감 총을 다루듯 시시한 자세가 아니었다. 아이의 눈은 표적을 흔들림 없이 바라보고 있었다.

정체불명의 그림자가 가까워지는 동안 지면 위로 점차 어둠이 내려앉았다. 등 뒤에서 장렬한 일몰이 일어나고 있었지만 아이는 눈길 한번 돌리지 않았다.

마침내 모든 것을 어둠이 덮어 버리기 직전 아이는 움직이는 게 무엇인지 확인했다. 그리고 자신의 눈을 의심했다.

"거기 누구요?"

아이는 땅에 바싹 엎드린 채 숨소리를 낮췄다. 목소리는 40대 혹은 50대쯤 되는 남자의 것이었다. 남자는 잠시 대답을 기다리는 듯하더니 부스럭거리며 뭔가를 꺼내 탁 내리쳤다. 불똥이 튀고 램프에 불이 붙었다. 남자는 타오르는 램프를 들고 아이가 있는 쪽을 기웃거렸다. 아이는 벌떡 일어서며 최대한 낮은 목소리로 말했다.

"움직이지 마. 지금 당신을 겨누고 있다."

"겨누고 있다니, 어린아이인가?"

불빛은 오히려 더 가까워졌다. 아이는 다급해진 음성으로 말했다.

"난 사람을 죽인 적도 있어. 다섯 명이나. 그러니 어리다고 우습게 보지 않는 게 좋을걸."

"잠깐만, 애야. 그렇게 경계하지 말려무나. 우리에게 총은커녕 아무 무기도 없단다. 좀 다가가도 되겠니? 네 얼굴을 보고 싶구나."

"오지 마. 용건을 말해. 여기서 뭘 하는 거지? 당신들은 누구야?"

아이의 목소리에 불빛 쪽으로 다른 사람이 하나 더 다가왔다. 갓 성인이 된 듯 보이는 청년이었다.

아이는 자기가 잘못 보지 않았다는 걸 깨달았다. 그들은 피부색이나 얼굴 윤곽 모두 남쪽 사람들과 달랐다. 햇볕에 좀 그을리기는 했어도 타지인임을 못 알아볼 정도는 아니었다. 게다가 저 순박한 얼굴들을 보라지. 틀림없이 이 땅이 어디인지 모르고 길을 잘못 든 방랑자들인 게 분명했다.

아이는 머릿속으로 두 명을 다 쏠 수 있을지 계산해 보았다. 저쪽에 무기가 없고 이쪽에서 선공하면 가능할 법도 했다.

"여기서 더 앞으로 가면 그라노스가 있어. 당신들도 한 번쯤은 그 이름을 들어 봤겠지? 그러니 돌아가는 게 좋을 거야."

"그라노스라고? 정말로 저기가 붉음의 도시란 말이냐?"

"그래. 설마 지금 거길 찾아온 거라고 말하고 싶은 건 아니겠지?"

"오, 드디어. 신이여, 감사합니다!"

남자의 기쁜 목소리에 아이는 당황해 버렸다. 남자는 청년의 손을 붙잡고 빙글빙글 몇 바퀴 돌더니 아이에게 말했다.

"맞단다, 얘야. 일주일이나 이 근방을 헤맸지 뭐냐. 주위에 온통 사막뿐이라서 도저히 길을 찾을 수가 없더구나. 네가 마을까지 좀 안내해 주겠니?"

아이는 이제 완전히 얼이 빠져 버렸다.

"찾아왔다고? 안내하라고? 저곳으로?"

남자는 잠시 침묵하더니 더없이 인자한 표정을 지었다. 아이의 정신이 온전치 않다고 생각하는 게 분명했다.

"그렇단다. 그나저나 총은 좀 내려놓지 않겠니? 우린 선교사들이란다."

그러나 아이는 총을 내려놓지도, 경계심을 풀지도 않았다. 바깥세상에서 아주 악독한 범죄자였으면서 이곳에 처음 들어올 때는 순진한 척하는 이들이 많았다. 물론 다들 얼마 가지 않아 본색을 드러내거나 혹은 드러내기도 전에 들통이 났다. 이들 역시 그러지 않으리란 보장은 없었다. 어쩌면 자신이 무기를 거두자마자 총을 꺼내 들지도 모른다. 뱅 뱅. 두 방이면 목숨 끝이지.

"난 당신들 안 믿어. 난 절대……."

그때 여태껏 침묵을 지키고 있던 청년이 예고도 없이 불쑥 앞으로 걸어 나왔다. 아이는 하마터면 방아쇠를 당길 뻔했다. 그러나 찰나의 망설임 때문에 그만 쏠 타이밍을 놓치고 말았다.

그사이 청년은 아이의 코앞까지 와 있었다. 아이는 완전히 당황해 버렸다. 이제 끝이다. 자신의 목숨은 끝난 것이다. 이렇게 어이없고 허무하게…….

"안녕, 난 라신이라고 해."

아이는 넋이 나가 아무 대답도 하지 못했다.

"갑자기 우리가 나타나서 놀랐지? 충분히 이해해, 사과할게. 하지만 우린 나쁜 사람들이 아니야. 너한테 아무 해도 끼치지 않을 거야. 우린 먼 길을 왔고 지금 필요한 건 약간의 물과 하루 머물 곳뿐이야. 그러니 괜찮다면 마을까지만 좀 데려다줄래? 꼭 사례할게."

아이는 그런 사람은 처음 보았다. 다정하고도 분명한 어조로 말하면서 눈은 한 번도 깜빡이지 않았다. 분명히 어둠 속인데도 그의 눈에만 별빛이 들어 있는 것 같았다. 낡은 옷차림과 엉망으로 흐트러진 머리카락 속에서도 평온하고 행복한, 그런 얼굴이었다.

아이는 몸을 홱 돌렸다. 그리고 스스로 도저히 납득하지 못하면서도 마을 쪽으로 성큼성큼 걷기 시작했다. 잠시 지체하던 두 여행자가 곧 자신을 따라오는 소리가 들려왔다.

아이는 총을 집어넣지 않았지만 그렇다고 누구를 겨냥하듯 들지도 않았다. 어째서인지 이들 앞에서는, 이들과 함께라면 집으로 돌아갈 때까지도 아무 일이 없을 것만 같았다.

그건 아주 이상한 기분이었다. 아이는 그런 것은 처음 느껴 보았다.

마을에 도착하자마자 아이는 두 사람을 내버려 두고 어디론가 사라졌다. 두 사람은 고개만 갸웃하고 마을 안으로 들어갔다.

밤이 깊었음에도 붉음의 도시는 빛과 환락에 젖어 있었다. 마차와 사람이 다니는 중앙의 넓은 대로 양옆으로 입구부터 술집이 죽 늘어서 있었다. 가게마다 흘러나오는 다양한 음악들이 술 취한 총잡이들의 노래와 섞여 들어 몹시도 소란스러웠다. 어떤 3층짜리 거대한 술집 앞에는 야외무대가 세워져 있어, 그 위에서 화려한 드레스 차림의 여성들이 손님을 끌기 위해 춤을 추기도 했다.

놀랍게도 그 바로 옆에서는 총알이 날아다니고 있었다. 두 명의 남자가 술통과 건물 벽, 심지어 사람과 말까지 엄폐물로 삼으면서 서로에게 총격을 가하고 있었다.

"갑자기 왜 쏘고 지랄이야?"

"네놈 상판이 마음에 안 들어서!"

"젠장, 그렇다면 할 말 없군."

바드레 수사는 얼른 라신의 앞을 막아섰다. 그래서 라신은 그 자리를 벗어날 때까지 총소리와 함께 총잡이들의 거친 대화만 들을 수 있었다.

총격을 피해 좀 더 안으로 들어가자 본격적인 환락가가 나왔다. 안이 훤히 비치는 얇은 속옷을 입은 여자들이 난간 너머에서 요염하게 손짓했다. 심지어 거기에는 남자들도 있었다.

바드레 수사는 얼굴이 달아오르는 걸 느꼈다. 소싯적엔 그도 해 보지 않은 게 없다지만 지금 곁에는 라신이 있었다. 라신으로부터 그 모든 걸 감출 수 있다면 얼마나 좋을 것인가. 할 수만 있다면 그는 라신에게 좋은 것, 바른 것, 긍정적인 것만 보여 주고 싶었다.

"고개를 숙인 채 걷거라, 라신."

"어째서 말입니까?"

"이런 곳에서는 괜히 눈이 마주쳤다가 시비가 생길 수도 있다."

라신은 그 말을 곧이곧대로 듣고 시선을 내려뜨린 채 걷기 시작했다.

마을 중앙에 있는 우물가에 도착하자 두 사람은 잠시 목을 축였다. 얼마 떨어져 있지 않은 총포상 골목에서 가게 주인들이 너도나도 목청을 높여 외쳤다.

"새로 들여온 샷건이요! 한 번에 세 명까지도 구멍 낼 수 있는 외제 샷건이외다!"

"라이플이 필요하시면 저희 가게로 오십쇼! 300야드 떨어진 목표도 한 치의 오차도 없이 명중하는 총입니다!"

"전설의 에슬렉 하우드가 썼던 리볼버요! 에슬렉 하우드가 썼던 리볼버요!"

어느새 라신은 다시 고개를 들고 흥미로운 눈길로 가게들을 살피고 있었다. 환락가에 비하면야 그 골목은 차라리 건전한 축에 속했으므로 바드레 수사는 그냥 놔두기로 했다.

한편 그런 두 사람을 주목하는 이들이 있었다. 우물에서 가까운 곳, 마을 중앙이 한눈에 내려다보이는 야외 테이블에 총잡이 두 명이 자리를 잡고 있었다. 그들은 한가로운 태도로 테이블에 카드를 하나씩 던지면서 라신과 바드레 수사를 지켜보았다.

"뜨내기들인가 보군."

진한 피부색의 남자가 자기 카드를 고르며 아무렇지 않게 말했다. 반대편에 앉아 있던 동료가 그 말을 듣고 돌아보았다. 그리고 이를 드러냈다.

"그냥 뜨내기들이 아닌데? 차림새로 보면 꼭⋯⋯."

"성직자로군."

"성직자야, 제기랄."

"어찌할 건가?"

"어쩌긴. 문지기로서의 역할을 다해야지."

"그래."

진한 피부색의 남자는 차분히 대꾸하고 자기 카드를 내려놓았다.

"그리고 내가 이긴 것 같군."

그 말에 동료가 다시 테이블을 내려다보았다. 그리고 욕설을 내뱉었다.

"일부러 주의를 딴 데로 돌렸구만, 이 자식."

라신과 바드레 수사는 우물을 지나 얼마간 더 걸어간 끝에 가격이 싼 여관을 발견했다. 두 사람 다 먼 길을 와서 지쳤기에 씻지도 못하고 자리에 누웠다. 라신은 누운 채로 잠시 있다가 바드레 수사에게 물었다.

"수사님. 제 아버지는 어떤 분이신가요?"

잠을 청하려 몸을 뒤척이던 바드레 수사는 움직임을 멈추었다. 결국은 그 질문이 나오고야 말았군. 그는 한숨을 쉬었다. 이제 와서 자는 척한다 해도 소용없을 터였다.

"뛰어난 총잡이였지."

"총잡이요?"

"그래. 가장 유명한 현상금 사냥꾼이다."

"현상금 사냥꾼."

라신은 그 단어가 신기하다는 듯 몇 번이나 되뇌었다.

"그래서 잡으러 가는 건가요? 그 베르네욜이라는 사람을."

"그렇기도 하고 개인적인 원한 때문이기도 하지."

"개인적인 원한이라고요?"

바드레 수사는 어디까지 말해야 할지 가늠해 보았다.

"그가 말하지 않고 떠났다면 나도 말해서는 안 될 것 같구나. 나중에 그에게서 직접 듣거라."

"알겠습니다."

라신은 더 매달리지 않았다. 바드레 수사가 안도하고 잠을 청하려는 순간 라신이 다시 입을 열었다.

"그럼 베르네율이라는 사람은 어떤 사람인가요? 아버지 말로는 세상에서 가장 악한 사람이라던데, 그런가요?"

수사는 잠시 천장을 바라볼 뿐 대답하지 않았다. 라신이 의아해하며 돌아보자 그가 한숨처럼 내뱉었다.

"그는 불쌍한 사람이다."

"불쌍한 사람이라고요?"

"그도 태어날 때부터 그렇게 악했던 건 아니란다. 다만 그에게 주어진 삶의 무게와 시련이 너무도 컸던 게지. 그는 악해질 수밖에 없었는지도 모른다. 잔혹한 세상에 대항하기 위해서, 살아남기 위해서."

라신은 잠시 생각하다가 대답했다.

"그건 변명에 불과합니다. 세상 모든 사람들이 시련과 불행을 겪습니다. 그렇다고 모두가 베르네율과 같이 악해지는 것은 아니지 않습니까?"

바드레 수사는 고개를 돌려 어둠 속의 라신을 바라보았다. 라신이 그런 말을 한다는 것이 묘하고도 슬프게 느껴졌다.

"네 말이 맞는다. 그러나 모든 사람들이 시련이 닥쳐왔을 때 계속해서 선함을 유지할 수 있을 만큼 강한 것 또한 아니란다."

"그렇다면 베르네욜은 약한 사람이겠군요."

바드레 수사는 소리 없이 웃었다. 라신이 약한 사람이라고 말하는 그 남자는 온 대륙을 떠돌아다니며 하지 못한 일, 가지지 못한 것이 없었다. 눈앞의 세상 물정 모르는 신학생을 제외하고는 온 세상 사람들이 그를 가장 강한 사람이라고 말할 것이다.

"그럴 수도 있지. 그래, 그럴 수도 있단다."

"그렇다면 제가 그를 도와주고 싶습니다."

"네가?"

"예. 그를 만난다면 레바트만이 그러했듯이, 악마일지라도 참회의 기회를 주겠습니다. 그를 바른길로 이끌고 과거의 일을 뉘우치게끔 설득해 올바르며 강한 사람이 될 수 있도록 돕겠습니다."

확고한 자신감에 찬 목소리였다. 그 일을 할 수 있을지 못할지에 대해서는 일말의 의구심도 가지지 않는 것 같았다. 그런 그에게 베르네욜이 원하지 않을 거라는 말, 라신이 그의 앞에 나타나기만 해도 쏴 버릴 거라는 말 따위는 불필요할 터였다.

바드레 수사는 눈을 깜빡였다. 어둠에 묻힌 눈물이 한 방울 흘러내렸다. 그것은 감격 때문이기도 하고 슬픔 때문이기도 했다.

"언젠가 네가 그렇게 하길 바란다. 반드시, 반드시 그렇게 하길 바란단다."

다음 날 아침 라신은 여관 바깥에 떠다 놓은 물로 세수를 하고 있었다. 딱딱한 비누로 얼굴을 문지르고 씻어 내기 위해 대야로 얼굴을 가져갔는데, 큼지막한 손 하나가 그의 머리를 콱 찍어 눌렀다.

순식간에 라신은 비눗물을 먹게 되었다. 아무리 고개를 들려고 애써도 위에서 내리누르는 힘이 무지막지했다. 정신없이 물을 먹다가 어느 순간 고개가 위로 쳐들렸다. 라신은 크게 숨을 쉬었다. 그러나 정신을 차릴 새도 없이 다시 얼굴이 물속으로 처박혔다.

라신은 팔을 마구 휘젓다 자신의 머리를 붙잡은 손을 잡아챘다. 그러나 그의 힘으로 떼어 내기는 역부족이었다. 의식을 잃어 가는 찰나 손이 라신의 머리를 물속에서 끄집어냈다. 그리고 바닥에 그를 내팽개쳤다.

젖은 채로 라신은 땅을 구르다 멈춰 섰다. 먹은 물을 토해 내고 숨을 헐떡이던 그때 묵직하고 차가운 감각이 그의 볼을 눌렀다. 라신은 간신히 눈을 뜨고 바라보았다. 웬 남자가 총으로 그를 겨누고 있었다. 준수한 외모였음에도 입가에 길게 찢어진 흉터가 있어 미소를 짓자 흉측하게 비틀렸다.

"꼬마야. 내가 이 방아쇠를 당기면 말이다, 무지막지한 쇳덩이가 네 입 속을 뚫고 들어간단다. 그대로 머리까지 직행이지. 즉사하길 바라는 게 좋을 거야. 어마어마하게 아플 테니까."

라신이 대답하지 못하고 바라보는 사이 바드레 수사가 여관 밖으로 튕겨지듯 나왔다.

"그만두시오! 뭣들 하는 거요? 그 아이를 놔주시오!"

사내는 여전히 라신을 겨눈 채 누군가에게 고갯짓했다. 그러자 또 다른 남자가 달려오던 수사의 머리를 총을 쥔 손으로 가격했다.

"수사님!"

바드레 수사가 억 소리를 내며 땅을 구르자 라신의 몸이 금세라도 튀어 나갈 듯 움직였다. 그러나 사내가 라신의 머리를 잡고 놓아주지 않았다.

"폭력은 나도 싫지만 이렇게 해야 좀 말을 알아먹을 것 같아서. 너희 성직자 무리란 것들은 항상 똥고집을 부리거든. 그러니 잘 들어. 오늘 해가 지기 전에 이 도시에서 나가라. 밤에도 여기 머물고 있으면 둘 다 죽여 버린다."

라신은 이를 꽉 깨문 채 주위를 둘러보았다. 몇몇 사람들이 그들을 바라보고 있었다. 한데 도와주려 하기는커녕 재미있는 구경거리라도 된다는 듯 히죽거리며 웃기만 했다.

"이 땅은 도망자와 범죄자 모두 관대하게 받아들이는 곳이라 들었습니다. 한데 우리를 왜 쫓아내려는 겁니까?"

"대답해 주면 믿을 거야? 다 너희를 위해서야."

라신은 사내를 쳐다보았다. 불신하기보다는 궁금해서였다.

"어째서입니까?"

"너희가 애당초 여기 들어온 것부터가 실수였어. 수사나드가 있었다면 입구에 발을 디디는 순간 둘 다 머리가 날아갔을 거다."

"수사나드라고요?"

사내는 귀찮은 표정을 지었지만 설명했다.

"그라노스의 지배자, 데스탄콘의 벼락, 유일무이한 베르네욜의 대적자, 기타 등등. 그 수사나드를 몰라?"

"모릅니다."

"이것들 보게. 그것도 모르고 그라노스에 오는 놈들이 어디 있어? 바깥에서야 날고 기는 베르네욜이 유독 이 땅에만 못 오는 이유가 뭔데. 수사나드 때문이라고."

베르네욜이라는 이름이 나오자 라신은 눈을 크게 떴다. 그러나 뭔가 물을 새도 없이 남자가 말을 이었다.

"어쨌든 성직자는 수사나드에게 환영받지 못하니까 떠나. 너희는 운이 좋은 거야. 이 기간에 그는 얼마간 사냥을 나가거든. 마을에 있었다면 이미 둘 다 시체가 됐을 거다. 그가 다른 성직자들을 어떻게 했는지 보고 싶다면 여기서 남쪽에 있는 심판의 광장으로 가 봐."

사내는 라신에게서 총을 거두었다. 동료인 다른 남자도 바드레 수사를 놓아주었다. 두 사람이 휘파람을 불며 사라지자 라신은 얼른 수사에게 다가가 상처를 살폈다. 머리에서 피가 흐르고 있었다.

"괜찮으십니까?"

"그래. 너는 무사하냐?"

"전 괜찮습니다. 상처부터 치료하겠습니다."

라신이 바드레 수사의 머리에 손을 대고 기도하려 했으나 수사는 거칠게 그 손을 쳐냈다.

"그 힘을 함부로 쓰지 말라고 몇 번을 말하느냐!"

"함부로가 아닙니다. 수사님의 상처를 치료하기 위해서라면……"

"대가를 치르지 않는 힘이란 어디에도 없음을 내 누누이 말하지 않았더냐? 힘을 쓸 때마다 네가 피를 흘리고 병이 나는 것이 우연이라고 생각하느냐? 어쩌면 그 힘이 네 생명을 대신 갉아먹고 있을지도 모른다."

버럭 외치고 나서야 바드레 수사는 그들이 밖에 있음을 깨닫고 주위를 둘러보았다. 다행히 구경꾼들은 사라지고 없었다. 라신이 아무 대꾸도 못 하자 수사는 그를 밀어내고 대신 손수건을 꺼내 자기 머리를 꾹 눌렀다.

"결코 그 힘을 사용하지 말거라. 내가 네 눈앞에서 죽어 간다고 해도 안 된다. 그리고 무엇보다 나를 제외한 그 누구도 네힘에 대해 알게 하지 마라. 그걸 알게 되면 사람들이 너를 어떻게 이용할지 모르지 않을 거다."

"......."

"대답은?"

"알겠습니다."

바드레 수사는 라신의 말에 진심이 담겨 있지 않음을 눈치챘지만 더 이상 뭐라 말하지 않았다. 어차피 라신은 설득당하지 않을 것이다. 자신이 곁에서 그런 일이 일어나는 걸 막는 수밖에 없다.

"이제 어떻게 하실 건가요? 저들의 말을 들으실 건가요?"

"너라면 어찌하겠느냐?"

라신은 이미 결정을 내리고 있었던 듯 바로 대답했다.

"수사나드라는 자가 돌아오길 기다려 그와 직접 이야기해 보겠습니다."

"그와 말이라는 게 통할지 잘 모르겠구나. 위험하다는 생각이 들지 않느냐?"

"레바트만은 악마 사라본에게로 향할 때 그를 가로막는 무리를 두려워하지도 피하지도 않았습니다."

"대신 자신의 편으로 만들었지."

바드레 수사는 짧게 한숨을 내쉬었다.

"네 뜻대로 한번 해 보자꾸나."

조금 전 여관에서 신학생 청년 하나와 수사를 위협했던 사내는 이제 바에서 술을 주문하고 있었다. 그의 이름은 녹스였다.

그는 본래 범죄자들이나 총과는 전혀 상관없는 삶을 살았다. 아버지는 동부의 대상인이었고 어머니도 부유한 가문 출신이었다. 귀족은 아니었지만 여느 집 도련님보다도 잘 입고 잘 먹었다.

철없던 시절, 그는 자신에게 주어진 환경과는 정반대인 거친 삶을 동경했다. 이제는 죽고 없지만 당시 가장 유명한 강도단이었던 데렉 일당이나 누구보다도 빠른 손을 가졌던 에슬렉 하우드, 무법자 카라보의 이야기 등을 좋아했다.

그는 그중에서도 베르네율을 가장 좋아했다. 아이에게 들려주는 악당들의 일화란 어느 정도 각색되기 마련이어서, 그가 1대 10으로 결투해서 이겼다느니, 들어가서 누구도 살아 나오지 못한 탕드당트의 감옥을 탈출했다느니, 어떤 레이디의 이름을 자신의 애마에 붙여 그것만을 아끼고 사랑한다느니 하는 낭만적인 이야기만 들어 온 탓이었다.

"역시 최고의 총잡이는 베르네율이에요, 그렇죠? 우리 땅엔 안 오려나? 꼭 만나 보고 싶은데."

어린 시절 철없이 그렇게 외치는 그의 행동에 어머니는 난색을 표했지만 아버지는 그저 허허 하고 웃을 뿐이었다. 물론 그로부터 10여 년이 지난 지금 녹스는 한때나마 그런 생각을 했던 자신에게 살의에 가까운 경멸을 느끼고 있었다. 그 말 한마디가, 터무니없는 소망 하나가 그의 인생을 완전히 바꿔 버릴 줄 누가 알았단 말인가?

순식간이었다. 어떤 예고도 징조도 없이 현실은 너무나도 쉽게 환상을 무너뜨렸다.

어머니의 무릎을 벤 채 하인들의 부채질을 받으며 누워 있던 오후. 정원은 영원할 것처럼 푸르렀고 하늘은 끝이 없을 것처럼 높았다. 그 완벽한 날 녹스는 오히려 조금 따분해하고 있었다. 언제쯤이면 아버지가 총 쏘는 법을 가르쳐 줄지, 성인이 되어 집을 떠나 거친 총잡이로서의 삶을 살 수 있을지 궁금해했다.

녹스는 베르네율이 그의 총에 사탄의 뿔이라는 이름을 붙였듯 자기만의 총에도 멋진 이름을 붙이고 싶었다. 책에서 본 악마의 이름 중 하나가 좋을 것이다. 이름만 들어도 모두가 벌벌 떨 수 있도록.

그런 상상들로 즐거워하고 있을 때 멀지 않은 곳에서 굉음이 들려왔다. 순진하게도 녹스는 순간 아버지가 드디어 자신에게 총을 선물하려나 보다고 생각했다. 그러나 눈앞에 나타난 건 아버지가 아닌 수십 명의 총잡이들이었다.

그들은 하나같이 복면을 쓴 채 이상한 울음소리를 내며 달려오고 있었다. 말들이 정원을 짓밟으며 뛰어다녔고 정문과 울타리도 부서졌다. 여기저기서 총소리가 들리고 하인들이 찢어지는 비명을 질렀다.

어머니는 녹스를 껴안은 채 어쩔 줄 몰라 했다. 말에 탄 사내들은 조롱하듯 주위를 빙글빙글 돌며 하늘을 향해 총을 쏘았다. 녹스는 어머니의 품 안에서 벌벌 떨었다. 폭음에 귀가 멀어 버릴 것 같았다.

무슨 일이 벌어진 거지? 도대체 무슨 일이 일어난 거야?

한 남자가 그런 녹스를 내려다보고 있었다. 더없이 하잘것없는 것을 보는 눈길로. 나중에 알았지만 그가 바로 베르네욜이었다. 녹스가 그렇게나 좋아했던, 이야기 속에서는 세상 누구보다 멋있던 악당 말이다.

하지만 그는 녹스가 상상한 것처럼 호탕하게 웃지도 않고 낭만적이며 정의로운 눈을 가지지도 않았다. 다만 죽어 버린 듯 가라앉은 눈으로 침착하게 말했다.

"살아 있는 것은 다 죽여라. 물건은 가벼운 것만 골라서 챙기고."

녹스가 가지고 있던 환상을 무자비하게 깨부순 그 두 마디는 10여 년이 지난 지금도 어조 하나하나까지 잊지 않고 똑똑히 기억했다.

"어린애도 있는데요, 형님?"

앳된 청년 하나가 베르네욜의 곁에 찰싹 붙으며 말했다. 그때 사내들이 어머니를 끌고 가려 했기에 녹스는 그 손을 놓치지 않으려 필사적이었다. 그래서 베르네욜이 뭐라고 하는지는 듣지 못했다.

대답을 들은 청년은 말에서 내려 녹스를 발로 차 쓰러뜨렸다. 녹스는 어머니를 놓쳤다. 그녀는 아들의 이름을 부르며 멀어져 갔다. 녹스는 어머니를 따라가려 했지만 청년이 그를 붙잡고 놓아주지 않았다.

"이렇게 만난 것도 인연인데 내가 잊을 수 없는 선물을 하나 해 줄까?"

녹스는 반항하며 그를 걷어차려고 애썼다. 하지만 자기보다 한참 큰 성인 남자의 힘을 감당하기란 역부족이었다. 청년은 녹스의 얼굴을 붙잡고 부츠에 꽂아 두었던 나이프를 꺼냈다.

"너 얼굴 한번 예쁘장하다."

그는 아무 예고도 없이 녹스의 한쪽 뺨에서부터 입술을 지나 턱 아래까지 무자비하게 칼로 그어 내렸다. 열 살 어린애로서는 한번 상상해 본 적 없는, 태어나 처음 느끼는 엄청난 고통이었다.

녹스는 미친 듯이 비명을 지르고 울며 온몸을 뒤틀었다. 철철 흘러내리는 피가 코와 입 안으로 마구 쏟아져 들어왔다. 청년은 거기서 그치지 않고 여전히 녹스를 단단히 내리누른 채 품에서 위스키를 꺼냈다. 그것을 입에 가득 머금은 다음 녹스의 상처에 대고 억지로 위스키를 흘려보냈다. 상처에 독한 술이 닿자 불로 지지는 것처럼 어마어마한 고통이 뒤따랐다. 녹스는 거의 제정신이 아닌 상태로 울고 또 울며 비명을 질렀다.

그제야 청년은 녹스를 놓아주고 피와 위스키로 범벅이 된 입을 닦았다. 그리고 씩 웃었다.

"근사한 흉터가 남겠는데? 볼 때마다 내 생각하렴, 예쁜 아이야."

녹스는 버릇처럼 흉터를 매만졌다. 그 기억만 떠올리면 아직도 상처가 타는 듯이 아팠다.

그의 부모는 그렇게 죽었고 저택도 불에 타 재산과 하인을 비롯한 모든 것이 사라졌다. 그는 떠돌이가 되었다. 누군가의 도움을 받아 세년빌에서 얼마간 살다가 그라노스에 정착하기까지 그가 겪은 우여곡절이란 이루 말로 할 수 없었다.

녹스는 씁쓸한 기억을 덮고 테이블에 놓여 있던 맥주를 마셨다. 아무리 술을 좋아해도 그는 결코 위스키만은 마시지 않았다.

"어이, 잔센."

조금 전 수사 하나의 머리를 무자비하게 가격했던 그의 동료가 녹스를 바라보았다.

"왜."

"그 녀석들 안 나가겠지? 앞서 똥고집을 부렸던 성직자들처럼."

"그렇겠지."

"어쩐다."

테이블 건너편에서 술잔을 기울이던 잔센이 잔을 탁 내려놓았다.

"수사나드가 돌아오면 죽는 거지, 뭘 어쩌나."

"성직자가 죽는 건 영 찝찝하다고. 그놈들은 자기 목숨 귀한 줄도 모르나? 신학교에서 그런 건 안 가르치나 보지?"

"가르치지 않는 편이 좋겠지. 말 잘 듣는 꼭두각시들을 만들려면."

"일리 있군."

녹스는 남은 맥주를 쭉 들이켰다. 하지만 흘깃 창밖을 보는 순간 도로 토해 내고 말았다.

"푸핫. 뭐, 뭐야, 저거?"

맥주를 뒤집어쓴 채 잔뜩 구겨진 잔센의 표정을 무시하고 녹스는 창가로 달려갔다. 바깥에서는 퍽 진귀한 장면이 펼쳐지고 있었다.

그라노스의 대로는 밤은 물론이고 낮에도 마찬가지로 위험한 곳이었다. 다들 내키는 대로 말을 달리거나 즉석에서 로데오를 벌이기도 했기 때문이다. 사이사이 총알이 거리낄 것 없이 지나다니는 것은 물론이었다.

그 위험한 길 한가운데로 어디서 많이 본 듯한 청년이 걸어가고 있었다. 자신이 처한 상황에 대해 전혀 이해하지 못하는 모습이었다.

"나가라는 말을 안 들을 줄은 알았지만 대신 자살 시도를 할 줄 몰랐는걸."

어느새 다가온 잔센이 얼굴을 닦으며 말했다.

그들을 비롯한 몇몇 총잡이들이 그렇게 어이없이 바라보는 가운데, 라신은 허리를 굽혀 길에서 판자 하나를 주워 들었다. 방금 그를 거의 칠 듯이 스쳐 지나간 말 따위는 안중에도 없는 듯한 태도였다.

그러고 보니 그는 이미 품 안에 많은 것을 끼고 있었다. 그라노스의 보통 주민들의 눈으로 보기엔 하나같이 쓸모없는 물건들뿐이었다. 부러진 목재, 낡은 편자, 찢어진 자루, 챙이 다 닳은 모자 등등. 하지만 그는 보물이라도 되는 것처럼 그것들을 소중히 안고 걸음을 옮겼다. 그리고 자기가 위험천만한 짓을 하고 있다는 것은 꿈에도 모른 채 검은 발 카일의 뒤로 다가갔다.

검은 발 카일은 거친 척하길 좋아하지만 사실 무척 겁이 많았기에, 누구든 자기 뒤로 몰래 접근하는 사람이 있으면 확인도 안 하고 쏴 버렸다. 라신이 그의 등 뒤에서 더러운 누더기 담요를 집어 들었을 때 천만다행으로 카일은 졸고 있었다.

그런 다음 라신은 그라노스에서 가장 인색한 바텐더인 마마 수의 바로 가서 물 한 잔을 청했다. 녹스는 어이없는 기분을 느꼈다. 그리고 마마 수가 뚱한 얼굴로 그에게 물 한 잔을 가져다주었을 때는 더욱더 어처구니없는 기분을 느꼈다.

"확실히 눈에 띄는군."

잔센의 말에 녹스가 고개를 끄덕였다.

"저렇게 아무것도 모른다는 얼굴로 민폐 끼치는 녀석이 제일 싫은데."

"그래도 예의는 바른 것 같군."

물을 얻어 마신 대가로 마마 수를 도와 야외 테이블을 정리하는 라신을 잔센이 가리켰다. 마마 수는 대체 이런 게 어디서 튀어나왔는지 모르겠다는 표정을 짓고 있었다.

"짜증 나네."

녹스는 잔을 벽에 던져 깨 버렸다.

"일부러 충고하러 갔던 게 무색하지만, 계속 내 눈에 띄면 수사나드가 돌아오기 전에 내가 먼저 쏴 버릴지도 모르겠어."

라신은 한나절 내내 모은 재료들을 땅에 쏟았다. 생각보다 많지는 않았다. 수레가 있으면 좋을 텐데 하고 아쉬운 마음으로 손을 탁탁 털었다.

그는 교회를 지을 생각이었다. 하지만 목재를 구하는 일이 만만치 않았다. 그라노스는 황량한 땅이었고 시야가 닿는 곳을 모조리 훑어도 말라비틀어진 나무 몇 개밖에 보이지 않았다.

재료를 두고 고민하던 라신은 뒤에서 인기척을 느꼈다. 돌아보니 라신에게 말을 걸고 싶은 게 분명한 태도로 근처를 서성거리는 소녀가 보였다. 그와 바드레 수사를 마을로 데려다줬던 아이였다.

"너로구나. 안녕."

라신은 반갑게 인사했지만 아이는 화들짝 놀라기만 할 뿐 대답하지 않았다.

"그때는 고마웠어. 보답을 하고 싶었는데 금세 사라져서 그럴 수가 없었지."

"보답이라니, 돈이라도 줄 거야?"

아이가 퉁명스레 물었다. 라신은 고개를 저었다.

"미안하지만 돈은 우리에게도 별로 없어. 대신 이걸 줄게."

라신은 주머니에서 나무로 만든 작은 노새 모양의 장난감을 꺼냈다. 신학교에 있을 때 가난한 사람들을 돕기 위해 학생들이 직접 깎아 팔곤 했던 것이었다.

장난감을 내밀자 아이는 호기심이 동하는 듯 보였지만 가까이 다가오지는 않았다. 그래서 라신은 처음 만난 날 그랬던 것처럼 먼저 그녀에게 다가갔다.

"아기 예수님이 헤롯왕을 피해 달아날 때 타고 갔던 노새야. 혹시 성경 읽어 본 적 있니?"

소녀는 얼굴을 빨갛게 물들이더니 라신의 손에서 노새 조각을 낚아챘다.

"그딴 거 안 읽어."

"좋은 말로 가득한 책이야. 재미있기도 하고. 내가 요나가 물고기 배 속에 들어갔다 나온 이야기 해 줄까?"

"관심 없어."

라신은 미소 짓고 다시 일을 시작했지만 아이는 가지 않았다. 대신 바닥을 한쪽 발로 툭툭 차다가 불쑥 물었다.

"너 이름이 뭐라고 했어?"

"라신이야. 넌?"

"나…… 난 엘리."

"그렇구나. 반가워, 엘리. 이 마을에 너처럼 어린아이가 있어서 놀랐어."

"난 어린애가 아니야!"

엘리는 위협적으로 자기 허리춤을 보여 주었다. 처음 만나던 날 꺼내 들었던 총이 거기 꽂혀 있었다.

"난 이런 것도 가지고 있다고. 사람을 쏜 적도 있어."

"정말이니?"

"당연하지. 너도 이런 걸 하나 가지고 다니는 게 좋을 거야. 이 땅에서 무사히 지내고 싶다면 말이지."

라신은 가만히 총을 바라보다가 고개를 저었다.

"난 무사하기 위해 그게 필요하다고도, 그게 없으면 위험하다고도 생각하지 않아."

엘리의 얼굴이 붉게 변했다. 그녀는 반대쪽 허리춤에서 꺼내려던 여분의 총을 다시 옷 속에 쑤셔 넣었다.

"그럼 혼자서 잘 살아남아 보든가!"

엘리는 몸을 돌려 성큼성큼 걸어갔다. 라신은 그런 소녀를 보며 고개를 갸웃거렸다. 어느 정도 거리가 벌어졌을 때 엘리가 다시 돌아섰다. 그리고 라신에게 이렇게 외쳤다.

"목재가 필요하면 남쪽에 있는 심판의 광장으로 가 봐! 거기 잔뜩 있으니까. 그리고 너처럼 총을 우습게 보다 큰코다친 놈들도 득실득실하지. 너야말로 거기서 뭘 좀 배우는 게 좋을 거야."

라신이 부러진 삽으로 땅 고르기를 멈춘 건 해가 진 후였다.

아직 지평선 너머에 어스름이 남아 있었지만 일을 더 하기엔 광원이 부족했다. 몸이 지쳤으며 배도 고프고 목도 말랐다.

그는 바드레 수사가 상처 때문에 쉬고 있는 여관으로 돌아갈 참이었다. 수사의 붕대도 갈아야 하고 저녁도 준비해야 했다. 하지만 일말의 망설임이 그를 붙잡았다.

심판의 광장. 소녀는 그곳에서 목재를 구할 수 있을 거라 했다. 그리고 마을을 떠나라고 협박했던 남자도 같은 이름을 언급했었다. 심판의 광장에 가면 라신처럼 멋모르고 도시에 들어왔던 성직자들의 최후를 볼 수 있을 거라고.

라신은 고민했다. 사위가 점차 어두워지고 있었고 그에겐 등불도 없었다. 남서쪽이라고 했지만 길도 정확히 몰랐다. 오늘이 지나 내일 날이 밝고 가 보아도 될 일이었다.

그런데 왜, 지금 이토록 그 이름이 자신을 끌어당긴단 말인가.

잠시 후 라신은 결정을 내렸다. 그리고 곧바로 걸음을 옮겼다. 어느 정도 헤맬 것을 예상했지만 의외로 단번에 길을 찾았다. 사실 남서쪽으로 향하기만 하면 길은 저절로 찾게 되어 있었다. 다름 아닌 냄새로 말이다. 어딘가 끔찍하면서도 열기를 머금은 듯한 냄새가 코를 강렬하게 자극했다.

냄새의 진원지에 거의 다다랐다는 걸 깨닫자 라신의 걸음이 점차 느려졌다. 그가 느낄 수 있는 모든 감각이 그에게 경고를 보내오고 있었다.

더 이상 가면 안 돼. 여기서 더 이상 가면…….

'아버지시여!'

눈앞에 심판의 광장의 모습이 펼쳐졌다. 라신은 신의 이름을 불렀지만 다음 말은 떠오르지 않았다.

여기에도 시체, 저기에도. 메마른 땅 위에 잘못 솟아 나온 나무처럼 여기저기 십자가들이 세워져 있고 거기에 시체들이 못 박혀 있었다. 하나같이 고개를 떨어뜨린 것이 마치 순교자와 같은 모양새였다.

괴물처럼 입이 찢어져 늘어진 시체도 있고 팔다리가 끈적하게 흘러내려 금방이라도 녹아 버릴 것 같은 시체도 있었다. 어떤 것은 머리 가죽이 벗겨졌고 어떤 것은 누군가 과녁 삼아 사격 연습이라도 한 듯 온몸에 구멍이 뚫려 있었다. 그것은 살아 있는 모든 것들에 대한 모독이었다.

라신은 이쪽을 보았다. 죽음이다. 다시 저쪽을 보았다. 역시 죽음이다. 모든 곳에 죽음이 널브러져 있었다.

왜? 도대체 왜?

라신은 천천히 시체들 사이를 가로지르며 생각했다. 그러다 마지막 십자가에 매달린 시체 아래 작은 형체가 웅크리고 있는 것을 발견했다.

'개인가?'

다가가 자세히 보니 그것은 아이의 형체였다. 세 살, 네 살쯤 되었을까? 미동하지 않는 검은 몸은 이미 죽어 있었다. 핏자국이 없는 걸로 봐서 다른 이들처럼 총을 맞아 죽은 건 아닌 듯했다.

라신은 고개를 들어 그 앞에 매달려 있는 시체를 바라보았다. 키가 큰 남성의 시체였다.

"네 아버지셨니?"

라신이 입을 열어 물었다. 아이는 그저 잠이 든 자세로 웅크리고 있을 뿐 대답이 없었다. 라신은 아이에게 다가가 웃옷을 벗어 덮어 주었다. 그리고 잠시 그대로 서 있었다.

짧은 고민 끝에 결정을 내린 그는 몸을 숙여 땅을 쓸어 보았다. 마른 땅이고 계절도 따뜻했다. 시간은 좀 걸리겠지만 아마도 그 혼자서 충분할 것이다.

그는 교회를 짓는 일을 잠시 미루기로 했다. 그보다 더 시급한 일이 있었다.

그라노스 사람들 모두가 그 일을 구경하러 간다는 이야기를 들었을 때, 녹스는 총알을 얼마나 준비해야 할지부터 고민했다. 술집에서 셋 이상만 모여도 곧바로 치고받고 총을 빼 드는 작자들이다. 그런 이들이 한자리에 모였다가는 무슨 일이 벌어질지 짐작도 가지 않았다.

"위험할 것 같은데, 같이 갈 거야?"

녹스가 묻자 잔센은 자기 총을 확인한 다음 대답했다.

"자네에게 빚 갚을 기회를 내가 놓칠 리 없지."

"말은 바로 하는 게 어때. 날 죽일 기회겠지."

잔센은 코웃음 치듯 웃고는 모자를 눌러썼다. 두 사람은 함께 술집을 나섰다.

벌써 여러 총잡이들이 소풍이라도 가는 것처럼 술병과 마른 안줏거리를 손에 들고 그라노스의 대로를 내려가고 있었다. 녹스는 자신의 우려가 맞아떨어진 게 전혀 달갑지 않았다.

"역시 그놈은 자살하려고 여길 온 거야."

"그럴지도."

남서쪽으로 내려갈수록 견디기 힘든 냄새가 풍겨 왔다. 때는 정오쯤이었고 기온이 높아 부패하는 냄새에 숨도 못 쉴 지경이었다. 모여든 사람들 대부분이 목이나 팔에 둘렀던 스카프를 풀어 입을 가리고 있었다.

녹스는 미리 준비해 오지 않은 것을 후회하며 얼굴을 잔뜩 찡그렸지만 잔센은 표정 하나 변하지 않았다.

"저쪽에 있군."

잔센이 가리키는 방향으로 녹스가 고개를 돌렸다. 잔뜩 몰려든 사람들 틈 사이에 그라노스의 무거운 엉덩이들을 움직여 여기까지 모이게 한 광경이 있었다.

한 청년이 힘겹게 십자가를 타고 오르고 있었다. 제법 높이 솟은 십자가라서 올라가기 쉽지 않을 텐데 청년은 별다른 장비 없이 그곳을 올랐다.

그는 지난밤부터 이 작업을 해 왔다고 했다. 밝고 결 좋던 머리카락은 이미 흙과 땀으로 범벅이 되었고 갈색 사제복도 먼지로 가득했다. 십자가를 오르는 손길 하나하나에도 짙은 피로감이 묻어나고 있었다.

그러나 표정만큼은 녹스가 처음 봤을 때와 하나도 다를 것이 없었다. 무언가 그 혼자만이 볼 수 있는 바르고 위대한 것을 향해 곧게 나아가는 듯한 얼굴이었다. 녹스는 그 표정이 마음에 들지 않았다.

청년은 침착하고 끈기 있는 태도로 십자가 위쪽에 다다라 시체를 묶고 있던 끈을 잘라 냈다. 시체가 아래로 떨어졌고 땅에 부딪히면서 둔탁한 소리를 냈다. 어딘지 모르게 끔찍한 그 소리는 단순히 무거운 물체가 떨어질 때 나는 것과는 확연히 달랐다. 몇몇 총잡이들은 시체가 떨어져 먼지를 풀썩 토해 낼 때 눈을 돌렸다.

청년은 십자가에서 내려와 그 끔찍한 시체를 아무렇지 않게 붙잡고 끌어당겼다. 그러곤 미리 파 둔 것처럼 보이는 구덩이로 끌고 가 안에 집어넣었다. 숨을 헐떡이며 짧게 기도문을 외웠다. 마지막으로 성호를 긋고 부러진 삽을 들어 흙을 덮기 시작했다.

얼핏 아무것도 아니고 지루하기만 한 그 장면에서 왜인지 녹스는 눈을 뗄 수가 없었다. 녹스뿐만 아니라 그 자리에 모인 그라노스 사람들 모두 그들답지 않은 침묵으로 청년의 작업을 지켜보고 있었다. 입을 여는 건 가끔 술로 목을 축이는 사람들뿐이었다. 그들 모두 믿기 힘들 만큼 오랜 시간을 아무 일도 하지 않고 땡볕 아래 서 있었다.

드디어 시체 하나를 다 묻은 청년은 땀을 한번 훔쳤다. 그리고 더 더러워지고 더 지친 모습으로 다음 십자가를 향해 걸음을 옮겼다. 자신의 행동을 특별히 자랑스러워하는 태도는 아니었다. 농부가 밭을 갈고 양치기가 양을 치듯 평범한 걸음걸이였다.

구경꾼들 또한 그의 행동에 죄책감을 느끼거나 혹은 감탄하거나 돕겠다고 나서는 식의 반응을 보이지는 않았다. 그러나 모여든 이들이 보여 주는 침묵만으로도 녹스는 마치 그런 기적이일어난 것 같은 기분을 느꼈다.

청년은 계속 구덩이를 파서 시체를 묻었고, 그라노스 사람들은 그런 그를 계속 지켜보았다.

3. 저격수와 저격수의 결투

팔마는 며칠 전부터 욕구 불만에 시달리고 있었다. 아무리 봐도 베르네율이 남쪽으로 향하는 게 분명한데 남쪽의 어딜 향해 가는 건지 알 수 없었기 때문이다.

베르네율을 따르는 무리 대부분은 뭔가를 고민하는 걸 극도로 싫어하는 성격들이라 아무 불만 없이 쫓아갔지만, 팔마는 안 돌아가는 머리로도 이런저런 쓸데없는 걱정하기를 좋아하는 성격이어서 계속 고민이 되었다. 그렇다고 직접 가서 물어보자니 너무 건방진 것 같고, 지난번에 렘이 한 말("지능도 원숭이같은…… 뭐랬더라. 에이, 젠장.")도 있어서 베르네율에게 다가가는 걸 꺼리는 중이었다.

'사실 거기만 아니면 됐지. 설마 거길 가시겠어? 에이, 아무리 형님이라고 해도 아닐 거야.'

하지만 하루가 지나고 이틀이 지나도 점점 더 남쪽에 가까워지자 팔마는 슬슬 조바심이 나기 시작했다.

"렘. 야, 렘!"

일행이 점심을 해결하기 위해 구릉 아래에 자리를 잡았을 때 팔마가 렘을 불렀다. 말에게 물을 먹이고 있던 렘이 돌아보고 반문했다.

"왜."

"이리 좀 와 봐."

"용건 있는 분이 오시지?"

팔마는 속으로 욕을 내뱉었다. 저 계집애도 언젠가 가니시오랑 같이 머리통을 날려 버린다. 렘에게 다가간 그는 베르네욜의 눈치를 살피며 물었다.

"우리가 지금 어디로 가고 있는 거 같냐?"

"어머니 품이라도 그리워? 네 고향으로 가는 건 아니니까 너무 설레지 마."

"자꾸 까불래?"

"마음에 안 들면 총으로 해결하든가."

렘이 자신의 라이플을 쓰다듬자 팔마는 그녀의 총을 힐끔 보고 말했다.

"너 인마…… 누가 그러재?"

"흥. 그럴 줄 알았지."

"이것 봐라, 점점 기어오르네. 너 걷지도 못할 때 기저귀 갈아 주고 우유 먹인 게 누군데 이래?"

"가니시오 말로는 그나마도 제때 안 갈아 줘서 하루 종일 똥

묻은 바지를 입고 돌아다니게 했다던데."

팔마는 잠깐 머릿속으로 고민했다. 내가 그랬던가? 이런 일에서 그는 항상 불리했다. 기억력이 심히 좋지 않았기 때문이다.

"그건 그렇다 치자. 그래도 내가 하루가 멀다 하고 목말 태워 준 건 어떻게 할 거냐. 내가 그건 기억하고 있거든? 사나이 체면에 형님 명령 때문에 자존심이고 뭐고 너 같은 걸 어깨에 올려 두고 돌아다녔단 말이다. 그때 내 별명이 보모였던 거 알아, 몰라? 이 팔마 님의 흑역사라고."

"아, 그건 기억하지. 꽤 재밌었는데. 지금 한 번 더 태워 주면 안 돼? 그럼 삼촌이 어디로 가고 있는지 말해 주지."

팔마는 잠시 갈등했지만 도저히 수많은 동료들이 보는 앞에서 다 큰 여성을 태울 수는 없겠다고 판단했다.

"내가 미쳤냐? 너 쪼그마할 때 땅에 떨어뜨려서 목 안 부러지게 한 걸 지금도 제일 후회 중이시다."

처음에 렘은 받아칠 듯이 입을 열었다. 하지만 아무 말도 하지 않았다. 그녀는 조용히 말의 갈기를 쓸더니 갑자기 라이플 총신 위에 손을 얹었다.

팔마는 내색하진 않았지만 지레 놀라서 자신의 리볼버를 붙잡았다. 렘은 여전히 그를 바라보고 있었다. 금방이라도 두 사람 다 총을 꺼내 서로를 쏴 버릴 것 같은 이상한 긴장감이 흘렀다.

잠시 후 렘이 먼저 총에서 손을 뗐다. 그리고 팔마를 무시한 채 걸음을 옮겨 근처에 있던 돌무더기 뒤로 걸어가 버렸다.

팔마는 얼떨떨한 기분으로 총을 쥐고 있던 손에서 힘을 풀었다.

"뭐야, 깜짝 놀랐네. 쟤가 왜 저러는 거야?"

"궁금한가."

팔마는 그 자리에서 펄쩍 뛰었다. 음침한 쿤족의 목소리가 바로 귀 뒤에서 속삭이는 데야 도리 없었다.

"가니시오! 젠장, 뭐하는 거야?"

"엿듣고 있었다."

"그게…… 그렇게 당당히 말할 일이냐?"

가니시오는 팔마를 무시하고 느닷없이 손을 들어 렘이 숨어 버린 돌무더기를 가리켰다. 자못 비장한 태도였다.

"넌 방금 한 사람의 순수와 감성과 추억을 더럽혔다."

"내가 뭐…… 뭘 했다고?"

"생각해 봐라. 기억도 안 나는 어린 시절부터 렘은 우리 같은 사람들과 함께 다녔다. 그게 소녀에게 뭐 그리 즐거운 추억이었 겠는가. 그중에서 그나마 네가 목말을 태워 준 일 정도가 그녀 에게 소중한 기억으로 남아 있었겠지."

그의 근엄한 목소리에 팔마는 당황했다.

"그, 그래?"

"그래. 넌 방금 그걸 더럽힌 거다."

가니시오는 마치 팔마가 세상에서 가장 잔인한 짓을 저질렀 다는 듯이 선언했다. 팔마는 머리로는 제대로 이해하지 못했지 만 그 느낌만은 고스란히 전달받을 수 있었다. 자신도 모르는 사이 정말로 무슨 엄청난 일을 저지르고 만 것이다.

침을 꿀꺽 삼킨 그는 버릇대로 신경질부터 냈다.

"젠장, 겨우 그딴 걸 가지고. 내가 뭐 그럴 줄 알았냐?"

"그럼 이제 렘한테 가 봐라."

"가서 뭘 어쩌라고?"

"달래든지 재롱을 부리든지. 렘이 저대로 안 나오면 출발이
지체될 거고, 지체되면 형님은 화를 내실 거고, 화를 내시면 그
원인이 누구인지 찾게 되겠지."

"설마, 그게 지금 나라는 거야?"

가니시오는 고개를 끄덕였다. 팔마는 그제야 사태의 심각성
을 깨달았다. 이 일에는 베르네윱이 관련되어 있는 것이다!

"젠장, 젠장, 젠장. 하여튼 어린애들은 이래서 데리고 다니면
안 돼. 툭하면 삐치지, 울지. 형님 명령 아니었으면 진즉 쏴 버렸
다고."

그는 한숨을 쉬고 투덜거리고 불평을 해 댔지만 결국에는 렘
을 달래러 돌무더기 뒤로 걸어 들어가는 수밖에 없었다.

렘은 한쪽 구석에 쭈그리고 앉아 있었다. 곁에는 평평한 돌
들을 골라 쌓은 돌탑이 두어 개 있었다. 그녀는 세 번째 탑을
쌓는 중이었다.

"야, 렘."

그녀는 대답하지 않았다.

"저…… 그러니까."

쌓아 둔 탑이 우르르 무너지자 렘은 말없이 돌을 추슬러 다시 쌓기 시작했다. 이유는 알 수 없었지만 그 모습을 보고 있자니 팔마는 속이 부글부글 끓는 걸 느꼈다.

"야!"

그제야 렘이 돌아보았다. 팔마는 본인이 지을 수 있는 가장 무서운 표정으로 그녀를 노려보았다.

"너 진짜, 자꾸 그렇게 신경 거스르면 내가 해 버린다?"

"하다니 뭘?"

"몰라서 물어?"

"모르겠는데."

팔마는 무시무시한 얼굴을 한 채 그녀에게 성큼성큼 다가갔다. 렘 역시 천천히 자리에서 일어나 그를 똑바로 바라보았다.

"순진한 척하면 내가 못 할 것 같아? 이 팔마 님이?"

"그러니까 뭘."

팔마는 서로의 얼굴이 맞닿을 정도로 가까운 거리까지 와서 멈춰 섰다. 그리고 렘을 노려보았다. 그럼에도 렘이 여전히 미동도 하지 않자 팔마는 계속 생각해 왔던 그 일을 실행에 옮기기로 결심했다.

잠시 후 베르네욜 무리는 경악할 만한 광경을 보게 되었다. 그들은 먼저 얼굴을 잔뜩 일그러뜨린 다음 폭발적으로 웃기 시작했다.

"뭐야, 팔마. 어디서 연애질이야?"

"닥쳐! 그런 거 아니거든?"

"그럼 보모질이냐? 다시 취직한 거야?"

"닥치라고! 웃지 마, 이쪽 보지 마!"

동료들이 무자비하게 비웃는 가운데 렘을 어깨 위에 올린 팔마가 비틀거리며 걸어 나왔다.

"야, 너 이 자식…… 무게가 그때랑은 완전히 다르잖아."

"당연하지. 그때는 어린애였고 지금은 다 자랐는걸."

팔마는 이미 수백 번 넘게 후회의 말을 중얼거리고 또 중얼거리고 있었다. 한 사람의 뭐, 감성인지 순수인지 나발인지 알게 뭐야? 난 원래 악당인데 그런 것쯤 더럽히면 어떠냐고!

그러나 그의 목에 올라탄 렘은 로데오라도 하듯 신이 나 있었다.

"달려라, 달려. 이랴아!"

"머리 잡아 뜯지 마! 안 그래도 요즘 이마가 넓어져서…… 뜯지 마! 뜯지 말라고!"

렘은 오래간만에 즐거워했고 그걸 지켜보는 다른 사람들도 덩달아 즐거워했다. 한 사람만 빼고는 모두가 행복한 시간이었다.

소란을 지켜보던 베르네율이 조용히 한마디 했다.

"가니시오."

"응, 대장."

"렘이랑 짜고 너무 그렇게 팔마 놀리지 마라."

"응, 대장."

베르네욜 무리가 한바탕 소란스럽게 머물다 사라진 자리, 그 갈색 구릉 지대로 누군가가 들어섰다. 그는 말에서 내려 주의 깊게 땅을 살핀 뒤 돌무더기 뒤로 걸어갔다. 거기엔 누군가 쌓다 만 돌탑이 여러 개 남아 있었다.

'렘의 버릇이로군. 역시 남쪽으로 계속 가고 있어. 이유가 뭘까.'

테사르는 접이식 망원경을 꺼내 남쪽을 살폈다. 멀지 않은 곳에 무리가 이동하면서 남긴 먼지구름이 보였다. 말을 달려서 두 시간, 세 시간쯤 걸리는 거리였다.

'일부러 수고해서 내 고향 쪽으로 달려 주니 고맙긴 하군. 습격하기 적당한 지형이 있겠어.'

그는 말에 올라타 먼지구름을 따라갔고 잠시 후 중부와 남부의 경계에 해당하는 콕스 강에 도착했다. 강을 건너 조금만 가면 테사르의 고향인 세넌빌이 있었고 거기서 더 내려가면 무법자들의 천국이자 선량한 이들에게는 악몽인 그라노스가 있었다.

설마하니 베르네욜이 그라노스로 향할 리는 없으니, 세넌빌이나 거기서 더 서쪽에 있는 사우스 엔더로 향하는 걸 거라고 테사르는 생각했다. 사우스 엔더에는 베르네욜의 옛 동료들이

산재해 있으므로 그곳이 더 가능성 높았다.

'도시로 들어가기 전에 잡아야겠군.'

강을 건너면 거대한 암석 산이 가로막고 있기에 그들은 우회로를 택할 것이다. 테사르는 말을 포기하고 산을 타서 그들을 가로지른 뒤 매복하기로 했다. 그 계획은 썩 잘 맞아떨어질 것처럼 보였다. 적어도 콕스 강에 도착하기 전까지는 말이다.

총잡이들에게 10야드 앞의 쌍권총을 든 적이 무섭냐, 300야드 떨어진 곳의 저격수가 무섭냐고 물으면 열이면 열 모두 저격수가 무섭다고 대답한다. 그러나 테사르의 경우에는 그런 일에 대해 생각해 볼 일이 별로 없었다. 그 자신이 저격수였기 때문이다. 저격수와 저격수가 만나는 경우는 교본에 따른 전쟁에서라면 모를까, 추격하고 또 추격당하는 것이 전부인 이쪽 세계에서는 드문 일이었다.

그래서 콕스 강에 도착하자마자 자신의 귀를 스쳐 지나가는 날카로운 감각을 느꼈을 때, 테사르는 그것이 벌이라고 생각했다. 그러나 찰나의 간격을 두고 이어진 총성이 그의 정신을 번쩍 차리게 만들었다.

테사르는 곧바로 말에서 뛰어내렸다. 자세를 낮추고 근처 덤불 뒤로 숨었지만 총알을 막기엔 역부족이었다.

'어디냐. 누가 쏘는 거지?'

한 번의 총성이 더 들렸다. 천만다행으로 총알은 그의 발 앞에 박혔다. 테사르는 좌우를 살펴 숨을 만한 곳을 찾았다. 바위

두 개가 나란히 포개져 강물에 반쯤 잠긴 곳이 있었다. 그는 곧바로 몸을 굴렸다.

바위에 등을 기대자마자 총을 장전했다. 각도만 나온다면 바위틈으로 쏠 수 있을 것 같았다. 그러자면 일단 상대의 위치를 파악해야 했다.

그는 땅에 엎드린 자세로 바위틈으로 기어들어 갔다. 그러나 그 밑으로 총구를 들이미는 순간 뭔가 잘못되었다는 느낌을 받았다. 뭐라 판단할 사이도 없이 그의 어깨가 부서지듯 아파 왔다.

테사르는 얼른 몸을 뺐다. 다시 바위 뒤에 숨어 어깨를 만져 보자 끈적하게 피가 묻어났다. 팔 전체는 물론이고 가슴까지 얼얼했다. 그는 충격으로 흐트러진 숨을 다스리며 생각했다.

'저 틈으로 쐈단 말인가? 내가 그리로 들어갈 걸 알고 있었군. 제법 철저하게 준비했어.'

테사르는 총구에 이마를 기댄 채 하나의 이름을 욕설처럼 뱉어 냈다.

"렘이로군."

그의 말대로 강 건너편에서는 렘이 나무 위에 몸을 숨기고 있었다. 베르네욜의 지시에 따라 그곳에 홀로 남겨진 그녀는 기다리는 동안 지형을 유심히 살펴 두었다.

곧 누군가 공격을 받는다면 틀림없이 두 개의 바위 뒤로 숨을 거라 판단했고, 그래서 그 틈으로 총을 쏘는 연습을 해 두었다. 소리가 퍼질 우려가 있어 단 한 번뿐이었지만 렘에게는 그것이면 충분했다.

상대가 숨어서 나오지 않는 걸 보니 연습한 게 효과가 있는 모양이었다. 렘은 적어도 상대의 다리 정도는 맞혔을 거라고 생각했다. 그러나 정확히 확인하기 전까지 기다릴 필요가 있었다.

'이제 어떻게 할 거지? 아직 내 위치도 파악하지 못한 것 같은데.'

베르네욜이 그녀에게 남아서 누구든 따라오는 자가 있으면 쏴 버리라고 지시했을 때는 반신반의했었다. 쫓아오던 까마귀 한 마리는 팔마가 처치했다고 들은 터였다. 온몸에 구멍을 뚫어 들판 한가운데에 놔뒀으니 웬만한 추격자는 그걸 보고 말머리를 돌릴 거라고 팔마는 자신 있게 말했었다.

'그런데도 쫓아왔단 말이지. 그것도 단신으로.'

상대가 누굴까 생각하던 그녀는 얼마 떨어지지 않은 곳에 말이 홀로 서 있는 것을 보았다. 총성 때문인지 불안하게 왔다 갔다 하고 있었다.

'도망갈지 모르니 말부터 처리할까?'

그녀는 신중하게 총구를 돌려 말을 겨냥했다. 말을 죽이는 건 별로 좋아하지 않았지만 어쩔 수 없었다.

방아쇠를 당기려는 그때 그녀의 가슴이 덜컹 내려앉았다. 시야 가장자리에 뭔가 어른거리는 걸 본 탓이다. 그러나 총구를 돌리기엔 너무 늦었다. 그녀가 쏘는 순간 상대도 쐈고 총알은 렘의 총을 부수고 지나갔다.

그녀는 나무 위에서 떨어질 뻔했지만 반대쪽 손으로 간신히 나뭇가지를 붙잡았다. 충격으로 양손이 다 얼얼했다. 총알이 조금만 더 옆을 향했다면 그녀는 왼손을 평생 못 쓰게 되었을 것이다.

위치가 훤히 드러났으므로 상대는 마음 놓고 총을 쏘았다. 렘의 머리 주변으로 나뭇조각들이 사방으로 부서지며 튀었다. 더는 거기 있을 수 없겠다고 판단하고 렘은 아래로 뛰어내렸다. 그리고 야트막한 언덕 뒤에 숨겨 둔 말에게 걸어가 안장에서 다른 총을 꺼내 들었다.

'아끼던 총인데, 젠장.'

마음이 상했지만 그녀도 상대방의 말을 죽였으니 공평하게 주고받은 셈이었다. 렘은 총을 들고 나무 뒤에 섰다. 심호흡을 하고 총구를 내미는 순간 바로 총성이 들려왔다. 그녀는 얼른 총을 당겼다.

'먼저 겨냥하고 있겠다 이거지.'

그녀는 머릿속으로 상대방이 쏜 총알의 개수를 계산하며 기다렸다. 모두 합쳐 열다섯 발. 총성이 끝나자 그녀는 곧바로 총구를 내밀었다. 각도가 조금 안 맞았지만 선택의 여지가 없었다.

'이제 내 차례다. 어디 고개만 내밀어 봐라.'

잔뜩 긴장하며 기다리고 있던 그녀는 바위 위로 뭔가 힐끗 보이자마자 방아쇠를 당겼다. 굉음과 함께 뒤로 날아가는 것은 갈색 모자였다. 렘은 속으로 욕설을 내뱉었다.

'참을성 없기는.'

그녀는 빠르게 탄피를 빼내고 다시 겨냥했다. 방금 그렇게 당했으니 쉽사리 고개를 내밀지 못할 터였다. 초조한 기다림이 이어졌다. 총을 지탱하고 있는 왼쪽 팔이 저려 왔고 허리도 아팠다. 각도가 안 좋아 겨냥하는 자세도 흐트러졌다. 그대로 상대의 은신이 지속되면 먼저 총을 떨어뜨리는 쪽은 렘 자신이 될 듯싶었다.

그때 뭔가가 쌕 하고 날아와 그녀의 왼쪽 팔꿈치를 때리고 지나갔다. 렘은 짧게 비명을 흘리며 총을 떨어뜨렸다. 왼쪽 팔이 마비된 것 같은 느낌과 함께 팔 전체가 뻐근하게 저려 왔다. 총성이 계속해서 이어졌다. 그녀는 팔꿈치를 감싸 쥐고 얼른 나무 뒤로 숨었다. 손을 떼어 보니 축축한 피가 묻어났다.

'어디서 쏜 거지? 분명 아무것도 보이지 않았는데.'

팔을 움직여 본 그녀는 더는 쏠 수 없겠다고 판단했다. 상대가 강을 건너오면 야트막한 언덕도 가림막이 되어 주지 못할 터였다. 그녀는 기다시피 해서 간신히 말이 있는 곳까지 갔다. 그리고 말에 타자마자 지체 없이 배를 걷어찼다.

'베르네욜의 저격수 체면이 말이 아닌데.'

그녀는 조금 전의 상황을 계속해서 머릿속에 그려 보았다.

답을 알게 된 것은 그로부터 얼마간을 더 달려간 후였다.

'바위틈이군. 설마 거기로 다시 들어갈 줄이야. 이건 내가 방심한 탓이로군.'

그렇다고 상대방에 대한 감탄까지 잊은 것은 아니었다.

한편 강 반대편에 자리 잡고 있던 테사르는 멀어지는 말발굽 소리에 오히려 안도하고 있었다. 그의 어깨에 난 상처에서 흘러내리는 피의 양이 심상치 않았다. 벌써부터 현기증이 느껴지고 있었다. 마지막에 상대를 맞힌 건 차라리 기적에 가까웠다.

'좋지 않게 맞았어. 역시 베르네율의 저격수로군.'

저쪽은 총을 잃고 도망갔을 뿐이지만 이쪽은 한동안 쉽사리 움직이지 못할 상처를 입은 데다 말까지 잃었다. 손해가 막심했다. 지금 당장 말 없이 그 자리를 벗어나 상처를 치료할 곳을 찾는 일부터가 쉽지 않은 문제였다.

"한 방 먹었는걸."

테사르는 체념 섞인 미소를 지었다.

거친 자갈들로 뒤덮여 있는 콕스 강 남쪽 길을 통과하기란 말과 기수 모두에게 괴로운 일이었다. 베르네율은 말을 걷도록 명했고 그래서 일행 모두는 뜨거운 태양을 온몸으로 받아 내며 지루할 만큼 느린 속도로 나아가고 있었다.

너무도 심심했던 팔마는 벌써 열두 번째 뒤를 돌아보는 가니시오에게 핀잔을 늘어놓기로 결심했다.

"그렇게 걱정되면 같이 남아 있지 그랬냐?"

"대장은 렘 혼자 있으라고 명령했다."

"그야 강 건너편까지 정확히 맞힐 만한 사람은 렘뿐이니 그렇지."

가니시오는 잠시 생각하다가 입을 열었다.

"뒤따라오던 까마귀는 네가 처치한 거 아니었나? 왜 렘이 남았어야 하지?"

"누가 또 따라오나 보지. 형님이 언제 쓸데없는 일 시키는 거 봤어? 해가 질 때까지 아무도 안 나타나면 돌아올 테니까 신경 끄고 가."

"냉정하군. 보모 주제에."

"칵!"

팔마가 발광하려는 찰나 뒤쪽을 힐끔거리던 가니시오가 그에게 조용히 하라고 손짓했다. 물론 팔마는 더 떠들어 댔고 그래서 가니시오는 도끼를 꺼냈다. 팔마는 순식간에 입을 다물었다.

방금 돌아 나온 산자락에서 말발굽 소리가 들려오고 있었다. 팔마도 그 소리를 듣고 손을 들어 무리 모두를 정지시켰다. 동료들이 말머리를 돌려 소리가 들려오는 쪽을 주시하자 가니시오가 입을 열었다.

"렘일 거다."

그러나 맨 뒤에서 베르네욜이 잘라 말했다.

"모두 겨냥해라."

순식간에 총을 꺼내 든 남자들이 일제히 지나온 길 뒤쪽을 겨냥했다. 가니시오는 주위를 둘러보곤 베르네욜에게 눈을 고정했다.

"대장."

"렘을 죽이고 뒤쫓아오는 자일 수도 있다."

베르네욜이 잘라 말했으므로 더 이상의 여지가 없었다. 가니시오도 어쩔 수 없이 총을 꺼내 일행들을 따라 겨누었다. 스물두 개의 총구가 겨냥하는 곳은 모두 동일했지만 머릿속으론 저마다 다른 생각들을 하고 있었다.

머리가 보이자마자 바로 쏠 건가? 아니야, 그래도 렘인지 확인해 봐야겠지. 그사이 다른 놈이 먼저 쏴 버리면? 적이라면 칭찬받겠지만 렘이라면 조금 곤란할 텐데. 하지만 뭐, 렘이면 또 어때.

적막과 긴장감이 너무도 무겁게 흘러 시야에서 모래바람이 조금만 휘날려도 누군가 방아쇠를 당겨 버릴 기세였다. 말발굽 소리가 커질수록 각자의 심장 소리도 커지고 있었다.

드디어 시야에 말의 머리가 나타났다. 모두가 움찔했지만 아무도 먼저 쏘지는 않았다. 이윽고 기수의 머리도 보였다. 그는 말 위에 엎드려 있었다.

"습격인가?"

누군가 당황해서 내뱉자 순식간에 파문이 번졌다. 걷잡을 수 없는 혼란이 번지기 직전 가니시오가 입을 열어 큰 소리로 외쳤다.

"아니야. 렘이다!"

그는 말을 박차 누구보다 먼저 앞으로 뛰쳐나갔다. 다들 당황해서 총구를 거두었다.

눈 깜짝할 새에 렘에게 다다른 가니시오는 그녀가 걸어온 길을 따라 핏자국이 떨어져 있는 것을 발견했다. 렘은 말 등 위에 기절한 채 엎드려 있었다.

"부상이다. 잠깐 살펴야 할 것 같다."

가니시오가 뒤쪽에 대고 말하자 베르네율이 바로 대꾸했다.

"렘을 부상입힌 놈이 곧 따라올 거다."

"렘이 처리했을 수도 있다."

"깨워서 물어봐."

가니시오는 말에서 뛰어내려 렘에게 다가가 그녀의 어깨를 흔들었다. 하지만 렘은 쉽게 일어나지 못했고 보다 못한 팔마가 그녀에게 말을 몰아가 등을 찰싹 때렸다.

"어디 대낮부터 늘어져 있냐. 엄살 부리지 말고 일어나."

그제야 간신히 눈을 뜬 렘이 가니시오의 얼굴을 멍하니 쳐다보았다. 가니시오는 불편한 기분이 들어 변명했다.

"내가 그런 거 아니다."

렘은 대답 없이 몸을 일으켰다. 그리고 무리 모두가 자신을 주목하고 있는 걸 보고 약간 머쓱해했다.

"내가 그렇게 보고 싶었어? 왜들 그렇게 뜨거운 눈빛으로 쳐다보는 거야?"

"시끄러워. 쫓아온 놈들은 처리했어? 몇 놈이야?"

팔마의 물음에 렘은 잠시 그를 처음 보는 사람처럼 바라보았다.

"아, 저격수 하나. 롱라이플이었어."

"또?"

어느새 가까이 다가온 베르네욜이 렘을 향해 이를 드러냈다.

"테사르로군."

렘이 고개를 끄덕였다.

"한 방은 맞힌 것 같은데 죽이진 못했어요. 죄송합니다."

"네가 테사르를 죽였으면 내가 더 놀랐을 거다."

렘은 아무 말 없이 말갈기 위로 시선을 떨어뜨렸다. 베르네욜은 무심한 눈으로 그녀를 바라보다가 말머리를 돌렸다.

"남부 최고의 저격수가 따라붙은 지금 탁 트인 들판에 앉아 밥 먹고 싶은 놈은 없겠지. 사우스 엔더까지 전속력으로 간다."

그는 곧바로 말을 박찼고 거친 자갈들이 튀어 올랐다. 하나 둘 그의 뒤를 따르기 시작했고 맨 뒤에는 렘과 가니시오, 팔마만이 남았다. 팔마는 시큰둥한 표정으로 렘에게 물었다.

"부상은?"

"왼쪽 팔꿈치. 총알은 안 박혔어."

"저격수가 라이플을 못 드니 어쩌나. 멍청하긴, 버려져도 할 말 없겠지."

"뭐 그렇지. 빨리 삼촌 꽁무니나 뒤쫓아가. 원숭이면 원숭이답게."

팔마는 가니시오를 흘깃 보고는 말을 출발시켰다. 그가 멀어지는 것을 보던 렘이 혀를 찼다.

"가란다고 진짜 가네. 정말 의리들 없지. 키워 놓아 봐야 다 소용없다니까."

"새삼스러울 거 있나."

가니시오는 짐 속에 둘둘 말아 두었던 천을 꺼냈다. 렘은 아직 떨림이 멎지 않은, 멍으로 뒤덮여 까맣게 변한 팔을 내밀었다.

"대충 싸매 줘. 나도 테사르가 쫓아올지 모르는 곳에 있고 싶지 않으니까."

"그가 나타나면 내 도끼 쇼나 좀 보여 주지. 마음에 들어 할걸."

"삼촌, 실망했겠지?"

가니시오는 렘의 얼굴을 한번 보고 천을 꽉 묶었다.

"기대를 할 줄 아는 사람만이 실망도 할 수 있는 법이야."

4. 서로를 죽여야 하는 친구

그라노스 사람들이 일견 아무 규칙 없이 무분별하게 살아가는 것처럼 보여도 그들 나름의 일정한 생활 방식이란 게 있었다.

이를테면 아침에 일어나자마자 숙취에 찌든 몸을 이끌고 주점으로 들어가 한참 퍼마시고, 시비가 붙으면 주먹이든 총이든 꺼내서 해결하고, 해가 지면 도박판이나 사창가에 들어가 각자 볼일을 보고, 나와서 또 한참 퍼마시다가 잠드는 그런 일상 말이다.

따라서 근래에 일어난 어떤 작은 변화에 대부분의 총잡이들은 일종의 낯설음을 느꼈다. 비록 그 변화라는 게 너무도 미미했기에 심각하게 받아들이는 사람은 적었지만 말이다.

그러나 녹스의 경우엔 그것에 심각하다 못해 치를 떨며 반응하는 부류였다. 잔센은 그가 왜 그토록 민감하게 구는지 이해하지 못했다.

"그 애송이가 그라노스 전체를 바꾸진 못해. 수사나드가 돌아오면 어차피 사라질 놈에게 왜 그리 신경을 쓰는 거지?"

"재수 없으니까. 이유 없이 싫은 놈들 있잖아, 왜."

"내가 보기에 넌 단지 싫어하는 게 아닌 것 같은데. 미워하고 있어."

"두 개가 뭐가 다른데?"

"꽤 다르지."

잔센은 그들이 앉아 있는 창가 자리에서 정면에 보이는 광경을 가리켰다. 넓은 직사각형으로 다져 둔 갈색 지면에 한 청년이 열심히 나무를 박고 있었다.

"싫어한다면 피하면 그만이지. 미워하니까 일부러 관심을 가지고 지켜보는 거 아닌가."

"멋대로 생각해. 아무튼 저놈 가면은 꼭 벗겨 내고 말 거야."

"가면?"

녹스는 자신이 내뱉은 말을 후회하며 잔을 탕 내려놨다. 그리고 애꿎은 바텐더에게 소리를 질렀다.

"감질나게시리, 술병 통째로 가져와!"

그러나 녹스는 자신이 자리를 잡고 앉아 있는 곳이 마마 수의 바라는 걸 깜빡 잊고 있었다. 보통 사람의 두 배 정도 되는 몸집을 가진 그녀는 그라노스의 가장 거친 총잡이들도 번쩍 들어 술집 밖으로 내던지곤 했다. 녹스는 술병을 들고 무시무시한 얼굴로 등장한 마마 수에게 황급히 사과의 말을 읊조렸다.

두 남자가 그렇게 자신을 지켜보고 있다는 것도 모른 채 라신은 묵묵히 자기 일을 하고 있었다. 교회를 짓는 것은 온전히 그의 몫이었다. 바드레 수사는 집집마다 돌아다니며 헌금을 걷고 있었는데 사실상 구걸이나 다름없는 일이었다.

그는 전날 밤 라신이 심판의 광장에서 했던 일을 전해 듣고는 불같이 화를 냈다.

"도대체 무슨 생각으로 그런 짓을 했느냐? 그 자리에서 죽을 수도 있었다!"

"하지만 무사히 돌아왔지 않습니까, 수사님. 그들을 그대로 내버려 둘 수 없었습니다."

"적어도 내게 미리 얘기하고 같이 갔어야 할 것이 아니냐?"

"그때는 그럴 정신이 없었습니다. 죄송합니다, 수사님. 다시는 말없이 그런 일을 하지 않겠습니다."

라신이 진심으로 반성하는 모습을 보이니 바드레 수사도 더 뭐라고 할 수 없었다.

"제발 네 몸부터 아끼도록 해라. 네가 잘못되면 이 늙은이는 어떻게 하란 말이냐? 너 자신 없이는 신도 우주도 없다. 그걸 잊지 말아라."

라신은 늙은 수사의 손을 잡고 다시는 그러지 않을 것을 맹세해야 했다.

근처에 잡동사니들이 쌓여 있는 곳으로 다가간 라신은 신중하게 목재를 골라냈다. 그 쌓여 있는 잡동사니들이야말로 녹스가 걱정하는 그라노스의 미미한 변화였다.

광장 대로 근처의 그라노스 사람들은 라신이 교회 짓는 모습을 지나다니면서 건성건성 지켜보았다. 그 광경이 눈에 자주 띄어서인지, 아니면 심판의 광장에서 보여 준 라신의 태도가 인상 깊었기 때문인지 이유는 알 수 없지만 어쨌든 누군가 필요 없는 목재가 생기면 그 주변에 가져다 버리기 시작했다.

목재뿐만 아니라 찌그러진 냄비라든가 해진 옷, 구멍 난 모자 등도 같은 자리에 쌓여 갔다. 마치 둥지를 짓는 새에게 이런저런 것을 가져다주고 어떻게 하는지 지켜보고 싶어 하는 것 같았다.

라신은 그 모든 걸 교회를 짓는 데 사용했다. 그에게 쓸데없는 물건은 하나도 없어 보였다. 심판의 광장에서도 그랬지만 그런 차분하고 끈기 있는 태도는 이상하게 사람들의 주목을 끌었다. 그다지 재미있는 일이 아님에도 지켜보게끔 되는 것이다.

녹스나 잔센뿐만 아니라 다른 총잡이들, 마마 수마저 때때로 바깥에 나가 수건으로 손을 닦으며 라신이 하는 일을 바라보곤 했다.

"남들은 쉽게 다른 색깔로 물들이면서 정작 자기 자신은 결코 변하지 않는 색이 뭔지 알아?"

뜬금없는 녹스의 물음에 잔센이 고개를 돌려 바라보았다. 하지만 녹스는 대답을 기다리지 않고 말했다.

"검은색이야. 제일 시커멓고 기분 나쁜 색이지."

그렇게 말하고 그는 자리에서 일어났다. 나무 의자가 바닥에 끌리면서 기분 나쁜 마찰음을 냈다. 그는 동전을 테이블 위에 떨구고 바를 나섰다. 그리고 성큼성큼 대로를 가로질러 라신에게로 곧장 걸어갔다.

잔센은 테이블 위에 다리를 올리고 느긋하게 창밖을 지켜봤다. 어느새 다가온 마마 수가 곁에서 혀를 쳤다.

"저런 애송이를 상대로 진지하기는. 녹스답지 않게 왜 저래."

"내기하시겠소? 가자마자 쏴 버린다에 1달러 걸지."

"성립이 안 돼. 나도 거기에 걸 거니까. 하지만 어쨌든 저 청년을 죽이지는 않았으면 좋겠어."

잔센이 다소 놀라며 돌아보았다.

"어째서 말이오?"

"글쎄. 짐승들 무리에 강아지 새끼가 들어오면 어쨌든 한동안은 귀여운 거 아닐까? 내가 보기에 지금 이 주변 총잡이들은 다 그런 상태야. 신기해하며 관찰하고 있는 거지."

"듣고 보니 그런 것도 같군."

뒤에서 두 사람이 그런 말을 주고받거나 말거나 녹스는 라신을 바로 쏴 버릴 생각이 없었다. 그에게도 나름의 규칙이란 게 있었다. 정당한 이유가 없으면 죽이지 않는다는 규칙. 고로 그에게는 지금 정당한 이유가 필요했다.

"어이."

라신은 삽을 땅에 박고 몸을 돌렸다. 녹스를 발견하자 그는 뜻밖에도 반가운 표정을 지었다.

"당신이군요. 사과하러 오셨습니까?"

녹스는 머릿속에 담아 두었던 말을 잠시 잊어버렸다.

"뭐?"

"사과하러 오셨느냐고 여쭈었습니다."

까마득한 기억의 강을 거슬러 올라가 녹스는 간신히 라신과 신부를 여관 앞에서 괴롭혔던 일을 떠올려 냈다.

"아니."

타이밍이 늦은 데다 별로 당당하지 못한 대답이었다. 라신은 약간 뜻밖이라는 표정을 지었다.

"그런가요."

"오히려 고맙다는 인사를 받아야 할 줄 알았는데. 아무도 그라노스에서 그렇게 친절하게 충고해 주는 일은 없거든. 보아하니 대놓고 무시한 모양이지만."

"그런 식의 충고에 감사할 순 없습니다."

"나도 감사받자고 한 일은 아니지."

녹스는 허리에서 총을 꺼냈다. 라신은 별로 놀라는 기색도 없이 총을 내려다보았다.

"이 도시의 소통은 항상 그것으로 이루어집니까? 적응하기 어렵군요."

"그래도 적응해. 이리저리 해를 끼치고 다니는 주제에 자신은 해를 입지 않겠다는 뻔뻔한 태도가 어디 있어."

"해라고요?"

녹스는 총을 돌려 손잡이 쪽을 라신에게 내밀었다. 라신이 의아한 듯 보고만 있자 그는 억지로 라신의 손에 총을 쥐여 주었다.

"이곳 사람들이랑 대화하고 싶어? 그럼 총 쏘는 법부터 배워."

"전 배우고 싶지 않습니다."

"배우고 싶어졌을 때는 늦지. 미리 배워 둬. 내가 당장 사람을 쏘라고 하는 것도 아니잖아."

녹스는 라신을 세워 둔 채 쌓여 있는 잡동사니들로 걸어가 적당한 탁자 하나를 골라 왔다. 다리 하나가 짧아서 흔들거리기는 했지만 대충 땅에 놓을 만했다.

그런 다음 빈 술병 몇 개를 가져와 탁자 위에 일렬로 늘어놓더니 라신의 어깨를 붙잡고 탁자에서 스무 걸음 정도 떨어진 곳으로 데려갔다. 라신은 탐탁지 않은 표정으로 총을 들고 있었다.

"자, 이제 해 보자고. 저기 있는 병 보이지?"

"네."

"차례대로 저걸 맞히는 거야. 이 정도 거리에선 사실 어린애 장난이나 다름없어. 저 안의 내용물을 다 비운 사람도 맞힐 수 있는 거리라고."

"그런가요?"

라신은 주의 깊게 병을 바라보다가 녹스에게 고개를 돌렸다.

"내키지 않습니다만, 꼭 해야 합니까?"

"이런 것도 못 하면 그라노스 사람들과 어울릴 자격이 없지. 나하고는 말할 것도 없고. 하지만 만약에 저 중 하나라도 맞힌다면 내가 답례로 술을 사지."

"저는 술을 마시지 않습니다만."

"나도 아무한테나 술 안 사. 말이 그렇다는 거야."

라신은 가볍게 한숨을 내쉬었다. 세상에서 처음 보는 물건을 든 사람처럼 총을 이리저리 돌리며 살펴보았다. 망설이는 그의 태도에 감질이 났던지 녹스는 직접 다른 총을 꺼내서 시범을 보여 주었다.

"자, 여길 이렇게 뒤로 젖히고 앞쪽 방아쇠를 당기면 끝. 쉽지? 총구 끝을 표적에 맞추고 흔들림 없이 쏘는 거야. 눈을 떼지 말고 숨도 쉬지 마. 이렇게."

순식간에 총성이 울리고 맨 끝에 있던 병 하나가 박살 났다. 녹스가 의기양양해서 돌아보았지만 라신은 별로 놀라는 기색이 없었다. 다만 총과 병을 다시 한번 주의 깊게 번갈아 보았다.

"그렇게 하면 되는군요. 알겠습니다."

라신은 침착하게 총을 잡고 술병을 겨누었지만 녹스가 보기엔 어정쩡하기 짝이 없는 자세였다. 손잡이의 너무 아래쪽을 잡은 데다 왼손은 그냥 늘어놓기만 하고 받치지도 않았다. 게다가 녹스는 시범을 보일 때 쓴 총과는 다른, 일부러 소리와 반동이 큰 매그넘 리볼버를 내주었다.

'쏘는 순간 놀라 자빠질 거다. 손목이라도 나가면 며칠은 교

회고 뭐고 지을 생각도 안 날걸.'

녹스는 총을 처음 만져 본 라신이 쩔쩔매는 모습을 지켜보면서 고소해할 참이었다. 그러나 그가 어떤 예고도 없이 처음 한 방을 쏘았을 때 오히려 뜨끔 놀라고 말았다.

총을 쏠 때는 호흡이랄까 타이밍이랄까, 딱히 말로 하기 어렵지만 이쯤에 상대가 쏠 거라는 그런 감각이 있었다. 한데 라신은 그 모든 걸 무시하고 갑자기 쏴 버렸다. 하다못해 자세를 잡고 마음을 가다듬고 과녁을 조준하는 그런 준비조차 없었다.

녹스는 불안감에 고개를 돌려 탁자 쪽을 바라보았다. 그러나 병은 멀쩡했다. 라신은 어리둥절해하며 연기가 나는 총구를 들여다보고 있었다.

녹스는 맥이 좀 풀리는 것을 느꼈다. 이 애송이는 그런 감각이 있기는커녕 총을 다루는 기본조차 안 되어 있는 게 분명했다.

"보기 좋게 빗나갔구만."

녹스는 흉터를 일그러뜨리며 미소를 지었다. 하지만 라신은 생각보다 침착했다. 소리와 반동에도 그다지 놀라지 않고 다만 얼얼한 듯 손을 옷에 문질렀을 뿐이다. 그는 마치 연구라도 하듯이 총구와 병을 번갈아 보았다. 그리고 녹스에게 물었다.

"다시 해 봐도 됩니까?"

"원하시는 대로."

라신은 곧장 술병을 겨냥했다.

"공이치기를 당겨야지. 그 총은 한 번씩 쏠 때마다 그렇게 해야 돼."

"아."

라신은 그의 말대로 했다. 그리고 직후에 벌어진 일은 녹스의 입을 말 그대로 쩍 벌어지게 했다.

라신은 침착하게 한 발을 쏘았다. 그리고 공이치기를 당기고 다시 한 발, 한 발, 한 발. 빠르지도 느리지도 않은 속도였고 한 번에 병 하나씩을 겨누었다. 그때마다 여지없이 병이 깨어져 나갔다.

술에 취한 사람도 할 수 있을 거라고 말하긴 했지만 스무 걸음 거리인 데다, 라신의 자세는 분명히 총을 처음 잡아 본 사람의 것이었다. 한데 아무렇지도 않게 한 발에 하나씩 병을 깨다니, 녹스는 보고 있으면서도 믿기 어려웠다.

병을 다 부순 라신은 예의 바른 태도로 손잡이 쪽이 상대를 향하도록 돌려 총을 건넸다. 하지만 녹스는 탁자 위를 바라보고 있을 뿐 그를 외면했다.

"이제 됐습니까? 말씀은 고맙지만 저는 술을 마시지 않습니다. 다른 답례라도 괜찮다면 나중에 수사님에게 사과해 주십시오."

녹스는 총을 받아 들고 나서도 여전히 탁자만 쳐다보고 있었다.

"총 한번 겨냥해 보지도 못하고 진 기분은 어떤가?"

녹스가 마마 수의 바로 돌아오자 잔센이 휘파람을 불었다. 얄미긴 해도 그의 말이 지금 녹스의 기분을 정확히 표현해 주고 있었다. 잔센의 맞은편에 털썩 앉은 녹스는 얼이 빠져 물었다.

"저놈 뭐야? 순진한 척 우릴 속인 거 아냐?"

"손 안 떨고 집중력 강하면 뭐, 못 할 일도 아니지."

"스무 걸음 거리였어. 아무리 그래도 총을 처음 잡아 본 놈이야. 손가락을 어디에 걸어야 할지도 잘 몰랐다고."

"그럼 혹시 모르지. 전설적인 에슬렉 하우드의 자손인지도."

잔센은 별것 아닌 재미있는 일 정도로 여기는 듯했지만 녹스는 심각한 표정을 풀지 않았다.

"역시 그냥 처음에 쏴 버릴 걸 그랬어."

"그랬다간 다신 마마 수의 바에는 발도 못 붙일걸."

"어째서?"

"저 친구가 귀여운 모양이더군. 하긴 이 근방에서 저렇게 뭔가 열심히 하는 녀석은 근래 본 적이 없었지. 신기한가 봐. 그동안 이곳에 왔던 선교사들처럼 다짜고짜 성경을 들이밀거나 설교를 하려 들지도 않으니."

녹스는 창문 밖의 라신에게서 눈을 떼지 않으며 대꾸했다.

"조금만 기다려 봐. 교회가 완성되자마자 난리를 칠 테니. 그때가 되면 내가 굳이 수고하지 않아도 누군가 머리가 돌아서 총을 꺼내 갈길걸."

"이봐, 녹스. 정말로 그걸 바라나?"

"몰라. 눈에서 보이지 않으면 마음이 편하긴 할지도."

그러자 잔센이 자리에서 일어났다. 탁자 위에 놓아두었던 모자를 푹 눌러쓰고 허리춤에서 총을 꺼내 총알을 확인한 뒤 탄창을 닫았다. 그런 다음 바깥으로 뚜벅뚜벅 걸어 나가는 그를 보고 녹스가 당황해서 불렀다.

"어디 가?"

"자네 소원을 들어주러."

"뭐? 자…… 잠깐!"

잔센은 남해 최남단에 위치한 갈라파스 섬사람으로, 평소에는 느슨했지만 총을 들면 한없이 냉정해지는 성격이었다. 그가 누군가를 죽이기로 마음먹는다면 아무도 그를 꺾을 수 없다는 걸 누구보다 녹스가 잘 알고 있었다. 그런 이유로 7년째 자신을 쫓아다니는 게 바로 잔센이었으니까. 녹스는 황급히 그를 뒤쫓아 나갔다.

라신은 용건이 끝난 듯 돌아갔던 녹스가 다시 다급하게 달려오는 것을 의아하게 바라보았다. 게다가 바드레 수사의 머리를 때렸던 사람까지 함께였다. 잠시 고민하던 라신은 곧 어떤 상황인지 이해했다. 그래서 잔센이 다가왔을 때 먼저 손을 내밀었다.

"감사합니다. 바로 약속을 지켜 주시는군요."

"약속?"

"친구분께서 제가 총으로 병을 맞히면 호의를 베푼다고 하셨지요. 그래서 당신이 바드레 수사님께 사과하길 바란다고 했습니다."

잔센이 녹스를 돌아보자 녹스는 하늘이 평소와 다르게 몹시 푸르다는 듯이 올려다보았다. 잔센은 어깨를 으쓱이고 말했다.

"많은 이들이 오해하곤 하지만 우린 친구가 아니다. 내가 사과하길 바란다면 네 손으로 받아 내. 이 총을 잡아라."

"또 총입니까?"

이미 한번 겪어 본 일이기에 라신은 순순히 잔센이 내민 총을 받았다. 이번엔 스스로의 힘으로 공이치기도 당겼다.

"또 병을 맞히면 되나요?"

"아니, 이번엔 다른 것을 해 보지. 총잡이들끼리 하는 결투에 대해 들어 봤나?"

"결투라고요?"

라신은 의아한 듯 반문했고 녹스도 깜짝 놀라 잔센을 쳐다보았다. 잔센은 홀로 차분하게 말을 이어갔다.

"등을 맞댄 채 각자의 방향으로 다섯 걸음을 걸어간다. 그리고 돌아보는 동시에 서로를 쏘는 거야. 간단하지?"

하지만 라신은 이해하지 못한 표정이었다.

"당신을 쏘라는 말입니까?"

"그래."

"그런 일은 못 합니다. 하고 싶지 않습니다."

"해야 할걸. 안 하면 내가 널 쏠 테니까."

"전 하지 않을 겁니다."

"마음대로 해. 난 시작한다. 떨어져라, 녹스."

"어이, 진심이야?"

잔센은 대꾸하지 않았다. 그가 한번 결정을 내리면 철회하지 않는다는 걸 알기에 녹스도 더 이상 뭐라 말할 수 없었다. 이러지도 저러지도 못하고 두 사람을 번갈아 보기만 했다.

잔센은 등을 돌린 자세 그대로 한 발자국씩 천천히 걸어갔다. 하지만 라신은 총을 든 채 그런 잔센의 등을 보고만 있었다.

도저히 안 되겠다고 판단한 녹스가 잔센을 말려야겠다고 생각했을 때, 이미 잔센이 네 걸음째 내딛고 있었다. 잔센의 태도는 더없이 분명했고 지금 그에게 다가가면 녹스는 자신도 무사하지 못할 거라는 걸 본능적으로 알 수 있었다. 결국 그냥 눈을 감기로 했다.

다섯 걸음을 딛자마자 잔센이 등을 돌렸다. 태양 빛이 잠시 그의 눈을 가렸다. 이게 실제 결투였고 상대가 막 총을 잡아 본 풋내기가 아니었다면 결코 하지 않을, 해서는 안 되는 실수였다. 그러나 잔센은 괘념치 않았다. 아무렇게나 쏴서 아무 데나 맞히면 그만이었다. 죽으면 좋고, 아니어도 별 상관없었다.

총을 든 잔센의 손이 올라가는 모습은 라신에게 매우 느릿하게 보였다. 상대가 쏘면 그냥 맞으리라 생각하며 서 있던 것은 사실이다. 그러나 정말로 쏠 거란 직감이 온몸을 덮치자 뭘 한다는 의식도 없이 라신의 손이 저절로 움직였다. 방금 해 본 일이었기에 그의 감각은 동작 하나하나를 똑똑히 기억했다.

잔센의 총이 라신을 겨냥하는 순간 라신이 먼저 그를 쏘았다. 불이 뿜어지고 탄알이 날아가 상대방의 어깨에 박혔다. 잔센의 몸이 출렁였고 충격으로 그는 총을 오발했다. 그 총알은 라신의 옆에 세워져 있던 기둥에 박혔다.

잠시 후에야 자신이 저지른 짓을 깨달은 라신은 충격을 받으며 총을 떨어뜨렸다. 잔센은 오른쪽 어깨를 감싼 채 눈살을 찌푸리며 라신을 바라보고 있었다.

녹스 또한 충격에서 헤어 나오기까지 상당한 시간이 걸렸다. 정신이 든 그는 먼저 잔센에게 달려갔다.

"이봐, 괜찮아?"

"자네 말이 맞을지도. 저 친구는 확실히 어딘가 좀 특이한 구석이 있군."

"침착하게 그런 말이나 할 때가 아니잖아!"

녹스가 상처에서 흘러나오는 피를 막기 위해 안간힘을 쓰는 동안 라신이 비틀거리며 그들에게 다가왔다. 손을 심하게 떨고 있었다.

"괜찮으십니까? 저, 전 이런 짓을 할 생각이 전혀……."

"됐어. 내가 시작한 결투고 너는 거기에 응했을 뿐이다. 정당한 방법은 아니었지만 그거야 뭐, 신출내기한테 싸움을 건 나도 마찬가지였으니까."

"그렇지만, 그렇지만 제, 제가 치료를…… 아니, 기도를……."

"됐으니까 미안하거든 이리 따라와. 술이나 한잔하지. 내 몸에 구멍을 낸 건 네가 처음이다. 자랑스러워해도 좋아."

그렇게 해서 라신은 평생 처음으로 술을 마시게 되었다. 바에서 그는 기도로 잔센의 상처를 치료하려 했으나 정신적으로 충격을 받아서인지 잘되지 않았다. 결국 녹스가 대체 뭘 하는 거냐며 그를 밀쳐 냈다.

잠시 후 시큰둥한 태도의 의사가 들어와 역시 시큰둥한 태도로 총알을 빼내고, 대충 아무렇게나 붕대를 감아 주고 나갔다. 잔센은 그거면 충분하다는 듯 술을 들이켜기 시작했다.

라신은 마마 수가 내민 술잔을 한사코 거절했지만 잔센이 조용히 자신의 어깨 상처를 보여 주었을 때는 더 이상 거부할 수 없었다. 세 사람은 나란히 바에 앉아 독하디독한 브랜디를 마셨다. 잔센은 그렇게 심각한 상처가 났는데도 오히려 기분이 좋아 보였다.

"사제님 술잔이 비어 있군. 더 따라 줘."

잔센의 말에 마마 수가 그녀로선 드물게 즐거운 표정으로 라신의 술잔에 호박색 술을 가득 채웠다.

"마시라고. 사제님한테는 돈 안 받을 테니까."

"아, 감사합니다. 그런데 전 사제가 아닙니다."

"그럼 뭐, 신부님?"

"아닙니다. 아직 학생입니다. 그러고 보니 제 이름도 말씀드리지 못했군요. 저는 라신이라고 합니다."

"난 잔센, 이쪽은 녹스."

"나는 간판에 쓰여 있듯이 마마 수야."

어째서인지 세 사람의 이름을 듣고 난 라신이 수줍게 얼굴을 붉혔다. 녹스가 재수 없어 하며 쳐다보자 라신이 변명하듯 말했다.

"이렇게 앉아 있으니 친구가 생긴 것 같아서요."

"친구? 무슨 놈의 친구. 넌 친구 몸에 구멍을 뚫어 놓냐?"

"그만해, 녹스. 어쨌든 내가 졌으니 조만간 그 신부에게 사과하러 가마."

"사과는 제가 해야 합니다. 상처가 나을 때까지 곁에서 돌봐 드리고 싶습니다."

"그건 사양하지."

라신은 어쩔 줄 몰라 하며 시선을 이리저리 돌리다가 술잔을 발견하고는 술을 벌컥벌컥 들이켰다. 그걸 본 녹스가 한탄했다.

"이제 보니 이거 진짜 사기꾼이야. 무슨 놈의 사제가 총도 잘 쏘지, 술도 잘 마시지. 분명히 꾼이라니까."

술잔을 내려놓은 라신이 약간 붉어진 얼굴로 물었다.

"그런데 두 분은 친구가 아니라면 어떤 사이이신 건가요?"

갑작스러운 물음에 잔센이 녹스를 쳐다보았다. 하지만 녹스는 그를 외면했다. 하는 수 없이 잔센이 대답했다.

"적이자 원수이자, 은혜를 갚아야 하는 동료라고 할까."

"예?"

"사정을 말하자면 좀 긴데…… 나는 남쪽의 섬사람이다. 내가 자란 섬은 대륙과는 살아가는 방식이 조금 달라. 여러 가지 규율과 법칙에 얽매여 있지. 우리 둘이 처음 만났을 때 녹스는 나에게 무슨 짓인가를 했고, 그 때문에 나는 그를 죽여야만 하는 사명이 생겼다."

녹스는 말없이 자기 술잔을 비우고 지나치리만치 세게 테이블 위에 내려놓았다. 잔센은 신경 쓰지 않고 말을 이어갔다.

"그래서 그를 쫓아가다가 내가 그만 죽을 위기에 처하고 말았어. 원주민들의 습격을 받았거든. 그때 왜인지는 모르겠지만 녹스가 돌아와서 나를 구했지. 그 때문에 나는 그에게 빚을 갚아야 할 의무까지 생겨 버리고 만 거야."

라신은 놀랍다는 탄성을 내뱉었다. 잔센은 스스로도 자기 처지가 어이없다는 듯 웃었다.

"결국 은혜를 먼저 갚은 뒤에 복수를 할 수 있게 되었다. 그래서 어쩔 수 없이 녹스를 따라다니고 있지. 빚을 갚고 나면, 복수하기 위해. 그런 채로 오랜 시간을 함께하다 보니 친구 비슷한 게 된 거지만 내 사명을 잊지는 않아."

"그걸 알면서도 함께 다니는 건가요?"

"그래. 그래서인지 내게 은혜 갚을 기회를 주지 않으려 하더군."

그 말에 녹스가 코웃음 쳤다.

"웃기고 있네. 복수니 은혜 갚음이니, 다 네 녀석 혼자 그렇게 생각하는 거잖아. 난 특별히 아무 짓도 안 했어."

"그렇게 말해도 할 말은 없지만."

그 상태로 불편한 침묵이 흐르자 라신은 분위기가 이렇게 된 게 자기 탓인 양 어쩔 줄 몰라 했다. 결국 그는 또다시 자기 앞에 있는 술잔을 비우는 것으로 민망함을 표현했다.

"후, 이거 생각보다 맛있는……."

말을 하다 말고 라신은 그대로 테이블 위에 고꾸라졌다. 미동도 하지 않는 그를 보며 녹스는 기가 막힌다는 듯 혀를 찼고 잔센은 미소를 지었으며 마마 수는 껄껄 웃었다.

"이번 사제님은 참 귀엽네."

"재미있는 친구이기도 하고요."

"재미있다뿐이야? 잔센하고 결투해서 일대일로 이긴 사람은 처음이잖아."

잔센은 픽 웃었을 뿐이지만 녹스는 자기가 지기라도 한 것처럼 분한 표정을 지었다.

"그나저나 이 친구 누가 숙소에 데려다줘야 할 텐데."

마마 수가 그렇게 말하며 잔센을 바라보자 잔센은 녹스에게 눈을 돌렸다. 새로 술을 따르려던 녹스의 동작이 멎었다.

"왜 날 봐? 나보고 데려다주라고?"

"그럼 어깨 다친 내가 해야겠나?"

"나도 가게를 봐야 해서."

마마 수까지 선수를 치자 녹스는 할 말이 없어졌다.

"진짜 짜증 나는 놈이라니까."

바드레 수사는 피곤한 몸을 이끌고 간신히 방문을 열었다가 며칠 전 방에 침입했던 흉터투성이의 남자가 라신을 부축하고 있는 걸 보고 깜짝 놀랐다.

"오, 하느님. 이게 대체 무슨 짓이오!"

"젠장, 목청 한번 크네. 죽은 거 아니니까 염려 마쇼. 술 마시고 뻗었을 뿐이니까."

"뭐라고, 술을 마셨다고?"

"그게 뭐 대수라고 그러쇼? 신실한 신학교 학생이 사람을 쐈다는 말을 들으면 기절하시겠네."

"사람을 쐈다고!"

수사는 경기라도 일으킨 듯 그 자리에서 펄쩍 뛰었다. 녹스는 떨떠름하게 표정을 구기며 라신을 데리고 방 안으로 들어섰다.

"쏘긴 쐈다만 죽이진 않았소. 대신 어깨에 구멍이 났지."

바드레 수사가 입을 벌린 채 바라보는 가운데 녹스는 짐짝을 내려놓듯 라신을 침대 위에 던져 놓고 끄트머리에 걸터앉아 모자로 부채질을 했다.

"자, 그러니 어디 한번 말씀해 보쇼, 신부님. 당신들 정체가 뭐요? 아무리 봐도 심판의 광장에 매달렸던 다른 허풍쟁이들하고는 다른 것 같군."

"우린 아무도 아니오. 신학교에서 선교 봉사 명령을 받고 왔을 뿐이오."

"그럼 이 친구는? 그냥 신학교 학생이 맞소?"

"걷기도 전에 들어와 평생을 그곳에 있었소. 장담하건대 여기 그라노스가 그에게는 첫 바깥세상이오."

"거참 이상하군."

바드레 수사는 가슴이 내려앉는 걸 느꼈지만 최대한 침착하게 물었다.

"뭐가 이상하다는 거요?"

"총 쏘는 실력이야 뭐, 잘 쏘는 놈들 한둘이 아니니까 그렇다 칩시다. 하지만 눈빛이 마음에 걸려. 방아쇠를 당기는 순간에도 꿈쩍을 안 하더라니까? 병을 쏠 때는 그러려니 했어, 병이니까. 하지만 사람을 쏠 때도 마찬가지더군."

바드레 수사는 마른침을 삼켰다. 그거야말로 라신의 아버지가 가지고 있던 기질이었다. 라신에게는 없기를 바랐던.

수사가 대답하지 않자 녹스는 한동안 기다리다가 픽 웃었다.

"뭐 상관없소. 그런 놈도 있는 거겠지. 난 가겠소."

"잠시만 기다려 주시오. 라신이 도대체 누굴 쐈단 말이오? 그 아이가 왜?"

"당신 머리에 상처를 냈던 그 친구요. 멋지게 복수를 했지. 얄밉긴 해도 정당한 결투였으니 잘못한 것은 아니오. 오히려 본인이 가장 놀란 것 같더군."

녹스가 돌아가고 나서도 바드레 수사는 한참을 괴로워하며 문 앞에 서 있었다. 그라노스가 라신을 어떤 식으로든 변화시키리라고 예상했지만 이처럼 갑작스럽게, 그것도 가장 우려하던 쪽으로 변할 줄은 생각지 못했다.

'내가 너무 안일했던 걸까? 아니면 이 아이를 너무 믿었던 것일까. 이러다 정말로 제 아비처럼 되어 버린다면? 그 모든 게 내 탓이라면?'

수사는 고개를 돌려 라신을 내려다보았다. 고민의 시간이 길지는 않았다. 모든 게 너무나 명백했으니까.

그는 동이 트는 대로 라신과 함께 그곳을 떠나기로 결정했다. 완전히 새로운 곳에서 모든 걸 다시 시작하는 한이 있더라도 총과는 가까워지지 못하도록 할 생각이었다. 적어도 베르네욜이 사라질 때까지는 말이다.

그렇게 한창 짐을 정리하고 있을 때 누군가 문을 두드렸다. 수사는 자연스레 녹스를 떠올렸다. 그가 하지 못하고 간 말이라도 있는 걸까?

아무 생각 없이 문을 연 바드레 수사는 그러나 뜻밖의 얼굴을 발견하고 그 자리에 굳어 버렸다. 놀라기는 상대방도 마찬가지인 것 같았다. 태만한 표정, 아무렇게나 흩어져 있던 자세가 일순 경직되었다.

"어……?"

큰 눈으로 수사의 얼굴을 훑은 그 남자가 천진한 웃음을 터뜨렸다. 타 버린 피부색과 커다란 덩치, 거칠게 풀어 헤친 머리카락과는 어울리지 않는 모습이었다. 그의 웃음에는 묘하게 희열과 분노가 뒤섞여 있었다.

"내 도시에 새로 온 머저리들이 있다기에 친히 보러 왔더니, 피곤한 몸을 이끌고 온 보람이 있네. 설마 그게 당신일 줄은 상상도 못 했거든. 이래서 인생은 즐겁단 말이야. 가끔 깜짝 놀랄 만한 선물을 안겨 준단 말이지."

바드레 수사는 여전히 아무 말도 못 하고 서 있다 퍼뜩 정신을 차리며 문을 닫으려 했다. 그러나 남자의 발이 문틈으로 들어와 간단히 가로막았다.

"문 닫아서 뭘 어쩌게? 나를 무엇으로 막을 건데, 성경책으로?"

"나, 나는……."

"아무래도 당신은 나만큼 반갑지 않은 모양이로군. 수도원에 들어갔다더니 이빨 빠진 호랑이가 다 됐어. 조금 실망인걸."

바드레 수사는 힐끔 뒤쪽을 보았다. 라신이 곤히 자고 있었다. 어떻게든 이 자리부터 벗어나야 했다.

"내게 할 말이 많은 모양이니 일단 자리를 옮기지. 오래간만의 재회니 둘이서만 풀어야 할 일들이 많지 않은가, 레모."

옛 이름에 남자가 이를 드러내며 웃었다. 반대로 바드레 수사는 표정을 굳히며 덧붙였다.

"아니, 이제는 수사나드라고 불러야 하는 모양이군."

5. 파이프 연기와 커피 향

테사르는 앙상한 나무가 만들어 낸 갈라진 그림자 아래 누워 있었다. 한 발자국만 움직여도 작열하는 태양 아래 노출될 터였다. 그러느니 지금 이 자리에 누워 죽음을 맞기로 결심했다.

렘이 만들어 놓은 어깨 상처는 이제 쳐다보기도 힘들 만큼 끔찍하게 부풀어 올라 있었다. 말이 없어도 마을까지 찾아갈 수 있을 거라 자신했지만 이틀을 내리 걸었음에도 그가 기억하던 고향 근처 옛 마을은 나타나지 않았다.

탈수 증상에 이어 열까지 오르기 시작한 지금, 그는 자신이 어디에 있는지 무엇을 위해 가고 있었는지도 잊어버렸다. 다만 말라비틀어져 가는 나무 그림자 아래 간신히 몸을 기댄 채 옛 일을 떠올릴 뿐이었다.

'우리는 서로에게 죄를 지었다, 베르네율. 돌이킬 수 없게 되었지. 그래. 우리는 서로를 용서할 수도, 우리 자신을 용서할 수도 없다.'

흙바닥에 누워 있던 그의 몸이 순간 격정으로 떨렸다.

'그러나 형제와도 다름없던 우리가 아니었던가! 나에게 어떻게 그런 짓을 할 수 있었지? 내 아내, 내 아이……'

그는 오래간만에 눈물을 흘리고 싶다고 생각했다. 그러나 뜨거운 햇볕에 눈물마저 메말라 버린 것인지 나오지 않았다.

다음 호흡을 내쉴 때 그는 다른 생각을 하고 있었다.

'라신, 그 아이가 과연 내 복수를 해 줄까? 만약 내가 잘못 생각한 것이라면? 제 아비와 같은 눈을 가지지 못했다면?'

그러나 결국에는 아무것도 떠올리기 싫어졌다. 죽음이 닥쳐오면 살고 싶은 의지로 발버둥 치리라 생각했지만 의외로 모든 게 허무하고 담담했다. 그저 지쳐 잠들고 싶은 마음밖에 없었다.

'적어도 거기서는 두 사람 다 안아 볼 수 있겠지.'

그는 눈을 감고 모든 것을 놓아 버렸다. 복수심도 증오도, 그리움도 슬픔도 모두 부질없었다. 삶으로부터 서서히 멀어져 갔다. 아니, 그는 언제나 죽음과 더 친숙했다.

마지막으로 의식을 잃기 직전 그는 땅이 미미하게 진동하는 걸 느꼈다. 눈을 떠야 한다는 걸 알았지만 그럴 수가 없었다. 진동은 더욱 강해졌고 곧 말발굽 소리도 들려왔다. 이 정도면 상당한 숫자일 터였다.

베르네율 무리일까? 그들이 돌아와 비참하게 죽어 가는 자신을 비웃어 주려는 것일까? 차라리 그러기를 바랐다. 적어도 마지막으로 베르네율의 얼굴을 바라보며 침을 뱉어 줄 수는 있을 테니까.

"여기에도 시체가 있군요. 그들의 소행인 것 같은데요?"

경쾌한 목소리를 가진 어떤 남자가 말했다. 테사르는 시체가 아니라고 말하고 싶었지만 그럴 기운조차 없었다. 누군가 말에서 내려 부츠 굽을 마찰시키며 걸어왔다. 잠시 후 목에 차가운 손의 감촉이 느껴졌다.

"아니, 살아 있는걸."

"귀찮게 됐네. 그냥 죽어 버리지 왜 짐짝이 되고 난리래요."

"마음 좀 곱게 써라, 딘. 언젠가 네가 이런 입장이 될 수도 있다고 생각해 보란 말이야."

"밥 먹고 할 짓 없나요. 일어나지도 않을 일을 뭐 하러 생각해요?"

"허이구, 됐다. 이 친구나 좀 옮겨."

순간 모든 의식이 돌아오면서 테사르는 눈을 떴다. 가장 먼저 상대방의 숫자와 옷차림부터 파악했다. 숫자는 여섯에 모두 보안관 복장을 하고 있었다. 그들을 주의 깊게 살피는 동안 딘이라고 불린 남자가 테사르를 쳐다보았다.

"어, 정신 드셨네?"

"누구요, 당신들은."

"우리? 글쎄요. 아마 이제부터 형씨의 생명의 은인이 되려는가 보죠. 상처에서 총알은 빼신 거요? 아, 빼냈으면 이렇게 됐을 리도 없지. 기다려 봐요. 아무래도 여기에 자리를 깔아야겠으니까."

투덜거렸던 거에 비하면 그는 빠른 행동으로 짐을 풀었다. 그 사이 거구의 민머리 남자가 다가와 테사르에게 물을 마시게 해 주었다.

"어쩌다 이런 곳에 홀로 버려진 거요?"

"베르네욜을 쫓다가 그렇게 되었소."

짐작은 했지만 베르네욜이라는 이름이 나오자 다들 눈빛이 달라졌다. 특히 딘이라는 남자는 빠른 동작으로 테사르를 돌아보았다.

"형씨 혼자 베르네욜을 쫓았다고? 죽으려고 환장했군."

"아무 계획도 없이 무모하게 뛰어든 건 아니오. 운이 나빴지. 렘이 매복한 채 기다리고 있었거든."

"베르네욜의 저격수가 직접요? 그럼 운이 나쁘긴커녕 좋았던 거네요. 적어도 아직 살아 있으니까."

"그럴지도. 당신들도 그자를 쫓고 있소?"

사내들은 잠시 눈빛을 교환했다. 딘이 아무렴 어떠냐는 식으로 어깨를 으쓱하자 민머리 남자가 말했다.

"뭐 겸사겸사지. 일단 당신 어깨에서 총알이나 빼냅시다."

그는 의사처럼 보이지 않는데도 그런 상처를 많이 다뤄 본 듯, 부풀어 오른 살을 간단히 헤집고 총알을 꺼냈다. 물론 그러는 동안 테사르로서는 형언할 수 없는 고통을 느꼈지만 말이다.

고름을 닦아 내고 소독약을 부은 뒤 그가 붕대로 어깨를 감아 주었다. 그는 자신을 빈쿠스라고 소개했다.

"그런데 어떻게 하면 총알이 이렇게 박히지? 하늘에서 쏜 것도 아닐 텐데."

"엎드려 있다가 맞았소."

테사르가 렘과의 저격전에 대해 설명하자 남자들 모두 감탄했다.

"대단하군. 렘이 여자라는 소문이 있던데 그게 사실이오?"

"맞소."

빈쿠스는 믿을 수 없다는 표정을 지었지만 딘은 환호성을 터뜨렸다.

"그것 봐요, 그것 봐. 내가 여자라고 그랬죠? 틀림없이 엄청난 미녀일 거요. 형씨, 맞죠? 끝내주는 미녀죠?"

테사르는 어째서인지 떨떠름한 기분을 느끼며 대답했다.

"글쎄. 나도 얼굴을 확인할 정도까지 가까이 다가가 본 적이 없어서 잘 모르겠소."

"미녀일 거야. 분명해요. 그래야 죽이는 보람도 있지. 렘은 내 거요. 꼭 내가 죽일 거라고요."

딘은 싱글싱글 웃었지만 다른 남자들은 하나같이 그에게서 고개를 돌리며 혀를 찼다. 테사르는 그가 그다지 신용받는 총잡이가 아니라는 걸 알 수 있었다.

"그런데 당신들, 검은 개 일행 아니시오?"

테사르는 모두가 긴장을 풀고 있을 때 허를 찔러 보았다. 빈쿠스의 입은 여전히 웃고 있었지만 눈가에서는 웃음이 사라졌다.

"왜 그렇게 생각하지?"

"보안관 흉내를 그럴듯하게 내고 있기는 하지만 어설프거든. 지역마다 보안관들 특유의 옷차림이 있소. 말투도 다 다르고. 한데 당신들은 너무 제각각이오. 큰 건이 있을 때만 온갖 곳에서 모여드는 사냥꾼들은 검은 개밖에 없지."

"과연."

빈쿠스는 너털웃음을 웃으며 고개를 저었다.

"더 이상 서로 점잔 뺄 필요는 없겠군, 테사르."

테사르는 그들이 자신의 이름을 알고 있다는 것에도 그다지 놀라지 않았다.

"당신들 목적은 나요, 베르네욜이요?"

"둘 다였소."

그들의 대화를 듣고 놀란 쪽은 오히려 딘이었다. 그는 제자리에서 펄쩍 뛰었다.

"테사르라고? 형씨가 테사르라고요?"

빈쿠스는 딱한 눈으로 딘을 쳐다보았고 다른 남자들은 고개를 절레절레 저었다. 딘은 테사르의 곁에 바싹 붙어 앉더니 부담스러우리만치 반짝거리는 눈으로 쳐다보기 시작했다.

"형씨. 이런 말 하긴 쑥스럽지만 나, 형씨를 존경해요."

"……그거 고맙군."

"와, 내가 테사르의 은인이 되다니. 내가 테사르의 생명의 은인이 되다니!"

왜인지 테사르는 반년 이내에 딘이라는 남자가 자신의 생명을 살렸다는 소문이 남부 전역에 퍼질 것 같다는 불길한 예감을 느꼈다. 빈쿠스도 한숨을 내쉬고 말했다.

"상태가 이 모양이니 더 쫓을 것도 없군. 당신의 경우엔 무력화시키는 것만이 목적이었거든. 이제 베르네욜에게로 방향을 틀어야겠소. 그는 단지 상처 입히는 것만으로 끝나지는 않을 테지만."

"나도 데려가시오."

"당신을?"

"내가 도움이 되지 않는다고 말할 생각은 아니겠지."

"그런 상처로는 솔직히 그렇소."

"한 손으로도 총은 쏠 수 있소. 내 장기는 라이플만이 아니지."

빈쿠스는 잠시 동료들을 바라보았다. 딘이 열렬한 동작으로 고개를 끄덕거리는 가운데 빈쿠스는 그를 쳐다보지도 않고 말했다.

"좋소. 우리로서도 남부 최고의 저격수를 마다할 이유는 없겠지."

베르네욜 일당은 사우스 엔더에 닿기 전에 밤을 맞이했다. 베르네욜은 아직 어스름이 남아 있을 때 농가를 발견하고 팔마와 부하 몇몇을 시켜 그곳을 습격하게 했다.

총성과 비명이 오가는 동안 베르네율은 농가를 바라보는 대신 먼 들판으로 고개를 돌렸다. 희끄무레하게 남아 있는 빛이 지평선을 따라 흐르고 있었다.

지금은 분명히 밤인데 저 빛은 무어란 말인가. 태양이 남기고 간 빛의 잔해인가, 아니면 별을 품은 자궁인가?

베르네율이 지평선 너머를 바라보는 동안 팔마는 농가에 있던 일가족 중 남자아이 하나만 남기고 모두 살해했다. 이제 갓 열 살쯤 되어 보이는 남자아이가 팔마에게 붙잡힌 채 엉엉 울고 있었다.

"이 형은 너 같은 애들만 보면 항상 마음이 안 좋아. 그래서 선물을 남겨 주곤 하지. 너도 받고 싶지, 그렇지?"

남자아이는 대답하지 않고 계속 울기만 했다. 팔마는 대답을 기다리지 않고 부츠 옆에 매달아 둔 나이프를 꺼냈다.

"어디에다 남겨 줄까. 지난번 아이가 이마였던가? 그럼 넌 턱에다가 해 줄게."

팔마는 아이의 머리채를 꽉 쥐고는 칼로 무자비하게 턱을 그어 내렸다. 아이는 비명을 질렀고 팔마의 손에서 빠져나오기 위해 온몸을 비틀며 몸부림쳤다.

팔마는 그를 땅에다 내동댕이치고 칼에 묻은 피를 옷에 슥슥 문질렀다. 그리고 품에서 위스키병을 꺼내 반은 자기가 비우고 반은 아이의 머리에 부어 주었다.

"이게 팔마 님의 세례 의식이란 거다. 넌 축복받은 거야."

빈 병을 내던지고 낄낄거리고 웃으며 그는 베르네욜에게 돌아갔다. 베르네욜은 뭔가 중요한 일을 하다 방해를 받은 사람처럼 기분 나쁜 표정으로 그를 돌아보았다. 팔마는 움찔하고 조심스레 말했다.

"형님, 끝났습니다. 다른 애들이 집 안을 정리 중입니다. 들어가시죠."

잠깐이지만 베르네욜은 무어라 말할 듯 보였다. 하지만 결국 입을 열지 않고 그대로 말을 몰아 팔마를 지나쳐갔다. 팔마는 그의 뒷모습을 바라보며 머리를 긁적이다 따라갔다.

나무로 지은 2층짜리 농가는 그들 무리가 닥치기 전까지는 무척 단란했을 법한 모습을 하고 있었다. 한창 식사 준비를 하고 있었는지 화덕에서 냄비가 끓고 꼬치에 꿰인 토끼 고기가 노릇하게 익어 가고 있었다.

베르네욜이 식탁 가운데에 앉고 팔마는 그 옆에, 다른 총잡이들은 각자 흩어져 아무렇게나 자리를 잡았다. 그들에게 익숙한 곳은 들판 아니면 주점이었는지라 그런 가정집이 다소 어색한 분위기였다.

그들이 음식을 반쯤 비웠을 때 렘과 가니시오가 도착했다. 렘은 팔에 천 자락을 둘둘 감고 있었다.

"나 없이 식사 맛있게들 하셨나 봐?"

"아직 국물은 좀 남아 있을걸. 냄비 바닥 긁어 봐."

"바깥에 있는 남자애는 뭐야. 또 네 짓이지?"

"아직 안 가고 남아 있어? 용기가 가상한 놈일세."

팔마는 대꾸하고 그릇에 얼굴을 처박았다. 가니시오는 냄비를 확인하러 갔고 렘은 집 안을 한번 둘러보고는 대담하게도 베르네욜의 맞은편에 앉았다. 베르네욜은 고개도 들지 않았다.

"정말 버리고 가는 법이 어디 있습니까?"

"식사하는 자리에서 입 열지 마라."

"오면서 내내 생각해 봤는데, 삼촌은 알고 있었죠? 뒤쫓아오는 게 테사르라는 걸요. 그걸 알면서 나 혼자 매복해 있으라고 했던 겁니까?"

"삼촌이라고 부르지 마."

"아버지는 싫다면서요. 삼촌도 싫고, 그럼 오빠라고 부를까요?"

베르네욜이 숟가락을 내려놓았다. 다른 부하들은 잠시 식사를 멈추고 그들을 쳐다보다가 다시 접시에 고개를 박고 먹기 시작했다. 베르네욜은 하얀 천으로 손과 입가를 닦아 내고 렘을 바라보았다.

"부상당한 건 본인 책임이다. 쓸모가 없어진 동료는 짐이 될 뿐이지. 차라리 다른 동료들을 위해 자신이 미끼가 되는 게 옳은 선택이다. 너는 내일 아침 우리와 반대 방향으로 출발해라. 테사르의 주의를 분산시키도록."

렘은 기가 막힌다는 듯 혀를 찼다.

"정말 무자비하시네. 사우스 엔더의 반대 방향이면 그라노스인데요. 정말로 제가 거기에 가길 바라십니까?"

"그래."

"언젠가 이런 식으로 써먹으려고 날 주웠던 거군요. 하긴, 당신한테 무슨 인간다운 정이 남아 있다고 불쌍해서 어린애를 주웠겠어요. 다 쓸데가 있어서 그랬겠지."

"잘 아는군."

렘은 베르네율에게서 눈을 떼지 않았다. 그들 사이에 앉아 있던 팔마는 베르네율을 바라보는 렘의 눈빛이 예사롭지 않음을 눈치챘다. 그녀의 눈은 표적을 조준할 때만 그렇게 흔들림 없이 가라앉았다.

팔마는 최대한 눈에 띄지 않도록 손을 움직여 허리춤에 있던 총을 잡았다. 심장이 천천히 고동치기 시작했다. 그는 항상 궁금했었다. 정말로 겨루게 되면 렘과 자신 중 누가 더 빠를지.

"총에서 손 떼. 아무리 그래도 날 살려 주고 키워 준 사람을 죽이진 않아."

렘은 한 글자씩 또박또박 내뱉고 자리에서 일어났다. 팔마는 하마터면 총을 뽑을 뻔했고 그렇게 드러내 놓고 움찔한 자신에게 화가 났다.

렘은 몸을 돌려 냄비 쪽으로 걸어갔고 베르네율은 아무 일도 없었다는 듯 의자에 기대며 말했다.

"팔마, 그릇 치워라. 렘, 커피 끓여 와."

렘은 찬장을 뒤져 얼마 남지 않은 커피 자루를 발견했다. 부스러기까지 그러모아 주전자에 넣고 물을 끓였다. 곧 향긋하고 고소한 냄새가 집 안에 퍼졌다.

그녀는 첫 번째 끓인 진한 물과 찌꺼기를 한쪽 냄비에 부어 치운 뒤 주전자에 새 물을 넣고 끓였다. 오래지 않아 주전자 가득 연하고 깨끗한 색의 커피가 우러 나왔다. 그녀는 그것을 컵에 따라 식탁으로 가져갔다. 하지만 베르네욜은 자리에 없었다. 그녀는 별로 고민하지 않고 거실을 돌아 집 밖으로 나갔다.

베르네욜은 고요한 어둠 속에 앉아 있었다. 냄새로 렘은 그가 담배를 피우고 있음을 알아차렸다. 어디선가 주웠다는 그 파이프는 베르네욜이 아끼는 것이었다. 그도 뭔가를 아낄 줄 안다면 말이다.

렘은 그에게 다가가 커피잔을 내밀었다. 베르네욜은 잔을 한 번 쳐다보고는 다시 고개를 바로 했다. 렘은 커피잔을 그의 곁에 내려놓고 자신도 그 옆에 앉았다.

둘 다 말없이 앞만 바라보았다. 방향은 같아도 시선의 끝이 머무는 곳은 서로 달랐다. 베르네욜은 이제 희미해진 그러나 여전히 남아 있는 지평선의 빛을, 렘은 그 위로 떠오른 별을 보고 있었다.

잠시 후 렘은 고개를 돌려 베르네욜의 옆모습을 찬찬히 훑었다. 그가 파이프를 무는 모습을, 무엇을 보는지 알 수 없는 어둠 속에 잠긴 눈을, 얼굴을 가리는 머리카락과 턱 위로 난 까슬까슬한 수염을 보았다.

잘 알고 있다고 생각한 얼굴인데도 그렇게 관찰하듯 보니 생소하게 느껴졌다. 렘은 손을 뻗어 베르네욜의 얼굴을 가린 머리카락을 걷어 냈다. 베르네욜은 파이프를 떼고 흰 연기를 뿜어냈다.

"나는 다 알아요. 삼촌은 내가 불쌍해서 주운 거고 가엾어서 키운 거야. 정을 주기 싫었지만 어쩔 수 없이 정들었을 거예요. 나에게 애정을 느낄 거야. 나를 아낄 거야."

베르네욜은 대답하지 않았다. 미소 비슷한 것도 짓지 않았다.

"총 쏘는 법을 가르친 것도 내가 이 험한 세상에서 살아남길 바랐기 때문이에요. 저 거칠고 무자비한 남자들 틈에서 자라게 놔둔 것도 내가 강해지길 바라서야. 모두 다 나를 위해서였던 거예요. 나는 알아요."

"신을 믿나, 렘."

"그런 건 믿지 않아요."

"네 말은 존재하지 않는 것에 대한 맹목적인 믿음만큼이나 터무니없게 들리는데."

"이건 믿음의 문제가 아니에요. 그냥 아는 거예요. 해가 지면 밤이 오고, 밤이 오면 별이 뜨는 것만큼이나 자연스럽게요. 내가 또 뭘 아는지 말해 줄까요? 내가 지금 기대어도 당신은 움직이지 않을 거예요."

렘은 일어서서 베르네욜의 등 뒤로 걸어가 앉았다. 그리고 그의 등에 두 손을 올려놓았고 거기에 머리를 대었다.

"나는 다 알아요."

베르네욜은 말없이 파이프를 물었다. 커피가 천천히 식어 가고 있었지만 그는 손을 대지 않았다. 마침내 차가워질 때까지도.

테사르와 검은 개 일행은 다음 날 오후 베르네욜 무리가 머물렀던 농가에 도착했다. 집 뒤편에 널브러져 있는 시체를 보고 눈살을 찌푸리던 그들은 집 안에서 튀어나온 소년과 마주쳤다. 소년은 자기 키만 한 샷건을 들고 있었다.

"다가오지 마! 죽여 버릴 거야, 죽여 버릴 거야!"

"어이, 진정해라."

빈쿠스는 말에서 내려 보안관 배지를 보여 주었다.

"우린 네 가족을 이렇게 만든 작자들을 쫓고 있다."

"거짓말하지 마! 당신들도 한패지? 날 죽이러 온 거지?"

"아니다. 네 가족을 습격한 건 베르네욜 일당이야. 그 이름은 너도 들어 봤겠지? 그들이 어디로 갔나?"

소년은 망설이듯 총을 내리다 치켜올리고, 내리다 다시 치켜올리기를 반복했다. 결국 짜증이 난 딘이 총을 꺼내 소년 쪽으로 발사했다. 놀란 소년이 귀를 막으며 총을 떨어뜨렸고 빈쿠스는 그것을 주워 멀찌감치 던져 버렸다.

"이래서 애들은 매로 다스려야 돼. 말로 해 봐야 알아듣지도 못하고 시간만 낭비한다니까요?"

딘이 투덜거리며 총을 집어넣었다. 테사르는 그의 행동이 마음에 들지 않았지만 빠르게 쏘는 솜씨만큼은 유념해 둘 만하다고 생각했다.

빈쿠스는 품에서 다 녹은 초콜릿을 꺼내 아이에게 주며 자기가 생각하기에는 더없이 착해 보이는 미소를 지었다. 하지만 소년은 거구의 대머리 남자가 짓는 미소를 일종의 위협으로 받아들였다. 그래서 덜덜 떨며 받은 초콜릿을 들고만 있었다.

"그들이 다 합쳐서 몇 명이더냐?"

"몰라요. 열 명…… 열다섯 명쯤."

"다들 남자고 무장을 했지? 부상자는 없었나?"

"나중에 여자도 한 명 왔어요. 그 여자만 다쳤던 것 같아요. 이쪽 팔이요."

소년이 자기 왼팔 팔꿈치쯤을 가리켰다. 빈쿠스가 돌아보자 테사르는 고개를 끄덕였다.

"내가 렘을 제대로 맞혔나 보군."

소년은 그다음부터 고분고분해져서 빈쿠스가 묻는 말에 무엇이든 대답했다. 베르네욜 무리가 어디로 갔냐는 질문에는 그들이 자기를 방에 묶어 두고 떠나서 제대로 보지 못했고, 포박을 풀고 밖으로 나왔을 때 남동쪽으로 사라지는 먼지구름을 봤다고만 이야기했다.

"여기서 남동쪽? 거긴 그라노스 방향인데?"

딘이 믿을 수 없다는 듯 반문하며 빈쿠스를 쳐다보았다. 빈쿠스도 고심하는 얼굴이었다. 테사르는 끼어들까 말까 고민하다가 입을 열었다.

"내 생각에 그들은 사우스 엔더로 갔을 거요. 옛 동지들과 합류하기 위해서라도. 그라노스는 터무니없소. 미끼일 거요."

"그건 수사나드가 아직 건재할 때의 이야기겠지. 수사나드의 소식이 들려오지 않은 지 꽤 됐소. 베르네욜은 이번에야말로 그가 발을 들이지 못했던 유일한 땅을 정복하려는 것일 수도 있소."

"베르네욜이 얼핏 무분별하게 행동하는 악당처럼 보여도 그 자신이 확신하지 않는 일은 하지 않소. 우리가 수사나드의 소식을 모른다면 그도 모를 것이오. 결코 모르는 채로는 가지 않을 거고."

빈쿠스는 다른 동료들을 바라보았지만 그들은 어깨만 으쓱할 뿐이었다. 결정하는 것도 책임지는 것도 모두 빈쿠스의 몫이었다. 고민하던 빈쿠스는 자신이 틀리지 않았기를 바라며 말했다.

"그렇다면 동행은 여기까지로군. 우리는 그라노스로 가겠소. 그가 정말 그쪽으로 향했다면 생각보다 일이 수월해질 거요. 수사나드의 협조만 받으면 될 테니까."

"그렇게 하시오. 난 사우스 엔더로 가겠소."

"정말 거길 혼자 가겠다는 거요? 베르네욜이 없어도 그곳은 당신에겐 위험한 땅이오. 게다가 상처까지 입지 않았소."

"실망시켜 미안하지만 난 그렇게 무모한 성격은 아니오. 이 소년의 집에서 몸을 좀 회복하고 가야겠소."

소년은 초콜릿을 먹다 말고 고개를 들어 테사르를 바라보았다. 경계하기보단 오히려 호기심 섞인 눈이었다. 테사르는 소년도 혼자 있기를 별로 바라지 않는다는 걸 깨달았다.

"가기 전에 호의를 베풀 생각이 있다면 저 아이 가족들이나 같이 묻어 줍시다."

테사르의 제안에 딘은 짜증을 냈지만 빈쿠스는 수락했다. 여섯 남자는 집 뒤쪽에 땅을 파기 시작했고 부상을 입은 테사르는 소년과 나란히 앉아 그 모습을 바라보았다. 자꾸만 턱에 난 상처를 만지작거리는 소년을 보고 테사르가 입을 열었다.

"팔마가 그랬구나."

"네?"

"팔마, 베르네욜의 부하란다. 그는 어딘가를 습격할 때마다 너 정도 또래의 남자아이들에겐 항상 같은 짓을 하지. 내 생각에는 그도 어릴 때 비슷한 일을 겪었기 때문이 아닐까 한단다. 그의 얼굴에도 십자 모양의 흉터가 있거든."

소년은 대꾸하지 않고 계속 턱만 만지작거렸다.

"꽤 오래전 일이지만 너와 비슷한 상황에 처한 아이와 잠시 동행한 일이 있었지. 그 아이는 상처가 이렇게 생겼어."

테사르가 손가락으로 입술 위쪽에서 아래로 그어 내렸다. 소년은 눈살을 찌푸리며 상체를 뒤로 당겼다.

"그래서 웃을 때마다 입가가 틀어졌지. 이름이 녹스였던가. 그 아이도 가족과 집을 다 잃고 홀로 떠돌아다니던 중이었어. 그래서 내가 세넌빌에 데려다줬지. 거긴 내 고향이라 아는 이들이 제법 있거든."

"난 안 가요."

소년이 고개를 돌리며 퉁명스레 내뱉었다. 테사르는 잠깐 웃었다.

"누가 뭐래니. 나도 지금은 갈 길이 바빠서 널 데려다줄 여유가 없다. 하지만 여기 혼자 머물기 어렵다면 세넌빌로 가거라. 내 이름을 대면 그럭저럭 일자리를 줄 사람들이 있을 거다."

소년은 대답하지 않고 고개를 흔들었다.

잠시 후 여섯 남자는 구덩이를 다 파고 벌써 부패하기 시작한 시체를 넣은 뒤 흙을 덮었다. 소년은 곁에 의연한 자세로 서 있었지만 끊임없이 훌쩍였다.

마지막으로 무덤가에 십자가를 세운 뒤 빈쿠스를 비롯한 여섯 남자는 떠나갔다. 딘은 신경 쓰이는 듯 테사르를 몇 번 돌아보았지만 얼마쯤 멀어지고 나서는 더 이상 그러지 않았다.

새벽 어스름이 들판에 깔렸을 때 테사르가 자리에서 일어났다. 아픈 팔로 잠자리를 정리한 그는 부츠를 신고 총집이 달린 벨트를 허리에 찼다. 자기 전에 손질해 둔 총을 차례대로 장비하고 탄약도 확인했다. 마지막으로 모자를 쓰고 방을 나섰다.

문 앞에서 그는 잠시 멈춰 섰다. 소년이 맞은편 복도에 앉은 채로 잠들어 있었다. 밤새 거기 있었던 모양이었다. 조용히 지나가려던 테사르는 생각을 바꿔 소년을 흔들어 깨웠다.

"여기서 지키고 있어 봐야 소용없어."

소년은 잠에서 덜 깬 얼굴로 테사르를 응시했다.

"가려고요?"

"가야지."

"아직 상처가 낫지 않았잖아요."

"그러니 더 심해지기 전에 가야지."

소년은 바닥을 내려다보며 입을 다물었다. 내면에서 무언가와 치열하게 싸우는 것 같았다. 마침내 결심한 듯 소년이 고개를 들었다.

"더 있다 가면 안 돼요?"

그 말을 하기 위해 소년이 자존심을 그러모아야 했다는 것이 테사르에게는 재미있게 느껴졌다.

"좀 더 있으면?"

"있으면…… 상처도 치료하고, 우리 집 부서진 곳도 좀 고쳐주고, 수확물 거둔 거 처분하는 것도 도와주고요. 그럼 아저씨도 일당 생기고 좋잖아요."

"난 돈은 필요 없어."

"그럼 뭐가 필요한데요?"

테사르는 소년을 지그시 바라보았다. 소년이 원하는 게 무언지 알고 있었다. 자신에게 필요하지 않은 것이 그에게는 필요했다. 테사르가 버린 것.

"복수."

"누구한테요?"

"네 가족을 죽인 자들."

"베르네욜."

소년이 한 글자 한 글자 또박또박 내뱉었다. 그리고 자신의 턱에 난 상처를 긁어내렸다.

"그리고 팔마."

"그래, 그들이야."

"나도 데려가요."

"안 돼. 지금의 넌 아무것도 못 해."

"그럼 가르쳐 줘요. 당신 같은 총잡이로 키워 달라고요!"

"내겐 그럴 시간이 없어."

소년의 눈빛이 한순간 사나워졌다. 테사르는 손을 뻗어 소년의 머리를 두어 번 쓰다듬었다.

"내가 아니어도 베르네욜을 증오하는 이들이 많으니 널 가르쳐 줄 사람은 얼마든지 있을 거다. 하지만 굳이 찾지 말라고 해 주고 싶구나. 평생 누군가를 증오하며 살기에 너는 너무 어리거든."

"그러는 아저씨는요. 아저씨는 젊을 때로 돌아가면 복수하지 않을 건가요?"

"그러기엔 나는 모든 걸 잃었어. 그는 내 아내와 태어난 지 얼마 되지도 않은 딸아이까지 죽였다."

"나도 마찬가지예요. 모든 가족을 잃었어요."

테사르는 시선을 돌려 어둠의 한구석을 바라보았다.

"알았다. 그렇다면 말리지 않으마. 너처럼 베르네욜을 증오하는 사람을 찾고 싶거든 그라노스로 가거라. 어제 그 남자들이 향한 곳 말이야. 절대로 혼자서는 덤비지 마."

"아저씨는 왜 혼자서 가는데요?"

"이건 나와 그 사이의 일이니까."

"아저씨 말은 모순투성이예요."

"산다는 게 원래 그래."

소년은 더 이상 말하지 않았다. 테사르는 그를 남겨 두고 돌아서서 계단을 내려왔다. 소년을 구제해 주고 싶었지만 그럴 방법도, 시간도 없었다. 이미 십수 년 전에도 그는 그런 식으로 누군가를 버렸었다. 두 번이라고 어려울 리야.

그럼에도 잠시 후 테사르는 다시 소년 앞에 서 있었다. 고개를 든 소년의 얼굴에 반가움과 희망이 내비쳤다. 테사르는 착잡한 얼굴로 입을 열었다.

"내가 지금부터 하려는 이야기를 어쩌면 너는 믿지 못할지도 모른다. 우리는 만난 지 얼마 되지 않았고 서로에 대해 잘 알지 못하지. 그러나 어쨌든 내가 마지막으로 만난 사람이 너일지도 모른다는 생각에 이 말을 남기지 않을 수 없구나. 어쩌면 아무도 아무것도 모른 채 모든 게 끝나 버릴지 모르니."

"무슨 이야기인데요?"

"말하기 전에 한 가지 약속해 주겠니? 이 이야기를 혼자만 알고 있다가, 훗날 베르네욜을 만나게 되면 그에게 전해 주겠다고."

"베르네욜한테요?"

"그래. 혹 그가 이미 죽어 있다면, 그를 죽인 자에게 말해 줘도 무방하다."

소년은 다소 겁을 먹은 듯 보였다. 하지만 침을 꿀꺽 삼킨 뒤 대답했다.

"미래의 총잡이로서 약속할게요. 어떤 방법으로든 반드시 전하겠어요."

테사르는 미소를 지었다.

6. 천 번의 총성과 천 번의 기도

라신은 난생처음 숙취라는 감각에 시달리며 눈을 떴다. 사막을 건널 때도 느끼지 못했던 강렬한 갈증도 함께였다. 주전자에 있던 물을 전부 비운 뒤에야 그는 정신을 차리고 방 안을 둘러보았다. 바드레 수사의 자리가 흐트러진 채로 남아 있었다.

"수사님?"

화장실에도 가 보고 아래층 식당에도 가 보았지만 수사의 흔적은 남아 있지 않았다. 여관 주인에게 물어봐도 모른다는 대답뿐이었다. 혹시나 싶어 교회를 짓던 자리로 가 보았다. 그러나 찾던 사람 대신 부서진 잔해만 발견했을 뿐이다.

느리긴 해도 그가 온 정성을 기울여 짓던 교회였다. 바람 때문에 그렇게 된 건 아닌 듯했다. 누가 봐도 사람의 짓이었다.

"어째서……?"

라신은 한참을 그렇게 서 있다 맞은편에 있는 마마 수의 바로 들어갔다. 아직 오전 시간이라 가게를 열 준비를 하던 마마 수는 전날과 달리 라신을 퉁명스럽게 돌아보았다.

"뭐야."

"제 교회를 누가 저렇게 했습니까?"

"누구면, 알아서 뭐 하게?"

"찾아가서 왜 그랬는지 물어야지요."

"바보는 아닐 텐데, 왜 그렇게 했는지 몰라?"

"모르겠습니다. 어제까지만 해도 다들 도와주거나 지켜보기만 하셨습니다. 제게 그러지 말라고 한 사람도, 그걸 반대한 사람도 없었는데……."

"어제까지는 그랬을지도 모르지."

"예?"

마마 수는 행주로 바를 닦아 내며 툴툴거렸다.

"이제 더 이상 여기 사람들은 네가 알던 그라노스 사람들이 아닐 거야."

"어째서 말입니까?"

"그가 돌아왔거든."

라신은 직감적으로 마마 수가 누굴 말하는지 깨달았다.

"수사나드 말이야. 그라노스의 지배자가 돌아왔어. 이제 게으른 강아지들처럼 널브러져 있던 사내들이 다시 살벌한 눈빛을 하고 다니게 될 거야. 지금부터야말로 조심하라고, 사제님."

"그가 돌아왔다면, 그럼……."

"너랑 신부님이 왔다는 것도 이미 알고 있어. 곧 총잡이들이 너희를 찾아 마을을 들쑤시고 다니겠지."

마마 수의 얼굴에 어울리지 않는 동정의 빛이 떠올랐다.

"진작 떠났어야 했는데. 진작에."

"그럼 그들이 수사님을 잡아가신 건가요?"

"너랑 같이 온 신부? 그것까지는 모르겠군. 녹스라면 알지도 모르니까 가 봐. 옆 숙소에 묵고 있어."

라신은 마마 수에게 인사하고 나와 바와 붙어 있는 여관 건물로 들어갔다. 카운터에서 졸고 있던 작은 소녀가 눈을 번쩍 뜨며 외쳤다.

"어서 오십쇼! 식사, 목욕, 침대 어느 것 하나 빠짐없이 가능한……."

소녀의 목소리가 라신의 얼굴을 확인함과 동시에 작아졌다. 라신은 그녀를 바로 알아보았다.

"엘리구나. 여기서 일하니?"

라신의 얼굴을 한동안 바라보던 엘리가 카운터에서 급히 뭔가를 낚아챘다. 그리고 그것을 등 뒤에 숨기면서 적대적으로 물었다.

"여긴 왜 왔어?"

"사람을 찾고 있어. 혹시 녹스라는 사람이 여기 묵고 있니?"

"2층 복도 맨 끝 방이야. 그런데 왜?"

"물어볼 게 있거든."

라신이 바로 계단 쪽으로 향하자 엘리가 튀어나와 길을 가로

막았다.

"안 돼."

"왜?"

"지금은 그 방에 손님이 있어."

그녀의 얼굴이 붉게 물드는 걸 보고 라신은 고개를 갸웃거렸다. 어쨌거나 손님이 있다고 하니 방해할 수도 없었다.

라신은 카운터 앞 의자에 앉아 기다리기로 했다. 그러면서 앞으로 해야 할 일을 찬찬히 생각했다. 일단 바드레 수사를 찾는 게 우선이고 그다음은 수사나드를 만나 봐야 했다.

모든 사람들이 입을 모아 그가 무서운 사람이라고 말하는데도 라신에게는 이상할 정도로 낙관적인 희망이 있었다. 그라노스의 지배자, 데스탄콘의 벼락, 유일무이한 베르네욜의 대적자라고 불리는 남자. 그러나 실제로는 어떤 사람일까?

"사제님이 여긴 웬일이지?"

계단 쪽에서 들려오는 목소리에 라신이 고개를 들었다. 카운터에서 라신을 흘깃거리던 엘리는 반대로 급히 고개를 파묻었다. 잔센이 어깨에 붕대를 감은 채 내려오고 있었다.

"상처는 좀 어떠십니까?"

라신이 다가가 묻자 잔센은 쓰게 웃었다.

"밤에 잠이 안 오더군. 아프기도 하고 억울하기도 해서. 반면에 너는 잘 자는 것 같던데."

"그게, 기억이 안 납니다. 술집에 들어간 것까진 알겠는데……."

"연거푸 석 잔인가 마시고 뻗더군. 볼만했어."

"제가 그랬습니까?"

"그래."

잔센은 테이블 중 하나에 자리를 잡고 앉았다. 라신은 반대 편에 앉아서 조심스레 잔센의 상처를 살폈다. 기도로 치료할 까? 하지만 그래서는 자신의 능력이 들통나고 만다. 바드레 수 사가 그것만은 제발 조심하라 했었다.

"그런데 아직 안 잡혀간 모양이군."

"잡혀가다니요?"

"지난밤 수사나드가 돌아왔거든. 오자마자 네가 짓던 교회도 부숴 버리고 난리도 아니었어. 모두에게 날벼락이었지."

"역시 그가 한 짓이었습니까? 제 수사님을 데려간 것도요?"

"아마 그럴 거야. 교회를 누가 지었냐고 묻고는 곧바로 너희가 묵는 여관으로 향했거든. 한데 정말로 찾아갔다면 왜 너를 가 만히 놔두었을까. 이해가 안 가는군."

라신의 시선이 빈 테이블 위로 떨어졌다.

"수사님이 그렇게 잡혀가실 동안 저는 술에 취해 자고 있었 던 거로군요."

"자책하지 마라. 너라도 몸을 피하는 게 좋아. 이미 늦었을지 모르지만."

"그럴 생각은 없습니다. 수사나드라는 사람은 지금 어디에 있습니까?"

"찾아가려고? 가서 뭘 어쩌게."

"대화를 해 봐야지요."

"핫, 대화라."

잔센이 낮게 웃는 동안 엘리가 간단한 음식들을 챙겨 왔다. 보리빵과 삶은 계란과 포도주를 탁탁 내려놓은 그녀는 매우 못마땅하다는 얼굴로 라신의 앞에도 접시를 하나 툭 놓았다. 거기에도 간단한 음식이 담겨 있었다.

"난 괜찮은데……."

하지만 그녀는 듣지도 않고 등을 돌려 가 버렸다. 잔센이 쿡쿡거리고 웃었다.

"엘리가 저러는 거 처음 보네. 늘 상냥한 아이인데. 도대체 무슨 짓을 한 거야?"

"아무 짓도 하지 않았습니다."

라신이 진지하게 대답한 다음 빵을 베어 물었다. 잔센은 조금 놀랍다는 듯 물었다.

"먹는 건가? 여유 있는데."

"뭐라도 먹어야 머리가 깨거든요. 수사나드라는 사람을 만나 대화하려면 정신이 맑아야지요."

"앞뒤 안 가리고 달려들지 않는 점은 좋군. 갈수록 마음에 드는 친구야."

두 사람이 그렇게 아침 식사를 끝낼 무렵 녹스가 헝클어진

머리에 반라 차림으로 식당에 내려왔다. 그는 계단 벽에 머리를
한 번 박은 다음 테이블에 한 번 더 허리를 채이더니 마지막으
로 쓰러지듯 잔센의 옆에 앉았다.

"나 죽을 것 같아, 잔센."

"잘됐군. 기왕이면 내 손에 죽어 주게나."

"농담하지 마. 진짜로 머리가……"

상체를 일으키던 그는 라신의 얼굴을 보고 딱 굳었다. 정적
이 잠깐 흐른 다음 녹스가 입을 열었다.

"뭐야, 너."

"제가 이름을 말씀드리지 않았던가요? 저는 라신이고 신학교
에서……"

"그딴 거 말고, 왜 여기 있어?"

"당신을 만나서 뭔가 물으려 했습니다만 이미 답을 얻었습니
다. 아침만 먹고 떠나려고 합니다."

그러자 녹스의 눈동자가 잔센에게 돌아갔다. 잔센은 오랜 적
이자 친구인 사내의 얼굴에 깊이 배신감이 떠오른 걸 보았다.
어째 빵이 목으로 잘 넘어가지 않았다.

"왜 그렇게 보는 건가."

"어째서 이 녀석하고 같이 아침을 먹고 있는 거야?"

"물어보는 건 좋은데, 그 말투는 좀 고쳐 주지 않겠나?"

"말투가 뭐 어때서?"

"질투하는 여편네 같아."

잠시 굳어 있던 녹스가 거의 경기를 일으키며 의자에서 일어났다.

"뽑아, 총!"

"농담일세, 농담. 흥분하지 말고 앉아. 밤사이 자네가 들으면 놀랄 만한 일이 생겼으니까. 수사나드가 돌아왔어."

한동안 녹스는 말문이 막힌 것 같았다. 가만히 서 있는 그를 보고 라신은 의아하게 생각했다. 왜 수사나드가 돌아왔다는 말에 그가 두려워하는 듯 보이는 걸까?

"이렇게 빨리?"

"별로 빠르다고 생각되진 않는데."

"그야, 하지만……."

녹스는 다시 자리에 털썩 앉았다.

"결국 잡으러 가지 않은 거였나. 이번에야말로라고 생각했는데. 아니, 그럴 거였으면 왜 그렇게 딱 맞춰서 떠난 거야?"

"자네처럼 이렇게 기대하던 사람들 엿 먹이기 위해서겠지."

"악취미구만."

라신은 먹으려던 빵을 잠시 내려놓고 조심스레 끼어들었다.

"무슨 말씀을 하시는 건지 여쭤봐도 됩니까?"

녹스는 그를 흘깃 보고 귀찮다는 듯 손을 내저었고 잔센이 대신 설명해 주었다.

"그가 떠난 시기가 하필이면 베르네율이 탈옥했다는 소식이 알려진 직후였지. 그래서 이번 사냥이 그를 잡으러 가는 게 아닐까 하고 다들 조심스레 기대했었어. 하지만 아니었던 모양이야. 적어도 중부를 건너야 하는데 그러면 이렇게 빨리 돌아올수 없거든."

"사냥이 그런 사냥을 말하는 거였군요."

"다른 사냥도 있나?"

라신은 남은 빵을 꾸역꾸역 밀어 넣고 계란도 한입에 삼켰다. 마지막으로 포도주를 쭉 들이켠 다음 자리에서 일어났다.

"실례가 많았습니다. 이만 가 보겠습니다."

"정말 가려고?"

"가야지요."

잔센은 그를 가만히 보다가 허리춤에서 총을 꺼내 테이블 위에 올려놓았다.

"가져가. 별 도움은 안 되겠지만."

"고맙습니다. 하지만 총은 필요하지 않습니다."

"없는 것보단 나을 텐데."

"그게 필요한 상황이 오면 이미 저는 실패한 거나 다름없습니다. 그러니 있으나 마나 마찬가지입니다."

라신은 그렇게만 말하고 씩씩하다고까지 느껴지는 걸음걸이로 여관을 나갔다. 녹스는 어리둥절한 표정으로 잔센을 바라보았다.

"저게 무슨 말이야?"

"글쎄."

잔센은 총을 다시 집어넣고 자리에서 일어났다. 그가 모자를 쓰고 나갈 준비하는 것을 보고 녹스가 물었다.

"어디 가?"

"어째서인지 난 예전부터 도와 달라고 하는 놈보다, 도움은 필요 없다고 말하는 놈을 더 도와주고 싶더라고. 라신이 찾아내기 전에 내가 먼저 가서 수사나드를 설득해 보지."

"미친 거야? 놈을 상대로 설득 같은 게 통할 것 같아? 총에 맞을지도 몰라."

"그런 일이 일어나지 않길 바라지만, 일어나도 할 수 없지."

"잔센!"

녹스는 흔들림 없는 친구의 눈을 보고 자신이 어떻게 할 수 있는 상황이 아님을 깨달았다. 결심한 이상 잔센은 듣지 않을 것이다.

"뭘 그렇게 걱정하나. 내가 없어지면 자네의 원수가 하나 줄어드는 건데."

"정말 그렇게밖에 말 못 하겠어?"

"착각하지 말게. 난 자네와 우정 놀음이나 하려고 따라다니는 게 아니야. 진 빚을 갚고 나면 언제든 망설임 없이 쏠 거다."

녹스는 기가 막혀 입을 벌렸다. 잔센이 자길 따라오지 못하게 하려고 일부러 허세를 부리는 거라 생각해 보려 애썼다. 하지만 잔센의 얼굴에는 한 점 과장도 거짓도 없었다. 녹스는 이를 꽉 물었다.

"그럼 가 버려, 멍청한 자식."

"잘 있게."

녹스를 남겨 놓고 여관 입구로 걸어가던 잔센은 나가기 직전
이렇게 말했다.

"그렇다고 지금까지 자네와 함께한 시간이 즐겁지 않았던 것
은 아니야."

모자를 살짝 들어 올리는 것으로 인사를 대신하고 그는 나
갔다. 홀로 남겨진 녹스는 한동안 미동 없이 앉아 있었다. 그러
나 잠시 후 몸을 부르르 떨고는 테이블을 주먹으로 내리쳤다.

"망할 자식, 갈 거면 그냥 가지 그딴 얘긴 왜 하고 가는데!"

그는 돌진하듯 2층으로 올라갔다가 잠시 후 돌진하듯 다시
내려왔다. 여관을 박차고 나가는 그의 손에는 어김없이 총이 들
려 있었다.

"운명이라는 게 참 사납지, 안 그래?"

바드레 수사는 아무 말도 하지 않았다. 수사나드가 자는 동
안 밤새 기둥에 묶여 있어야 했기에 얼굴이 몹시 초췌했다.

"그때 그렇게 내 눈앞에서 도망가 버린 사람이 이렇게 제 발
로 나타날 줄 누가 알았겠어."

매달린 수사 앞에 한가로이 모닥불을 피워 놓고 즐거워하던
수사나드는 꼬치에 끼워 불 위에 올려 둔 고기가 노릇노릇 익

144

자 후후 불면서 한 점 떼어 먹었다.

"괜찮군. 원했던 사람 고기는 아니지만 뭐."

앞에서 남자가 뭐라고 말하든 바드레 수사의 머릿속엔 라신에 대한 생각뿐이었다. 지금쯤 깨어났을까? 혹시라도 자신을 찾고 있을까? 제발 그 아이만이라도 무사히 빠져나가게 할 수만 있다면.

"그나저나 그 꼴은 당신과 별로 어울리지 않네. 사제라니, 교회에서 당신 같은 사람도 받아주나?"

"사제가 아니야. 수도사일 뿐이다."

대답할 생각이 없었는데 입에서 먼저 말이 튀어나왔다. 수사나드는 대단히 흡족해했다.

"드디어 입을 여는구만. 혼자 떠드는 것도 슬슬 재미없어지던 참인데."

그는 먹던 고깃덩이를 땅바닥에 던지고 자리에서 일어났다. 그리고 한동안 모닥불 주위를 왔다 갔다 했다.

"그나저나 여기 풍경이 마음에 안 들어. 나 없는 새 누가 이렇게 했지? 여기만이 내 쉼터였는데 마음이 안정이 안 되잖아. 역시 당신인가?"

바드레 수사는 고개를 들어 주변을 한번 훑었다. 그곳인 듯싶었다. 라신이 그라노스에 작은 기적을 행사했던 심판의 광장이란 곳은. 하지만 수사나드가 그 사실을 알게 해서는 안 되었다.

"그래."

"그 몸으로 혼자? 시체가 한둘도 아니고 힘들었겠는데. 누가 도와줬을 리도 없고 말이야. 아니, 도와주기 이전에 왜들 말리지 않은 거지? 하여튼 쓸모없는 놈들 같으니."

수사나드는 라신이 묘비 삼아 무덤 앞에 박아 놓은 십자가를 발로 걷어찼다. 부러진 나뭇가지가 튀어 오르면서 그 나름의 복수를 했다. 수사나드의 다리를 때리고 지나간 것이다.

"아프잖아. 감히 나를 때려? 이 몸을?"

수사나드는 온 힘을 다해 나뭇가지를 짓밟고 차기 시작했다. 사물에 대고 진심으로 화풀이하는 그를 보며 바드레 수사는 웃어야 할지 울어야 할지 감을 잡을 수가 없었다. 아무래도 자신만큼이나 그 또한 많이 변한 것 같았다.

한참을 씩씩거리며 나뭇가지를 구타하던 수사나드는 곧 정신이 들었는지 아무 일도 없었다는 듯 머리를 쓸어 넘겼다.

"아, 좋은 운동이 됐어. 이제 당신을 어떻게 할지 결정해 볼까."

"그다지 무섭다는 생각이 들지 않는 건 왜일까."

"이 몸이 무섭지 않다고? 용기 한번 가상하군, 수사. 아니, 아니지. 오랜만에 옛 이름으로 당신을 불러 볼까?"

바드레 수사는 긴장한 채 기다렸다.

"무법자 카라스."

과거의 일은 전부 잊었다. 나는 일개 수사일 뿐 그런 악명 높은 총잡이의 이름은 알지 못한다. 더 이상 예전의 내가 아니다

등의 대답을 준비하고 있던 바드레 수사는 한순간 울컥해서 대답했다.

"카라보야!"

"아, 카라보였나. 맞아, 그랬지."

수사나드는 낄낄거리고 웃더니 총을 꺼내 자신의 볼에 대고 문질렀다.

"그리운 옛날이여. 한때는 내 얼굴을 발로 짓밟고 내려다보던 사내가 지금은 무력하게 나한테 붙잡혀 있군. 소감이 어때?"

"이렇게 되어서 하는 말은 아니지만, 후회하고 있다. 당시 내가 저지른 짓 모두."

"안 돼, 안 돼. 그건 재미없어. 지난 일을 반성하는 뜻에서 수사가 됐다? 너무 진부하잖아. 무법자 카라스는 거기에 안 어울려."

"카라보라고!"

"뭐든지 간에."

수사나드는 근처에 있던 부하 중 하나에게 고갯짓했다.

"풀어 줘. 그리고 네 총을 줘."

바드레 수사는 자신이 잘못 들었다고 생각했다. 하지만 수사나드의 부하는 정말로 그를 포박했던 끈을 자르고 자기 총을 꺼내 아무 망설임 없이 쥐여 주었다.

바드레 수사는 아주 오래간만에 총을 잡는 감각을 느꼈다. 의지와 상관없이 옛 기억들이 주체하지 못할 속도로 떠올라 그의 머리를 어지럽혔다. 한때 그것을 들고 최고라 불리던 시절이 있었다.

"역시 당신은 그걸 들고 있어야 어울려. 이제야 옛날 분위기가 나는군그래."

"나에게 이걸 왜 주는 거냐. 너를 쏘라고?"

"그럼 내가 무기도 없는 사람을 쏠 줄 알았어? 난 그런 치사한 놈이 아니야. 내가 누구?"

그가 부하들을 돌아보며 묻자 남자들은 마치 합창하듯 소리 높여 외쳤다.

"그라노스의 지배자! 데스탄콘의 벼락! 베르네욜의 유일무이한 대적자!"

"옳지, 옳지. 그게 나야. 나 수사나드라고."

그제야 바드레 수사는 그의 이름 앞에 왜 그렇게 많은 수식어들이 붙어 다녔는지 알 것 같았다. 어째서인지 웃음이 났다.

"베르네욜의 이름 앞에 뭐가 붙어 다니는지 알고 있나."

그의 물음에 수사나드는 고개만 갸웃거렸다.

"베르네욜 앞에? 글쎄, 별거 없지 아마."

"별거가 아니라 아무것도 없지. 베르네욜은 베르네욜, 그 이름만으로 충분하기에."

내내 명랑하던 수사나드의 얼굴이 처음으로 경직되었다. 뒤에 포진해 있던 부하들도 긴장하는 기색이 엿보였다. 언제 그가 폭발할지 몰라 불안한 표정들이었다.

"웃기지 마. 그놈은 뭐 하나 한 일도 없으면서 소문만으로 그렇게 된 거야."

"그러는 너는 뭘 했기에?"

"몰라서 물어? 그라노스를 지켰잖아. 정복하지 못할 곳이 없다던 베르네욜로부터 이 도시를 지켰다고. 바로 나, 수사나드 님께서!"

"그것참 자랑스럽기도 하겠군. 베르네욜은 이 도시 말고 모든 땅을 마음대로 돌아다닌다. 그런데 너는 고작 이 도시 하나를 끼고 떵떵거리고 있군. 그라노스의 지배자? 웃기지도 않는군. 그라노스만의 지배자라는 호칭이 뭐 그리 자랑스럽단 말이냐."

느닷없이 총소리가 울려 퍼졌다. 바드레 수사는 꿈쩍도 하지 않았다. 아니, 못했다는 표현이 옳을 것이다. 수사나드는 그가 인식하지도 못하는 사이에 총을 쐈다. 총알은 그가 묶여 있던 기둥에 박혀 있었다.

"옛날에는 이렇게 말 많은 사람이 아니었는데, 당신도 늙었군."

어느새 차분해진 목소리로 수사나드가 말했다. 그가 말한 이유와는 달랐지만 바드레 수사도 자신이 늙었다는 것을 인정했다. 상대방이 총을 쏠 때까지 손을 움직이지 못했다는 게 그 증거였다.

"부탁이 하나 있다."

바드레 수사가 말하자 수사나드는 말해 보라는 듯 고개를 까딱거렸다.

"나와 함께 온 아이가 있다는 건 이미 알고 있겠지."

"알아. 그놈도 조만간 잡아 올 거야."

"그 아이는 나와 상관없다. 나를 죽이는 대신 그 아이는 보내 다오."

"싫은데?"

"내가 어떻게 하면 그 아이를 보내 줄 거지?"

"딱 하나 방법이 있긴 하지. 나와 결투를 해서 이기면 보내 주겠어."

바드레 수사의 몸이 움찔거렸다. 결투라.

다시는, 다시는 이 손에 총을 들지도 사람을 쏘지도 않을 거라 맹세했었다. 그것이 짐승 같던 자신을 거두어 준 신부에게 한 유일한 약속이었다.

그러나 라신을 살리기 위해서라면…….

"네 말을 어떻게 믿나?"

"여긴 그라노스야. 내가 내뱉은 말은 모두 이루어지게 되어 있지."

그가 부하들을 돌아보자 부하들이 하나같이 고개를 끄덕거렸다. 바드레 수사는 들고 있던 총을 잠시 내려다보았다.

어리석은 세월이었다. 그렇게 많은 일들을 저질러 놓고 세상을 등지면, 자신만 다 잊어버리면 될 거라 생각했었다. 그러나 세상은 아직도 그를 기억했다. 그가 했던 많은 일들 또한.

그렇다면 책임을 지는 것도 온전히 그의 몫.

"하겠다."

두 명의 총잡이가 서로를 마주 보며 섰다. 태양은 뜨겁게 두 사람의 머리 위를 쪼아 대고 지면에서는 아지랑이가 올라와 발목을 잡았다.

적색의 땅 위에 감도는 침묵과 긴장은 오로지 두 사람만의 몫이었다. 다른 이들은 아무렇게나 널브러져 당장의 결과가 어찌 되든 흥미 없다는 표정을 하고 있었다. 혹은 이미 알고 있다는 얼굴이거나.

카라보는 수사나드를 바라보며 과거에 대해 생각했다. 그에게는 세 명의 제자가 있었다. 셋 모두 훌륭했기에 뭉쳐서 하지 못할 일은 없을 거라 생각했다. 그러나 그렇게 생각한 카라보를 비웃기라도 하듯 셋은 갈라졌다. 그것도 철천지원수가 되어.

각자 자신만이 가장 뛰어난 총잡이라고 생각하던 이들에게 애초에 단합이 쉬울 리 없다. 특히 수사나드는 자존심이 너무세서 탈이었다. 그만큼 시기와 열등감도 강했다.

"내가 가르친 세 놈 중에 두 녀석은 우열을 가리기 힘들지. 그러나 한 녀석만은 독보적이었어. 적어도 일대일로는 그 녀석을 이길 자가 없을 거다."

카라보의 말에 역시나 수사나드는 금세 반응했다.

"어느 놈?"

"날 이기면 가르쳐 주지."

"망할 늙은이, 심술궂기는. 그래서 대체 언제 시작할 건데?"

"이미 한참 전에 시작됐다. 그러니 총을 뽑아 봐. 그 순간 바로 네 머리가 날아갈 테니."

수사나드는 그만 입을 다물고 카라보를 지그시 노려보았다. 카라보도 마찬가지였다. 둘 다 서로의 손이나 총 근처 따위는 보지도 않았다. 말한다면 눈이 먼저였다.

눈빛이 사나워질수록 각자의 심장은 터질 듯이 팽창했다. 손가락이 총 근처에서 경련하듯 까딱거렸다. 지금 뽑을까? 기다릴까. 그러다 상대가 먼저 뽑는다면? 아니야, 기다려라. 머리보다 감각이 먼저 반응할 때까지.

두 사람 다 서로에게서 눈을 떼지 않았다. 떼는 순간 진다. 눈에서 모든 것을 읽어 내려야 한다. 조금이라도 망설여선 안 된다. 조금 움찔거려서도, 생각을 해서도 안 된다. 몸에 배어 있는 대로 본능과 의지만을 믿고 맡긴다.

뽑을 것인가? 뽑을 것인가? 뽑을 것인가?

타앙…….

세상은 느려지거나 혹 멈춰 있는 것만 같았다. 신속하게 뽑혀 나온 총이 신속하게 제자리로 돌아갔다. 아마 눈으로 그 동작을 인지한 사람은 거의 없을 것이다. 다만 나타난 결과로 무슨 일이 벌어졌는지 짐작할 뿐.

농도 짙은 어두운 피가 적갈색의 땅으로 떨어졌다. 붉음의 대지에 다른 종류의 붉음이 더해진다. 승자와 패자란 그처럼 더없이 선명하면서 닮았다. 아무것도 뒤바뀔 수 없다. 혹은 아무것도 의미 없었다.

"전설의 에슬렉 하우드라고 해도…… 너보다 빠르진 않았을 거다."

농밀한 침묵을 깨고 카라보가 마침내 입을 열었다. 수사나드는 그의 앞으로 뚜벅뚜벅 걸어왔다.

"나는 당신을 생각하며 천 번도 넘게 총을 쐈어. 상대가 될 리 없지. 당신은 천 번의 기도라도 해 보았나?"

"아니…… 네 녀석이 나보다 낫군."

카라보는 천천히 무너졌다. 그런 그를 냉정한 눈으로 내려다보며 수사나드가 물었다.

"이제 말해줘. 당신의 제자 중 가장 뛰어난 게 누구지? 나야, 테사르야, 아니면 베르네욜이야?"

카라보는 아무 대답도 하지 않았다. 평정을 유지하는 듯했던 수사나드의 얼굴이 일그러졌다. 그는 쓰러진 카라보의 멱살을 붙잡고 마구 흔들었다.

"처음부터 대답하지 않을 생각이었지? 망할 늙은이, 언제나 나한테만 이런 식으로 심술 맞게 굴었잖아. 누구보다도 내가 가장 당신을 따랐어. 그걸 부인할 텐가? 그런데도 늘 이런 식이었지."

"착각하지 마라. 난 누구에게나 그랬어."

"대답해! 누구야, 누구냐고?"

카라보는 힘겹게 숨을 내뱉었다. 그의 눈빛이 점차 흐려지는 것을 보고 수사나드는 그가 끝까지 대답하지 않으리란 걸 알았다. 아마 그렇게 죽을 때까지 자신을 괴롭힐 것이다.

수사나드는 그를 땅바닥에 내던졌다. 수사가 쿨럭거리며 피를 토해 냈다. 그제야 그가 입을 열었지만 수사나드가 기대하던 것과는 다른 말이 흘러나왔다.

"그 아이……."

"당신이 데려온 아이? 꽤나 아끼시는 모양인데 가는 길 편안하게 내 말해 주지. 지금 당장 잡아 와 당신 눈앞에서 때리고 짓밟고 손가락부터 하나씩 잘라 최대한 고통스럽게 죽여 줄 거야. 맹세하건대 십자가에 박힌 그 어떤 놈들보다 끔찍하게 대해 주지. 기대하라고."

카라보는 흔들리지 않고 말을 이었다.

"네가 궁금해하는 내 가장 뛰어난 제자…… 그는 바로 그 아이의 아버지다."

뒤돌아서서 가려던 수사나드는 걸음을 멈췄다. 잠시 멎어 있던 그는 경악 어린 표정으로 돌아보았다.

"뭐?"

"베르네욜, 테사르, 그리고 너…… 셋 중 하나가 그 아이의 아버지라고."

수사나드는 그 자리에 서서 카라보를 똑바로 내려다보았다. 그의 얼굴에 혐오감과 두려움이 뒤섞여 있었다.

"무슨 말도 안 되는 소리야? 베르네욜과 테사르한테는 이제 아이가 없잖아. 둘이 갈라져 버린 그날 이후로. 그리고 난 아이 따위, 만든 적이 없는데……."

수사나드의 말이 끊어졌다. 뭔가 생각하는 듯하던 그의 얼굴이 하얗게 질렸다.

"이 망할 늙은이가, 거짓말이지? 그 자식 살리려고 하는 얘기지?"

"확인하고 싶다면 수도원에 가 봐라. 그 아이가 자란 북쪽의……."

"웃기지 마! 내가 거길 왜 찾아가? 그딴 수작에 넘어갈 것 같나? 순진하기 짝이 없군. 그냥 죽어, 죽으라고. 더 이상 과거의 내 영웅으로서 추한 모습 보이지 마."

그는 카라보를 남겨 두고 미련을 떨쳐 내듯 마을 쪽으로 성큼성큼 걸음을 옮겼다. 늘어져 있던 부하들도 하나둘 자리에서 일어났다.

"가자. 애송이 사제 놈 잡으러 간다."

부하들이 우르르 그의 뒤를 쫓았다. 그들의 맨 앞에서 수사나드는 보이지 않게 이를 꽉 깨물고 있었다.

'늙은이의 개수작이다. 거짓말이야. 거짓말!'

그는 많은 여자를 안았다. 대부분 뒤도 안 돌아보고 떠나 버렸지.

'그딴 식으로 말하면 내가 궁금해할 줄 알았어? 내가 넘어갈 줄 알았냐고!'

하지만, 만에 하나라도…….

'아니야! 난 아이 따위는 만들지 않았어.'

분명히 남자아이라고 했었다. 그의 인생에서 유일하게 한 가지 후회한 일이 있다면, 그건 바로 아이를 만들지 않은 것.

'이 비열하기 그지없는 늙은이가!'

바드레 수사는 자기가 만들어 놓은 피 웅덩이 속에 홀로 누워 있었다. 죽어 가면서도 그는 라신을 생각했다. 이제 곧 신의 품으로 갈 자신보다 이 세상에 혼자 남겨질 라신을 걱정했다.

'나는 그 아이에게 진실을 말해 줘야 했을까?'

라신은 아직 한 번도 자기 아버지에게 아버지라고 불러 본 적이 없다. 갑자기 그 사실이 너무나도 가엾게 느껴졌다.

'말해 줘야 했는지도 모른다. 나는 테사르에게 너무 많은 걸 양보했는지도.'

눈앞이 흐려지고 손발에 점차 감각이 없어졌다. 갑작스레 참을 수 없는 추위가 닥쳤다. 너무도 추웠다.

라신을 처음 품에 안아 본 것도 지금처럼 추운 날이었다. 총잡이 생활을 청산하고 수도원으로 들어간 지 얼마 되지 않은 때의 일이었다. 저녁 기도를 마치고 잠자리에 들려는 그를 복사 아이 하나가 다급히 찾았다.

"누군가 찾아오셨습니다. 그런데……."

아이의 표정이 심상치 않은 것을 보고 바드레 수사는 황급히 옷을 챙겨 입었다. 그리고 아이를 따라 신도들이 기도를 드리곤 하는 작은 예배실로 들어갔다.

안에는 몸 여기저기에 흙이 들러붙고 피투성이가 된, 처참한 몰골을 하고 있는 남자가 있었다. 품에는 피 묻은 강보에 싸인 아이를 안고 있었다.

"테사르!"

남자가 그를 돌아보았다. 눈이 마주친 순간 바드레 수사는 깜짝 놀랐다. 그를 본 지 그리 오래되지 않았건만 눈빛이 확연히 달라져 있었다.

"스승님."

그가 지친 목소리로 대꾸했다.

"대체 무슨 일인가?"

테사르는 대답하기에 앞서 복사 아이를 내려다보았다. 아이는 흠칫 놀라더니 고개를 꾸벅 숙이고 서둘러 예배실을 나갔다. 문이 닫히자, 테사르는 그때까지 겨우 버티고 서 있던 사람처럼 의자에 털썩 앉았다. 잠들어 있던 아기가 작게 도리질하곤 다시 잠들었다.

"자네 아이인가?"

바드레 수사의 물음에 테사르는 잠시 아기를 내려다보았다. 증오심과 측은함이 묘하게 뒤섞인 눈이었다.

"부탁드릴 일이 있어 찾아왔습니다. 이 아이를 스승님께 맡기고 싶습니다. 그리고 훗날 제가 다시 찾아오거든……."

테사르의 말이 끝났을 때 바드레 수사는 눈을 부릅뜬 채 주먹을 쥐고 있었다.

"진심인가? 정말로 그런 일을 하겠다고?"

테사르는 고개를 끄덕였다. 바드레 수사는 그 표정을 보고 어떤 말로도 그를 설득할 수 없다는 걸 깨달았다. 이미 죽어 있는 자는 변하지 않는 법이다.

그때 거절했어야만 했다.

"이보쇼, 신부님. 죽은 거요?"

도저히 일어나기 힘든 깊은 잠에서 깨어나듯 바드레 수사는 간신히 눈을 떴다. 눈앞에 어디선가 본 듯한 얼굴이 있었다. 하지만 이름이 기억나지 않았다. 자신과 어떤 관계인지도. 그러나 어쨌든 말을 남길 수 있는 마지막 사람이었다. 그걸 깨닫는 순간 바드레 수사의 마음이 조급해졌다.

"라신, 라신. 그 아이에게……."

"뭐라는 거요? 자세히 말해 봐요. 유언쯤은 받아 줄 테니."

"라신에게 꼭, 이 말을……."

남자는 바드레 수사의 얼굴에 귀를 가져다 댔다. 수사는 힘겹게 띄엄띄엄 말했다. 듣고 난 남자가 고개를 갸웃거렸다. 그러나 묻기 위해 몸을 일으킨 그는 수사의 얼굴을 보고 그럴 시간이 남지 않았다는 걸 깨달았다.

"그렇게 꼭…… 전해 주시오."

그제야 바드레 수사의 온몸에서 기운이 빠져나갔다. 동시에 더할 수 없이 편안함과 만족감이 밀려들었다. 어떠한 기도와 참회로도 느낄 수 없던 기분이었다. 마침내 생으로부터, 업보와 죄악으로부터 자유로워지는 기분.

'라신이라면 분명히 답을 찾을 테지. 알고 나서도 괜찮을 거야. 그 아이답게, 그 아이답게.'

바드레 수사의 눈에서 빛이 꺼졌다. 그리고 평온한 얼굴로 멎었다.

남자는 몸을 일으켰다. 수사의 몸을 바로 눕혀 주고 하늘을 바라보는 두 눈도 감겨 주었다. 그리고 고개를 숙였다.

"편히 잠드시오, 신부님. 묻어 주는 건 나중에 하리다. 당신이 그렇게나 아끼는 녀석부터 찾은 후에."

그가 묵념을 하고 일어서자 뒤에서 동료가 다가왔다.

"수사나드는 이 신부를 죽이고 다른 곳으로 가 버린 모양이군. 라신을 잡으러 간 걸까?"

"그렇겠지."

녹스의 대답에 잔센이 신부를 내려다보며 물었다.

"뭔가 말하는 것 같던데, 뭐라던가?"

"성직자들은 왜 굳이 말을 어렵게 하려고 하는지 원. 죽는 이들 하는 말이 다 똑같지 뭐. 별 내용 없었어."

"하긴."

잔센은 주변을 한 번 더 둘러보고 걸음을 옮겼다.

"다시 마을 쪽으로 가 봐야겠군. 부디 우리가 먼저 수사나드를 찾아야 할 텐데."

"그 녀석이 그렇게 걱정돼?"

"아니, 수사나드가 걱정돼."

7. 19년 만의 복수

사우스 엔더는 베르네욜이라는 희대의 악당을 배출한 것을 자랑스럽게 여기는 도시였다. 한때는 범법자들이 대거 모여들어 제일의 무법 도시라고 불렸으나 오래지 않아 그라노스에 그 자리를 넘겨주고 말았다. 아이러니하게도 그렇게 된 것 역시 베르네욜의 탓이었다.

오랜만에 고향으로 들어서면서도 베르네욜에게는 별다른 감흥이 없었다. 얼마의 머저리들이 자신의 곁을 떠날 것이고 또 얼마의 머저리들이 무리에 들어올 것이다. 자신이 나이 들수록 앞쪽의 머저리들이 더 많아지겠지, 그뿐이었다.

"어디로 가시겠습니까? 독수리들의 관이요, 아니면 버팔로의 수염이요?"

"아무 데로나. 이 무리가 다 들어갈 수 있는 곳으로."

팔마가 앞장서 가게를 살폈고 그들은 결국 버팔로의 수염으로 자리를 옮겼다. 대륙 원주민과 백인의 혼혈인 땅딸막한 남자가 주인이었다. 술잔을 닦고 있던 그는 베르네율의 얼굴을 보자마자 입을 떡 벌렸다.

"이게 누구야? 베르네율, 우리 가게에 베르네율이 오다니!"

베르네율은 그를 무시하고 홀 구석에 자리를 잡고 앉았다. 같은 테이블에는 팔마와 가니시오가 앉고 다른 부하들은 알아서 흩어졌다.

"렘을 데려왔어야 했다."

베르네율의 옆자리에 앉은 가니시오는 오는 동안 스무 번도 넘게 했던 말을 또다시 중얼거렸다. 팔마는 넌더리가 난다는 표정을 지었고 베르네율은 가니시오가 그 말을 꺼내기 시작한 뒤로 처음 반응을 보였다.

"렘은 미끼로서의 역할을 수행하러 갔다."

"그러다 죽을 수도 있다."

"우리 중 누가 죽음에서 자유로울 수 있나. 누구나 마찬가지다."

"함께 있으면 적어도 그 확률은 줄어든다."

"렘의 얼굴을 아는 자는 별로 없어. 이제 그만해라. 한 번만 더 그 이야기를 한다면 맹세컨대 네 도끼로 손목을 잘라 버리겠다."

가니시오는 입을 다물었다. 팔마는 왜 진작 그렇게 하지 않았냐는 억울한 시선을 보냈지만 물론 베르네율이 아닌 테이블을 향해서였다.

잠시 후 음식이 차려지고 어린 여급이 다소 긴장한 얼굴로 베르네욜 앞에 수프를 놓았다. 베르네욜이 그녀의 손목을 낚아 채고 말했다.

"해가 지면 내 방으로 와."

"예…… 예?"

여급은 난처한 표정으로 도와 달라는 듯 주변을 살폈다. 하지만 옆에 있는 팔마는 심드렁한 얼굴로 고기를 썰고 있었고 가니시오도 손으로 고기를 든 채 한껏 씹을 뿐이었다. 바 뒤에 있는 주인도 모른 척 잔만 닦았다. 여급은 거의 울 듯한 표정을 지었다.

"저……."

베르네욜은 지폐 뭉치를 꺼내 테이블 위에 놓았다. 여급은 잠시 갈등하는 듯하더니 돈을 집어 주머니에 넣었다. 그리고 고개를 푹 숙인 채 사라졌다.

팔마는 비록 겉으로 드러내진 않았지만 속으로는 경악하던 참이었다. 같은 무리라고 해도 도시에서까지 항상 같이 있는 건 아니다 보니 개인행동에 이렇다 할 제약은 없었다. 각자 흩어지면 술집에 가는 놈도 있고 도박장에 가는 놈도 있고 사창가에 가는 놈도 있고 가지각색이었다.

하지만 베르네욜의 경우에는 누구도 그가 뭘 하는지 궁금해하지 않았고 혹 알게 될까 오히려 두려워했다. 자신들의 대장이 다른 이들처럼 평범하게 시간을 보낸다는 걸 받아들이고 싶지 않았던 것이다. 그들은 존중을 담아 베르네욜이 무슨 일을 하든 정중하게 무시했다. 대장이니까 어디서든 뭔가 이득이 되는 일을 하겠지, 나머지는 알 바 아냐.

한데 지금 베르네욜이 보여 준 행동은 지금까지의 방식을 완전히 뒤집는 일이었다. 베르네욜이 여자를 원한다. 어찌 보면 당연한 사실인데도 팔마는 이상한 배신감 같은 걸 느꼈다.

"렘이 없어서 그런가 보군."

정적 속에 가니시오가 툭 내뱉었다. 베르네욜은 말없이 고개만 돌려 가니시오 곁에 있는 도끼를 바라보았다. 시선을 알아차린 가니시오가 얼른 덧붙였다.

"렘을 데려왔어야 했다고는 말하지 않았다."

베르네욜은 거의 살기에 가까운 눈빛을 띤 채 그를 노려보다가 음식을 먹기 시작했다. 그가 일어나 자기 방으로 들어갈 때까지 일행 중 누구도 입을 열지 않았다.

밤 혹은 새벽. 베르네욜은 어둠 속에서 눈을 뜬 채 천장을 올려다보고 있었다. 렘은 지금쯤 사막을 건너고 있을 거다. 별다른 어려움 없이 이틀이면 건널 거리였다.

그 정도도 못 하는 머저리로 키우진 않았어, 그는 소리 없이 중얼거렸다. 아니지, 혹은 그렇게 범 새끼가 되기 전에 쏴 버렸어야 옳았는지도 몰라.

어찌 되었든 지금은 너무 늦었다. 이제 와서 무리의 한 축을 이루고 있는 렘을 버릴 정도로 그가 멍청하지는 않았다. 당장 가니시오가 반발할 것이다. 아기 때부터 그녀를 돌봐 온 가니시오는 그녀에게 아버지와 같은 정을 느끼고 있는지도 몰랐다.

아버지라.

베르네욜은 어둠 속에서 낮게 웃었다. 어릴 때 그녀와 놀아 준 건 가니시오였고 밥을 먹이거나 기저귀를 갈아 준 건 팔마였다. 그런데도 두 살 때 처음으로 입을 뗀 렘은 베르네욜을 아버지라 불렀다. 한번 안아 주지도, 그녀의 이름을 불러 주지도 않았는데.

생존 본능이야. 베르네욜은 그렇게 생각했다. 아기일지라도 직감적으로 모든 걸 안다. 그녀는 무리 내에서 가장 강한 자가 누구인지 알아본 것이다. 그런 자에게 아버지라고 불러야 살아남을 수 있다는 걸 본능적으로 깨달았을 것이다.

얼마나 무서운 일인가. 또 얼마나 가여운 일인가.

"저……."

베르네욜은 고개를 돌렸다. 문이 조금 열려 있고 누군가 막 들어오려던 참이었다. 습격자라고 생각했던 베르네욜은 이내 저녁 식당에서 있었던 일을 기억해 냈다.

"들어와."

여급은 주저주저하면서 들어왔다. 그녀는 얇은 잠옷 하나만 걸치고 있었다. 추워서인지 본능적인 방어의 몸짓인지 두 팔로 몸을 감싸고 있었다.

"누워."

여자는 잠깐 떨더니 시키지도 않았는데 옷을 벗고 침대 안으로 들어왔다. 그녀가 팔을 뻗어 몸을 감싸 안으려는 순간 베르네욜은 반대로 침대에서 빠져나왔다. 여자는 어리둥절한 표정을 지었다.

"그대로 누워 있어."

베르네욜은 창문 옆에 기대어 섰다. 총을 꺼내 최대한 소리 나지 않게 장전하고 창문과 문을 번갈아 보며 기다렸다. 여자는 영문을 모른 채 이불을 목까지 끌어올려 덮고 간헐적으로 떨며 누워 있었다.

희미하지만 문 바깥에서 달칵하는 소리가 들려왔다. 베르네욜은 주저 없이 문을 향해 총을 쏘았다. 여자의 비명 소리와 함께 당황한 사내들의 외침이 섞여 들었다.

"덮쳐, 지금 덮쳐!"

"들어가! 쏴 버려!"

어마어마한 총소리가 쏟아졌다. 베르네욜은 주저 없이 창밖으로 뛰어내렸다. 한데 발이 땅에 닿는 순간 허벅지가 화끈거렸다. 그는 바닥을 구르며 정면을 향해 총을 쏘았다. 그러곤 곧바로 일어나 엄폐물을 찾아 비틀비틀 움직였다. 어둠 속인 데다 총소리가 사방에서 쏟아져 어디로 가야 할지 방향을 잡기 어려웠다.

"형님, 형님!"

요란한 총소리와 함께 그를 찾는 외침들이 여기저기서 들려오기 시작했다. 베르네율은 여관 테라스에 놓인 테이블을 쓰러뜨리고 그 뒤에 숨었다. 허벅지에서 끈적하고 굵은 피가 흘러내렸다. 그는 손으로 출혈을 막으며 허공에 대고 뜨거운 숨을 토해 냈다. 그 순간 주변이 이상할 정도로 적막해졌다.

내가 지금 기대어도 당신은 움직이지 않을 거예요.

렘답지 않게 가늘게 떨리던 목소리. 지금 같은 급박한 상황에 어째서 그 목소리가 들려오는 건지 이해할 수 없었다. 그는 한숨처럼 대답했다.

지금은 아니야, 렘. 지금은 아니라고.

나는 다 알아요.

알았어. 알았으니까 그만 닥쳐.

다시 귀가 열리고 총소리가 빗발치듯 들려왔다. 베르네율은 테이블 양옆을 번갈아 보며 사람이든 뭐든 움직인다 싶으면 바로 방아쇠를 당겼다. 총알은 금세 다 떨어졌다. 그는 총알을 찾아 품속을 뒤졌다. 기대하던 것 대신 파이프가 손에 잡혔다.

그러고 보니 저녁에 담배를 피우지 않았군.

그는 장전하는 것을 미뤄 두고 파이프를 입에 물었다. 담뱃잎을 채워 불을 붙이곤 한입 가득 빨아들인 뒤 연기를 토해 내며 생각했다. 훌륭하군.

"대장!"

우렁찬 목소리와 함께 가니시오의 거대한 몸뚱이가 현관 밖으로 모습을 드러냈다. 오른손에 피가 뚝뚝 떨어지는 도끼를 들고 왼손에는 잘린 사람의 머리를 들고 있었다. 그는 머리를 멀찌감치 던져 버렸다.

"대장!"

"소리 그만 질러."

베르네욜의 목소리에 가니시오가 홱 돌아보았다. 그리고 베르네욜을 발견하고 씩 웃었다. 험악한 얼굴에 번지는 환한 미소가 보기에 썩 좋지는 않았지만 베르네욜도 웃고 말았다.

"이게 무슨 꼴인지 모르겠군."

그때 총소리가 들려오고 가니시오의 몸이 움찔거렸다. 베르네욜이 얼른 총을 들어 상대를 겨냥했지만 아까 총알을 다 소진한 후 장전하지 않은 상태였다. 그는 낮게 욕설을 내뱉고 재빨리 총알을 채워 넣었다.

그사이 가니시오가 고함을 지르며 도끼를 붕붕 돌려 상대에게 달려갔다. 당황한 상대는 겁에 질린 나머지 공이치기를 당기는 동시에 땅을 쏘았다. 다음 순간 남자의 머리가 날아갔다.

장전을 마친 베르네욜이 어둠 속 흐릿한 쿤족의 형체를 보며 물었다.

"괜찮나?"

"이쯤이야 뭐."

잠시 후 가니시오가 남자의 머리 가죽을 벗겨 돌아왔다.

"팔마는?"

"안에 있는 놈들을 처리하고 있을 거다. 장담할 수 없어. 숫자가 많아."

"짧은 시간에 많이도 끌어모았군."

숫자가 줄어서인지 가니시오가 머리 날리는 모습을 봐서인지 몰라도 대부분 겁을 집어먹고 흩어진 것 같았다. 이제 총소리는 한결 줄었고 간간이 건물 안에서 한두 방씩 쏘는 소리만 들려왔다.

베르네율은 자리에서 일어나 절뚝거리며 여관 안으로 들어갔다. 마찬가지로 총상을 입은 가니시오가 다가와 그를 부축했다.

홀에는 여관 주인을 포함하여 서너 명의 남자가 쓰러져 있었다. 베르네율은 아직 신음을 흘리며 살아 있는 남자들에게 다가가 머리에 한 방씩 박아 넣었다. 계단을 올라서자 복도에 흩어져 있는 시체들이 보였다. 좁은 복도로 우르르 몰려서 습격하려 했다니. 베르네율은 그들의 어리석음에 혀를 찼다.

그때 팔마가 복도에서 불쑥 튀어나왔다. 그는 보지도 않고 빠르게 총알을 채워 넣으며 베르네율에게 다가왔다.

"괜찮으십니까?"

"네놈 눈에는 괜찮아 보이냐."

"예? 설마 맞으셨습니까?"

팔마는 베르네율의 상처를 보고 눈살을 한껏 찌푸렸다. 베르네율은 그의 얼굴에 떠오른 게 혐오감이라는 것을 읽었다.

이 녀석은 정이나 충성심으로 움직이는 게 아니야. 오직 자신을 내리눌러 줄 자를 찾아다니지. 나에 대한 두려움이 흔들려서는, 존경심이 없어져서는 금세 등을 돌릴 거다.

그래서 그는 팔마의 얼굴을 후려쳤다.

"이렇게 될 때까지 네놈은 뭘 했나. 오른팔이라는 놈이."

"……죄송합니다."

"보나 마나 술 처먹고 뻗었겠지. 네놈은 여기가 고향이라고 생각했나? 우리한테 고향이란 게 있다고 생각했나?"

팔마는 아무 말도 못하고 얼굴을 문지르며 서 있었다. 하지만 속에서는 반발심이 부글부글 끓어올랐다.

'그러는 형님이야말로 난데없이 여자를 방에 들이느라 습격 같은 건 생각도 못 하신 거 아닙니까?'

그렇게 따지고 싶었지만 언제나처럼 속으로만 삼켰다.

"정리하고 애들 불러 모아. 주도한 놈 잡으러 가야겠다."

"예."

팔마가 사라지자 가니시오가 덤덤하게 말했다.

"상처부터 치료해야 될 것 같은데, 대장."

"내가 다쳤다는 소문이 돌면 어중이떠중이들까지 몰려올 거다. 그전에 확실히 본보기를 보여야 돼."

베르네율은 자기 방에 들러 짐을 챙겼다. 침대 시트는 검게 물들어 있고 누워 있던 여급의 하얀 팔 하나가 이불 밖으로 빠져나와 있었다. 그 색깔이 지나칠 만큼 두드러져 자극적으로 느껴졌다.

램이 있었다면, 램을 썼을까?

쓸데없는 생각이다. 램은 어차피 처음부터 없었다. 자꾸만 그녀의 목소리가 들려오는 건 그날의 기억 때문이다. 지나치게 코를 자극하던 커피 향, 거기에 섞여 들던 파이프 연기, 감히 자신의 머리카락을 걸어 올리던 램의 손, 등에 기대어 흘린 축축한 눈물, 그것들 때문에.

베르네욜은 그 팔을 시트 안으로 집어넣고 방을 나왔다.

"내, 내가 그런 게 아냐."

프리모의 표정과 말투는 베르네욜이 기대한 그대로였다.

"내가 왜 그러겠어, 응? 난 자네가 온지도 몰랐다고."

실질적으로 프리모는 사우스 엔더의 주인이었다. 네 개의 바와 세 개의 사창가를 운영했고 마약 사업까지 손을 대서 많은 돈을 끌어모으고 있었다. 그중 일정 부분을 늘 베르네욜에게 보내야 한다는 게 마음에 들지 않았을 것이다.

"왔으면 말이라도 해 주지. 그럼 내가 부하들을 보내서 이런 일 없도록 했을 거 아냐. 자네 목에 걸린 현상금이 얼만 줄 알고는 있나? 뜨내기들이 멋모르고 덤벼들기 딱 좋단 말이야."

"뜨내기들뿐 아니라 이 바닥을 잘 알고 있는 놈조차 유혹당하기 쉬운 액수지. 자네 같은."

"난 아니라니까 그러네!"

흥분해서 외치던 프리모는 숨이 막히는지 꺽꺽거렸다. 거꾸로 매달려 있는 데다 머리 아래 활활 타오르는 불이 있으니 말하기 편하지는 않을 터였다.

베르네욜은 모닥불 앞에 앉아 그의 뒤집힌 얼굴을 마주 보고 있었다. 허벅지에 박힌 총알은 빼냈지만 피를 많이 흘려서 머리가 조금 어지러웠다.

"이렇게 단시간에 그만한 인원을 모을 사람은 자네밖에 없어."

"고작 그 이유 하나만으로 나라고 단정하는 거야? 억울해, 진짜 억울하다고!"

"고작 그 이유가 아니야. 그거야말로 결정적인 증거지."

"말도 안 돼! 내 눈앞에 그보다 더 확실한 증거를 들이대 봐. 그럼 인정하지."

베르네욜은 망설임 없이 사탄의 뿔을 꺼내 그의 이마에 대고 겨누었다. 공이치기를 당기는 소리가 시리도록 차가웠다.

"이보다 더 정확한 증거가 어디 있겠나."

"이, 이봐……."

"실망스럽군. 이 땅은 내가 태어난 곳이야. 그런데 자네는 여기서조차 내가 쉴 수 없게 만들었어."

"그렇지 않아. 나를 믿게. 나는 자네의 유일한 친구잖아, 응?"

들판 위로 총소리가 울려 퍼졌다. 연기가 걷힐 때까지 기다렸다가 베르네욜은 총을 거두었다.

피로했다. 먼 길을 달려왔고 피를 흘렸고 잠들지 못했다. 많은 시체를 보았다. 그런데도 아직 할 일이 남아 있었다.

"죽은 놈은."

베르네욜의 마른 목소리에 팔마가 얼른 대답했다.

"네 명입니다. 그리고 형님과 가니시오를 포함해서 여섯 명이 다쳤습니다."

"열이라."

당분간은 이동이 어렵게 되었다. 그렇다고 사우스 엔더에 머물자니 남아 있는 프리모의 부하들이 신경 쓰였다. 프리모 같은 작자에게 충성심 투철한 부하가 있을 거라 생각하기는 어려웠지만 돈은 없던 충성심도 만들어 내는 법이다. 자신의 목에 걸린 돈은 많았다. 너무 많았다.

"팔마."

"예."

"멀쩡한 놈들 데리고 가서 이놈 가족과 그 밑에서 일하던 놈들 모두 쓸어 버리고 와라."

"전부 다요?"

"그래. 그리고 시체는 광장에 널어 놓도록."

"알겠습니다."

팔마는 한층 사나워진 눈으로 무리를 이끌고 떠났다. 베르네욜은 떠나는 부하들 대신 프리모의 피가 불길 위로 뚝뚝 떨어지는 걸 지켜보았다.

모든 게 밤 안에 끝나야 했다. 누군가 무슨 일이 벌어지는지 눈치채기도 전에.

테사르가 도착하기 전에.

사우스 엔더에 도착한 테사르가 가장 먼저 감지한 건 피 냄새였다. 멀리서부터 참을 수 없는 피비린내가 번져 오고 있었다. '벌써 한바탕한 건가? 하지만 여긴 베르네욜의 고향인데.'

누가 반기를 들기라도 한 걸까? 아니면 베르네욜이 탈출하고 찾아갈 곳이 고향이라 예측한 보안관들의 소행일까.

어느 쪽이든 스스로의 눈으로 확인하기 전엔 알 수 없는 일이었다. 테사르는 절룩거리지 않으려고 애쓰며 마을 안쪽으로 더 들어갔다. 밤사이 무슨 일이 있었던 것만은 분명했다. 이미 해가 떠올라 다들 일이나 놀음을 시작할 시간인데 사우스 엔더의 모든 가게 문이 꼭꼭 닫혀 있었다. 보통 소동으로는 이렇게까지 되지 않는다.

조금 더 들어간 끝에 테사르는 지난밤에 있었던 일을 목도할 수 있었다. 묻지 않아도 망자들에 대한 태도로 베르네욜 일당의 소행임을 알았다. 마차들이 지나다니는 길 한복판에 장난감이라도 버려둔 것처럼 시체가 쌓여 있었다. 죽은 자에 대한 예의나 존중이라곤 한 점 찾아볼 수 없는 광경. 뜨거운 태양 아래 단지 내던져진 시체들 틈에 피와 파리가 엉켜 죽음을 잔치하고 있었다.

그 모습을 바라보던 테사르는 뒤에서 인기척을 느끼고 곧바로 총을 꺼내 겨누었다. 시체를 옮기던 총잡이 하나가 테사르를 바라보며 눈을 끔벅대고 있었다. 테사르는 그의 이마에 총구를 댄 채 말했다.

"날 베르네욜에게 안내해라."

다 식어 연기만 피어오르는 모닥불 앞에 그토록 찾던 자가 지쳐 앉아 있었다. 테사르는 그에게서 그런 모습을 오래간만에 본다고 생각했다. 다리에 피가 묻은 붕대를 감고 있는 걸로 보아 다친 게 분명했지만, 단지 상처 때문만은 아닌 듯했다.

베르네욜이 테사르의 등장을 알아차린 건 열 걸음 정도로 가까워진 뒤였다. 베르네욜의 맞은편에 앉아 있던 가니시오가 순식간에 솟구쳐 올라 도끼를 휘두르려 했다. 그러나 베르네욜의 담담한 목소리가 그것을 막았다.

"멈춰."

테사르는 붙잡고 있던 총잡이를 앞으로 내민 상태였고 가니시오의 시퍼런 도끼는 아슬아슬하게 동료의 목 앞에 멈춰 있었다. 동료는 눈동자가 튀어나올 것 같은 얼굴로 도끼날을 내려다보았다.

"그 녀석은 놔줘라, 테사르."

"내가 왜 내 인질을 버려야 하는지 모르겠군."

"그걸로 정말 담보가 될 거라 생각하나? 널 죽일 생각이라면 지금 같이 쏴 버리면 그만이야."

테사르는 잠시 생각해 보고 그의 말이 맞는다고 판단했다. 가니시오가 도끼를 거두자 테사르도 붙잡고 있던 남자를 놔주었다. 부하는 그 자리에 털썩 주저앉아 한동안 일어서지 못했다.

"그다지 멀쩡한 상태는 아닌 것 같군."

테사르가 베르네욜의 다리 상처를 눈짓하며 말하자 베르네욜은 모닥불을 바라보는 자세 그대로 대꾸했다.

"너보단 나은 거 같은데."

"자랑스러워해도 좋을 거다. 네 저격수란 자가 이렇게 했으니."

"렘은 자비가 없는 편이지."

"편하기도 하겠군. 본인은 뒤에 숨어서 부하들이나 내보내면 되니."

"이참에 너도 몇 명 데리고 다니지 그래."

"난 겁쟁이가 아니야."

베르네욜은 소리 없이 이를 드러내며 웃었다. 테사르는 상처에서 느껴지는 고통을 꾹 참으며 말했다.

"부상자로서 너에게 제안을 하나 하겠다."

"제안?"

"네가 아직 명예를 아는 총잡이라면 나와 일대일로 결투를 하자. 나머지는 모두 배제하고 너와 나, 둘이서 모든 걸 끝내는 거다. 모든 게 시작된 그 옛날처럼."

부하들의 눈이 베르네욜에게 돌아갔다. 누군가는 겁을 내고 있었지만 누군가는 분명히 기대하고 있었다. 희대의 악당과 희대의 저격수의 결투라니. 그런 것을 볼 일이 또 있을까?

베르네욜은 피어오르는 연기를 가만히 바라볼 뿐 대답하지 않았다. 여전히 도끼를 들고 있던 가니시오가 대신 입을 열었다.

"불필요한 일이다. 지금 이놈 곁에는 아무도 없다. 그에게만 유리한 조건이야."

"분명히."

베르네욜은 고개를 들어 처음으로 테사르와 눈을 마주쳤다.

"내가 거기에 응해야 하는 이유는 뭐지."

"이유야 얼마든지 만들어 낼 수 있지. 명예라든지 승부욕이 라든지. 하지만 네가 찾는 게 설마 그런 것은 아닐 텐데."

"내가 너를 이겨 얻을 게 뭐냐는 말이다."

"글쎄, 뭘 내걸어야 네 녀석의 움츠러든 엉덩이를 일어나게 만들 수 있을까. 정 원한다면……."

테사르는 언제든 총을 쏠 수 있도록 마음의 준비를 했다. 다음 말을 하려면 그 정도 각오는 필요했다.

"네 아들의 마지막 모습 같은 것을 이야기해 줄 수는 있겠지."

테사르의 기대 혹은 우려와 달리 베르네욜은 꿈쩍도 하지 않았다. 다만 가라앉은 눈으로 대답했다.

"그 정도는 언제든 들을 수 있을 줄 알았는데. 나도 네가 궁금해할 만한 걸 하나 알고 있거든. 너 또한 네 딸자식이 어떤 식으로 죽었는지 알고 싶을 거 아닌가."

도발을 한 쪽은 자신인데도 테사르는 하마터면 이성을 잃고 총을 꺼내 난사할 뻔했다. 간신히 자신을 내리누르는 그에게 베르네욜이 담담히 덧붙였다.

"궁금하겠지. 아직 말도 할 줄 모르던 그 아이를 내가 어떻게 죽였을까? 죽음으로 데려가려고 안을 때 그 아이는 내게 손을 뻗더군."

아무 말 없이 듣고 있던 테사르의 눈에 핏발이 솟았다. 이마에서도 목에서도 터질 것처럼 힘줄이 곤두섰다. 무슨 말을 하기 위해 입을 벌리든 자신이 토해 낼 것은 오열뿐임을 그는 알았다. 그래서 필사적으로 입을 다물고 있었다.

"나는 그 아이를 귀여워했었지. 네가 내 아들을 그러했듯이. 그럼에도 우리는 그 아이들을 죽였어, 서로의 아이들을. 자라났으면 우리를 삼촌이라고 불렀을 아이들을. 결국에는 서로가 자기 자식을 죽인 것과 다름없다."

테사르는 고개를 떨어뜨렸다. 목덜미를 찌르는 태양은 뜨거웠고 몸에서 열이 났다. 어깨 상처가 말도 못 하게 아파 왔다. 내가 무엇을 하러 여기 왔더라……. 더 이상은 아무 생각도 들지 않았다.

"네 말에는 나도 동감이다. 오늘 여기서 끝을 내도록 하지."

베르네욜은 상처 입은 다리에 힘을 주어 일어났다. 가니시오가 부축하려 했지만 손을 내밀어 거절하고 대신 속삭였다.

"내가 죽으면 렘을 찾아 죽여라."

가니시오가 끔찍한 거부의 눈으로 바라보았지만 그는 무시하고 지나쳤다. 그리고 앞서 성큼성큼 걸어가며 말했다.

"다른 놈들은 따라오지 마라. 둘이서 해야 할 말들이 조금 많으니까."

아주 오래전의 일. 이제는 두 사람의 발밑에 이리저리 쓸려다니는 흙먼지처럼 덧없는 기억들.

서로를 위해서라면 심장이라도 빼어 줄 것 같은 두 친구가 있었다. 그들은 같은 분야를 두고 최고를 다투었으나 그 때문에 마음이 상하거나 서로를 시기하는 일도 없었다. 아름다운 자매를 각자의 부인으로 맞이했고 이웃해 살면서 한 가족처럼 지냈다. 각기 딸과 아들을 하나씩 낳았다. 자신들을 삼촌이라고 부를 귀여운 아이들을.

파멸은 거기서부터 시작이었다. 그들을 갈라놓은 것은 사랑이었다. 그 흔하디흔한 사랑. 그러나 결과는 결코 흔치 않은 재앙이었다.

각자의 부인이었던 자매는 사실 같은 사람을 사랑하고 있었다. 그러나 결국 그 사람과 결혼한 쪽은 동생이었다. 처음에 언니는 그 사실을 감당할 수 있을 거라 생각했다. 진심으로 동생을 축복해 주었고, 그 남자를 대신해 자신을 좋아해 주는 남자와 결혼해 아이도 낳았다.

그럼에도 잊을 수가 없었다. 잊기는커녕 시간이 지날수록 독이 되어 그녀의 마음을 쑤셨다. 그 남자와 함께 행복해하는 동생을 볼 때마다 마음속에서 살의가 치솟았다.

누구의 잘못도 아니었다. 혹은 모두의 잘못이었는지 모른다. 당시 이성적으로 판단할 수 있는 사람은 아무도 없었던 반면 총은 너무나 가까운 곳에 있었다. 격렬한 감정이 동반된 그 물건은 자매는 물론이고 형제와도 같던 두 친구에게조차 너무나 위험한 물건이었다.

테사르는 이따금 후회했다. 그때 아내와 억지로 결혼하지 않았더라면 어땠을까? 베르네율을 사랑하도록 그냥 내버려 두었다면. 그랬다면 적어도 그녀가 자기 여동생을 총으로 쏘는 일은 막을 수 있었을지도 모른다.

"왜 그때 바사를 막지 못했나."

베르네율의 탁한 목소리에 테사르는 자기 총을 내려다보며 헛웃음을 지었다.

"그러는 너야말로 왜 좀 더 그녀를 잘 다독이지 않았지? 네가 그렇게 그녀의 마음을 무시하고 조롱하지만 않았어도 일이 그렇게까지 되진 않았을 거다."

"천만에. 그건 단지 시간문제였어. 내가 어떻게 했어도 그녀는 에리사를 죽였을 거다."

"자기 잘못을 인정하지 않는 점은 여전하군. 비겁해."

"어찌 됐든 바사는 내 아내를 죽였고 그래서 나도 바사를 죽였다. 우리가 살아온 세계의 방식 그대로를 따랐던 거다. 그걸 타당한 복수가 아니라고 말할 테냐? 규칙을 먼저 깬 건 너다, 테사르."

그의 말이 옳았다. 테사르로서 할 말이 없는 것도 사실이었다. 그러나 당시에는 그렇게 이성적으로 생각할 수 없었다.

"나는 네가…… 내 아내를 쏴 버렸다는 말만 들은 상태였다."

"그래서 제대로 생각해 보지도 않고 이성이 날아간 채 내 아들이자 네 조카인 아이를 데려가 개처럼 죽였다는 거군."

"나는 어떻게 해서든…… 그녀의 복수를 해야 한다고 생각했다."

"복수? 아니지. 아니야, 테사르. 스스로를 기만하지 마라."

베르네욜은 고개를 들어 무방비 상태로 하늘을 올려다보았다. 잠깐이지만 테사르는 그대로 그를 쏴 버릴까 생각했다. 망설이는 사이 베르네욜이 다시 고개를 내렸다.

"너는 그저 분풀이를 했을 뿐이야. 아무것도 모르는 한 살짜리 갓난아기한테. 그런 네가 도대체 누구더러 겁쟁이라고 하는 건가?"

"그건 그런 게 아니었다. 너에게 사죄하려고 했어. 제대로 다 설명하려고 했다고!"

"사죄, 설명? 안 듣길 잘한 거 같군. 자기 아들을 죽인 사람으로부터 설명을 듣는다는 건 별로 좋은 기분일 것 같지 않거든."

테사르는 속에서 뜨거운 게 울컥 치솟는 걸 느꼈다.

"그래서 너도 같은 짓을 했지 않나! 내 딸, 하나뿐인 내……."

격하게 외치던 그는 이를 꾹 깨물었다. 그러곤 간신히 마음을 가라앉히고 말했다.

"더 이상의 말은 불필요하다. 불쌍한 이들이 그렇게 다 죽었다. 우리 둘만 남았지. 가장 큰 죄인들만 살아남았어. 그것도 오늘로 마지막일 거다."

테사르는 온몸을 긴장시키며 총을 뽑을 준비를 했다. 진심으로 베르네욜을 이길 수 있을 거라 자신했다. 상대와 달리 자신은 모든 걸 버린 상태였으니까. 이 자리에서 베르네욜을 죽이고 자신도 죽는다. 물론 그전에 베르네욜에게 해 줄 말도 하나 있지만.

"미안하지만."

긴장감이라곤 하나 없는 목소리로 베르네욜이 입을 열었다.

"나는 너를 이길 방법을 알고 있다, 테사르."

"그래? 어디 한번 해 보시지."

"네 딸은 살아 있어."

헛소리.

겉으로는, 아니 속으로도 자신에게 어떤 동요도 없다고 테사르는 생각했다. 그러나 스스로 모를 뿐 이미 사고가 정지되어 있었다. 한가롭게 총을 꺼내는 베르네욜의 손을 보고 있으면서도 보고 있지 않았다. 이 모든 게 개수작이라고 생각하면서도 베르네욜의 손짓에 맞춰 그 어떤 대응도 할 수 없었다. 다만 그의 목소리만이 계속 머릿속을 맴돌았다.

네 딸은 살아 있어.

"그렇게 믿도록 내버려 뒀지만 난 그 아이를 죽이지 않았다. 오히려 내가 거둬 곁에서 길러 냈지. 너는 믿지 못하겠지만 내 아이처럼 정성을 다해 키웠다. 남부 최고의 저격수도 쏴 맞힐 수 있을 만큼 뛰어난 저격수로."

베르네욜은 한가로이 공이치기를 당겼다. 테사르의 눈은 분명히 그 모든 과정을 지켜보고 있었으나 머릿속으로는 아무것도 인식할 수 없었다. 베르네욜은 그런 그를 간단히 겨냥했다. 그리고 고개를 약간 기울였다.

"확실히 렘은 너를 닮았어. 생김새뿐만 아니라 그 훌륭한 저격 솜씨도."

단 한 방의 짧고 간결한 총소리. 메아리조차 없었다.

테사르는 여전히 같은 자세와 표정으로 서 있었다. 그의 얼굴엔 어떤 분노나 증오도, 슬픔도 없었다. 먼 곳에서 그는 다만 그리 오래되지 않은 어떤 일을 떠올리고 있었다.

바위와 바위 사이, 그 작은 틈으로 총을 겨냥해 자신을 쏘아 맞힌 정확성과 준비성. 말을 쏘기 위해 그녀는 위치를 드러냈고 테사르는 그런 그녀를 겨냥했었다. 위치가 드러나고 총격을 받고 나서도 그녀는 움츠러들지 않고 오히려 반격했다. 그 대담성에 감탄했다. 머리 대신 모자가 날아갔을 때는 정말로 간담이 서늘했었다. 그리고 기다린 끝에 간신히 렘을 맞혔다.

심장이……

테사르의 눈에서 피 섞인 눈물이 흘러내렸다. 그는 어느새 무릎을 꿇고 있었다. 베르네욜에게서 입은 총상 같은 건 느껴지지도 않았다. 다만 가슴께가 말 못 하게 고통스러웠다.

그가 렘을 맞혔다.

테사르는 고개를 흔들었다. 입에서 이상한 소리가 흘러나왔다. 참을 수 없이 가슴이 아파 왔다.

"하…… 하……."

웃음인지 울음인지 모를 것을 토해 내는 그의 곁에 베르네욜이 다가와 한쪽 무릎을 꿇고 앉았다. 그리고 테사르에게 팔을 둘렀다. 뒤에서 누군가 본다면 영락없이 사이좋은 친구라고 생각했을 것이다.

"이런 날이 오기를 기다렸지. 19년 동안이나."

테사르는 대답하지 않았다. 그 또한 마찬가지로 같은 시간을 기다려 왔다.

"죽는 게 네가 아닌 나였다면 말하지 않았을 거다. 언젠가 네 손으로 직접 렘을 죽이는 날이 왔을 테니까. 혹은 그 반대의 날이 오거나."

"그 아이를…… 어떻게 할 거냐?"

"어떻게 할까. 이제 제 역할은 다했으니 그만 폐기해 버려도 좋지 않을지."

테사르의 몸이 움찔거리고 떨렸다. 그는 자신이 베르네욜에게는 절대 하지 않으리라 생각했던 말을 꺼냈다.

"제발……."

"아깝기는 하지. 어쨌든 내 저격수라는 명칭이 붙을 만큼 실력도 괜찮으니까. 더 재미있는 게 뭔지 아나, 테사르? 그 아이는 나를 경외해. 아니, 사랑한다고 말해도 무방하겠지. 내게서 인정받고 사랑받고 싶어 한다. 그러기 위해서는 아마 뭐든 할 거야. 네 딸은 그런 사람으로 자랐지. 어때, 대견한가?"

테사르는 덜덜 떨리는 손으로 자신의 총을 간신히 꺼냈다. 그러나 베르네율의 손이 그것을 잡아 땅으로 끌어내렸다.

"늦었어. 너는 기회가 있을 때 나를 쐈어야 했다."

"너를…… 너를, 이 내가……."

"스승인 카라보가 말했지. 우리 셋 중 멀리서는 네가 가장 뛰어나고 다수를 상대할 때는 레모가 가장 낫고 일대일 결투로는 내가 제일이라고. 알고서나 이런 일을 저지른 건가? 실망이로군, 테사르."

베르네율은 그에게서 총을 빼앗아 멀리 던져 버렸다. 테사르는 무릎 꿇은 채 온몸을 덜덜 떨고 있을 뿐 아무 말도 할 수 없었다. 다만 그는 필사적으로 떠올리려고 애썼다. 콕스 강에서 만났던, 그조차도 감탄했던 저격수의 희끄무레한 모습, 그 그림자만이라도.

나무에서 뛰어내려 언덕 뒤로 숨을 때 그녀를 잠깐 본 것 같기도 했다. 그 뒷모습이 어땠더라. 자신을 닮았던가? 혹은 제 어머니를 닮았던가?

그 모든 순간에 나는 왜 그녀의 얼굴을 한번 제대로 볼 생각도 못 했던지.

"한 번만……."

그동안 느껴 본 적 없던 생에 대한 미련이 지금 이 순간에서야 격렬하게 솟구쳐 올랐다. 테사르는 쿨럭거리며 피를 토해 내고 간신히 입을 떼었다.

"어디 있나. 어디 있나……?"

"기대하게 만들어 미안하지만 지금 여기 없어. 네가 이리 올 거라 생각하고 반대편으로 보냈지. 지금쯤 그라노스에 닿았을 거다."

테사르는 몇 번 거칠게 심호흡하고는 힘겹게 자리에서 일어났다. 베르네율은 몇 걸음 물러나 그가 하는 짓을 지켜보았다. 테사르는 몸을 돌려 비틀거리며 한 걸음을 떼었다. 피가 한 움큼씩 떨어졌지만 멈추지 않고 조금씩 나아갔다.

그가 향하는 곳이 남동쪽이라는 걸 깨달은 베르네율이 헛웃음을 지었다.

"눈물겹군. 솔직히 말해 너에게 이 정도의 부정이 있으리라곤 생각하지 않았다. 스스로가 아버지라는 게 어떤 기분인지 아는 놈이었다면 내 아이에게도 그런 짓을 하지 않았을 테니."

테사르는 대답하지 않고 한 걸음씩 절뚝거리며 나아갔다. 베르네율은 언제까지 그러는지 보겠다는 듯 팔짱을 낀 채 그에게 시선을 고정시켰다. 그러나 테사르에게 허락된 건 그로부터 고작 세 걸음뿐이었다.

한 발의 총성이 더 들렸다. 테사르의 몸이 크게 출렁였다. 그런 다음 무릎부터 천천히 땅바닥에 닿으며 쓰러졌다. 작게 흙먼지를 일으킨 뒤 다시는 미동도 하지 않았다.

아무 반응 없이 테사르를 내려다보던 베르네욜은 총소리가 난 곳으로 고개를 돌렸다. 이마에서부터 코까지 내려오는 십자 모양의 흉터가 가장 먼저 보였다. 비웃음과 반항심, 치기 등이 섞여 있는 지독히도 인간다운 표정으로 그는 아직 연기가 솟아오르는 총구를 치웠다.

"기대한 것치고는 별 볼 일 없는 놈인데요, 형님. 우릴 그렇게나 괴롭혀 놓곤 허무하게 가는군요. 이제 다리 뻗고 주무실 수 있겠습니다."

팔마는 스스로가 자랑스러운 듯이 말했다. 베르네욜은 말없이 그에게 걸어갔다. 자기가 해 놓은 짓을 감상하듯 바라보던 팔마는 베르네욜이 코앞에 다가오고 나서야 그를 쳐다보았다. 그리고 베르네욜의 표정을 보고 깜짝 놀랐다.

베르네욜은 그 얼굴을 뭉개 버렸다. 총을 쥔 손으로 얼굴 한가운데를 갈겼으니 멀쩡할 수 없을 것이다. 팔마는 신음을 흘리며 상체를 숙였고 금세 핏방울이 후두둑 떨어졌다. 얼굴을 움켜쥔 손가락 사이로 그는 믿을 수 없다는 듯 베르네욜을 바라보았다.

"형님……?"

베르네욜은 한 번 더 그의 목덜미를 내리쳤다. 이번엔 버티지 못하고 얼굴부터 땅바닥에 처박으며 쓰러졌다. 몇 번을 꿈틀거린 팔마는 간신히 고개만 돌려 베르네욜을 올려다보았다.

"형님……."

베르네욜은 발로 그의 배를 걷어차고, 잠시 하늘을 쳐다본 뒤 다시 머리를 걷어찼다. 팔마는 이제 신음 소리조차 내지 못하고 온몸을 웅크린 채 이 무자비한 폭력을 감내했다.

한참을 더 걷어찬 끝에야 베르네욜이 멈췄다. 그런 다음 자기 총을 꺼내 팔마의 머리를 겨냥했다. 반밖에 떠지지 않는 눈으로 팔마는 필사적으로 베르네욜을 쳐다보고 있었다. 자신을 겨눈 총을 보면서도 아무 말도 하지 않고 그저 애원하듯 바라보았다.

지겨운 녀석, 이 지겨운 녀석.

지금 당장 이 모든 것을 끝내 버릴 수도 있었다. 팔마를 쏴 버리고 렘을 찾아가서 쏴 버리고 가니시오가 반발한다면 그도 쏴 버리고, 모두를 쏴 버리고 그리고…….

한동안 팔마를 흔들림 없이 겨누던 베르네욜은 총을 내렸다. 그리고 테사르에게 걸어가 그를 잠시 살폈다. 테사르의 눈은 텅 빈 채 바라던 남동쪽 대신 흙바닥만 바라보고 있었다. 확실히 숨이 끊어져 있었다.

베르네욜은 몸을 돌려 팔마에게 걸어갔다. 팔마가 움찔하며 머리부터 감쌌다. 하지만 베르네욜은 다시 폭력을 휘두르는 대신 입을 열었다.

"다시는, 내가 하는 일에 감히 끼어들지 마라."

팔마는 대답하지 못하고 다만 덜덜 떨었다. 베르네욜은 그의 앞에 침을 뱉고 자리를 떴다.

지겹다. 모든 것이 지겨웠다. 오랫동안 그는 테사르를 없애고 싶어 했다. 그러나 그 소망이 이루어진 지금 어떤 해방감도 희열도 느껴지지 않았다. 뭐가 잘못된 거지? 확실히 내 손으로 끝낸 게 아니어서? 아니면, 이제 그런 것조차 느끼지 못하는 인간이 되어 버렸나?

더 이상은 답을 얻을 수도 없게 되었다. 테사르를 두 번 죽일 수는 없는 일이다. 그렇다면 어떻게 확인할 수 있을까. 무엇으로.

그래, 아직 하나가 남아 있었다.

부하들이 있는 곳으로 돌아가자 가니시오가 자리에서 벌떡 일어났다. 표정이 잘 드러나지 않는 그임에도 걱정했다는 기색이 역력했다. 베르네욜은 웃음이 날 것 같았으나 적어도 겉으로는 아무 내색도 하지 않았다.

"다들 엉덩이 들고 짐 챙겨라. 그리고 쌍둥이 두 놈은 가서 팔마 챙겨 와라."

가니시오가 어디로 갈 거냐고 물으려는 순간 베르네욜이 먼저 말했다.

"내가 정복하지 못했다고 멋대로들 떠들어 대는 땅으로 간다. 오래간만에 수사나드의 낯짝을 보자."

잘 동요하지 않는 무리임에도 부하들의 얼굴에 충격이 번졌다. 베르네율은 이를 드러내며 말을 이었다.

"선전 포고로 테사르의 시체를 먼저 보낸다. 놈은 최대한의 준비를 하고 기다리겠지. 죽는 게 두려운 놈은 따라오지 않아도 좋다. 그러나 언젠가 어디선가 다시 나를 만난다면 무사할 거란 생각은 하지 않는 게 좋을 것이다."

잠시 침묵이 흐른 뒤 가장 먼저 가니시오가 도끼를 들어 가슴 앞에 놓았다.

"어디로 가든 나는 끝까지 함께한다."

다른 부하들은 여전히 침묵하고 있었다. 그러다 가니시오 옆에 있던 모자를 삐뚤게 쓴 총잡이가 자리에서 일어났다. 그는 총을 꺼내 하늘에 대고 한 방 쏜 뒤 픽 웃으며 말했다.

"형님이 정복하지 못한 곳이라면 저도 못 가 본 곳이겠죠. 이기회에 한번 가 봅시다."

그 뒤에 앉아 있던 다른 총잡이가 따라서 일어났다. 오른팔이 왼팔보다 비정상적으로 긴 그는 어울리지 않게 우아한 태도로 총을 꺼냈다.

"형님답지 않게 말이 기십니다. 따라오지 말라고 해도 다들 따라갈 텐데요. 이젠 우릴 버리고 싶어도 못 버리실걸요."

그도 앞의 동료를 따라 하늘을 향해 한 방 쏘았다. 연달아 두 명이 한꺼번에 일어났다. 그리고 서로 자기가 먼저 일어났다는 듯이 으르렁거렸다.

"언제부터 우리가 목숨 가지고 빌빌거렸다고요."

"총잡이들에게 충성심 따위는 없다고 누가 그러더군요. 엿 먹으라고 하십쇼."

말을 마친 그들 역시 하늘을 포격하는 일에 동참했다. 나머지 총잡이들도 뒤질세라 일어나 너도나도 방아쇠를 당겼다. 마치 그 이상의 말은 필요 없다는 듯이.

베르네올은 모두와 한 번씩 시선을 맞추고 다들 동의했음을 확인했다. 그는 가슴속에서 치밀어 오르는 뜨거운 것을 억누르며 대신 고개만 끄덕였다. 그리고 사탄의 뿔을 꺼내 하늘에 대고 벼락을 뿜었다.

그는 한 번에 그치지 않고 모든 총알을 소진할 때까지 쐈고, 총성을 삼켜 버릴 듯한 기세로 소리를 질렀다. 다른 부하들도 흥분을 이기지 못하고 다들 자기 총을 꺼내 쏘고 또 쏘며 소리를 질렀다.

불시에 폭격당한 하늘은 다만 푸른 눈으로 모두를 굽어보았다.

8. 죽음이 갈라놓을지라도

어떤 식으로든 마주칠 거라고는 생각했지만, 막상 수사나드 무리를 발견했을 때 라신은 솔직하게 위압감을 느꼈다.

무언가에 쉽게 놀라거나 겁먹는 성격은 아니었지만 늘 고요한 수도원에서 평생을 살아왔던 그다. 그라노스에 와서 여러 명의 총잡이들을 보았다고는 해도 사실 자신만 몰랐을 뿐 그는 꽤 운이 좋은 편이었다. 녹스나 잔센 정도면 총잡이들의 세계에서도 신사였으니까.

겉모습만 험악한 마마 수도 마찬가지였고 수사나드가 없는 동안 긴장감이나 사나움이 수그러들어 다른 총잡이들마저 평범하지만 조금 거친 정도의 남자들로 보였던 게 사실이다. 그러나 더 이상은 아니었다.

법도 질서도 도덕선도 제대로 확립되지 않은 시대에 척박한 땅을 개척하며 단신으로 가족을 지켜야 했던 사람들이다. 언제 다른 자들이 와서 땅을 빼앗을지 모르고 원주민들이 습격해 머리 가죽을 벗길지 모르는 두려움 속에 평생을 살아왔다. 저절로 거칠음과 잔혹함에 길들여진 그들에겐 또한 어디든 손만 뻗으면 닿는 곳에 총이 있었다. 모든 걸 힘이 지배하는 세계인 것이다.

라신은 그런 세계의 정점에 다다라 있는 수사나드를 한눈에 알아보았다. 단순히 그가 눈에 띈 것인지 본능이 가르쳐 준 것인지는 분명치 않았다. 근육질에 탄 피부, 그와는 대조적인 하얀 금발이 두드러지는 건 사실이었지만 그보다는 무리의 맨 앞에서 구부정하게 몸을 숙인 채 고개만 들어 앞쪽을 쏘아보는 시선으로 알았다.

그가 바라보는 건 시야에 들어오는 어떤 풍경이 아니라 그의 머릿속에만 있는 일종의 공허함인 것 같았다. 그 시선에는 분명한 대상은 없되 표출해야만 하는 분노, 사람을 죽이고 나서도 담담히 머리를 긁적일 것 같은 순진무구한 잔혹성 등이 담겨 있었다.

라신은 그가 정말로 무서운 사람이라는 걸 깨달았다. 오직 자기 힘으로 자신만의 의지를 따른다는 점에서 그러했다. 그를 설득할 수 있는 것은 상식이나 논리, 도덕성 따위가 아니었다. 사람을 죽이면 안 된다고 말하면 그는 왜냐고 묻지조차 않을 것이다. 다만 그렇게 말한 자를 쏘리라.

그렇다면 바드레 수사를 구하기 위해 라신이 할 수 있는 건 그를 설득하는 게 아니라 그에게서 호감을 얻는 것뿐이었다. 그렇게 판단을 내리고 나서 과감하게 앞으로 나갔다.

"당신이 수사나드라는 분입니까?"

다른 부하들이 먼저 라신을 보았고 수사나드는 나중에 천천히 고개를 돌렸다. 그의 눈은 잠시 라신의 머리 언저리를 헤맨 끝에야 초점을 맞췄다.

"어?"

수사나드는 다소 놀란 것 같았다. 라신은 그가 단지 자신의 갑작스러운 등장에 놀랐을 거라고 생각했다.

"수사님은 어디 계십니까? 당신이 잡아가신 분 말입니다. 저는 그분과 함께 이곳에 온 신학생입니다. 부디 수사님을 놓아주십시오."

수사나드는 눈을 끔벅이며 라신을 바라보았다. 사실 그는 라신의 말을 하나도 듣고 있지 않았다.

'뭐야, 이놈. 익숙해. 분명히 어디선가 본 얼굴이야. 왜 친숙하지? 이놈 뭐지? 누구랑 닮은 거지?'

바드레 수사가 죽기 전에 한 말 때문에 그는 제대로 된 판단을 내릴 수가 없었다. 수사의 말이 사실이라면 분명 제자 셋 중 하나의 자식일 터였다.

수사나드는 라신의 얼굴과 베르네욜의 얼굴을 겹쳐 보았다. 아니다, 베르네욜은 저렇게 부드러운 눈매를 가지지 않았다. 그렇다면 테사르인가? 얼굴 윤곽은 그런 것도 같았다. 하지만 테사르와는 느낌이 전혀 달랐다. 눈동자나 머리색도 일치하는 게 없었다.

'그럼 진짜 난가?'

수사나드는 겁을 집어먹었다. 우습게도 당장 자신의 생김새가 어떤지 생각나지 않았다. 그는 필사적으로 머리를 쥐어짜 내어 평소 잘 볼 일이 없는 자기 얼굴을 떠올려 보았다. 물론 세상 어디에도 비할 바 없는 미남이라는 것부터 떠올랐다. 하얀 금발에 눈은 밝은 초록색이고, 그럼에도 강인함과 잔혹함까지 두루 갖춘…….

'밝은 초록색?'

수사나드는 라신의 눈을 뚫어져라 보았다. 당황한 기색이 역력한 그 눈동자는 자신과 똑같은 색이었다.(사실 라신의 눈이 더 짙은 색이었지만 지금 수사나드의 눈에는 똑같아 보였다.) 그것은 움직일 수 없는 증거로 받아들여졌다.

"너…… 네가 정말로?"

수사나드가 반쯤 넋이 나간 얼굴로 걸어오자 라신은 당혹스러워하며 두어 걸음 물러났다. 자신을 발견하면 붙잡든지 공격하든지 무언가 반응을 보이리라 생각했지만, 지금 같은 상황은 예상 밖이었다. 수사나드는 마치 꼭 붙들어야 하는 것을 향해 다가오듯 안타까움과 간절함을 담고서 걸어오고 있었다.

'속임수인가? 왜 저러지?'

뒤로 물러서던 라신의 걸음이 점차 느려졌다. 수사나드의 부하들은 언제나처럼 태만하게 늘어져 있을 뿐 지금 두목이 어떤 표정을 하고 있는지 모를뿐더러 관심도 없었다. 오직 라신만이 그것을 볼 수 있었다. 그래서 더는 물러날 수가 없었다.

수사나드는 마침내 라신의 코앞까지 왔다. 자기보다 머리 하나는 더 컸으므로 라신은 고개를 꺾어 그를 올려다보아야 했다. 수사나드의 시선이 자신에게서 결코 떨어지지 않았으므로 라신도 그 눈길을 피할 수 없었다. 지나칠 정도로 강렬했지만 분명히 증오는 아니었다.

"너, 아버지가 누구냐?"

수사나드가 멍하니 물었다. 아직 무슨 상황인지 이해할 수 없어 라신은 금방 대답하지 않았다.

"그건 왜 물으시는 겁니까?"

"대답이나 해. 아버지가 누구야?"

인내심이 별로 없는 수사나드는 금세 이를 드러냈다. 하지만 라신은 도대체 왜 그가 자기 아버지를 궁금해하는지 알 수 없었다. 바드레 수사가 말하길 라신의 아버지인 테사르는 최고의 현상금 사냥꾼이라 했다. 그 때문일까? 현상금 사냥꾼이기에 수사나드와는 악연이 있는 건지도 몰랐다.

"대답해 드리면 수사님을 뵙게 해 주실 겁니까?"

"그래…… 뭐, 수사?"

"당신이 잡아가신 제 수사님 말입니다. 바드레 수사님이요."

수사나드의 얼굴에 정말로 모르겠다는 표정이 떠올라서 라신은 잠깐이지만 당황했다. 그가 잡아간 게 아니었단 말인가?

그러나 수사나드가 금세 아, 하고 탄성을 내뱉었다.

"카라보 말이군. 그는 수사 같은 게 아니야. 그보다는 훨씬 더 위대하고 또 타락한 사람이지."

"예?"

"그는 죽었어. 그러니 내 말에나 대답해라."

라신은 뭐라고 말을 하려고 했다. 혹은 물으려고 했는지도 모른다. 그러나 사고가 정지되었다. 방금, 뭐라고? 그는 멍청하게 수사나드를 올려다보았다. 그러자 상대의 얼굴에 짜증과 조바심이 뒤섞였다.

"너 어디가 모자란 놈이냐? 그거 대답하는 게 그렇게 어려워?"

"방금…… 뭐라고 하셨습니까? 수사님이 돌아가셨다고요?"

"뭣 하면 시체도 보여 주랴?"

라신은 퍼뜩 뒤로 물러났다. 그리고 의미도 모르는 채로 고개를 저었다. 눈은 수사나드를 못 믿겠다는 듯 바라보고 있었다. 거리가 벌어지는 것을 용납하지 않겠다는 듯 수사나드가 다가오자 라신은 다시 물러섰다. 성이 난 수사나드가 그의 어깨를 꽉 붙잡았다.

"아버지가 누구야, 누구냐고! 너…… 내 아들이냐? 내 아들이야?"

그가 도대체 뭐라고 외치는 건지, 자신을 왜 붙들고 있는 건지 라신은 알 수 없었다. 눈에서는 갑작스러운 눈물이 솟구쳤다.

"수사님을 뵙게 해 주십시오. 수사님을 뵙게 해 주십시오."

"대답부터 해! 이 자식아, 너 개처럼 맞아 볼래? 그래야 입을 열래?"

"난…… 나는 당신 아들이 아닙니다. 당신의 아들 따위가 아닙니다."

수사나드가 그의 빰을 후려쳤다. 라신은 땅바닥에 쓰러진 채 한동안 숨을 고르다가 다시 일어섰다. 수사나드를 바라보는 그의 눈에는 원망도 슬픔도 아무것도 담겨 있지 않았다.

"수사님이 계신 곳을 말씀해 주십시오."

"수사가 아니라고 몇 번을 말해? 그는 카라보야. 죽어 마땅한 무법자라고!"

"수사님이 계신 곳을 말씀해 주십시오."

"이게 진짜……."

수사나드는 총을 꺼내 라신의 머리에 똑바로 겨누었다. 라신의 눈은 조금도 흔들리지 않았다. 이제는 눈물조차 흐르지 않았다. 망설이는 쪽은 오히려 수사나드였다.

'내가 망설인다고? 내가?'

라신은 자세나 표정을 바꾸지 않고 다시 한번 말했다.

"수사님이 계신 곳을 말씀해 주십시오."

"넌 똑같은 말밖에 할 줄 모르냐? 이거 진짜 머저리 같은 놈일세."

"저를 위협하셔도, 지금 이 자리에서 쏜다고 해도 계속 같은 말을 할 겁니다. 저를 그분에게 데려다주십시오. 제 아버지가 궁금하십니까? 그분이 제 아버지십니다. 그러니 만나게 해 주십시오."

"거짓……."

수사나드는 이으려던 말을 삼키고 동시에 마음도 접었다. 눈앞에 있는 이딴 자식은 내 아들이 아니다. 아무리 자기와 똑같은 초록색 눈이 노려봐도 마음을 돌리지 않겠다고 다짐했다.

"그래, 그럼 지금 당장 만나게 해 주지."

그는 라신을 겨눈 총을 다잡고 차분히 장전했다. 그러나 방아쇠를 당기기 전 다른 누군가가 총을 장전하는 소리가 들려왔다. 수사나드는 본능적으로 동작을 멈췄다.

분명 부하 중 하나는 아니었다. 자기가 총을 겨눌 때 감히 끼어들 놈은 없었다. 게다가 소리가 생각보다 가까웠다. 어쩌면 자기 머리 뒤인지도 모른다.

"누구냐."

수사나드는 시선을 라신에게서 떼지 않고 조용히 물었다. 그의 생각대로 총은 생각보다 가까이에 있었다. 바로 귀 옆에서 익숙한 목소리가 들려왔다.

"젠장, 이러고 싶지 않았는데. 그 손 일단 떼어 줬으면 좋겠수다, 형님."

"……설마 녹스냐? 네가 감히?"

"이걸 배신이나 반란의 증거로 받아들이지 않았으면 좋겠소. 일단 그 녀석만 놓아줘요. 그럼 나도 총을 내릴 테니."

"넌 갑자기 왜 끼어들어? 이 녀석이 뭔데."

"형님이 도시에 안 계신 동안 이런저런 일들이 있었소. 다 설명해 드릴 테니까 잠깐 성질 좀 가라앉혀요."

수사나드는 부하들을 돌아보고 싶었지만 함부로 고개를 돌릴 수가 없었다. 녹스는 결코 무시할 수 있는 수준의 총잡이가 아니었다. 이렇게 될 때까지 다른 부하들이 뭘 한 건지 알 수 없었다. 이를 갈면서도 일단 총을 내렸다.

라신 역시 겉으로는 단호했어도 잔뜩 긴장하고 있었기에 굳어 있던 어깨를 축 내려뜨렸다. 그러곤 눈물을 닦아 내고 녹스를 바라보았다. 녹스는 분노와 안도가 뒤섞인 묘한 표정을 짓고 있었다.

"미안하오, 형님. 나도 이딴 녀석 때문에 목숨 걸고 싶지는 않았는데, 친구라는 망할 놈이 그렇게 안 놔두더구만."

수사나드는 그제야 고개를 돌려 어떤 상황인지 살펴볼 수 있었다. 잔센이 부하들을 향해 총을 겨누고 있었다. 물론 수적으로 상대가 되지 않았고 따라서 부하들도 고양이 쥐 바라보듯 한심한 얼굴들을 하고 있었다. 웃기지도 않는 그 상황 속에 잔센 홀로 심각한 얼굴로 고개를 끄덕여 인사했다.

"사정이 그렇게 되었소."

"내가 도시를 오래 비우긴 했나 보군. 네놈들이 이딴 짓을 하는 걸 보면."

"내 말 좀 들어 봐요, 형님. 그러니까 이 모든 게 왜 일어났냐 하면 옆에 있는 이 꼬맹이가……."

"시끄러워, 총부터 내려. 너희 때문에 흥이 깨졌다. 당장은 이 꼬맹이인지 뭔지 하는 놈을 쏘진 않을 거니까."

사실은 덕분에 정신을 차렸다고 하는 편이 맞았다.

잔센이 고개를 끄덕이고 먼저 총을 내렸고 녹스도 그를 따랐다. 수사나드의 부하들은 그러거나 말거나 관심 없다는 듯 한결같이 태만한 자세를 유지하고 있었다. 덕분에 수사나드는 자신의 통솔 방식에 어떤 문제가 있을지도 모른다는 불시의 깨달음을 얻었다.

"땡볕 아래에서 쇼를 했더니 더워 죽겠네. 아무래도 한잔하면서 들어야겠군. 따라와."

그는 마지막으로 라신을 노려보다 몸을 돌려 성큼성큼 걷기 시작했다. 녹스가 조용히 그 뒤를 따랐다. 잔센만이 움직이지 않는 라신에게 다가와 어깨 위에 손을 얹었다.

"미안하다. 너와 함께 온 그 신부님은 죽었어."

라신은 황망히 잔센을 올려다보았다. 수사나드가 단지 자신을 겁주기 위해 거짓말을 했을 거란 일말의 희망은 그로써 사라지고 말았다. 라신은 마음속에서 폭발하려는 어떤 것을 간신히 억누르며 물었다.

"어디 계신가요? 그분은."

"심판의 광장에 있어. 우선 너부터 찾아야 했기에 똑바로 눕혀 드리는 것밖에 하지 못했다."

잠시 서 있던 라신은 잔센에게 고개를 꾸벅 숙이고 옆으로 움직였다. 하지만 잔센이 그를 가로막았다.

"어디 가려고."

"가서 뵈어야지요. 제가 살릴 수 있으니까요."

"……조금 이따가 나와 함께 가서 묻어 드리자. 지금은 우선 수사나드에게 상황을 설명해야 해."

"제가 그분을 살릴 수 있습니다."

"이봐."

잔센이 어깨를 잡자 라신은 텅 빈 눈으로 돌아보았다. 잠시 그를 보던 잔센은 결국 놓아주었다. 라신은 비척비척 걸음을 옮겼고 이미 멀어진 수사나드나 그의 부하들도 그런 라신을 붙잡지 않았다.

심판의 광장. 이제는 낯선 곳도 두려운 곳도 아니었다. 라신이 지난날 행했던 일들, 썩어 가던 망자들을 묻어 준 흔적이 고스란히 남아 있었다. 여기저기 삐뚤게 솟아 있는 작은 십자가들이 보였다. 언제가 되었든 무덤마다 모두 만들어 줄 생각이었다. 하지만 지금 당장은 그런 일을 생각할 수 없었다.

사실 그는 광장에 들어서자마자 수사의 몸을 발견했다. 하지만 그게 정말로 바드레 수사라는 걸 인정하고 싶지 않았다. 마치 사람 모양을 한 바위 덩어리가 흙먼지와 피가 뒤섞인 지저분한 사제복을 입고 있는 것 같았다.

"……수사님?"

정말로 죽었어도, 모두가 분명히 죽었다고 말해도 라신은 자신이 기도로 그를 살려 낼 수 있을 거라 믿었다. 여태까지 스스로를 희생하여 많은 병을 치료해 왔다. 죽음으로부터 되돌아오게 만드는 일은 아직 한 번도 성공한 적 없지만, 이번에는 성공할 수 있을 것이다. 그러는 게 당연했다. 그걸 위해서가 아니라면 이 능력이 대체 어디에 쓸모가 있단 말인가?

"제가 왔습니다, 수사님."

그러나 가까워질수록, 분명한 죽음에 다가가면 다가갈수록 그런 마음들이 조금씩 사라진다. 그것은 절망도 슬픔도 아니었다. 끔찍한 공포였다.

라신은 수사의 곁에 털썩 주저앉았다. 적색의 흙이 피와 뒤섞여 그의 얼굴을 더럽히고 있었다. 라신은 손을 뻗어 수사의 얼굴을 닦아 보았다. 까슬까슬한 수염이 난 주름진 얼굴. 누구보다도 인자해 보이는 얼굴이어서 라신은 자신도 나중에 그런 얼굴을 하고 싶다고 생각했었다. 그러나 그 얼굴이 지금 죽어 있다.

"제가 기도하겠습니다. 꼭 수사님을 살려 내겠습니다."

그는 두 손을 모으고 수사의 몸 위에 엎드렸다. 잠시 시간이 지나자 그의 몸에서 땀이 비 오듯 쏟아지기 시작했다. 눈에서도 눈물이 줄줄 흘러내렸다. 라신은 이를 악물고 기도했다. 그의 머리카락이 사방으로 솟구쳤다.

한참의 기도 후에 그의 눈에서 흐르는 것이 핏물로 바뀌었다. 꽉 다문 입에서도 피가 새어 나왔다. 모아 쥔 손등이 갈라지면서 피가 흐르고, 머리에서도 귀에서도 피가 났다. 그러나 그는 온몸으로 피를 흘리면서도 기도를 멈추지 않았다.

"그만해, 그만해!"

울음 섞인 외침과 함께 작은 몸이 달려와 그런 그를 안았다. 일순 자세가 흐트러진 라신은 그 작은 몸을 밀어내고 다시 두 손을 모았다. 그러나 그에게 매달리는 힘은 끈질겼다.

"그만둬, 제발. 응?"

라신은 눈을 떴다. 붉은 시야에 앳된 얼굴이 들어왔다. 울 것 같은 표정의 엘리였다.

"놔."

"그만해. 네가 하려는 게 뭔지는 모르겠지만, 그거 안 돼. 안 되는 거야."

"돼. 네가 몰라서 하는……."

"나도 알아! 이 사람은 죽었어!"

라신의 얼굴에서 사람다운 무언가가 빠져나갔다. 그는 한순간 생명 없는 무언가가 된 것 같았다. 엘리는 그 얼굴을 보지 않기 위해 피투성이가 된 그를 껴안았다.

"우리 엄마처럼, 아빠처럼…… 그렇게 된 거야. 돌아오지 않아. 나도 여기서 10년을 기다렸지만, 돌아오지 않아!"

라신은 두 눈을 꽉 감았다. 다시 피 대신 투명한 것이 흘러내렸다.

"그럼 나는 어떻게 해야 해? 나는 어떻게 해?"

"나도 몰라. 미안해."

엘리가 그를 안고 흐느꼈다. 라신은 어조 없는 목소리로 중얼거렸다.

"어제 나는 총으로 사람을 쏘고 술을 마시기까지 했어. 여기 올 때 수사님이 우려하셨던 대로, 이 도시에 와서 타락하게 되는가 봐. 그런데, 나는 이상하게도 그게 그리 싫지 않았어. 물론 총을 쏜 건 잘못이었지만 그 일로 오히려 친구가 생겼거든. 난생처음으로 마셔 본 술도 생각 이상으로 맛있었어. 앞으로도 계속 그런 일을 하겠다는 건 아니야. 그러나 한 번쯤은 경험해 보아도 좋은 일 같았어. 수사님은 허탈해하시겠지? 그렇게 오랫동안 나를 바른길로 이끌어 주려고 애쓰셨는데. 나쁜 길로 발을 내딛는 건 정말 쉽고, 한순간이었어."

엘리는 어찌할 바를 모르고 작은 손으로 라신의 등만 쓰다듬었다. 라신은 그녀의 등 너머로 눈을 감고 있는 수사의 얼굴을 내려다보았다. 혼자만 너무 평온해 보여 화가 날 것 같았다.

"그래서 내 옆에는 수사님이 계셔야 해. 내가 그런 길로 빠질 때마다 다시 이끌어 줄 사람이 필요해. 나는 아직 너무도 부족해. 해야 할 일이 많지만 가진 게 없어. 내겐 수사님이 필요해. 내게는 수사님이……."

라신은 가슴에서부터 목으로 뜨거운 게 치솟는 걸 느꼈다. 눈앞이 뿌옇게 흐리고 어른거려서 아무것도 보이지 않았다. 더 이상은 아무 말도 할 수가 없었다. 더 이상은.

"왜 날 버리고 가신 거야? 수사님이, 수사님이, 아버지가, 내 아버지가…… 아버지! 아버지! 아버지!"

라신은 수사에게 손을 뻗었고 두 사람은 죽은 이의 가슴 위로 쓰러지듯 엎드렸다. 라신은 서럽게 울음을 터뜨렸고 엘리도 소리 높여 울었다. 모든 것이 재가 되어 버린 숲 한가운데 홀로 남겨진 새끼 짐승들만이 아마 그러하게 울 것이다.

"결론은 간단한 거였군. 네놈들은 그 녀석이 마음에 들었단 거지."

마마 수의 바에서 가장 독한 위스키를 꺼내 마시며 수사나드가 중얼거렸다. 녹스는 위스키 냄새를 맡을 때마다 눈살을 한껏 찌푸렸지만 상대가 상대이니만큼 뭐라고 말도 못 했다. 잔센이 그의 빈 술잔을 다시 채워 주며 대답했다.

"말하자면 그렇소."

"규칙을 알 텐데. 이 도시에 성직자는 허용되지 않아."

"그 녀석은 아직 성직자가 아니오. 신학교에서 자란 학생이라고 하더군."

"어찌 됐든 종교 냄새를 풍기는 녀석은 난 싫어. 죽이는 게 싫거든 내 눈에 띄지 않게 쫓아내."

그 말에 녹스가 대답했다.

"우리도 처음에는 그러려고 했죠. 한데 보통 똥고집이어야지. 심판의 광장에 가 보셨으니 그 녀석이 한 짓을 보셨겠구려? 혼자 이틀 동안 그걸 다 했지 뭐요."

"혼자서?"

수사나드는 잠시 고개를 갸웃거렸다.

"다음부터는 좀 더 높이 매달아야겠군."

"에, 어쨌든 그런 식으로 사람들의 관심을 끈 게 사실이고, 다른 지겨운 놈들처럼 막무가내로 설교부터 늘어놓지 않아서 괜찮게 본 것 같소. 마마 수조차 호의적이었다니까?"

바에서 수사나드의 부하들에게 잔을 돌리던 마마 수가 긍정의 의미로 술병을 들어 보였다. 잔센은 고개를 끄덕이고 녹스의 말을 받았다.

"좀 재미있는 친구기도 하고 말이오. 이 팔의 상처 보이시오? 그 녀석이 그런 겁니다."

"뭐?"

수사나드는 눈을 들어 잔센의 상처를 노려보았다. 벌써부터 초점이 잘 맞지 않는 것 같았다.

"반쯤 장난이었는데 일대일 결투까지 가게 되었소. 그런데 나와 마주 보는 순간 정말로 침착하고 빠른 속도로 나를 쐈지. 총은 그날 처음 잡아 보았다는데도 말이오."

잔센의 말에 수사나드는 술기운이 확 날아가는 것을 느꼈다. 반쯤 접어 두었던 의혹이 다시금 서서히 일어나기 시작했다.

"총을 처음 잡아 보았는데 너를 이겼다고?"

"내가 진지하게 임하지 않았던 건 사실이지만, 어쨌든 그렇소."

"그거 뭐야, 운일까? 아니면 재능일까."

"글쎄, 그건……."

"혹시 제 아비한테 물려받은 건 아닐까?"

수사나드의 뜬금없는 물음에 잔센은 어리둥절한 표정을 지었다. 녹스도 고개를 갸웃거렸다. 라신의 아버지라는 말을 듣는 순간 녹스는 자기가 그와 관련된 뭔가 중요한 말을 들은 적이 있는 것 같은 기시감을 느꼈다. 하지만 더 깊이 생각할 겨를도 없이 다른 것에 정신이 팔렸다.

다른 총잡이들은 감히 수사나드 일당이 있는 곳으로 다가오지 못했기에 주위는 꽤 조용한 편이었다. 아마 그래서겠지만, 그 고요한 대로 한가운데로 누군가 말을 타고 천천히 걸어오는 모습은 꽤나 눈에 띄었다. 녹스가 그걸 가장 먼저 발견했다.

"어?"

녹스가 놀라자 잔센이 돌아보았고, 수사나드도 무심결에 고개를 돌렸다. 그래서 세 사람은 사이좋게 나란히 새로 나타난 사람을 바라보게 되었다.

말을 탄 사람은 한 여성이었다. 하지만 다른 여성들이 그러하듯 드레스를 입고 다리를 모아 타는 대신 총잡이들이 입을 법한 가죽옷을 입고 사내들과 같은 자세로 올라타고 있었다.

수사나드는 그녀의 안장에 매달린 개조된 라이플을 가장 먼저 보았지만 녹스의 경우에는 그녀의 쭉 뻗은 다리를, 잔센은 등허리까지 내려오는 긴 적갈색 머리카락을 먼저 보았다. 여자는 그라노스가 초행길인 듯 신기한 표정으로 이리저리 둘러보느라 세 남자의 시선을 알아차리지 못했다.

그녀는 렘이었다.

'생각보다 조용하고 평화로운걸. 난 또 무례한 놈들 천지일 줄 알았지. 하긴, 삼촌 무리에 속해 있던 내가 할 말은 아닌가?'

그녀는 속으로 키득거리며 말똥 천지인 그라노스 대로와 허술한 가건물들, 특유의 적색 땅 등을 둘러보았다. 그러다 마른 목을 축여야겠다고 생각하고 문을 연 바가 없나 둘러보다가 드디어 수사나드 일행과 눈이 마주쳤다.

녹스와 잔센은 얼른 고개를 돌린 반면 수사나드는 시선을 거두지 않았다. 렘도 재미있다고 생각하며 그에게서 눈을 떼지 않았다. 두 사람은 부자연스러울 만큼 오래 서로를 응시했고 그러는 동안 렘의 말은 자연스레 주인을 세 사람의 앞으로 데려다 놓았다. 수사나드의 코앞에서 렘이 웃으며 입을 열었다.

"숙녀를 그렇게 대놓고 바라보면 쓰나. 반했다고 오해할지도 모르는데."

"누구냐, 너?"

"이름을 알고 싶은 거라면 좀 더 정중히 물어야지. 다시 해 봐."

"그런 형태의 총은 본 적이 없는데, 뭐 하는 여자냐."

"그러는 너는 뭐 하는 남잔데."

"나는 수사나드다."

렘이 픽 웃었다.

"아, 그러셔? 여기 오는 동안 그렇게 말하는 사내놈 여럿 봤지."

"말을 조심하시는 게 좋겠소."

그때까지 가만히 있던 잔센이 입을 떼었다. 렘은 그를 돌아보고는 재미있다는 듯 웃었다.

"특이한 피부색이네. 남쪽 섬사람들이 그렇던가?"

"갈라파스 출신이오."

"한쪽은 수사나드에 다른 한쪽은 보기 힘든 섬사람이고, 나머지 한 분은 누구실까?"

렘의 눈이 자신에게 향하자 녹스는 이유 없이 긴장되는 걸 느꼈다. 그러나 최대한 그런 기색을 드러내지 않으려고 애쓰며 대답했다.

"어쩌나, 나는 아가씨가 흥미를 가질 만한 부분이 없는데."

"그 흉터는 좀 특이한데, 어쩌다 생긴 거래?"

"초면에 너무 실례되는 질문부터 던지는 거 아니야?"

"그건 그렇군. 미안."

거기까지 말하고 렘은 말에서 내렸다. 고삐를 대충 아무 기둥에나 묶어 놓고 마마 수의 바로 들어갔다. 수사나드는 그녀를 끝까지 지켜볼 뿐 아무 말도 하지 않았고 대신 잔센이 혀를 찼다.

"저렇게 망아지처럼 돌아다니다가는 금방 일이 터질 텐데. 여기가 어딘지는 알고 들어온 건가?"

적어도 아직까지는 모르는 게 분명했다. 끓어오르는 거품이 가득 찬 맥주잔을 들고 세 사람이 있는 곳으로 돌아왔으니 말이다. 그녀는 대담하게도 수사나드의 곁에 털썩 앉더니 다리를 꼬고 긴 머리를 등 뒤로 시원하게 넘겼다.

"여기 와서 처음으로 만난 사람들이 당신들이라서 반가워. 나는 램이라고 해."

그녀가 잔을 내밀자 녹스는 마지못해 자기 잔을 들어 마주쳤지만 잔센과 수사나드는 가만히 있었다. 램은 개의치 않고 맥주를 들이켜기 시작하더니 한 번에 다 비웠다. 그녀는 거품이 가득 묻은 입을 훔치고는 시원한 탄성을 질렀다.

"아, 괜찮네."

잔을 내려놓은 그녀는 어이없다는 듯 자신을 바라보는 두 개의 시선과 마주쳤다.

"왜?"

"맹세코 모르겠어서 그러는데 대체 어디 사람이야? 동부 미인들은 다소곳하다고 들었으니 아니고, 남부에는 당신 같은 미인이 없고, 북부 미인들은 결코 자기 땅을 떠나지 않는다고 들었으니 그럼 귀하디귀하신 서부 미인이야?"

"어느 방향에서 왔든 나는 미인인 거네? 고마워, 흉터 친구. 듣기 나쁘지 않은데."

"녹스."

"이름 예쁘네. 옆에 있는 과묵해 보이는 아저씨는?"

"잔센이오."

"마지막으로 내 옆에 있는 아저씨는? 아, 수사나드라고 했지. 내가 상상했던 수사나드보다는 훨씬 다정하게 생겼네."

수사나드는 눈살을 한껏 찌푸리더니 자리에서 일어났다. 그리고 렘을 무시한 채 잔센에게 물었다.

"그 녀석 어디로 갔어?"

"누구 말이오?"

"아까 그놈. 사제 녀석."

"라신이라면 죽은 신부가 있는 곳으로 갔소. 묻어 준다면서."

수사나드가 몸을 움직이자 잔센이 물었다.

"어쩔 생각이오?"

"지금 당장 뭘 어쩔 생각은 없어. 일단 늘어지게 한숨 자야겠다. 밤새 달려와서 이게 뭐 하는 짓이야."

수사나드는 마지막으로 렘에게 눈길을 한 번 준 뒤 몸을 돌려 걸어갔다. 그의 부하들이 곧바로 우르르 몰려나와 수사나드의 뒤를 따르기 시작했다. 렘은 그가 사라질 때까지 지켜보다가 농담조로 입을 열었다.

"저 정도로 따를 정도면 진짜 수사나드인가 봐."

"그렇다고 몇 번을 말해. 그나저나 어쩌다가 여기까지 흘러들어 온 거래? 그라노스 인간들은 죄다 범죄자 아니면 베르네욜에게 원한이 있거나 둘 중 하나인데, 그쪽은 어디로도 안 보이거든."

베르네욜이라는 이름에 렘이 미세하게 떨었지만 둘 다 눈치채지 못했다.

"길을 잘못 든 여행자지. 여기가 그라노스인 줄 알았으면 안 왔을 거야. 그나저나 배고프고 지친 숙녀를 위해 줄 거 없어?"

녹스는 '어디가 숙녀인데?'라고 받아치려 했지만 잔셴이 먼저 말했다.

"빵이라도 드시겠소?"

"고마워. 섬사람 쪽은 매너가 있군."

잔셴이 그 말에 수줍게 웃었을 때, 녹스는 드디어 세상에 멸망의 징조가 보이기 시작한다고 생각했다.

한 무리의 총잡이들이 멀지 않은 곳에서 그라노스 입구를 바라보며 서 있었다. 무리의 우두머리격인 빈쿠스는 착잡한 얼굴로 한숨을 쉬었다.

"막상 들어가려니까 좀 그러네."

"테사르 형씨의 말이 맞았던 거 아뇨? 베르네욜이 저기에 있으면 이렇게 조용할 리가."

딘의 말에 다른 총잡이들 몇몇도 고개를 끄덕였다. 빈쿠스의 얼굴이 붉게 달아올랐다.

"이미 상황이 정리된 걸 수도 있지."

"그렇다고 하기엔 피 냄새가 나지 않는데. 그들 무리가 맞붙 었으면 거하게 한판 했을 텐데 여기 오는 동안 총소리 한번 못

들었고 말이요."

조금 더 대담한 고갯짓이 이어졌다. 결국 빈쿠스는 입을 열수 없게 되었다. 그라노스로 오자고 한 것은 전적으로 그의 결정이었던 것이다.

"어쨌거나 여기까지 왔으니 들어가 보긴 해야지. 조용히 들어가서 눈치만 보고 나오면 될 거 아냐."

"이런 차림으로는 별로 환영받지 못할 텐데요."

"옷은 갈아입어야지. 범죄자들이 그득한 곳에 보안관 차림으로 갔다 무슨 짓을 당하려고."

그들은 허허벌판에서 옷을 갈아입은 뒤 말을 몰아 그라노스에 입성했다.

모든 게 붉은 그 도시는 불어오는 바람마저도 붉은색을 띠는 것 같았다. 코로 끊임없이 흙이 들어와 텁텁한 느낌을 주었다. 어떤 이유에선지 거리에는 사람이 거의 없었다. 오래된 목조 건물들 사이를 덩그러니 걸어가자니 유령 마을에 와 있는 것 같은 기분이 들었다.

"여기가 원래 이렇게 삭막한 동네였나?"

빈쿠스의 중얼거림에 다른 남자들도 고개를 갸웃거리며 돌아보았다. 상점들은 대부분 문을 닫은 상태였다. 겉으로 보기에는 소동이 있었다고 짐작할 만한 근거가 없었지만 분위기상으로는 무슨 일이든 벌어진 게 틀림없었다. 하지만 딘의 생각은 달랐다.

"이 도시도 몰락했나 보네. 수사나드라는 이름도 한순간인
데요."

"말조심해라, 딘. 어디선가 듣고 있을지도 모르잖냐."

"듣고서 나와 보라죠. 그 유명한 작자의 얼굴은 나도 보고 싶
으니까."

"전부터 궁금했는데, 네 녀석의 그 근거 없는 자신감은 대체
어디에서 오는 거냐?"

"훌륭한 지성과 바른 교양, 거기에 눈부신 외모……."

"거기까지."

마을 중앙에 이르러서야 그들은 열린 바 하나를 발견했다.
야외 테이블에서 세 사람이 한적하게 맥주를 마시고 있었는데
딘은 그중 한 사람을 보고는 휘파람을 불었다.

"멋진 아가씨가 있잖아. 그라노스가 이렇게 물 좋은 곳이었나?"

"쓸데없는 소리 그만하고 가서 자리나 잡아."

"네이. 저 아가씨 옆자리로 해야지."

딘은 냉큼 달려가 렘과 녹스, 잔센 등이 앉아 있는 테이블 옆
에 자리를 잡았다. 세 사람은 그들 무리를 한번 훑어보고는 잔
을 들어 올리는 것으로 인사했다. 빈쿠스는 모자를 벗어 테이
블 위에 놓으며 지나가는 투로 물었다.

"좋은 날이오. 한데 여기 왜 이리 조용하지?"

"나도 그게 막 궁금해지던 참이야."

렘이 응수하며 녹스를 바라보자 녹스는 잔센을 쳐다보았다.

잔센은 난처했지만 책임감 있는 섬사람답게 대답을 다른 사람에게 떠넘기지 않았다.

"오늘 수사나드가 돌아왔소. 다들 조심하느라 그런 것 같소."

"돌아왔다고? 평소에는 어디 나가 있나?"

"사냥을 하러 다녀오곤 하오."

"아, 사냥. 그렇군."

빈쿠스가 다른 동료들과 눈빛을 교환하는 걸 지켜보던 녹스가 물었다.

"그러는 그쪽들은 어디서 오는 거지? 숫자가 꽤 많은데."

"서쪽 끝에서 왔소. 꽤 먼 길을 돌아왔지."

"서쪽 끝이라. 어느 무리일지 짐작이 안 가는걸."

"말해 봐야 알 만한 사람들이 아니오."

"그런데 여긴 왜 오셨을까?"

녹스의 말투가 점점 따져 묻는 것처럼 느껴져서인지 빈쿠스는 잠시 대답하지 않았다. 입은 여전히 웃고 있었지만 눈은 녹스를 지그시 바라보았다.

"궁금한 게 많으시군그래."

"말하자면 뭐랄까, 우린 문지기 비슷한 거라서 말이오. 나름대로 신분 확인은 철저히 해야 하거든."

"걱정할 거 없소. 여기에 무슨 볼일이 있는 게 아니니까. 우린 그저······."

딘이 가만히 고개를 저었으나 빈쿠스는 말을 이었다.

"베르네율 무리를 찾아다니고 있소."

녹스는 픽 웃었고 잔센도 쓰게 미소 지었다. 오직 렘만이 가만히 있었다.

"여기 그런 사람 한둘이 아니지. 베르네율 욕하기 대회라도 개최하면 세 달간은 축제가 벌어질 거요."

"우린 단지 욕하러 쫓아다니는 게 아니오. 그를 잡으려고 모였소."

녹스는 어디 한번 그럴 수 있나 보자는 듯 빈쿠스 일당을 쭉 훑어보았다. 딘은 아까부터 그런 녹스의 태도가 마음에 들지 않았다. 한마디만 자극해 준다면 당장 한판 붙어 버릴 생각이었다.

"악감정이 있어 하는 말은 아니지만 그 숫자로는 무리일 거 같군."

녹스의 말에 딘이 울컥했지만 빈쿠스는 침착하게 응수했다.

"그럴 수도 있지. 하지만 적어도 우리는 움직이고 있잖소. 여기 있는 머저리들처럼 숨어서 욕이나 하며 만족할 게 아니라."

이번엔 녹스 쪽에서 욱했다. 양쪽을 훑어본 잔센이 침착하게 말했다.

"우리끼리 감정싸움할 필요는 없을 텐데. 어쨌거나 공통의 적은 베르네율이잖소. 누가 하든, 방식이 어찌 됐든 제거하면 그만이오."

녹스와 빈쿠스 모두 그를 한번 쳐다보고는 입을 다물었다. 렘은 잠시 기다렸다가 술잔을 돌리며 아무렇지 않은 척 물었다.

"당신들 모두 베르네욜에게 원한이 있는 건가?"

"그놈한테 원한 없는 사람도 있어?"

녹스의 대꾸에 다들 피식피식 웃음을 터뜨렸다. 렘은 그들의 반응을 살피며 다시 물었다.

"그가 무슨 짓을 했길래?"

"글쎄, 뭐부터 말해야 하려나. 아까 물어본 내 이 얼굴 흉터."

녹스는 흉터 자국을 따라 손가락으로 그어 내렸다.

"그의 오른팔이라는 팔마가 그랬지. 베르네욜한테는 가족 전부를 잃었고."

렘은 잠시 녹스의 흉터를 바라보다가 잔센에게 고개를 돌렸다. 잔센은 의자에 기대어 있던 몸을 일으켜 세우며 엄숙하다고까지 느껴지는 태도로 말했다.

"내겐 동생이 하나 있었소. 이제는 더 이상 볼 수 없게 되었지만."

달리 덧붙이지 않아도 무슨 일이 벌어졌을지 잔센의 눈빛만으로도 짐작할 수 있었다. 렘은 빈쿠스와 딘과 나머지 사람들도 바라보았다. 빈쿠스는 시선을 피했고 딘은 어깨만 으쓱했다. 별로 말하고 싶어 하지 않는 분위기였다. 렘은 고개를 숙여 자기 손을 내려다보았다.

"그러네. 많은 사람들이 죽었구나."

"그쪽은 어떤데?"

녹스의 질문에 렘이 고개를 들었다. 눈이 마주치긴 했지만 뭐라고 대답해야 할지 알 수 없었다.

"나? 난…… 처음부터 없었어."

"없었다니?"

"잃을 것도, 잃을 사람도. 아무것도 없었어."

다들 어쩐지 숙연한 태도가 되었지만 정작 놀란 건 렘 자신이었다.

'그래서 날 주운 건가?'

문득 궁금해졌다. 베르네율이 그녀를 주운 진짜 이유는 뭘까? 언젠가 먼 훗날 그녀가 테사르의 미끼가 될 거라 예측했기에? 그건 말이 되지 않는다. 혹 팔마처럼 자신의 충실한 부하로 삼기 위해? 그것도 도박에 불과하다. 렘이 지금 같은 뛰어난 저격수가 될 거라고 아무도 예상하지 못했을 테니까.

'당신은 무얼 위해 날 준비한 건가요?'

그 물음에는 대답하지 않아도 좋으니까, 렘은 그가 보고 싶다고 생각했다.

9. 지배자와 신학생의 논쟁

팔마는 피를 흘리고 있었다. 그가 탄 말은 무리의 맨 뒤에 처져 제 주인과 마찬가지로 숨을 헐떡였다. 저 앞에 무리를 이끌고 가는 남자 때문에 신음 소리조차 함부로 낼 수 없었는데 아픈 것보다 그게 더 괴로웠다. 오래된 피 냄새는 무리 사이에 번져 다른 동료들조차 이상한 긴장감에 휩싸이게 했다. 동료들은 이따금씩 팔마를 돌아보았는데, 마치 분위기를 그렇게 만든 게 그인 양 원망하는 것 같았다.

'이럴 줄 알았다면…….'

팔마는 한쪽 눈만 간신히 뜨고 앞을 바라보았다. 맨 뒤에서 무리 전체를 보고 있자니 어딘가 텅 비어 있다는 느낌을 지울 수가 없었다. 그들 중에서 누군가가 그를 돌아보았다. 장난스러우면서도 짓궂은 표정으로 찡긋 웃는다. 늘씬한 몸으로 유연하게 말을 타며 긴 머리를 흩날리는 그녀의 모습은 왜인지 모르게 항상 팔마의 신경을 건드렸다.

'차라리 그때 진하게 키스하고 뺨을 맞는 거였는데.'

팔마는 쿡쿡거리고 웃었다. 입에서 피가 뚝뚝 떨어졌다. 그런 짓을 했다가 지금보다 더 심각한 상태가 됐을지도 모를 일이지만 적어도 지금처럼 더러운 기분은 아닐 것이다.

그의 왼쪽으로 거대한 무언가가 다가오면서 뜨거운 태양을 막았다. 잠깐의 그늘이었지만 팔마는 고마움을 느꼈다.

"괜찮나."

가니시오의 덤덤한 목소리에 팔마는 킥 하고 웃었다.

"어때 보이는데."

"힘들어 보이는군."

"잘 아네. 그런데 뭐 하러 물어봐?"

"왜 그가 하는 일에 끼어들었나."

"글쎄. 그냥 그러고 싶었나 보지."

팔마는 쓰게 웃다가 물었다.

"거의 20년 됐지?"

"뭐가 말인가."

"형님 밑에서 일한 지."

가니시오는 대답 없이 그를 바라보았다. 팔마의 시선은 어딘가 먼 곳을 향하고 있었다. 앞에서 가는 사람의 등 혹은 그 너머의 황야, 또 그 너머의 보이지 않는 무언가를 쳐다보는 것 같았다.

"가끔은 그게 바보 같아. 20년 동안이나 베르네욜 밑에서 무사했다는 게. 혹은 20년이나 베르네욜이 무사했다는 게."

"신들의 보살핌 덕분이지."

가니시오는 그렇게 대답하며 가슴에 잠시 주먹을 올려놓았다 내렸다. 팔마는 픽 웃었다.

"신? 그걸 믿는 건 너뿐이겠지. 우리 중에 누가 그걸 믿는다고 그래? 형님은 말할 것도 없지."

"내가 믿으면 그걸로 충분해."

"그럼 네가 믿는다는 그 신은 악신이냐? 우리가 죽이고 해친 그 많은 사람들이 믿는 신은 그럼 무슨 신인데?"

가니시오는 고개를 갸웃거리며 팔마를 바라보았다.

"확실히 아프긴 한 것 같군. 쓸데없는 말 하지 마라. 맹수가 사냥감에게 동정심을 갖는 순간 그 자신의 생명은 끝난다."

"동정심? 다른 멍청한 놈들이라면 모를까 나한테는 그런 거 없어. 그거야말로 내가 유일하게 형님으로부터 물려받은 거지. 내가 말하고 싶은 것은 그러니까…… 젠장, 뭐였더라. 잊어버렸잖아."

"너답군. 난 네 그런 점이 가장 좋다."

팔마는 어이가 없어 입만 벌렸다. 가니시오가 말을 앞으로 몰아가며 돌아보았다.

"대장에게 말해서 잠깐 쉬자고 하겠다."

"이 기회에 날 아예 죽이려고?"

"네 탓으로 만들지 않는다. 내가 바보로 보이나?"

말을 마친 가니시오는 자신 있는 태도로 말을 몰아 앞으로 나아갔다. 팔마는 피 섞인 침을 퉤 뱉어 내고 가니시오가 어떻게 행동하는지 지켜보았다. 그리고 열을 셀 무렵에는 그런 자신의 행동을 후회하게 되었다.

가니시오는 너무나도 당당한 태도로 베르네율을 앞질러 갔다. 베르네율은 그를 힐끔 보았을 뿐 특별히 신경 쓰는 눈치가 아니었다. 그러나 가니시오는 그런 베르네율의 앞을 막아선 뒤, 갑자기 말 위에서 땅으로 풀썩 떨어졌다. 그리고 미동도 하지 않았다.

베르네율을 비롯한 무리 전체는 가니시오의 이런 이해할 수 없는 행동에 멈춰 설 수밖에 없었다. 잠시 후 가니시오가 몸을 뒹굴며 신음을 내뱉었다.

"너무 아프다, 대장. 오늘은 더 이상 못 가겠다. 여기에 자리 잡고 쉴 것을 강력히 주장한다."

베르네율은 잠깐이었지만 무리 모두에게 가니시오를 그대로 밟고 지나가라는 명령을 내리고 싶은 충동을 느꼈다. 하지만 매사에 진지한 쿤족 사내가 보여 주는 이 웃기지도 않는 촌극에, 그보다는 오랜 동료에 대한 일말의 존중으로 그러지 않기로 결정했다. 베르네율은 팔마 쪽을 힐끔 돌아보고 말했다.

"두 놈은 이리 와서 늙은이 부축해라. 다리에 생채기 하나라도 났는지 모르겠지만. 나머지들은 짐 내리고 천막 쳐."

그의 말이 끝나자마자 가니시오가 자리에서 벌떡 일어났지만 베르네욜은 못 본 척해 주었다. 그를 위해서나 자신을 위해서나 그러는 편이 마음 편했다.

갈색의 평원 위에 반원의 빛이 한 무리의 사람들을 둘러쌌다. 한쪽에서는 불을 피워 곤죽을 만들어 휘젓고 있었고 다른 쪽에서는 말에게 귀리를 먹였다. 그 외 사람들은 총이나 장비를 손보았다.

잠시 후 두 명의 총잡이가 말을 이끌고 되돌아와 불가에 앉아 있는 베르네욜의 등에 대고 말했다.

"사냥할 만한 것은 아무것도 없더군요. 대신 카라반을 발견했습니다."

"몇 명이지."

"마차가 세 대였고 말이 여덟 마리, 사람은 열댓 명 정도요."

"무장했나?"

"서너 명이 마차를 호위하며 가는 걸 보니 그런 것 같더군요. 나머지들은 장사꾼이나 곡예사들인 것 같습니다."

베르네욜이 아무 말도 하지 않자 두 명의 총잡이는 자기 자리를 찾아가 앉았다. 베르네욜의 곁에 있던 가니시오가 물었다.

"습격할 건가?"

베르네욜은 가니시오가 감고 있는 붕대를 슬쩍 보곤 고개를 돌려 무리를 훑었다. 아직 부상자가 있었다. 자신도 다리가 불편한 상태였다. 굳이 얻을 것 없는 무리를 습격할 필요는 없었다. 이성적으로만 따지자면 그랬다.

그러나 지금 베르네욜의 감정은 그들을 덮칠 것을 강력하게 주장하고 있었다. 무엇에든 폭발할 곳이, 쏟아부을 곳이, 아무 생각도 하지 않고 피 냄새와 화약 냄새를 맡을 곳이 필요했다.

"식사 준비하던 녀석들은 그대로 있어. 나머지들은 나와 함께 간다."

정찰을 나갔다 돌아온 두 명의 총잡이가 자리에서 일어났다. 팔마도 비틀거리며 일어나려 했지만 베르네욜은 그쪽을 쳐다보지 않고 싸늘하게 말했다.

"거치적거릴 놈도 그대로 있어."

팔마가 멈칫하더니 다시 주저앉았다.

잠시 후 열 명이 넘는 총잡이들이 말을 몰아 평야를 달리기 시작했다. 반 시간 안 되게 달려 작은 사구를 하나 넘자 불을 피우고 옹기종기 모여 있는 사람들이 보였다. 말발굽 소리는 모래가, 약탈자들의 모습은 어둠이 숨겨 주었기에 그들은 아무것도 모른 채 음식 냄새를 풍기며 화기애애한 저녁 시간을 보내고 있었다.

모닥불가에서 광대로 보이는 두 명이 재주넘기를 했다. 한쪽에서는 흥겹게 음악을 연주했다. 다른 이들은 박수를 치며 환호했다가 때론 놀라기도 하고 탄성을 지르기도 했다. 잠시 후 그들을 덮칠 재앙에 대해서는 조금도 상상하지 못하는 것 같았다.

베르네욜은 그런 때가 가장 좋았다. 누구도 비극을 예상하지 못하는 순간 자신이 나타나 악몽을 던져 주는 것, 행복했던 시간을 생애 가장 끔찍한 기억으로 만들어 버리는 것.

그리하여 삶에는 언제 어떤 것이 닥쳐올지 아무도 모르며 지금 이 순간이 영원할 것 같더라도 언젠가는 깨어지고 만다는 것을 가르쳐 주고 싶었다. 자신이 배운 게 그것뿐이었으니까.

말하자면 그는, 악과 불행의 신실한 전도자였다.

"이랴, 이하!"

그가 사구를 타고 내려가자 다른 총잡이들도 소리를 지르고 총을 쏘며 카라반 무리를 덮치고 들어갔다. 비명과 총소리가 평온하던 저녁을 순식간에 짓밟았다. 누군가는 비명을 지르며 도망가고 무기를 들던 사람들은 총에 맞아 쓰러졌다. 몇 명이 총을 쏘며 저항했지만 어둠 속에서 말을 타고 빙글빙글 도는 무리를 쉽게 겨냥하지 못했다.

사람들이 하나둘 쓰러지고 흥분한 말들이 모래를 파헤치며 뛰어다니는 통에 모닥불도 하나씩 꺼졌다. 번져 온 어둠 속에서 누군가는 안도했고 누군가는 끔찍한 공포에 떨었다. 베르네욜은 어둠 속에서 부하들이 하는 것을 지켜보고 있다가 누구든 도망가는 놈이 눈에 띄면 직접 쏴 버렸다.

채 몇 분이 지나지 않아 상황이 깨끗이 정리되었다. 총에 맞아 죽은 것은 호위를 비롯해 일곱이었고 일찌감치 항복하고 엎드려 있던 남자가 넷, 여자가 세 명 남아 있었다. 모두 일렬로 무릎 꿇고 앉아 두려운 시선을 이리저리 옮겼다. 다른 부하들이 짐에서 돈과 쓸 만한 것들을 뒤지는 동안 베르네율은 그들 앞에 서서 총을 얼굴에 댄 채 말했다.

"뭐 하는 놈들인지 말해 봐라."

서로의 눈치를 살피던 중 가운데 앉아 있던 남자가 말했다.

"저희는 곡예단일 뿐입니다."

"곡예단 놈들이 무슨 필요가 있다고 호위를 데리고 다니지."

"어쨌든 먼 길을 돌아다니다 보니……."

"전혀 쓸모없는 놈들이군. 안 그래?"

베르네율이 죽은 총잡이 하나를 가리키며 말하자 남자는 아무 말도 하지 못했다.

"이대로 우리가 짐과 식량을 다 빼앗아 가면 너희는 어차피 사막에서 말라 죽을 것이다. 그러니 선택권을 주지. 내 총에 맞아 죽겠나, 태양에 맞아 죽겠나?"

남자는 냉큼 대답했다.

"태양에 맞아 죽겠습니다!"

"그렇게 말할 줄 알았지. 인간들은 이상하게 가능성이 희박한 일도 자기에게는 일어나리라 믿는 경향이 있단 말이야. 기적이라는 단어까지 붙여 가면서. 내 총을 피한다 해도 죽는 건 마찬가지야. 오히려 길고 고통스러운 죽음을 맞게 될 가능성이 더 크지."

남자는 땀을 흘리며 베르네욜을 힐끔힐끔 쳐다볼 뿐 대답하지 않았다.

"좋아. 그렇다면 너희들의 재주로 기적을 일으켜 봐라."

그들은 베르네욜이 무슨 말을 하는지 몰라 멀뚱멀뚱 바라보았다. 베르네욜은 차분한 태도로 설명했다.

"재주를 부려 봐. 너희 목숨을 살릴 수 있게 곡예를 보이란 말이다. 나를 만족시킨다면 물과 식량을 줘서 보내 주도록 하겠다."

무릎 꿇은 사람들 사이에 놀라움이 번졌다. 베르네욜은 어디 해 보라는 태도로 짐덩이 중 하나에 털썩 앉았다. 그리고 멀뚱히 서 있는 부하들에게 말했다.

"뭐 하나. 곡예를 구경할 기회잖아."

말이 끝나기 무섭게 그의 뒤로 부하들이 나란히 자리를 잡고 앉았다.

얼떨떨하게 있던 인질들은 잠시 후 무언가를 빠르게 의논했다. 의논을 마친 그들이 한꺼번에 일어서려 하자 베르네욜이 고개를 저었다.

"아니. 한 놈씩 해."

다시 논의가 이어진 끝에 그들 중 덩치 큰 남자 하나가 일어섰다. 수염도 머리카락도 없어서 약간 민둥민둥하게 보였다. 그는 양해를 구하고 기름병 하나와 불붙은 나뭇가지를 가져왔다. 그러곤 기름을 입에 가득 넣고 불에 대고 훅 뿜었다. 그러자 순식간에 주변이 밝아질 만큼 커다란 불이 뿜어져 나왔다. 다음으로 그는 사그라진 불을 입 속으로 집어넣었다. 나뭇가지를 꺼냈을 때 불은 사라지고 없었다.

그가 고개를 숙이자 베르네욜 뒤에 있던 부하들 몇 명이 박수를 쳤다. 그러나 턱을 괸 채 무표정하게 보고 있던 베르네욜은 남자가 인사하고 고개를 들자마자 그의 머리를 쏴 버렸다. 거대한 몸이 피를 뿌리며 뒤로 넘어갔고 사람들이 새된 비명을 질렀다. 풀썩 쓰러진 남자는 한동안 꿈틀거리다 움직임을 멈추었다.

"너희 목숨은 싸구려인가? 이 정도로 구할 수 있을 거라 생각했나?"

베르네욜의 말 한마디로 사위에 침묵이 깔렸다. 잠시 시간이 지나고 그가 다시 입을 열었다.

"다음."

기다리고 있던 두 번째 남자가 떨면서 앞으로 나왔다. 키는 홀쭉하니 컸지만 무척 말라서 뼈만 앙상했다. 잠시 머뭇거리던 그는 입을 열어 청량한 새소리를 냈다. 부하들이 감탄하자 그 다음에는 우렁찬 사자의 울음을, 다시 연약한 양의 울음소리를, 마지막에는 두꺼비와 코끼리 소리까지 흉내 냈다.

베르네욜은 총구로 이마를 문질렀다. 재주를 끝낸 남자는 엎드린 채 벌벌 떨면서 처분을 기다리고 있었다. 베르네욜은 고개를 뒤로 하고 부하 중 하나에게 말했다.

"물과 식량을 줘서 보내."

남자는 꾸러미를 받아들자마자 고개를 조아려 몇 번이나 인사하고는 재빨리 어둠 속으로 사라졌다.

다음으로 남자 두 명이 몸을 둥글게 휘거나 재주넘는 곡예를 보였고 둘 다 베르네율의 총에 의해 쓰러졌다. 부하들이 시체를 한쪽으로 치우자 다음으로 여자들 차례가 되었다.

맨 처음으로 나선 여자는 사시나무 떨듯 심하게 떨고 있었다. 강아지 한 마리를 안고 간신히 앞으로 나오긴 했지만 제대로 입을 열지 못했다. 그녀는 강아지를 자기 앞에 내려놓고 어떻게든 앉히려 했지만 강아지는 자꾸만 그녀에게 도로 파고들었다.

"아, 앉아! 아, 앉으라니까!"

강아지는 고개를 갸웃거리며 꼬리만 흔들 뿐 여자의 말을 알아듣는 것 같지 않았다.

"소, 손! 아니, 입 말고, 소, 손! 제발, 손 달라니까?"

강아지는 여자의 손에 고개를 처박고 꼬리만 살랑살랑 흔들었다. 여자는 결국 울음을 터뜨렸다. 베르네율은 가볍게 한숨을 내쉬고 총구를 겨냥했다. 하지만 한순간 여자를 쏴야 할지 강아지를 쏴야 할지 혼란스러웠다. 그때 다른 여자가 자리에서 일어나며 말했다.

"당황해서 그런 거예요. 제가 먼저 할게요."

베르네율이 총구를 내리자 그녀는 앞으로 나와 자세를 가다

듣었다. 그리고 입을 열었다. 그녀의 목에서 믿을 수 없을 정도로 깨끗한 목소리가 흘러나왔다.

사막의 별빛 아래, 아직 따뜻하고 보드라운 모래 위로 신비로운 노래가 뻗어 나간다. 밤의 고요는 어느 악기보다도 훌륭한 반주가 되어 그녀의 목소리를 돋보이게 했다. 모든 이들이 말을 잃고 그녀의 노래에 정신을 빼앗겼다. 불씨가 튀거나 말들이 투레질하는 소리도 그 순간만은 방해가 될 수 없었다. 누군가 실수로 총을 쏴 버려도 모를 것 같았다.

그녀는 집시들이 부를 법한 신비로운 노래를 마친 다음 입을 다물고 베르네욜을 바라보았다. 베르네욜도 그녀를 응시했다. 불편할 만큼 시선이 길어진 끝에 그녀가 먼저 입을 열었다.

"어떻게 할 거죠?"

"하나 더 해 봐."

"마음에 들어서요? 아니면 기회를 한 번 더 주는 건가요?"

"마음에 들어."

여자는 침을 꿀꺽 삼키고 말했다.

"그런 거라면 이쪽에서도 한 가지 더 받아야지요. 노래를 하나 더 하는 대신 제 친구들도 함께 보내 주세요."

간신히 울음을 그쳤던 다른 여자가 그 말에 다시 울음을 터뜨렸다. 베르네욜은 눈앞의 여자만을 주의 깊게 바라보며 말했다.

"저들에게 물도 주고 말도 줘서 보내 주겠다. 하지만 너는 못 가."

"어…… 어째서요?"

"앞으로 나를 위해 매일 밤 노래할 테니까."

그녀는 믿을 수 없다는 표정으로 베르네욜을 쳐다보았다. 의외의 말에 가니시오도 흘끗 바라보았다. 하지만 베르네욜의 얼굴은 담담했다.

"거부하면요?"

"죽음뿐이지."

"어떻게 그런, 그건……."

"불공평하지. 따지고 보면 내가 너희를 습격한 것도 그래. 내가 세상에 존재하는 것부터가 공평하다고 말하기 어렵지. 하나 그래서? 불공평하다고 말한다 해서 무엇이 달라진단 말이냐."

여자는 아무 말도 하지 않고 고개를 내려 바닥만 내려다보았다. 그녀의 발밑에는 피를 빨아들인 검은 모래가 있었다. 다시 고개를 들고 크게 숨을 내쉰 그녀는 입을 열어 노래하기 시작했다.

베르네욜은 노래를 끝까지 들었다. 마지막에는 약간의 울음이 섞여 들었다. 노래가 끝나자 그는 약속한 대로 다른 사람들에게 물과 식량, 말을 내어 주었다. 그들은 친구도 강아지도 내팽개치고 냉큼 사막을 내달렸다. 도시와는 가장 먼 방향이었지만 베르네욜은 그것까지 알려 줄 필요는 없겠다고 생각했다.

여자와 짐, 말 등을 챙겨 원래 무리가 있던 곳으로 돌아왔을 때, 팔마를 비롯해 남아 있던 이들은 베르네욜이 데려온 여자를 보고 눈을 휘둥그레 떴다. 베르네욜은 그들의 의문 섞인 시선에 무언가 설명해야 할 필요성을 느꼈다. 그래서 여자 쪽을 보며 물었다.

"이름."

"……미리온."

"그렇다고 하는군. 앞으로 우리와 함께 지낸다. 그렇게 알도록."

베르네욜이 그렇다고 하면 그런 것이므로 다른 총잡이들은 별말 없이 받아들였다. 하지만 팔마는 어이없는 눈으로 그녀를 바라보았다.

'또 여자?'

팔마가 눈짓으로 묻자 가니시오는 무겁게 고개를 한 번 젓는 것으로 대답을 대신했다. 팔마는 소리 없이 이를 드러냈다.

'왜?'

가니시오가 손을 들어 그만하라는 사인을 보냈다. 팔마는 쑤시는 상처와 베르네욜의 폭거에 대한 부당함, 렘이 사라진 뒤로부터 쌓여 온 이유 모를 초조함 등이 겹쳐 속이 부글부글 끓었다. 다만 그것을 허벅지에 매달려 있는 무자비한 쇳덩이로 폭발시키느냐 마느냐 하는 문제가 남아 있을 뿐이었다.

20년 가까이 함께하고 존경하고 섬긴 사람이다. 어쩌면 그런 세월이나 인정, 의리, 형제애 따위는 팔마 혼자만의 환상일 수도 있지만 어쩌면 그렇기에 자신만은 그걸 더욱 중요하게 생각해왔다. 게다가 그 모든 걸 차치하더라도 상대는 베르네욜이었다. 그에게 반항한다는 것, 뒤를 치거나 배신한다는 일은 팔마로서는 단 한 번도 상상해 본 적 없었다.

'게다가 뒤에서 쏘지 않는 이상 일대일로는 못 이긴다.'

팔마는 자신이 가능성까지 생각해 본다는 것에 유쾌함에 가까운 경악을 느꼈다. 만에 하나라도 그 여자가 렘의 자리를 침범한다면 그때는 정말로 자신이 어떻게 될지 몰랐다. 그렇게 된다면 렘의 자리는 아무나 대신할 수 있다는 말이고, 그건 즉 팔마나 가니시오, 베르네욜의 곁에 있는 누구라도 아무나가 대신할 수 있다는 말이기 때문이었다. 만약 그렇다면.

팔마는 거기서 생각을 멈췄다. 그의 머리 용량으로는 한계인 데다 더 생각했다가는 어떤 결론에 도달할지 두려웠기 때문이다.

10. 관이 도착하다

라신은 얼굴을 불로 지지는 듯한 느낌을 받으며 눈을 떴다. 강렬한 태양이 그의 동공을 직격으로 쏘았다. 그는 눈을 질끈 감고 팔로 태양을 가렸다. 소매에서 피와 흙냄새가 났다. 조금 정신이 돌아오자 자리에서 일어나 앉았다. 목이 몹시 말랐다.

라신은 주변을 돌아보다 자신의 발치에서 죽은 바드레 수사의 시체를, 그 곁에 엎드려 잠든 엘리를 발견했다. 순간 가슴이 내려앉았지만 다 말라 버렸는지 새삼 눈물은 나오지 않았다. 다만 마음 한가운데가 푹 꺼져 다시는 솟아오를 수 없을 것 같은 느낌을 받았다.

"엘리, 엘리."

그가 흔들어 깨우자 잠시 도리질하더니 엘리가 깨어났다. 눈을 뜬 그녀는 라신을 처음 보는 사람인 양 쳐다보았다.

"어디야, 여기?"

"심판의 광장. 어제 울다가 그대로 잠들어 버렸나 봐."

그 말에 엘리가 몸을 벌떡 일으켰다. 주변을 둘러본 그녀는 떠오른 해를 보고 화들짝 놀랐다.

"가게, 가게! 아주머니한테 혼날 텐데."

"얼른 가."

"너는?"

"난 수사님 묻어 드리고 가야지."

"가다니, 어디로?"

라신은 그녀를 바라보며 살짝 웃었다.

"걱정하지 마. 모든 일이 끝나면 네게 다시 찾아갈게. 감사 인사 해야 하니까."

엘리의 얼굴이 빨갛게 달아올랐다. 그녀는 고개를 숙인 채로 주억거리고 마을 쪽으로 뛰어갔다. 라신은 그녀가 사라질 때까지 지켜본 다음 수사의 몸을 안아 올렸다. 그리고 엘리가 간 길을 따라 걸음을 옮겼다.

"아무래도 여긴 좀 외로우시겠죠."

그는 종군하는 병사처럼 비장한 태도로 걸어갔다. 건물을 몇 개 지나가자 총잡이들이 피투성이인 그를 돌아보았지만 아무도 말을 걸거나 알은체하지 않았다. 중간에 몇 번 휘청거렸지만 라신은 그대로 마을 중앙까지 가서 자기가 교회를 짓던 자리 앞에 섰다. 바드레 수사가 묻힐 만한 곳은 거기밖에 없었다.

그는 수사의 몸을 잠시 눕혀 놓고 부서진 널빤지 등을 걷어 냈다. 한동안 작업하고 있는데 건너편의 바에서 마마 수가 찬

물을 담아 가지고 나왔다. 그는 라신의 꼴과 바드레 수사의 몸을 훑어보곤 혀를 찼다.

"이렇게 될 거라고 생각했지. 너무 괴로워하지 마라. 너만이라도 살아난 걸 고맙게 여겨."

"고맙지는 않지만 제가 살아 있어 다행이라고는 생각합니다."

라신은 대답하면서 언젠가 자신에게 복수하러 간다고 말했던 아버지 테사르를 떠올렸다. 그 느낌이 무언지 지금은 알 것 같았다.

"그래, 그렇게 생각한다면 다행이지."

"부탁드릴 일이 있습니다."

"무덤 만드는 거 도와줄까?"

"아니요, 그건 제 손으로 할 수 있습니다. 제게 총이 필요합니다. 잠시만 빌려주십시오."

"총?"

깜짝 놀랐던 마마 수는 이내 표정을 일그러뜨렸다.

"아냐, 그건 좋은 생각이 아냐. 다시 생각해 봐."

"제가 무슨 생각을 하는지 어떻게 아십니까?"

"복수하러 가려는 거겠지, 수사나드에게. 그의 부하들 못 봤어? 너 혼자서는 역부족이야."

"복수한다는 말은 맞을지도 모릅니다. 하지만 그에게 총을 쏘지는 않을 겁니다."

"쏘지도 않을 총이 그럼 왜 필요한데?"

"그게 얼마나 무익한 물건인지 보여 주려고요."

마마 수는 이해할 수 없다는 표정을 지었다. 멀뚱히 서 있는 그녀에게 라신은 물을 마신 뒤 잔을 돌려주었다.

"빌려주실 수 없다면 다른 분에게 부탁해 보겠습니다."

"아니야. 굳이 빌릴 거라면 내가 빌려주지. 만난 지 얼마 안 됐지만 난 너를 아껴. 죽어 나자빠지는 꼴을 보고 싶지 않아."

"그렇다면 죽지 않도록 노력해 보겠습니다."

마마 수는 파안대소하고 라신의 등을 퍽 소리가 나게 쳤다. 그리고 자신의 가게로 들어갔다가 거대한 샷건을 들고 되돌아나왔다. 라신이 두 손으로 겨우 들 수 있을 만큼 마마 수에게 특화된 크고 무거운 총이었다.

"이게 내 총이라는 걸 수사나드도 모르지 않을 거야. 내 가게에 달아 놓은 외상을 생각해서라도 그걸 보면 무시하진 못할걸."

라신은 미소 지으며 고개를 끄덕였다.

"고맙습니다."

그는 부서진 교회를 모두 정리하고 남은 잔해와 못을 이용해 어설픈 나무 관까지 하나 만들었다. 비록 틈이 벌어지고 뚜껑도 보통의 관에 비해 터무니없이 작았지만 도저히 수사를 맨땅에 눕힐 수는 없었다.

반듯하게 다져 놓았던 땅을 파고 주변에서 구경하던 다른 총 잡이들의 도움을 받아 관을 땅속에 넣었다. 벌어진 틈 사이로 바드레 수사의 오른쪽 얼굴이 보였다. 기도하려던 라신은 그걸 보고 또 한 번 울음이 울컥 솟았지만 꾹 참고 기도를 올렸다. 관을 넣어 주었던 총잡이들은 얼떨결에 수사의 장례식에 참여해서 어설프게나마 두 손을 모으고 라신과 함께 기도했다.

기도가 끝나자 그는 성수를 뿌리고 남자들과 함께 흙을 덮었다. 관이 덮이고 점차 차오르던 흙이 마침내 지면과 같은 높이가 되었다. 라신은 못질로 십자가를 만들어 수사의 무덤 앞에 세웠다.

가게에서 이 과정을 모두 지켜보고 있던 엘리가 꽃을 한 송이 들고 나왔다. 이름도 없는 시든 꽃이었지만 그라노스에서는 그런 꽃조차 매우 귀했다. 라신은 눈인사로 엘리에게 고맙다는 뜻을 전했다. 엘리는 무덤 앞에 꽃을 내려놓고 고개를 숙이고 있다가 가게 주인의 호된 질책을 받고 나서야 되돌아갔다.

선행해야 할 모든 일들은 그렇게 끝이 났다. 라신은 여관으로 되돌아가 깨끗하게 목욕을 마치고 흙과 땀, 피 등으로 얼룩진 옷을 갈아입었다. 등에는 마마 수의 샷건을 묶고 그 위에 바드레 수사의 품이 넓은 검은색 의복을 걸쳤다. 허리를 굽힐 수는 없었지만 적어도 겉으로는 총의 모양이 드러나지 않을 터였다.

그런 다음 엘리의 여관으로 갔다. 엘리가 반가운 표정을 지었지만 라신은 고개를 젓고 2층으로 가는 계단에 올랐다. 원래 녹스의 방을 찾아가 수사나드가 어디 있나 물을 생각이었지만 그럴 필요까지도 없었다. 마침 그 옆방에서 피로한 얼굴의 수사나드가 나왔기 때문이었다.

그는 수건으로 하체만 두르고 긴 머리는 아무렇게나 풀어 헤친 상태였다. 간밤에 과도하게 퍼마셨는지 숙취로 얼굴이 찌뿌듯했다. 머리를 감싼 채 비틀거리며 나오던 그는 라신을 발견하고 자리에 멈춰 섰다.

"어, 너…… 잘 만났다. 아이고, 잠깐…… 나 세수 좀 하고 올 테니까 들어가 있어."

그는 라신을 지나쳐 계단을 내려갔다. 라신은 군말 없이 그의 방으로 들어갔다.

방은 난장판이었다. 여기저기 술병이 굴러다니고 이불에도 뭔가 흘린 자국이 가득했다. 총과 총알 등이 침대 옆 탁자 위에 아무렇게나 놓여 있었다.

라신은 우선 창문을 열어 환기시킨 후 총을 꺼내 침대 맞은편 의자에 기대어 놓았다. 그리고 거기 앉아 차분히 기다렸다.

수사나드는 오래지 않아 돌아왔다. 머리에서 물이 뚝뚝 떨어졌고 그 때문에 아래층에서 엘리가 소리를 질러 댔다. 라신은 잠깐이지만 미소를 지었다. 수사나드가 방으로 들어와 문을 쾅 닫고 머리를 마구 휘저어 털어 냈다.

"계집애 목청하고는. 감히 이 수사나드에게 소리를 지를 수 있는 건 저거 하나밖에 없다니까. 귀여우니까 봐주지 정말."

라신은 대꾸하지 않고 그를 물끄러미 바라보았다. 수사나드는 대충 셔츠 더미로 머리를 닦은 다음 뒤로 한데 모아 묶었다. 그리고 침대 끄트머리에 걸터앉아 라신을 정면으로 바라보았다. 그의 시선이 라신이 놓아둔 샷건에 닿았다.

"제법이네. 그런 총을 가지고 있는 건 이 근방에서 마마 수뿐인데, 자기 총을 줬단 말이야? 너 같은 애송이한테."

"잠시 빌려 왔습니다. 다시 돌려 드리기로 약속했습니다."

"날 쏘고서 말이야? 그거 기대되는데. 어서 해 보지 그래."

라신은 망설이지 않고 세워 두었던 총을 들었다. 마마 수에게 배운 대로 개머리판 끝을 어깨에 대고 한쪽 눈을 감고 조준경으로 수사나드의 머리를 정확히 겨냥했다. 마지막으로 아래쪽에 있는 레버를 한 번 잡아당겼다. 철컥 하는 둔탁한 소리가 났다. 수사나드는 놀랍다는 표정을 지었다.

"인상적이군. 동작이 매끄러운데? 수백 번은 해 본 사람 같아."

"제가 이걸 당기면 당신은 죽습니다."

"그 정도는 나도 알아. 너 같은 머저리 아니거든."

"남길 말이 있습니까?"

"유언할 시간까지 주는 거야? 친절한데."

"제가 쏘지 못할 거라 믿고 계시는군요."

"사실 처음 거기 총을 세워 놨을 때는 그랬어. 하지만 총을 드는 자세를 보니 진짜 쏠 수도 있겠다는 생각이 드는군."

"그런데도 침착하시군요."

"하는 수 없잖아. 총을 든 쪽은 너니까. 하지만 역시나 쏘지 않을 것 같군."

"당신은 수사님을 죽였습니다."

"굳이 살고 싶어서 변명하는 건 아니지만, 내게도 정당한 이유는 있었다."

"그게 무엇입니까?"

"난 신부를 싫어해."

라신은 조준경에서 눈을 떼고 맨눈으로 수사나드를 바라보았다.

"그것뿐입니까?"

"그것뿐이라니, 그게 제일 중요한 이유다."

"종교에 대한 맹목적인 혐오 때문입니까?"

"너희들이 가진 것 또한 맹목적인 믿음뿐이잖아. 너희들이 믿고 따르는 성경이란 결국 모순과 편협함과 신의 어린애와도 같은 질시에 관한 이야기일 뿐이다."

"그렇게 이야기하는 근거가 무엇입니까?"

수사나드는 나른한 듯이 고개를 이리저리 돌리다가 말했다.

"성경을 읽어 봤다면 너도 알 거 아닌가? 소위 신의 말씀을 전하는 선지자라는 인물들이 신의 명령과 시험에 따라 근친을 저지르고 패륜하는 이야기들로 가득하지 않느냐."

수사나드가 성경을 알고 있는 것에 조금 놀라며 라신이 답했다.

"인간은 결코 완전무결한 존재가 아닙니다. 누군가는 실수를 하고 누군가는 죄를 짓습니다. 그릇된 길에서 벗어나 다시 온전한 길을 찾을 수 있도록 우리에게 방향을 제시하여 주는 것이

성경을 비롯한 우리가 배우는 성전의 교리들입니다. 물론 지금 시대를 살아가는 이들의 관점으로는 다소 받아들이기 어려운 이야기들도 있는 것도 사실입니다. 하지만 성경은 천 년이 넘는 긴 시간 동안 여러 사람에 의해 쓰였고, 그들이 살던 시대의 기준과 도덕관념을 현재의 관점으로만 판단하는 것은……."

"헛소리하지 마. 그 시대에나 지금이나 패륜은 패륜이다. 너희가 믿는 신이란 결국 자신을 따르는 자들의 믿음을 시험하기 위해 자식을 죽여 보라 말하는 편협하고 유치한 자다. 태초로 돌아가 뱀과 열매로 장난한 것만 봐도 그 점은 명확하지. 하나 묻자. 인간은 신의 장난감이냐?"

라신은 목을 가다듬고 엄숙히 대답했다.

"우리는 그분의 자식입니다. 그분께서 우리를 시험에 들게 하시는 건 우리를 사랑하기 때문입니다. 우리로 하여금 스스로의 의지를 가지고 성장하게 하기 위해서 말입니다."

"하, 사랑이라. 드디어 그 말이 나오는군. 만물의 진리는 사랑이라 그거지? 그래서 너는 나에게 지금 사랑을 전파하기 위해 총을 겨누고 있는 거냐? 내가 보기엔 나를 죽이기 위해 겨냥하고 있는 것 같은데."

실제 총을 들고 있었기에 라신은 대답하지 않았다. 수사나드는 고개를 한껏 들어 올려 경멸하는 눈으로 그런 라신을 바라보았다.

"너도 결국에는 마찬가지다. 신이라는 이름 뒤에 숨어 네 나

약함을 부정하고 있을 뿐이지. 현실을 똑바로 직시할 용기가 없는 겁쟁이들만이 신을 믿는 거다. 그보다 편리한 도피처도 없거든. 하지만 세상에서 신이라는 단어를 한 꺼풀만 벗겨 내면 마침내 보일 거다. 네가 들고 있는 그 차가운 쇳덩이만이 진실이라는 거."

라신은 대답 없이 수사나드를 바라보았다. 그 시선이 끈기 있게 이어졌기에 수사나드는 고개를 기울였다.

"그건 무슨 눈이냐."

"당신을 생각하는 눈입니다. 사람을 죽이는 쇳덩이만이 진실이라고 믿고 있는 사람에 대해 생각하는 눈이요."

"아 그래, 동정. 너희 족속들은 꼭 그렇게 모든 걸 다 안다는 듯, 자기만이 옳다는 듯, 다른 이들은 깨달음을 얻지 못해 가엾다는 듯 바라보지. 본인이 안다고 자부하는 신이나 신앙에 대해서는 무엇 하나 납득시키지 못하면서. 그렇다면 말해 봐라. 네가 믿고 있는 진실은 무엇이냐. 단지 신?"

"그것은……."

라신은 잠시 생각에 잠겼다. 여러 가지 단어들이 지나가고 마지막으로 떠오른 것은 바드레 수사의 모습과 자신을 두고 떠나가던 아버지, 테사르의 등이었다. 두 사람의 모습이 묘하게 닮아 있다는 걸 그는 그제야 깨달았다.

"꽃입니다."

그러나 입에서는 다른 대답이 나갔다. 수사나드가 이해하지 못하겠다는 듯 눈살을 찌푸렸다.

"꽃?"

"하얗게 별이 박혀 있는 여름밤입니다. 땀을 쓸어 가 주는 청량한 바람입니다. 발에 감기는 부드러운 흙, 등을 어루만져 주는 따스한 햇볕입니다. 돌담 사이사이에 끼어 있는 이끼와 우는 풀벌레, 날아가는 나비입니다. 골목을 뛰어다니는 아이들과 웃음소리, 곡식을 거두는 아낙들의 노랫소리입니다. 보이지는 않지만 자라남을 의심하지 않는 나무이며, 들리지는 않지만 모든 생명들이 분명하게 숨을 쉬고 있는 소리입니다."

수사나드가 낮게 웃었다. 라신은 이제 그를 똑바로 바라보며 대답했다.

"나에게 있어 진실이란, 이 세계입니다."

수사나드는 라신의 눈을 들여다보았다. 아직 한 번도 무엇으로부터 상처 입거나 배신당해 본 적 없는 눈이다. 그러니 그렇게 거리낌 없이 이 세계를 진실이라 말할 수 있을 테지.

그러나 솔직하게 인정하기로 했다. 더없이 분명하고 확고하게 자신의 의지를 말하는 라신의 태도가 인상적이었음을. 보통의 광신도들이 자기만의 신념에 홀려 있는 것과는 다른 눈이었다. 이 녀석은 충분히 생각하고 느끼고 있다. 그리고 무엇보다 상대방이나 스스로를 속이려 하지 않았다. 진실되게 말하고 있었다.

"그래, 이 세계를 진실이라 믿고 있는 녀석아. 그럼 이제 세계를 위해 날 제거할 거냐?"

"당신은 제가 어떻게 할 거라고 생각합니까?"

"쏘지 않을 거라고 생각한다. 이유를 말해 줄까?"

"해 보십시오."

"난 네 아버지일지도 모른다."

라신은 입을 다물었다. 총을 든 자세도 흔들리지 않았다. 수사나드는 자기가 말해 놓고도 별로 믿기지 않는다는 태도로 덧붙였다.

"네 수사라는 작자가 그렇게 말했다. 어떻게 생각하지?"

"그분께서 저를 살리기 위해 거짓말을 하신 거라고 생각합니다."

수사나드의 입에서 느닷없는 웃음이 터져 나왔다. 한동안 낄낄거리고 웃던 그가 말했다.

"그게 사실이라면 너는 그걸 지적해서는 안 되는 거 아니냐?"

"솔직하게 말씀드릴 뿐입니다. 제 아버지는 현상금 사냥꾼이라는 테사르십니다."

수사나드는 웃음을 그치고 라신의 얼굴을 뚫어질 듯 바라보았다.

"테사르?"

"그렇습니다."

"네가 테사르의 아들이라고?"

"네. 얼마 전에 저를 만나러 수도원으로 찾아오셨습니다. 베르네율이라는 사람에게 복수하러 떠난다고 하셨습니다."

"베르네욜한테?"

수사나드가 눈동자를 굴리다가 혼잣말처럼 중얼거렸다.

"복수라, 테사르가…… 그렇군. 아들이 남아 있었단 말인가. 테사르의 아들이라, 네가? 그렇군. 그런가……."

그가 자꾸만 같은 말을 되뇌는 것이 실망감 때문임을 라신으로서는 알 도리가 없었다. 수사나드는 들리지 않게 한숨을 내쉬었다. 사실이 아니라고 생각했고 기대하지 않으려고 애썼지만, 마침내 그것을 확인받는 기분은 역시나 달갑지 않았다.

"어쨌든 내 아들이 아니란 말이지."

"그렇습니다. 그리고 또 한 분의 아버지는 어제 당신이 죽였습니다."

"카라보? 맞아. 그러니 너도, 나도 이제 서로를 살려 둘 이유가 없는 거로군."

"그렇습니다."

수사나드는 해 보라는 듯 턱을 들었다. 그러나 말한 것과 반대로 라신은 총을 내려 자기 무릎 위에 올려놓았다. 그리고 가만히 수사나드를 바라보기만 했다. 수사나드는 눈살을 찌푸렸다.

"뭐 하나?"

"저를 죽이고 싶으시다면 그렇게 하십시오. 저는 용서할 테니까요."

"용서?"

"저를 죽이는 것도, 수사님을 죽인 것도 모두 용서하겠습니다."

수사나드는 기가 막힌다는 듯 혀를 찼다.

"이래서 성직자 놈들이 싫다니까. 약해서 죽어 나자빠지는 주제에 항상 자기네가 우위에 있는 줄 알아. 네가 뭘 어떻게 나를 용서한다는 거냐? 용서라는 건 말이야, 힘으로 나를 굴복시키고 땅에 처박아 얼굴을 밟아 준 뒤 총을 겨누면서 해야 할 말이다. 지금처럼 총을 내려놓은 채로 하는 게 아니라."

"그건 당신들 세계의 법칙일 뿐입니다. 제게 있어 용서란 힘과 아무 상관없습니다."

"착한 척하지 말고 솔직히 말해 봐라. 속으로는 부글부글 끓고 있지 않냐? 난 네가 그렇게나 아끼던 또 하나의 아버지라는 사람을 죽였다. 그야말로 개처럼 죽여 버렸지. 사자에 대한 예의도 지키지 않았다. 땅에 내다 버리고 왔으니까. 해가 이렇게 뜨거우니 지금쯤이면 꽤나 흉측하게 부패해 가고 있겠군."

라신은 도발에 넘어가지 않고 차분히 대꾸했다.

"그 일도 용서하겠습니다. 그분은 이미 제가 거두어 묻어 드렸습니다. 당신이 교회처럼 그분의 무덤을 훼손하지는 않을 거라고 생각합니다."

"그래? 이걸 어쩌나, 그렇게 말하니까 손수 가서 훼손해야 할 것만 같은데."

"그럼 다시 묻어 드리면 됩니다. 그러고 나서 또다시 당신을 용서하겠습니다."

"이 자식이 진짜⋯⋯."

수사나드가 벌떡 일어나 라신의 멱살을 잡자 샷건이 땅에 떨어졌다. 오발하는 줄 알고 움찔했던 수사나드는 총에서 눈을 떼며 물었다.

"그렇게까지 날 용서하겠다는 이유가 뭐냐? 네놈이 잘나고 고귀하신 성직자라서?"

"아닙니다. 당신을 용서하려는 이유는……."

라신은 코앞에서 그의 눈을 들여다보며 분명한 어조로 덧붙였다.

"용서야말로 유일하게 당신에게 복수할 수 있는 방법처럼 보이기 때문입니다."

"뭐야?"

"당신은 총을 겨누어도 흔들리지 않는 사람입니다. 죽음이 두렵기 때문에 도리어 죽음을 행사하는 쪽이 되려는 그런 사람이 아닙니다. 오히려 여러 번 죽음을 행사했기 때문에 자기 자신에게도 죽음이 언제든 닥칠 수 있다는 걸 담담히 인정하시는 분 같습니다. 그렇다면 당신에게 복수할 수 있는 방법은 죽음이 아닐 것입니다."

수사나드가 대답 없이 바라보는 가운데 라신은 거침없이 말을 이어갔다.

"당신이 결코 하지 못하는 일이야말로 당신이 두려워하는 일일 거라 생각했습니다. 그리고 제 결론은 용서입니다. 당신은 무엇도 용서하지 않을 사람입니다. 용서하는 방법을 모르기 때문입니다. 그래서 저는 당신을 용서하는 것으로 복수하기로 결정했습니다. 그 고귀한 관념으로 복수당한 당신을 동정합니다."

수사나드는 입을 꾹 다문 채 얼굴이 거의 닿을 만큼 가까이 라신을 끌어당겼다. 라신은 밝은 초록 빛깔의 눈동자가 그렇게 무섭게 보일 수도 있다는 사실을 처음 알았다. 마치 뱀의 눈동자 같았다.

"너는 마치, 네가 뭐든지 다 할 수 있다는 듯이 말하는구나."

그의 입에서 처음 듣는 낮고 차가운 목소리가 흘러나왔다.

"용서하겠다느니 죄를 사하겠다느니, 많은 성직자 놈들이 내 손에 죽어 가며 그렇게 이야기했다. 그게 무슨 고귀한 행동이라도 되는 것처럼 말이다. 그러나 그건 기만이다. 두려움을 속이고 스스로를 속여 손 쓸 수 없이 닥친 불행을 마치 자기가 선택한 일인 양 미화할 뿐이다. 어차피 막을 수 없으니까, 그렇게라도 정당화해야 죽더라도 마음이 편하니까. 난 그런 놈들보다 차라리 살려 달라고 발버둥치는 놈들이 인간적으로는 더 훌륭하다고 본다. 적어도 그 녀석들은 자기 목숨을 소중히 할 줄 알고 스스로에게도 솔직하니까."

"저는 두려움을 속이는 게 아닙니다. 솔직하게 말해 죽는 것은 두렵습니다. 그러나 제가 어찌할 수 없는 죽음까지 두려워하고 싶지는 않습니다. 불필요한 일이니까요."

"그래, 너 대단하다! 어디 그렇게 잘난 채로 죽어 봐라. 네가 한 말 따위가 내게 털끝이라도 영향을 줄 것 같으냐? 넌 그냥 버러지처럼 죽어 버릴 뿐이야. 한 방 갈기고 창밖에 던져 버리고 그대로 잊는 거지."

수사나드는 라신을 거칠게 밀쳐 내고 뒤로 돌아 성큼성큼 탁자로 걸어갔다. 그는 등을 보인 채 한가롭다고도 말할 수 있는 태도로 총알을 하나씩 집어넣었다. 라신은 그의 등을 보다가 시선을 내려 샷건을 보았다.

지금 집어 들면 틀림없이 수사나드보다 먼저 쏠 수 있을 것이다. 그걸 막는 건 오로지 스스로의 신념뿐이었다. 그러나 과연 그러한 신념이 그렇게나 중요한가? 수사나드의 말마따나 자기 목숨을 구하려는 행위야말로 인간적으로 훌륭한 게 아닐까?

바드레 수사는 분명히 말했었다. 너 자신 없이는 신도 우주도 없는 것이라고. 라신을 살리기 위해 그가 버린 목숨마저도 가치 없게 만들어야 한단 말인가?

거기까지 생각하고 라신은 고개를 들었다. 어느새 총알을 다 집어넣고 장전까지 마친 수사나드가 그를 바라보고 있었다. 라신의 행동을 쭉 지켜보고 있었던지 픽 웃었다.

"왜, 이제야 목숨에 미련이 남는가 보지? 죽을 때가 되어야만 가면을 벗는 놈들이 꼭 있지."

"아닙니다. 저도 제가 죽을 수 있는지 궁금했습니다. 당기십시오."

"네가 무슨 불멸이라도 되냐? 아니면 네가 믿는 신이 네게만 기적을 행사할 것 같아?"

대답 없는 라신에게 수사나드가 총을 겨누었다. 라신은 시선을 피하지 않고 그를 똑바로 바라보았다. 수사나드는 그의 머리를 겨냥했다가 총구를 내려 심장을 겨냥했다. 그러다 다시 머리를 겨냥했다.

'젠장, 어제 보자마자 바로 쏴 버렸어야 했는데.'

너무 많은 말을 나눴다. 너무 유심히 얼굴을 본 나머지 머릿속에 박혀 버렸다. 자기가 죽인 사람의 얼굴이 이따금 떠오르는 건 그다지 유쾌한 일이 아니었다. 이상하게도 라신과 좀 더 대화를 나누고 싶었다. 지금 당장 아무 망설임 없이 방아쇠를 당길 수가 없었다.

'너는 나를 너무 닮았어.'

아니, 단지 그것 때문만은 아니었다. 처음부터 자기 아들일지도 모른다고 의심한 건, 바드레 수사의 말을 그렇게 쉽게 믿어 버린 건 그 말이 사실이길 간절히 바란 탓이었다. 부하가 아무리 많고 몇몇은 친구라고 부를 수 있어도, 그래도 이 넓고 황폐한 세상에 자기 핏줄 하나 이어지지 않는다는 것은…….

"나는 네가 내 아들이기를 진심으로 바랐다."

마침내 그가 내뱉은 말에 라신의 표정이 처음으로 흔들렸다.

"그게 사실이 아니어도, 네가 그렇다고 말했으면 나는 믿어 버렸을 거다. 그리고 온 힘을 다해 너를 아꼈을 거다. 오래전부터, 아주 오래전부터 머릿속으로 상상해 보곤 했다. 내게 아이가 있다면 이렇게 해 줄 텐데, 저렇게도 해 주었을 텐데. 테사르나 베르네율이 그러하듯 자식 때문에 일생을 복수에 미쳐 살아야 한다고 해도, 나는 그것을 감미로운 원정길로 받아들였을 거다."

라신의 눈에 동정의 빛이 떠올랐다. 하지만 수사나드도 마찬가지로 그를 동정하고 있었으므로 별 상관없었다.

"그래서 내가 총을 잡은 뒤 처음으로 사람을 죽였던 때와 마찬가지로, 나는 너를 죽여야 한다는 사실에 깊이 슬픔을 느낀다. 이 말이 너에게 별다른 위안이 되진 않겠지만."

라신은 고개를 끄덕이고 그를 위해 눈을 감았다. 그리고 자기 생의 마지막이 될 기도를 소리 없이 올렸다.

'죄송합니다, 아버지. 한 번 더 뵐 수 있기를 바랐습니다만 어렵게 되었습니다. 아버지께서 제 복수까지 떠안지 않기만을 바랍니다.'

그가 기도하는 것을 보고 수사나드도 눈을 질끈 감았다. 어차피 보지 않고도 쏠 수 있었다. 이번 상대의 죽음을 별로 보고 싶지 않았다.

"형님!"

문이 벌컥 열린 건 그때였다. 수사나드는 화들짝 놀라 자신도 모르게 방아쇠를 당길 뻔했다. 그래서 놀라게 한 사람을 향해 불같이 화를 쏟아냈다.

"깜짝이야! 뭔 문을 그따위로 열어?"

"문이고 자시고 빨리 밖으로 나와 보십시오!"

"왜?"

"베르네율이 형님한테 기가 막힌 선물을 보내왔습니다."

"베르네율이? 나한테?"

"네, 네. 빨리요!"

수사나드는 라신을 돌아보았지만 곧 부하의 손에 이끌려 얼떨떨하게 바깥으로 나갔다. 라신은 죽기 전 잠깐의 유예가 생긴 걸 기뻐해야 할지 말아야 할지 알 수 없었다.

밖으로 나온 수사나드는 기수 없는 말 한 마리와 거기에 연결된 관을 보았다. 이미 부하들 대다수가 모여들어 관 주위를 빙 둘러싸고 있었다. 수사나드는 부하들의 표정에 떠오른 해석하기 어려운 여러 감정들을 보자 짜증이 확 치밀어 올랐다.

"뭔데 그래?"

그가 관을 열어 보라고 고갯짓했다. 부하 두 명이 양 끝을 잡고 동시에 들어 올렸다. 썩은 냄새가 확 풍겼기에 수사나드는 눈살을 찌푸리며 팔로 얼굴을 가렸다. 잠시 후 그는 팔을 내리고 관 안을 들여다보았다.

한동안 그는 아무 말 없이 굳어 있었다. 부하들은 머리를 긁적이거나 발로 땅을 툭툭 차는 식으로 반응을 대신했다. 한참을 시체만 들여다보고 있던 수사나드가 갑자기 웃음을 터뜨렸다. 그러곤 신경질적으로 머리를 마구 휘저었다.

"이거 정말 가관이군. 끝이 없을 듯하던 복수의 여정이 드디어 막을 내렸단 말이지? 승리는 역시 베르네율의 것이었어. 난 일찌감치 그놈한테 걸었지."

그는 낮게 한참을 웃었다. 하지만 모여 있는 부하들의 분위기는 조용하고 어두웠다. 잠시 후 수사나드가 웃음을 그치고 그들을 둘러보았다.

"뭐야, 왜 이래? 어디 초상났어? 아, 이놈 초상이로군. 이놈이 죽은 게 그렇게 슬퍼? 그래서들 이러는 거야?"

"테사르가 죽은 게 슬픈 게 아니라요……."

수사나드의 부하 중 하나가 기어들어 가는 목소리로 말했다.

"이건 선전 포고나 다름없지 않습니까. 다음은 우리라는 거죠."

"그래서 뭐, 너희 모두 베르네욜을 증오하는 거 아니었냐? 드디어 제 발로 우리를 찾아와 주겠다는데 기뻐해야 하잖아."

다들 시선을 피할 뿐 수사나드의 말에 긍정하는 부하는 없었다. 수사나드는 새삼 자기 부하들이 이렇게 겁쟁이였나 싶어 놀랐다. 너무 긴 평화에 나태해진 걸까, 아니면 베르네욜의 이름이 그 정도로 두려운 걸까.

"뭐야, 무섭냐? 베르네욜을 잡겠다는 건 말뿐이었어? 어이, 랄프. 형제의 복수를 한다며. 데이비, 그놈이 네 집을 부수고 가축까지 모조리 빼앗은 걸 잊었냐? 무슨 총잡이들이 이래? 그라노스의 악당들이 왜 이래, 내 자랑스러운 부하들이 어쩌다 이렇게 된 거냐고. 다 맛이 가 버렸냐!"

사납게 반응할 줄 알았던 부하들이 오히려 침울해지는 걸 보고 수사나드는 당황했다. 베르네욜이 직접 선전 포고를 한 이상 결전의 날이 그리 멀지 않은 게 분명했다. 그런데 이렇게 사기가 낮아서야 총소리 나고 한두 명이 죽어 나가기 시작하면 다들 등을 돌려 도망갈 게 뻔했다.

'망할 오합지졸 녀석들. 이것들이 정말로 내 부하란 말이야?'

다른 건 몰라도 그에게 카라보만큼 스승으로서의 자질이 없다는 건 인정해야 했다. 복잡하게 머리를 싸매는 그의 곁으로 누군가가 천천히 지나갔다.

"응?"

수사나드는 고개를 들고 누군지 확인했다. 그러곤 퍼뜩 정신을 차리고 지나간 사람을 붙잡았다.

"잠깐……."

라신은 고요한 눈으로 수사나드를 돌아보았다. 놓으라는 말을 하지도, 그를 뿌리치려는 행동도 보이지 않았지만 수사나드는 자신도 모르게 그를 놔주었다. 라신은 다시 걸음을 옮겨 관 옆으로 가서 섰다. 관을 내려다보는 그의 얼굴엔 아무 표정이 없었다.

누군가를 쉽게 동정하거나 연민하는 성격은 아니었지만 수사나드는 어째서인지 가슴 한구석이 찔끔거리는 걸 느꼈다. 어제 또 하나의 아버지라는 사람을 잃은 그다. 그리고 오늘은 진짜 아버지를 잃은 것이다.

라신은 관 옆에 털썩 주저앉았다. 떨리는 손을 죽은 테사르의 얼굴로 뻗자 새카맣게 앉아 있던 파리들이 윙윙거리며 날아올랐다. 라신은 검푸른 색으로 썩어 있는 그의 얼굴을 차마 만지지 못했다. 손을 거두고 대신 관을 붙잡았다. 그런 채로 하염없이 테사르의 얼굴만 내려다보았다.

다른 총잡이들이 어떻게 하냐는 듯 수사나드를 쳐다보자 수사나드는 고개를 젓고 말했다.

"놔둬. 우리는 싸움을 준비한다. 이제는 피할 수 없게 된 싸움이다. 겁이 나는 놈들은 도망가든지 알아서 해라. 나머지들은 베르네욜이 온다는 사실을 알리고 같이 싸울 놈 있으면 모이라고 해. 다섯 놈이나 될까 모르겠다만."

부하들이 슬금슬금 눈치를 보며 흩어지자 무슨 일인지 궁금해 모여 있던 다른 그라노스 주민들이 다가왔다. 하지만 수사나드가 사나운 눈으로 홱 돌아보자 다들 물러났다. 그런 뒤 수사나드는 라신에게 다가갔다.

"슬프다는 건 알겠지만 잠깐 덮어 둬라. 이렇게 만든 놈이 지금 여기로 오고 있다. 나하고의 일도 잠시만 미뤄 두자. 당장의 일부터 해결해야 하니까. 복수하고 싶지? 그럼 거기 있는 네 아버지 총을 들어."

라신은 대답도, 미동도 하지 않았다. 성질이 확 오른 수사나드는 그의 등을 발로 차 버릴까 하다가 꾹 참았다.

"오냐, 상처받았다는 것도 절망했다는 것도 잘 알겠다. 하지만 이대로 있으면 그냥 죽기밖에 더하냐? 온 가족이 한 놈한테 몰살당해 죽고 싶은 거야? 네 어머니와 누이, 아버지까지면 충분하잖아."

그 말에 드디어 라신이 고개를 들었다. 그는 절박하다 싶을 정도의 표정으로 수사나드를 올려다보았다.

"어머니와 누이라뇨? 그건 무슨 말씀입니까?"

수사나드는 속으로 뜨끔 놀랐지만 내색하지 않고 대답했다.

"뭐야, 몰랐냐? 네 어머니와 누이를 죽인 것도 베르네율이잖아. 그럼 테사르가 왜 복수하러 가는지도 몰랐단 말이냐? 복수하러 가기 전에 마지막으로 널 찾아갔다면 그 의도야 뻔한 거잖아. 네가 자기 뒤를 잇기를 바란 거지."

라신으로서는 처음 듣는 얘기였다. 그도 그럴 것이 테사르의 존재에 대해 안 지도 얼마 되지 않았다. 그를 만난 날 다른 가족들에 대해 묻고 싶은 생각이 없었던 건 아니지만 테사르가 먼저 말하지 않았기에 꺼내지 않았다. 다만 살아 있지 않을 거라 짐작하긴 했었다. 그들 모두 온전했다면 자기가 수도원에서 길러질 일 또한 없었을 것이기에.

"어머니와…… 누이라고요."

그들이 한때 존재했으며 또한 살해당했고, 눈앞에 죽어 있는 아버지와 같은 상대로부터 당했다는 사실을 실감하는 일은 단지 머리로 아는 것과는 전혀 다른 일이었다. 그동안 간신히 평정을 지켜 온 라신의 생각과 마음 모두 송두리째 뒤엎을 수 있을 정도로.

"베르네욜⋯⋯."

복수하러 간다. 복수하지 말거라.

"베르네욜."

마침내 그의 내면에서 무언가가 무너져 내렸다. 그리고 곧바로 차갑게 구축되기 시작했다. 그 자신 말고는 아무도 알 수 없을 정도로 빠르고, 조용하게.

라신은 이제 스스로가 웬만한 일로는 놀라거나 흔들리지 않으리란 걸 알았다. 그리고 이전에는 상상하지 못했던 어떤 일도 할 수 있으리란 것 또한 알았다. 말 그대로, 무엇이든지.

그것을 새로운 세계로의 성장, 각성, 혹은⋯⋯ 타락이라고 부를 수도 있을 것이다.

라신은 테사르의 관에서 그가 남긴 롱라이플을 꺼내 들었다.

11. 쿤족의 약속

"녹스, 녹스."

누군가 커튼을 확 걷었다. 녹스는 뜨거운 햇볕에 얼굴을 있는 대로 찌푸리며 손을 휘저었다.

"아, 뭐야. 다시 쳐."

"긴급 상황이다. 얼른 일어나서 옷 입어라."

"잔센이야? 뭔데 그래."

"지금 베르네율이 그라노스로 오고 있다."

누워 있던 녹스가 벌떡 상체를 일으켰다. 하지만 침대 밖으로 나오지는 않고 물었다.

"나 일어나게 하려고 거짓말하는 거지?"

"나도 그랬으면 좋겠군."

녹스는 무뚝뚝한 잔센의 표정을 한동안 보다가 욕설을 내뱉었다.

"미친놈. 감히 어딜 오는 거야?"

"놈은 선전 포고까지 했어. 테사르의 시체를 보내왔다."

"테사르? 그 테사르?"

"그래. 관에 넣어서 보냈더군."

녹스는 입을 떡 벌렸다. 베르네율이 온다는 것보다 그 말이 더 믿기 어려운 모양이었다.

"빨리 옷 입고 나와. 수사나드가 총잡이들 모아다 계획을 세울 모양이야. 이번이 베르네율을 잡을 수 있는 거의 유일한 기회다."

"알겠어. 금방 나갈게."

그렇게 말한 녹스는 잔센이 방에서 나간 뒤에도 한참 동안 생각에 잠겨 있었다.

"늦었군."

메마른 목소리가 바람에 섞여 들려왔다. 녹스는 가만히 고개를 들었다. 사흘 만에 처음으로 듣는 사람의 목소리였다.

갈색 수염이 무성한 남자였지만 생각보다 늙지는 않은 듯했다. 그는 녹스의 얼굴을 보고 가만히 혀를 찼다.

"어딜 가나 이런 아이들을 남기는군, 팔마는."

남자는 녹스의 앞에 한쪽 무릎을 꿇고 앉아 눈높이를 맞췄다.

"괜찮으냐? 네 부모는 어디 있지?"

"죽었어."

"베르네욜에게?"

녹스는 고개만 끄덕였다. 남자는 커다란 손으로 녹스의 머리를 잡고 거칠게 문질렀다.

"가자. 네가 살 만한 곳에 데려다주마."

녹스는 살고 싶지 않았다. 그러나 손은 어느새 남자의 바지를 붙잡고 있었다. 남자를 따라가면서 녹스의 눈에서 눈물이 떨어졌다. 남자는 그런 응석을 받아 주지 않았다. 하지만 황야에 불을 지피고 잠드는 밤이면 언제나 그의 웃옷을 벗어 녹스에게 덮어 주었다.

세년빌에 녹스를 데려다주고 남자는 미련 없이 떠났다. 뒤 한 번 돌아보지 않는 그의 등을 얼마나 원망했는지 모른다. 녹스가 기억하는 남자의 마지막 모습은 등에 기이할 정도로 기다란 총신을 멘 모습이었다.

그가 테사르였다. 녹스는 총잡이들 세계에 발을 들이고 나서야 그 사실을 알았다. 그는 녹스에게 은인이었을 수도, 혹 구차한 삶을 이어 가게 한 원수일 수도 있었다.

가만히 앉아 있던 녹스는 신경질적인 동작으로 옷을 입었다. 조끼를 걸치고 벨트를 차고 총과 총알을 확인한 뒤 바깥으로 나갔다.

광장에는 이미 많은 총잡이들이 모여 있었다. 그들 중심에 먼지로 뒤덮인 허름한 관이 있었다. 보지 않아도 그 안에 든 게 테사르라는 걸 알 수 있었다. 어쩐지 다가갈 수 없어 보고만 있는데 누군가 녹스의 어깨에 팔을 턱 얹었다.

"뭔데 아침부터 이 난리들이야."

자신을 팸이라고 말했던 여자였다. 기가 막혔지만 녹스는 일단 참기로 했다.

"테사르가 죽었다는군."

"테사르? 설마 그 테사르?"

"그래. 남부 최고의 저격수말이야. 베르네욜이 그의 관을 보내 왔어. 아마 선전 포고인 모양…… 이봐?"

렘은 녹스의 말을 듣지 않고 관이 있는 쪽으로 성큼성큼 걸어갔다. 모여든 사람들을 헤치고 안으로 들어가자 관 앞에 마치 장례를 주관하는 신부처럼 서 있는 수사나드가 보였다. 렘은 그의 곁에 서서 관 안에 반듯이 누워 있는 테사르의 얼굴을 내려다보았다.

'이게 테사르라고.'

이상하게 낯설지 않았다. 서로 총알을 주고받았기 때문일까? 그러고 보니 그렇게 거친 총격전을 벌이는 동안 서로의 얼굴은 한 번도 보지 못했다는 생각이 들었다. 이게 처음이었다. 그래서인지 이상한 기분이 들었다.

'결국 당신도 삼촌 손에 죽은 거로군. 내가 죽였으면 했는데. 내 쪽으로 오지 않고 제대로 찾아갔다니, 영리하다고 해야 할

지 어리석다고 해야 할지.'

렘은 한동안 더 그를 쳐다보다가 몸을 돌렸다. 여관으로 되돌아가는 내내 자신을 쫓는 수사나드의 시선은 눈치채지 못한 채.

수사나드는 그녀가 이상하게 자꾸만 눈에 띈다고 생각했다. 전날 첫인상에서 받은 느낌도 그렇고 가지고 있는 총도 그렇고, 분명 범상한 인물은 아니었다. 그렇지만 딱히 누구라고 말할 만한 사람이 떠오르지 않았다. 여성 총잡이라는 게 전무하다 싶은 세계였기 때문이다.

"저 여자."

수사나드는 렘에게서 눈을 떼지 않으며 뒤에 있는 부하에게 말했다.

"베르네욜이 오기 전에 정체가 뭔지 알아 봐. 찝찝한 건 딱 질색이니까."

　　　　　　·

여관 홀에서는 딘과 빈쿠스 일행들이 머리를 맞대고 작은 목소리로 논의 중이었다.

"테사르는 죽었고 베르네욜이 제 발로 이쪽에 오고 있다고 한다. 수사나드가 모든 부하들을 모아 그를 막을 거라 하니 우리에겐 선택권이 두 가지 있다. 수사나드를 도와 그를 치거나, 돌아가는 상황을 지켜보다가 베르네욜만 붙잡아 빼돌리거나."

빈쿠스의 말에 딘이 따지고 들었다.

"뭐 하러 그렇게 합니까? 그냥 도와서 치는 게 편하잖아요. 그편이 수적으로 훨씬 유리할 텐데."

"그렇게 하면 베르네욜은 여기서 죽거나 처형되잖아. 우리가 받은 명령은 그를 끌고 서부로 되돌아가는 거야. 거기서 처형되어야 하니까."

"시체로 끌고 와도 상관없다고 하지 않았어요?"

"수사나드가 베르네욜의 시체를 내줄 것 같냐? 그의 일생일대의 전리품인데."

딘은 눈살을 찌푸렸다.

"하여튼 복잡하게들 사시네. 어디서 어떻게 죽든 무슨 상관이에요? 중요한 건 베르네욜이 죽는 거잖아요."

"나도 그렇게 단순하게 생각할 수 있으면 좋겠다. 윗선에서 내려온 명령인 걸 나더러 어쩌라고. 대륙을 횡으로 가로지르기까지 했는데 아무것도 못 받고 끝내고 싶냐?"

그 말에는 딘도 할 말이 없었다. 빈쿠스의 곁에 앉아 있던 다른 총잡이가 말했다.

"일단 한 발자국 물러서서 상황을 지켜보기로 하죠. 수사나드가 밀린다 싶으면 도와주고 베르네욜이 수세에 몰리면 상황이 정리될 때쯤 붙잡아서 튀죠."

"가능할지 모르겠군. 아무튼 둘 다 괴멸에 가까운 피해를 입어야 해. 한쪽이 일방적으로 이기면 이도 저도 안 될 거야."

그 외 별다른 의견이 나오지 않았으므로 결국 그들은 그 말을 따르기로 했다. 그러나 자리를 정리하고 일어서려는 순간 세 명의 총잡이가 문을 박차고 식당 안으로 들어왔다. 그러곤 홀을 쭉 훑어본 다음 큰 소리로 말했다.

"수사나드의 이름으로 알린다. 곧 있을 베르네욜과의 전쟁에서 우리와 함께 싸울 이들만 남아라. 싸울 의지가 없는 총잡이들은 해가 지기 전까지 이 땅을 떠나라. 떠나지 않는 자들은 적으로 간주하고 몰살할 거다."

빈쿠스는 자신도 모르게 자리에서 벌떡 일어났다. 수사나드의 부하 중 하나가 그를 보며 물었다.

"할 말 있소?"

"……아니, 아무것도 아니오."

"당신들 무리 숫자가 제법이던데, 빨리 입장을 분명히 하는 게 좋을 거요."

세 남자는 여관에서 나갔고 잠시 후 근처에서 같은 말을 반복하는 소리가 들렸다. 빈쿠스는 다시 자리에 앉았고 아까 의견을 냈던 동료도 침묵을 지켰다.

"이제 어쩔 거요?"

딘이 왠지 즐거운 목소리로 물었으나 아무도 쉽사리 결정하지 못했다. 그들 무리의 테이블에는 침묵만이 감돌았다.

한편 렘은 그러거나 말거나 식당에서 한가로이 식사를 즐기고 있었다. 옆자리에서 지켜보던 녹스가 한마디 했다.

"들었지? 오늘 안에 떠나."

"어째서? 난 선량한 일반 시민이야."

"라이플 들고 다니면서 그런 소리 하는 거 아니지."

"그래 봐야 나 혼자인데 뭐. 신경도 안 쓸걸."

"내가 쓰여."

렘은 포크질을 멈추고 녹스를 바라보았다. 잔센도 마찬가지였다. 하지만 녹스는 아무렇지 않은 얼굴로 맥주잔만 빙글빙글 돌렸다.

"그렇게 안 보였는데 의외로 다정하게 구네."

"착각도 심하군. 신경에 거슬린다는 얘기야. 정체도 모르는 사람이 라이플 들고 뒤에 있는 거 싫다고."

"정체를 모른다니, 말했잖아. 길을 잘못 들어서 그라노스에 오고 만 선량한 팸이라고."

"그래, 선량한 팸 씨. 길을 잘못 들었으면 다시 제 갈 길 찾아가야지?"

"세기의 싸움이 눈앞에서 벌어질 모양인데 너 같으면 떠나겠어?"

"구경이 목적이라면 총은 반납하고 해."

그렇게 말하며 녹스는 대담하게 렘이 세워 둔 라이플을 향해 손을 뻗었다. 하지만 렘은 고기 썰던 칼로 그의 손등을 내리쳤다. 녹스가 억 소리를 내며 손을 거두자 렘은 살기가 묻어나는 목소리로 말했다.

"일부러 칼등으로 친 거야. 한 번만 더 내 총 건들려고 하면 그땐 손가락 잘라 버린다."

절대로 그냥 하는 소리가 아니었다. 녹스가 얼굴을 일그러뜨리며 자리에서 일어나려고 하자 잔센이 그를 붙잡아 앉혔다.

"그만둬. 허락 없이 만지려고 한 네 잘못이다."

"이 와중에 저 여자 편들래?"

"난 공정하게 말했을 뿐이야."

"잘도 공정하겠다. 이놈이고 저놈이고 하여간 겉모습에만 홀려서는."

렘이 칼을 거두며 대꾸했다.

"칭찬으로 받아들일게."

그녀는 다시 포크로 고기를 잡고 자르려다 눈살을 찌푸렸다. 테사르에게 당한 왼쪽 팔꿈치가 아직 낫지 않아 힘을 줄 때마다 아팠다. 그 기색을 알아차린 잔센이 자리에서 일어나 다가왔다.

"대신 잘라 드리지."

"어, 그럴 것까진 없는데."

하지만 잔센은 칼을 빼앗아 고기를 자르기 시작했고 녹스는 그 꼴을 차마 눈 뜨고 볼 수 없어 했다.

"왜 그러냐, 점점 재수 없는 동부 말라깽이들처럼? 여자만 보면 어이구 먼저 가세요, 추운데 코트를 벗어 드릴까요, 제 옷을 깔고 앉으시죠, 너도 그러려고?"

"과민 반응하지 말게, 녹스. 팔이 불편하시다잖아."

"나도 온몸이 쑤시는데 내 것도 잘라 줘, 그럼."

녹스는 칼과 포크를 내려놓고 팔짱을 끼었다. 렘과 잔센이 동시에 어이없어하는 표정으로 쳐다보았지만 녹스는 당당하게 마주 보았다. 렘이 한숨을 내쉬고 말했다.

"미안한데, 혹시 둘이 그런 사이야? 내가 아무것도 모르고 끼어든 거야?"

"어 그래, 맞아. 끼어든 거야."

녹스의 대답에 잔센은 친구를 죽일 듯이 돌아보았고 렘은 떨떠름한 표정으로 고개를 끄덕였다.

"미안. 이것만 먹고 비켜 줄게."

"진지하게 반응하지 말아 줬으면 좋겠소만."

잔센은 고기를 다 자르고 자기 자리로 돌아갔다. 그리고 여전히 팔짱만 끼고 있는 녹스의 입에 남은 고기를 통째로 쑤셔 넣었다. 렘은 낄낄거리고 웃었다.

한편 그들의 자리로부터 얼마 떨어지지 않은 곳에서 딘은 충격에 빠진 얼굴로 그런 렘을 바라보고 있었다. 그가 빈쿠스의 팔을 툭 치며 물었다.

"그 테사르랑 헤어진 농장, 습격당한 농장에 꼬마 하나 있었잖아요. 걔가 렘을 봤다고 했죠?"

"응? 아, 그래. 나중에 합류했다고 했잖아. 테사르가 부상입혀서."

"그때 어딜 다쳤다고 했더라요?"

"왼쪽 팔이라고 했던 거 같은데. 갑자기 왜?"

"역시 그랬죠? 그냥 갑자기 생각나서요."

딘은 렘의 얼굴과 그녀가 불편해하는 왼쪽 팔, 옆에 세워 놓은 특이한 저격용 총을 차례대로 훑었다. 그러고 보면 그들 무리는 틀림없이 소년이 먼지구름을 봤다는 방향 쪽으로 왔고 거기가 여기였다. 기대했던 베르네욜은 없었지만 그렇다면 먼지구름의 정체는······.

'뭐야, 이거. 설마 저 여자가 그 렘이라고?'

이름을 말할 때도 분명히 '렘'이라고 했었다. 우연히 비슷한 이름을 댔다고 생각하기는 어려웠다.

'설마 진짜?'

딘은 혀로 입술을 핥았다. 보면 볼수록 맞아떨어진다는 생각이 들었다. 그는 렘의 목에 걸린 현상금을 생각했다. 그리고 베르네욜의 저격수를 죽임으로써 높아질 자신의 명성을 생각했다.

'아니야, 그보다는.'

곧 베르네욜이 도착한다. 그가 아끼는 부하를 인질로 붙잡고 있으면 어떨까. 과연 베르네욜이 그런다 하여 총을 내려놓을지는 의문이지만 말이다.

'어떻게 할까.'

딘은 즐거운 고민에 빠져들었다. 어느 쪽을 택하든 곁에 있는 동료들과 그 공을 나눌 생각이 추호도 없다는 것만은 분명했다.

말들이 번갈아 토해 내는 거친 숨에서 붉은 기가 묻어날 때, 야영을 하고 털어 내는 천막에서 적색 흙이 우수수 떨어질 때, 멀리서 휘몰아치는 바람이 붉은 안개처럼 보일 때 베르네욜 무리 모두는 자신들이 그라노스의 땅에 들어와 있음을 알았다.

베르네욜은 태연자약했지만 다른 이들은 지평선 근처에서 무언가 희끄무레하게 움직이기만 해도 지레 놀라 총을 뽑아 들기 일쑤였다. 그럴 때마다 오히려 놀라는 쪽은 아직 무리에 적응하지 못한 미리온이었다.

미리온의 눈에는 쭉 찢어진 흉터를 가진 팔마나 덩치가 보통 사람의 두 배쯤 되는 가니시오가 세상에서 가장 흉악한 사람들로 보였다. 때문에 자신을 데려온 것도 있고 해서 항상 베르네욜의 주변에 몸을 낮추고 숨어 있었다. 단순한 선택이었지만 현명한 처사이기도 했다. 적어도 베르네욜 주위에 있으면 그녀를 건드릴 사람이 없었기 때문이다.

베르네욜은 파이프를 피우며 지평선을 바라보고 있었다. 그의 시선이 향한 곳은 그라노스가 아닌 반대 방향이었다. 미리온은 그를 조심스럽게 훔쳐보면서 생각했다. 혹시 여기에 온 걸 후회하는 게 아닐까?

총잡이들의 세계를 잘 모르는 미리온이었지만 현재 무리의 분위기로 봐서는 일생일대의 결전이라도 앞두고 있는 것 같았다. 모자를 삐뚤게 쓰고 늘 담배를 물고 있는 한 남자는 강박증이라도 있는 것처럼 탄창에 든 총알을 확인하고 또 확인했다. 또 다른 남자는 자꾸만 아무것도 없는 곳을 겨냥했다가 내리고 겨냥했다가 내리기를 반복했다. 무리 내의 유일한 쿤족의 경우에는 저녁마다 도끼를 들고 춤을 추었다. 그리고 얼굴에 긴 십자 흉터가 있는 부상자는 먹거나 이동하는 경우를 제외하고는 늘 미리온을 노려보았다. 지금도 마찬가지였다.

팔마와 눈이 마주친 미리온은 얼른 고개를 숙였다. 그리고 품에서 손가락을 물면서 장난치는 강아지를 쓰다듬는 척했다. 그 남자는 미리온이 무리에 들어온 날부터 노골적으로 적대감을 표현했다. 왜 싫어하는지 이유를 알 수 없었기에 그가 제일 무서웠다.

마지막으로 가장 이해할 수 없는 건 베르네욜이었다. 미리온은 아마 그것도 그 나름의 긴장감을 표현하는 방식일 거라고 생각했다.

"이리 와."

베르네욜이 미리온 쪽을 바라보며 손을 내밀었다. 미리온은 자기에게 하는 말이 아니라는 걸 알면서도 깜짝 놀랐다. 그녀의 품에서 뒹굴던 강아지가 벌떡 일어났다. 그리고 베르네욜에게 쪼르르 달려갔다. 베르네욜은 그 강아지를 손가락으로 가리키며 가라앉은 목소리로 말했다.

"앉아."

강아지는 배를 드러내며 벌렁 누웠다. 그리고 꼬리를 흔들며 헥헥거렸다. 보통 사람이라면 그 모습을 귀엽다고 생각하든지 건방지다고 생각하든지 둘 중 하나일 텐데, 적어도 겉으로 보기엔 베르네욜의 얼굴에 아무 표정도 떠오르지 않았다. 그는 다시 한번 말했다.

"앉아, 렘."

강아지는 감히 희대의 악당이 내리는 명령에 불복종했다. 고개를 갸웃거리며 일어난 것이다. 강아지는 가만히 베르네욜이 가리킨 손가락을 바라보다가 혀를 내밀어 날름 핥았다. 베르네욜은 침착하게 손가락을 거두어 옷에 닦아 내고는 혀를 찼다.

"말귀를 못 알아듣는 녀석이로군."

"그런 식으로 가르치는 게 아니에요."

미리온은 자신도 모르게 끼어들었다가 베르네욜의 시선을 받고는 황급히 입을 다물었다. 베르네욜은 고개를 기울여 그녀를 한동안 바라보다가 물었다.

"그럼?"

"잘은 모르지만 제 친구는…… 먹이를 준다거나 혼내는 걸 번갈아 하면서 훈련시켰어요."

"그렇게 훈련받은 놈이 왜 이 모양이지."

"아직 어려서 그래요. 훈련에도 나이별로 단계가 있거든요."

"좀 더 커야 한다는 건가."

"그래요."

베르네욜은 부츠 끈을 잘근잘근 무는 강아지를 내려다보다가 주머니에서 마른고기를 꺼내 던져 주었다. 아직 이빨이 다

나지 않은 강아지는 한참이나 그것을 빨아먹었다. 베르네욜은 강아지가 그걸 다 먹을 때까지 덤덤하게 지켜보고 있었다.

"언제까지 저 꼴을 보고 있어야 한다고 생각해?"

서슬 퍼런 도끼날을 닦고 있던 가니시오는 팔마의 말에 고개를 들어 베르네욜을 한번 쳐다보았다. 그리고 다시 하던 일에 열중했다.

"글쎄."

"강아지한테 이름까지 붙여 주고 아주 눈물겹다, 눈물겨워. 이럴 거면 애초에 렘을 보내 버린 이유가 뭐냐고."

"글쎄."

"그래놓고 그라노스행이라니. 다시 찾으러 가는 거야, 뭐야? 도대체 의도를 알 수가 없다니까."

"글쎄."

그가 건성으로 대답하고 있다는 걸 알아차린 팔마는 말을 멈추고 으르렁거렸다. 가니시오는 다 닦은 도끼를 내려놓고 기름병을 닫으며 말했다.

"언제는 알고 따라다녔나. 갑자기 생각이 많아졌군."

"죽으러 가는 것 같으니까 그렇지. 이번만은 정말로 죽을지도 몰라."

가니시오는 기름병을 집어넣고 도낏자루를 세워 고개를 얹은 채 멀리 어둠에 잠겨 가는 땅을 바라보았다.

"죽음은 긴 잠일 뿐이다. 다시 태어나기 위해 몸과 마음을 정화하는 시간이지. 두려워할 이유는 없어."

"쿤족 세계에서나 그렇겠지, 여기선 아냐. 젠장, 나는 신도 안 믿는다고."

"괜찮다. 내가 다시 태어나면 너도 다시 태어난다."

"어째서?"

"다음 생에서 우리는 형제로 태어나니까."

팔마는 무슨 말인지 몰라 멀뚱히 쳐다보았다. 가니시오는 드물게 미소 지으며 말했다.

"우리가 대장 밑에 있었던 게 거의 20년이라고 했지. 그렇다면 그 정도 됐다. 내가 매일 밤 그렇게 기원을 드린 시간이."

팔마는 조금 뒤에야 가니시오의 말을 이해했다. 뭐라 말을 하기 위해 입을 벌렸지만 곧 할 말 같은 건 없다는 걸 깨달았다. 그는 머리를 한번 긁적이고 가니시오의 팔을 툭 때렸다. 가니시오는 벌쭉 웃었다.

"고맙긴 뭘."

한편 베르네욜은 고기를 다 먹고 더 없냐는 눈으로 쳐다보는 강아지에게 다시 한번 명령했다.

"앉아, 렘."

강아지는 발라당 뒤집어졌다. 베르네욜은 조용히 한숨을 내쉬었다.

라신의 시야에는 총 다섯 개의 표적이 있었다. 왼쪽에서부터 오른쪽으로 갈수록 표적의 크기는 점차 작아졌고 그만큼 더 멀리 있었다. 20야드부터 시작해서 마지막 것은 거의 100야드 떨어진 거리에 있었다. 표적의 모습이 잘 보이지도 않았다.

라신은 한쪽 눈을 감고 조준경으로 신중하게 첫 번째 표적을 겨냥했다. 그리고 조준경의 십자선 중심에 표적이 들어오는 순간 숨을 멈추고 차분히 방아쇠를 당겼다.

어마어마한 총성과 함께 그는 뒤로 넘어갔다. 반동이 상상 이상이었다. 다행히 20야드 떨어진 곳의 표적은 부서진 후였다. 수사나드가 쓰러진 라신을 일으키고 등을 탁탁 털어 주었다.

"제대로 자세를 잡지 않으면 이렇게 되는 거야. 그래도 첫 번째치곤 잘하는군."

라신은 오른쪽 어깨를 문지르고 총을 추슬렀다. 아버지가 쓰던 총을 자신이 쓰고 있다고 생각하니 기분이 묘했다. 잠시 바드레 수사의 슬프고도 엄한 표정이 떠올랐지만 라신은 머릿속에서 그것을 억지로 지워 버렸다.

"총알이란 게 직선으로 뻗어 나갈 것 같지만 사실 그렇지 않아. 거리가 멀수록 포물선을 그리지. 이건 바람의 영향도 있고 총마다 사정이 달라. 네 스스로 체감하면서 배우는 수밖에 없어."

라신은 수사나드의 말을 들으며 두 번째 표적에 조준경을 맞췄다. 작아서 쉽지 않았지만 십자 중앙에 맞출 수 있었다. 그는 자세를 흐트러뜨리지 않으려고 애쓰며 방아쇠를 당겼다.

이번에는 뒤로 넘어지지 않았다. 대신 표적도 빗나가고 말았다. 라신은 총을 내리고 어깨를 문지르며 확인했다.

"아깝네. 약간 왼쪽이야. 하지만 사람이었으면 충분히 맞을 만한 범위지."

말하고 나서 수사나드는 라신의 머리를 문질러 흩어 놓았다.

"침착하게 잘하는군. 하지만 네가 아무리 100야드 밖에 놓인 병을 전부 쓰러뜨린다 해도 사람을 쏘는 것은 달라. 너는 정말로 베르네욜을 쏠 수 있겠냐?"

라신은 총을 내려다볼 뿐 대답하지 않았다. 사실 아까부터 총을 손에 들고 있긴 했지만 현실감이 없었다. 이것으로 무얼 한다는 그런 목적의식 자체가 존재하지 않았다. 다만 뭐라도 하지 않으면 안 될 것 같아 거기에 몰두할 뿐이었다.

"마음을 잘 먹어 두는 게 좋아. 나와 독대했을 때처럼 말로 해 보겠다는 어중간한 마음가짐으론 안 된다. 나야 인내심을 가지고 다 들어 줬지만 베르네욜은 안 그럴 거야. 말이라는 것 자체가 통하지 않는 인간이니까. 그에게 사람다운 무언가를 기대하지 마라. 그냥 보이는 즉시 쏴 버려. 그게 그한테는 예의야."

라신은 잠시 침묵을 지키고 있다가 입을 열었다.

"한 가지 궁금한 게 있습니다."

"뭔데?"

"그 사람은 제 가족들을 왜 죽인 겁니까?"

수사나드는 라신의 질문을 이해하지 못한 듯 고개를 갸웃하다가 곧 어이없다는 표정을 지었다.

"내가 하는 말을 다 어디로 들은 거냐? 사람다운 걸 기대하지 말라니까? 베르네욜이 정말 이유가 있어서 사람을 죽일 것 같냐? 아니야, 그냥 지나가다가 눈에 보여서 쏘는 거야. 혹은 자기가 원하는 걸 갖고 있기 때문이거나, 그냥 기분이 나빠서라거나 자기를 공격했기 때문이거나 그런 식이지. 테사르의 경우에야 개인적인 이유가 있을 수도 있겠다만……."

카라보 밑에 있던 시절의 이야기를 하자면 꽤 길어질 것이므로 수사나드는 그냥 넘어가기로 했다.

"네가 직접 녀석을 무릎 꿇리고 물어봐라."

라신은 대답 없이 총을 들어 두 번째 표적을 겨냥했다. 잠시 침묵의 시간이 지나고 총성이 터졌다. 이번엔 표적이 날아갔다. 수사나드가 라신의 등을 퍽 때렸다.

"좋아! 이제 세 번째도 맞혀 봐. 총알이 발사된 직후에는 연기가 시야를 가리고 총신에 진동이 남아 있다. 다음 총알을 발사하기 전까지……."

그때 뒤에서 누군가 터벅터벅 걸어오는 소리가 들렸기에 수사나드는 말을 멈추고 돌아보았다. 녹스였다.

"걱정돼서 보러 왔냐? 별다른 짓 하는 거 아니야. 총 쏘는 법을 가르쳐 주고 있다."

"형님이 직접요? 놀랄 만한 일인데요."

"다 배우고 나서 가장 먼저 내 뒤를 칠지도 모르지만, 그건 그거대로 재미있겠지."

녹스는 가까이 다가와 라신을 바라보았다. 라신은 아무 표정 없는 얼굴로 그를 쳐다보고는 총으로 고개를 돌렸다.

"가르쳐서 우리 쪽 저격수로 쓰려고. 꽤 잘 맞혀."

"이 녀석을 말입니까?"

"그래. 아마 말려도 하겠다고 할 거야. 베르네욜에게 개인적인 원한이 생겼거든. 우리 중에 안 그런 사람이 있겠냐마는."

거기까지 말하고 수사나드는 녹스의 귀에 대고 작게 속삭였다.

"이 녀석, 테사르의 아들이야."

녹스는 깜짝 놀라 라신을 바라보았다. 테사르의 아들? 그에게 아들이 있었다고? 문득 자신을 두고 돌아서던 테사르의 등이 떠올랐다. 죽어서 관 속에 누워 있던 모습도.

녹스는 라신을 전혀 좋아할 수 없었지만, 얼마 전 바드레 수사가 죽은 데 이어 아버지까지 잃은 그에게 일말의 동정심이나마 느끼지 않을 수 없었다.

'가만, 아버지라? 그러고 보니 그 수사가 죽기 전에 라신의 아버지에 대해서 유언이랍시고 무슨 말을 했었는데.'

녹스가 기억을 되짚어가는 사이 라신은 담담히 세 번째 표적을 겨누었다. 녹스가 보기에도 그것은 꽤나 멀리 떨어져 있었고 자신에게 시간을 준다 해도 한 방에 맞힐 거라 장담하기 어려운 거리였다. 하지만 총소리가 들리고 표적은 그 자리에서 흔적도 없이 사라졌다. 수사나드가 소리를 지르며 두 팔을 높이 들어 올렸다.

"잘한다! 역시 내……."

수사나드는 못 할 말을 한 사람처럼 황급히 입을 다물었다. 녹스는 이유를 알 수 없어 고개를 갸웃거렸지만 라신은 수사나드가 어떤 말을 하려고 했는지 알 수 있었다. 예전 같았다면 그런 그에게 연민을 느꼈을 테지만 지금은 아무것도 느낄 수 없었다. 어쩌면 영원히 못 느낄지도 모른다.

하나 그런들 또 어떻단 말인가.

라신은 담담히 총을 들어 네 번째 표적을 겨누었다.

렘은 엘리네 여관 지붕 위에 올라가 있었다. 마을 중앙에 위치한 그곳에서는 동서남북 어느 쪽으로든 탁 트인 시야가 확보되었다. 다만 남서쪽 일부는 적색의 흙구름이 가리고 있었다.

'삼촌이 어느 방향으로 올지가 문제인데. 사우스 엔더에서 오는 거라면 북서에서 오겠지. 하지만 그렇게 빤히 보이는 행동을 하지는 않을 거야.'

그녀는 반대편인 남동쪽을 바라보았다.

'그럼 우회해서 반대 방향으로 올까? 시간이 좀 더 걸리겠지만 그럴 법도 한데. 아니면 그 중간쯤에서?'

어차피 혼자 고민해 봐야 베르네욜의 판단을 알아낼 수는 없을 것이다. 처음부터 그라노스에 올 것이었다면 그녀에게 언질을 줘도 됐을 텐데. 렘은 그가 그러지 않았다는 게, 그래서 제대로 도울 수 없다는 게 속상했다.

대신 그녀는 수사나드가 부하들을 어떻게 배치하는지 확인했다가 총격이 시작되면 뒤에서 몰래 저격수들부터 처리하기로 했다. 저격수들은 대부분 혼자 드러나지 않는 곳에 숨어 있으니 렘이 뒤를 친다고 해도 아무도 눈치채지 못할 것이다.

수사나드 무리는 차후 합세하기로 한 총잡이들까지 해서 대략 30~40명 정도였다. 그 정도면 단시간에 끌어모은 것치고 매우 많은 숫자다. 베르네욜 측은 사우스 엔더에 들렀으니 어떻게 됐을지 몰라도 최대 20명을 넘지는 않을 터였다.

'어떻게 상대하려고 할까, 삼촌.'

고민하는 사이 총잡이들이 우르르 몰려 이동하는 게 보였다. 그라노스의 대로는 북서에서 남동까지 사선으로 가로지른다. 수사나드는 그 양방향에 총잡이들을 둘로 나눠 배치했다.

각 대로의 입구와 주요 골목마다 모래주머니로 엄폐물을 쌓았고 말들이 잘 달리지 못하도록 곳곳의 땅을 파헤쳐 놓았다. 어차피 그들은 그라노스에서 기다렸다 맞이하면 되니 기동력을 버리기로 한 것이다. 그보다는 베르네욜 무리가 말을 타고 돌격하거나 포위를 뚫고 빠져나가는 걸 막는 게 더 중요했다.

'이건 같이 죽으면 죽었지, 절대 살려 보내 줄 기세는 아니야.'

문득 베르네욜이 왜 갑자기 그라노스를 치겠다고 한 것인지 궁금해졌다. 꽤 옛날 일이지만 그라노스 얘기가 나왔을 때 베르네욜이 한 말이 있었다.

"내가 그 땅을 왜 놔두었을 거라 생각하지. 그건 그 땅이 훌륭한 도피처이기 때문이다. 나를 증오하는 이들이나 두려워하는 이들 모두 동료를 구하겠다며 그곳으로 가지. 그리고 거기서 다 함께 나를 욕하고 분노하고 술을 마시며 다시는 나오지 않는다. 적들을 손쉽게 한곳에 몰아넣고 나머지 대륙을 돌아다닐 수 있는 거야."

그래놓고 이제 와서 새삼 왜? 더 이상 정복할 땅이 없기 때문에? 하지만 베르네욜 무리는 아직 북쪽 끝으로 가서 그곳에만 있다는 백색 하늘을 보지 못했다. 남쪽의 시퍼런 바다나 초승달 섬도 본 일이 없었다. 가니시오의 고향인 오직 나무들만의 땅도 밟지 못했다.

아직은 여기에 올 때가 아니었다. 아직은 수사나드와 맞닥뜨릴 때가 아니다. 그들 모두를 위험에 빠뜨릴 때가, 모든 것을 걸고 결전할 때가 아니었다. 아직은 모두를 버릴 때가…….

"어이."

렘은 흠칫하고 뒤를 돌아보았다. 두 명의 총잡이가 그녀를 바라보고 있었다.

"이런 외딴곳까지 날 따라오다니 반했다는 고백이라도 하려는 거야? 쑥스러워서 친구까지 데리고?"

"헛소리 그만둬. 정체를 캐 오라는 형님 명령이시다."

"팸이라고 전해. 세넌빌 출신이야."

"그런 총은 왜 가지고 다니는 거지? 네 것인가?"

"험한 세상에서 살아가려면 숙녀라도 총 하나쯤은 다룰 줄 알아야지."

두 남자는 서로의 얼굴을 한번 보고 다시 말했다.

"통행증 보여 봐."

"유치하게 왜 이래. 그런 거 들고 다니는 사람이 어디 있어?"

"증명할 방법이 없다는 거로군."

"뭐, 그렇다고 말하면 그렇지."

"그럼 해가 지기 전까지 여기서 나가라."

렘은 최대한 불쌍한 표정을 지어 보였다.

"여길 떠나서 어디로 가라고? 이 근방에는 다른 도시도 없잖아. 그냥 조용히 있을 테니까 봐주면 안 돼? 아니, 나도 어쨌든 총을 다룰 줄 아니까 도와줄 수 있잖아. 당신들 편에 서겠다고."

말을 하던 남자는 조금 흔들리는 것 같았지만 다른 남자가 단호히 말했다.

"정체가 불분명한 사람은 이곳에 둘 수 없다. 처음부터 여기를 칠 목적이었다면 베르네욜이 한두 명 정도 첩자를 심어 뒀을 수도 있으니까."

"첩자? 진심이야? 내가 베르네욜의?"

렘은 황당하고 어이없다는 표정을 실감 나게 지어 보였다. 어릴 때부터 총잡이들의 세계에서 자라 온 그녀는 남자들이 총잡이로서 여자를 얼마나 하찮게 생각하는지 잘 알고 있었다. 그게 싫어서 죽어라 총 쏘는 걸 연습한 것이기도 하니까. 역시나 렘의 반응에 두 남자도 할 말 없는 얼굴이 되었다.

"지금 나 하나가 무서워 그러고들 있는 거야? 그라노스에는 겁쟁이들밖에 없어?"

"말조심해라. 어쨌든 누군지도 모르는 자를……."

그때 누군가 지붕 위로 올라왔다. 딘이었다. 두 남자가 돌아보고 바로 총을 겨누었다. 딘은 화들짝 놀라며 두 손을 들어 보였다.

"어이구, 진정해요. 나 여기 묵고 있는 사람입니다."

"뭐냐, 왜 올라왔지?"

"해가 지기 전까지 입장을 분명히 하라면서요. 이쪽 무리의 입장을 전해 주려고요. 우린 당신들에게 합류해서 베르네욜을 상대로 싸우기로 했습니다."

"잘됐군. 하지만 당신들도 신분 확인이 필요하다."

"그거라면 걱정 마요. 우리 대장님께서 당신들 대장님한테 직접 밝히러 갔으니까."

두 남자는 딘을 잠시 바라보다가 다시 렘에게로 고개를 돌렸다. 그러자 딘이 얼른 말했다.

"그 아가씨도 우리 편이에요. 신분은 내가 보장하죠."

"너희 소속이라고? 혼자 왔던 걸로 기억하는데."

"사랑싸움을 좀 했거든요. 토라져서 먼저 온 거예요."

렘은 어이가 없어 딘을 바라보았다. 그리고 두 총잡이가 어쩐지 납득하는 얼굴이 되었을 때는 더 어이가 없었다.

"만일 저 여자가 허튼짓을 하면 당신들과 공동 책임이다."

"그쯤이야 알죠. 걱정 마요."

두 총잡이는 그제야 지붕에서 내려갔다. 렘은 그들이 내려가는 것을 확인한 뒤 딘에게 말했다.

"무슨 바람이 불어서 그런 거야? 어쨌든 고마워. 덕분에 좋은 구경하겠어."

"뭘, 나도 목적이 있어서 그런 건데."

"목적?"

"내게 반하게 하는 거."

렘은 웃음을 터뜨리며 말했다.

"당신하고 장난치는 거 재밌긴 하지만, 바쁘니 이만 내려가 볼게."

렘은 딘을 지나쳐 아래로 내려가는 사다리를 붙잡았다. 그러나 발을 얹는 순간 뒤에서 공이치기 당기는 소리가 들려왔다. 렘은 몸을 굳히고 상대를 자극하지 않게끔 천천히 돌아보았다. 딘이 사람 머리쯤은 가볍게 날려 버릴 수 있는 매그넘 리볼버로 렘을 겨누고 있었다.

"바쁜 건 나도 마찬가지야. 그러니 이제 장난은 그만두지, 렘."

렘은 아무 내색하지 않은 자신을 대견하게 여겼다.

"잘못 불렀겠지. 난 팸이야."

순간 그녀의 눈앞에서 섬광이 터졌다. 렘은 사다리를 놓치고 2층 복도 위로 떨어졌다. 나무로 만든 난간이 부서지면서 아슬아슬하게 그녀의 몸을 떠받쳤다. 충격으로 한동안 숨을 쉴 수가 없었다.

잠시 후 눈을 뜬 그녀는 어지러운 잔상 속에서 피식피식 웃고 있는 딘의 얼굴을 보았다. 살의가 느껴졌지만 손가락 하나 까딱할 수 없었다. 천천히 사다리를 타고 내려온 딘은 움직이지 못하는 그녀를 마치 연인처럼 다정하게 안아 들었다.

"다치게 할 생각 없었는데 미안하게 됐어. 얌전한 쪽이 나한테 편하거든. 베르네욜이 올 때까지 잠시만 둘이 있자고."

"너 지금…… 네가 무슨 짓을 저지른 줄 알고는 있어?"

"물론 잘 알지. 당신을 인질로 삼을 참이야. 그래도 자기 이름이 붙어 있는 저격수인데 베르네욜이 설마 나 몰라라 하겠어? 적어도 당신을 보는 순간 움찔하기는 하겠지. 그 정도면 충분해. 아는 사람은 별로 없지만 난 사실 굉장히 빠르거든. 아마 전설의 에슬렉 하우드보다도 빠를 거야. 그러니까 베르네욜 따위는 상대가 안 돼."

"비겁한 자식, 진짜 자신 있다면 이딴 짓도 안 했겠지."

"말조심해, 아가씨. 내 품 안에 있는 이상은."

렘은 반항하려 했지만 온몸의 뼈가 비명을 질러 왔다. 특히 부상당한 왼쪽 팔꿈치가 말도 못 하게 아팠다. 분했지만 지금 당장은 벗어날 힘이 없었다.

그녀는 두려웠다. 딘이 두려운 건 아니었다. 그녀가 인질이 되어 베르네욜의 앞에 나섰을 때, 만약 그의 얼굴에 아무 변화가 없다면. 조용히 혀나 차고 인질이 된 멍청한 부하 따위 망설임 없이 쏴 버린다면.

'그래도 죽는다면, 죽어야만 한다면 나는……'

렘에게는 총잡이로서의 긍지가 있었다. 자신보다 강한, 인정하는 상대로부터 죽고 싶었다. 언젠가 자신을 죽일 거라고 생각한 사람은 딘처럼 이름도 모르는 비겁한 총잡이 따위가 아니었다.

'누군가 날 죽일 수 있다면 그건 당신뿐이야. 그러니 빨리 와요, 빨리.'

"검은 개라 그거군."

"그렇소. 베르네욜을 쫓아 서부 끝에서부터 여기까지 왔다면 믿겠소?"

"검은 개들이 하는 일이 그런 거지, 뭐."

"아무튼 그래서 이번 결전은 우리에게도 매우 중요하오. 당신들 편에 서서 싸울 수 있도록 해 주시오. 우린 모두 여섯이고 각지에서 내로라하는 총잡이들이 모인 거니 꽤 힘이 될 거라 자부하오."

"흐음."

빈쿠스의 말을 듣는 동안 수사나드는 심판의 광장 한가운데에 앉아 엉성하게 만들어진 그라노스 지도를 내려다보고 있었다. 그늘이라곤 한 점 없는 곳이었기 때문에 빈쿠스는 연신 모자로 부채질을 해야 했다. 수사나드 또한 온몸이 젖을 정도로 땀을 흘리고 있었지만 자리를 이동할 생각이 없어 보였다. 빈쿠스는 그의 살이 왜 그렇게 붉은지 알 것 같다고 생각했다.

더위를 참아 가며 기다리는 빈쿠스로서는 속 터질 일이겠지만 수사나드는 그가 하는 말을 건성으로 듣고 있었다. 그의 온 신경은 그라노스 지도에만 쏠려 있었다. 대로는 부하들이 막고 건물 사이사이에도 엄폐물을 설치했지만 어딘가 자꾸만 찜찜한 기분이 드는 것을 막을 수 없었다. 그는 지도에서 눈을 떼지 않으며 말했다.

"당신은 그래도 제법 생각을 하고 사는 인간 같으니 한 가지 물어보지. 결코 건드리지 않던 땅을 베르네욜이 갑자기 침범하는 이유가 뭐라고 생각하나? 그것도 떡하니 선전 포고까지 해 가면서. 여기에 자기 머리 가죽을 벗기려 들 놈들이 득실득실하다는 건 알 텐데."

의외의 질문에 빈쿠스는 잠깐 머뭇거렸다. 그에 대해서는 생각해 본 일이 없었기 때문이다. 오직 베르네욜을 수사나드의 손에서 어떻게 빼돌릴 것인가에 대해서만 몰두하고 있었다.

"글쎄, 이제야 붙어 볼 만하다고 생각하는 거 아니겠소."

"갑자기 부하가 늘어나거나 한 것도 아닐 텐데, 흠. 뭘 믿고 그러는 걸까."

"더 늙기 전에 그가 정복하지 못한 땅을 마지막으로 밟아 보려는 것일 수도 있지."

"베르네욜은 그렇게 감상적인 인간은 못 돼. 분명히 이유가 있어. 그런데 그 이유를 모르겠단 말이야. 여기에 보물이라도 숨겨 뒀나?"

"이유를 알 필요가 있소? 잡아서 죽이면 그만이오."

수사나드는 조금 더 지도를 내려다보다가 신경질이 났는지 발로 흙을 차서 확 덮어 버렸다.

"자네의 그 말 마음에 드는군. 그래, 잡아서 죽이면 그만이야."

"그럼 우리가 어느 쪽을 맡는 게 좋겠소?"

"어디든 당신들 마음대로 해. 그렇지만 두 가지는 약속해 줘야겠어."

"그게 뭐요?"

"분명히 필요할 테지. 베르네욜의 시체가."

빈쿠스는 자기가 표정 관리를 잘하기만을 바라며 말했다.

"꼭 그렇지는 않소. 그가 죽었다는 걸 당신이 증명해 주기만 하면 되오. 정부가 바라는 건 그것뿐이니까."

"별로 신용이 안 가. 만약 내 눈앞에서 빼돌리기라도 하면 어떻게 되는지 말 안 해도 알겠지?"

"말할 필요 없소. 두 번째는 뭐요."

"어찌 됐든 당신들 모두 현상금 사냥꾼이고 이 거리를 5분만 걸어도 수배자가 최소 셋은 눈에 띄겠지. 그들은 건들지 않고 베르네욜만 잡는다, 그게 두 번째 조건이야."

"그건 걱정할 필요 없소. 우리 목적은 베르네욜뿐이오. 원래는 테사르도 포함되어 있었지만. 여기 그의 시체가 있다고 들었는데 그걸 가져가도 되겠소?"

"안 돼, 연고자가 있다. 이미 무덤을 만들고 있어."

땀으로 젖은 민머리를 쓰다듬던 빈쿠스가 놀라서 반문했다.

"테사르에게 연고자라고? 가족은 없다고 들었는데. 베르네욜이 몰살시켰고 그 때문에 평생을 쫓아다닌다고 말이오."

"나도 그렇게 알고 있었어. 하지만 하나 남아 있더군."

"그게 누구요?"

"알아서 뭐 하게. 그 녀석은 이번 일과 관련 없으니 상관 마."

수사나드가 그렇게 말했으니 더 물어볼 수도 없는 일이었다. 그때 뒤에서 두 명의 총잡이가 다가와 수사나드에게 꾸벅 고개를 숙였다.

"그 여자 정체는 좀 캐 봤냐?"

"이자들과 같은 무리라던데요."

"엉?"

수사나드가 빈쿠스를 쳐다보았다. 맹세코 빈쿠스는 그들이 무슨 말을 하는지 알 수가 없었다.

"당신들이 그 여자 데려왔어?"

"그 여자라니? 무슨 말이오?"

그러자 수사나드가 부하들을 향해 소리 질렀다.

"거짓말이잖아, 멍청이들아!"

"아니 그게, 이 사람하고 같은 무리의 남자가 보증했다니까요."

"나와 같은 무리? 누가 대체……."

잠시 생각하던 빈쿠스는 손으로 얼굴을 감쌌다. 물을 것도 없었다. 그런 짓을 할 사람이라면 동료 중에 하나뿐이었다.

"미안하게 됐소. 내가 가서 해결하도록 하지."

"그 여자 엄청 수상하니까 쫓아내든지 당신이 책임지고 헛짓거리 못 하게 잡고 있든지 해. 방해되면 그 여자는 물론이고 당신들도 무사 못 해."

빈쿠스는 대답 없이 빠른 걸음으로 그 자리를 벗어났다. 여관으로 돌아왔을 때 나머지 네 명의 동료는 식당에서 술을 마시는 중이었다. 빈쿠스는 씩씩거리며 딘을 찾았지만 그 자리에 없었다.

"딘 어디 있어?"

"글쎄, 아침 먹고 나서부터 안 보이던데."

"이 자식이 진짜, 더 이상은 멋대로 하게 두면 안 되겠어."

"왜?"

"어제부터 집적거리던 그 여자 신분을 자기가 보증하겠다고 했다더군."

사태의 심각성을 모르는지 동료들은 웃음부터 터뜨렸다.

"딘답군. 하루 이틀 일도 아닌데 갑자기 왜 그래?"

"수사나드가 신경 쓰는 여자란 말이다. 그의 눈 밖에 나서 좋을 건 없잖아."

"여기가 그라노스라고는 하지만 너무 눈치 보는 거 아냐?"

"태평한 소리들 하는군. 아무튼 합류한다고 말했으니까 지금부터 작전을 짜라고. 베르네욜을 잡는 거 하고 수사나드로부터 몰래 빼돌릴 수 있는 작전, 둘 다."

"그것참, 어느 천재의 머리에서 나올지 궁금한걸."

"누구든 나는 아니겠지. 지금부터 딘을 잡으러 갈 거니까."

"교묘하구만."

빈쿠스는 위층으로 올라가 딘의 방과 다른 동료들의 방까지 다 뒤진 다음 여관을 나와 주위에 있는 술집이란 술집은 다 들어가 보았다. 어디에도 딘은 없었고 그래서 창피함을 무릅쓰고 사창가 주변까지 어슬렁거렸다. 하지만 아직 낮일뿐더러 곧 심상치 않은 일이 벌어진다는 것을 알아선지 가게 문은 모조리 닫혀 있었다. 뜨거운 햇빛 아래 소득 없이 한참을 돌아다닌 빈쿠스는 결국 모자를 집어 던지며 욕을 내뱉었다.

"이 빌어먹을 놈, 대체 어디 있는 거야? 베르네욜이 언제 올지 모르는데 왜 이렇게 태평한 거냐고!"

그때 빈쿠스가 욕하는 인물은 빈쿠스의 말대로 진짜 태평하게 늘어져 있었다. 그는 렘의 방에서 그녀를 묶어 둔 채 창가에 걸터앉아 창밖을 구경하는 중이었다. 누군가가 그 앞에서 무덤을 파고 있었다.

"거참 이상하네. 수사나드가 테사르의 무덤 만드는 일을 허락하다니. 목을 내걸어서 자랑하지는 못할망정 말이지."

"그거야 자기가 한 일이 아니기 때문이지. 테사르를 죽인 건 베르네율인데 지금 그걸 광고해서 이쪽 사기 꺾을 일 있어? 내 정체를 알아낸 것치고 그 정도도 생각을 못 하다니 보통 머저리가 아닌데 그래."

"그래도 베르네율의 저격수라고 아직 팔팔하네. 날 자극해서 어쩌려고? 생각을 좀 해야 하니까 조용히 해 줘."

"그 말을 내가 곧이곧대로 들어줄 거라 생각했다면 오산이야."

"내가 당신 총을 부숴 버린대도 계속 그럴 거야?"

렘은 그제야 입을 다물었고 딘은 그녀에게서 고개를 돌려 다시 창밖을 내다보았다.

거기엔 라신이 잔센과 함께 땅을 파고 있었다. 곁에는 뚜껑을 덮어 둔 테사르의 관이 있었다. 태양이 위로 솟을수록 냄새는 더 지독해졌고 끊임없이 파리가 몰려들었다.

잔센은 땀을 닦아 내며 라신을 바라보았다. 입을 꽉 다물고 있는 그의 두 눈은 붉게 충혈되어 있었다. 잔센은 무어라 말을 하려 입을 벌렸지만 무슨 말을 해야 할지 알 수 없었다. 그래서 결국 고개를 다시 숙이고 땅을 파기 시작했다.

녹스가 잔에서 물이 뚝뚝 떨어지는 찬 맥주잔을 두 개 들고 걸어왔다. 잔센은 고맙다고 하고 벌컥벌컥 들이켰지만 라신은 정중히 사양했다.

"총을 들기로 했으면서 이까짓 술이 대수야?"

녹스는 단지 빈정거린 것에 불과했지만 의외로 라신은 진지하게 그 말을 생각하는 듯하더니 맥주잔을 받았다. 그리고 잔센을 따라 죽 마셨다. 비록 자기가 갖다 준 것이기는 하지만 그 꼴을 보고 있자니 녹스는 괜히 성질이 났다.

"고맙습니다."

녹스는 맥주잔을 홱 가로채 술집으로 돌아갔다. 그리고 다시 나왔을 때 두 사람은 관을 내려놓고 있었다. 관이 땅에 닿는 순간 힘이 빠졌는지 라신이 털썩 주저앉았다. 그럴 생각이 전혀 없었지만 잔센이 노려보는 바람에 녹스는 하는 수 없이 라신을 부축해 일으켰다.

흙을 덮기 전 라신이 잠시 두 손을 모은 채 말했다.

"저는 평생에 걸쳐 아버지의 얼굴을 단 두 번 보았습니다."

잔센과 녹스 모두 그를 쳐다보았다.

"두 번째로 본 얼굴이 바로 죽은 얼굴이었습니다. 저는 두렵습니다. 제가 기억하는 아버지의 얼굴이 그것으로 덮일까 봐 두렵습니다."

녹스는 텁텁한 흙이라도 씹는 듯한 표정을 지었고 잔센은 손을 들어 라신의 어깨 위에 얹어 놓았다.

"괜찮아. 어떤 얼굴을 했든 여전히 네 아버지다."

라신은 가만히 있다가 고개를 끄덕였다. 그 순간 녹스의 머릿속에 뭔가 떠오르는 바가 있었다.

"그러고 보니 죽은 신부가 네 아버지에 대해 남긴 말이 있었어."

라신이 퍼뜩 고개를 들었다. 잔센은 하지 말라는 듯 고개를 저었지만 녹스는 생각난 김에 말해 버리기로 했다.

"네가 네 아버지를 구원해야 한다고 하더군. 너로부터 구원을 받아야 하는 자가 네 진짜 아버지라고 말이야. 근데 진짜 아버지란 건 무슨 소리냐? 넌 아버지가 여러 명이냐?"

놀란 건 오히려 라신이었다.

"무슨…… 무슨 말인지 모르겠습니다. 수사님께서 남겨 주신 말은 그게 답니까?"

"그래, 맹세코 다른 말은 없었다. 나도 더 물어보려 했지만 신부한테 남은 시간이 없었어."

라신은 복잡한 표정을 지었다. 그의 시선이 땅속에 내려가 있는 관에 가 닿았다.

'나로부터 구원을 받아야 한다고?'

라신이 테사르를 구원할 일이 뭐가 있을까. 죽기 전에 그에게서 고해성사라도 들어야 했던 걸까? 혹은 장례를 치르고 기도하는 것이 라신의 몫이라는 얘기일까? 하지만 수사가 죽기 전 마지막으로 한 말이라면 단지 그런 것보다 더 중요한 의미가 있을지도 몰랐다.

가령 라신이 구원해야 하는 게 '진짜' 아버지라면, 그동안 라신이 아버지로 알아 온 관 속에 누워 있는 이 남자는 그의 아버지가 아닐 수도 있다는 말이었다.

난 네 아버지일지도 모른다. 네 수사라는 작자가 그렇게 말했다. 어떻게 생각하지?

문득 수사나드의 목소리가 떠올랐지만 라신은 고개를 흔들었다. 그럴 리 없다. 그럴 수는 없었다. 수도원에 찾아와 자신의 등을 어루만지던 테사르의 손, 그건 분명히 아버지의 손이었다. 그래야만 했다. 결코 바드레 수사를 죽인 자가 자신의 아버지일 수는 없었다.

"흙을 덮자."

잔센이 달래듯이 말했다. 라신은 상념에서 깨어나 고개를 끄덕였다.

잠시 후 세 사람은 관을 다 묻었고 라신은 만들어 두었던 십자가를 무덤 앞에 박았다. 마지막으로 같이 기도를 올렸다. 기도가 끝나자 약속이라도 한 것처럼 동시에 그늘 아래 털썩 주저앉았다.

잔센은 옷의 단추를 풀고 모자로 부채질하면서 입을 열었다.

"뭐라고 해야 할지 모르겠지만, 시간이 지나면 조금씩 나아진다. 내 경우에는 그랬어."

"그렇군요."

라신은 덤덤히 대답하면서 옆에 놓아두었던 테사르의 총을 소매로 닦았다. 그것을 보던 잔센이 물었다.

"연습은 잘 되어 가나? 수사나드가 직접 가르친다지?"

"잘 되는 건지 모르겠습니다. 가만히 있는 물체와 움직이는 물체를 쏘는 건 꽤 다르다고 하더군요. 움직이는 물체까지는 모르겠지만 가만히 있는 건 어느 정도 쏘아 맞힐 수 있습니다."

"그 정도가 딱 좋아. 네 손으로 직접 복수해야겠다는 중압감에 시달리지는 마라. 다른 이들이 알아서 해 줄 거야. 너는 살아남아서 베르네욜의 시체에 침이나 뱉어 주면 된다."

"아마 그의 장례도 제가 직접 치르게 되겠지요? 이 근방에 신부 비슷한 거라곤 저뿐이니까요. 여러 번 해 보았더니 이제는……."

라신은 거기서 입을 다물었고 잔센은 손을 들어 그의 등을 툭툭 쳤다.

그때 어딘가에서 총소리가 울렸다. 규칙적으로 울리는 세 번의 총성. 그것이 의미하는 바는 하나뿐이었다.

"베르네욜."

녹스가 씹어뱉듯이 말했다.

12. 혼돈의 전주곡

베르네욜 무리가 마침내 모습을 드러낸 방향은 북서쪽이었다. 그라노스에서 가장 높은 건물인 토리의 총포상 옥상에서 지켜보고 있던 수사나드의 부하 하나가 그것을 발견하고 총을 세 번 쏘아 알렸다.

술병을 든 채 늘어져 있거나 담배를 피우거나 카드 게임을 하던 총잡이들이 각자의 위치로 가서 자리를 잡기까지는 채 몇 분도 걸리지 않았다. 물론 허둥지둥하다가 옷을 제대로 입지 않거나 심지어 총을 놔두고 오는 사람들도 있었다.

시간이 지나자 다들 안정을 되찾았고, 싸우기로 한 사람들을 제외한 다른 시민들은 집이나 가게 문을 꽁꽁 걸어 잠그고 총알을 막을 수 있게 안에서 엄폐물을 쌓았다.

그리고 적막이 찾아왔다.

멀리서 보기에 베르네욜 무리가 풍기는 흙먼지는 별로 대단한 게 아니었다. 아직 거리가 멀고 먼지에 가려져 있어 제대로 보이지 않았지만 망을 보던 부하는 숫자가 많아 봐야 열을 넘지 않을 거라고 판단했다. 손짓으로 밑에 있는 부하에게 그것을 전하자 여러 명에 걸쳐 전달해서 수사나드의 귀에 들어갔다.

심판의 광장 한가운데 안락의자를 두고 팔다리 벌린 채 늘어져 있던 수사나드는 눈을 뜨고 태양의 위치를 확인한 뒤 말했다.

"반대쪽에서도 올 테니 대비하라고 해. 별로 많지도 않은 부하를 둘로 나눴군. 어리석구나, 베르네욜."

명령을 받은 부하는 수사나드의 말을 그대로 전했다. 반대쪽인 남동쪽 건물 위에서 망을 보던 부하는 북서로 가려다 방향을 틀어 다시 옥상으로 올라갔다. 그리고 올라서자마자 소리쳤다.

"남동쪽에서도 옵니다!"

그러나 그가 볼 수 있는 건 먼지구름뿐이어서 숫자와 규모가 얼마나 되는지는 파악할 수 없었다. 이를 전달받은 수사나드는 심드렁하게 말했다.

"그쪽도 얼추 비슷한 숫자일 거다. 아무도 지금 위치에서 벗어나지 말고 사정거리 안에 들어오면 쏘라고 해."

북서쪽에 반, 남동쪽에 반. 그라노스의 총잡이들은 베르네욜 무리에 맞춰 그렇게 둘로 나뉘었다. 다들 시시각각으로 커져 오는 적들의 모습을 두려움과 경이가 뒤섞인 눈으로 바라보았다.

누가 가장 먼저 쏠 것인가, 누가 더 많이 죽일 것인가. 그리고 무엇보다 누가 베르네욜을 잡을 것인가. 총을 가진 자들의 가습은 하나같이 은밀하게 뛰었다.

"쏴라!"

북서쪽에서 가장 먼저 총소리가 들려왔다. 사정거리에 아슬아슬하게 들어올까 말까 한 거리였다. 성질 급한 누군가가 참지 못하고 쏴 버린 것이었지만 그게 신호탄이 되어 순식간에 총소리가 빗발치듯 쏟아졌다.

연속해서 리볼버를 갈기는 소리, 중간중간 뒤를 받쳐 주는 라이플 소리, 아직 쓰기엔 터무니없이 먼 거리인데도 들려오는 샷건 소리. 레버를 당기고 탄창을 가는 소리나 무어라 알아들을 수 없는 남자들의 외침 등.

수사나드는 멀리서 그것들을 들으며 나른하게 하늘을 올려다보았다. 그 모든 혼란스러운 소음이 그에게는 아름다운 전주곡처럼 들려왔다.

"그라노스의 지배자, 데스탄콘의 벼락, 베르네욜의 유일한 대적자. 그게 바로 나, 수사나드일지니."

한편 남동쪽에서 망을 보던 부하는 거리가 한참이나 가까워진 후에야 접근한 무리의 실체를 확인했다. 차마 자신의 눈을 믿을 수가 없어 입만 벌리고 있는 그를 향해 아래쪽에 있던 다른 동료가 성질이 나서 외쳤다.

"뭐야, 몇 명이야?"

"몇 명이고 나발이고…… 도망쳐."

"뭐?"

"튀라고! 개틀링이다!"

아래쪽에 있던 남자들 모두 욕설을 내뱉으며 엄폐물 뒤로 쓰러졌다. 동시에 우레처럼 폭음이 쏟아지기 시작했다. 분당 400에서 500발을 분사하는 총 앞에 감히 고개를 내밀 수 있는 총잡이는 없었다. 말 그대로 총알이 비처럼 쏟아지고 있었다. 총구가 향하는 곳마다 어김없이 줄처럼 긴 총알 자국이 났다.

본래 무게 때문에 이동이 쉽지 않은 총이었지만 베르네욜은 곡예단으로부터 빼앗은 마차를 개조해 거기에 매달았다. 총구가 움직일 구멍을 제외하고는 철로 된 판으로 지붕을 덧씌웠기에 볼품없고 이동도 느렸지만 파괴력만큼은 엄청났다.

지상에서 엄폐물 뒤로 몸을 숨긴 남자들은 움직일 엄두조차 내지 못했다. 지붕에 있던 저격수들이 기관총의 사수를 겨냥하려 애썼지만 그 주변을 엄호하는 다른 일당들이 번갈아 사격하고 있었기에 쉽지 않은 일이었다.

압도적인 숫자 차이로 총알을 주고받는 사이 베르네욜 무리는 꽤 가까워져 남동쪽 입구에 다다랐다. 말을 탄 자들이 안으로 돌격해 들어가 불붙은 다이너마이트를 여기저기 던졌다. 폭발음이 들리면서 건물 뒤에 숨어 있던 총잡이들이 비명을 지르며 나가떨어졌다. 베르네욜 일당은 멈추지 않고 달리면서 숨어 있는 이들에게 총을 갈기거나 엄폐물을 무너뜨렸다.

그들의 맨 앞에 가니시오가 있었다. 가니시오는 다른 동료들이 그라노스 총잡이들을 상대하는 동안 말에서 내려 지붕으로 올라갔다. 한 저격수의 뒤로 다가가 도끼로 등을 내려찍은 그는 다른 지붕으로 이동해 또 다른 저격수의 머리를 박살 냈다. 그가 적의 목을 잘라 아래로 던지기 시작하자 그라노스 총잡이들이 경악하며 소리를 질렀다.

그 소란한 틈으로 누군가 말을 달려 그라노스 중앙을 파고들었다. 양손에 리볼버를 쥔 남자는 눈에 보이는 대로 총잡이들을 쏴 갈겼다. 혼란한 와중에도 그는 끊임없이 그라노스의 건물들을 돌아다보며 크게 소리를 질렀다.

"어디 있냐, 렘! 당장 그 무거운 엉덩이 들고 뛰쳐나와!"

여관방 안에서 의자에 묶여 있던 렘은 퍼뜩 고개를 들었다. 조금 먼 곳인 데다 총소리 사이에 섞여 분명치는 않았지만 팔마의 목소리를 들은 것 같았기 때문이다. 창가에 앉아 있던 딘이 한가롭게 말했다.

"구경하니까 재미있네. 이쪽은 난전인 것 같고 반대쪽은 당신 일당들이 밀고 올라오는 것 같아. 수사나드는 어디에 합류하려나."

"나도 창가로 옮겨서 보게 해 줘. 그 정도 권리는 있는 거잖아."

딘이 렘을 돌아보며 웃었다.

"당신처럼 요구가 많은 인질은 처음 봐."

그는 렘이 묶여 있는 의자를 끌어서 창문 옆에 놓았다. 창턱에 렘의 총이 기대어 세워져 있었다. 바로 코앞에 있는데도 팔이 묶여 있으니 여간 답답한 게 아니었다. 렘의 시선을 알아차린 딘이 징그럽게 웃었다.

"깜찍한 생각을 다 하네."

렘은 그를 흘겨보고 창문으로 고개를 내밀어 상황을 확인했다. 그 순간 총알이 날아와 그녀의 머리 바로 위를 때리고 지나가면서 창틀이 부서졌다. 렘과 딘 모두 잠깐 동안 얼음처럼 굳어 버렸다.

잠시 후 정적이 풀리면서 딘이 웃음을 터뜨렸다.

"총싸움 구경하다가 총알에 맞아 죽을 뻔한 렘이라. 아깝네. 근사한 결말이 될 수 있었는데."

"하나도 안 근사하거든! 깜짝 놀랐네. 어떤 놈이야?"

다시 고개를 내민 렘은 왼쪽에서 드디어 팔마를 발견했다. 헤어진 지 얼마 되지 않았건만 그를 보는 순간 가볍게 가슴이 뛰었다. 팔마는 말을 타고 이리저리 돌면서 총잡이들이 나타날 때마다 양손에 든 총으로 불을 뿜는 중이었다. 동시에 쉬지 않고 고래고래 소리를 질렀다. 그가 외치는 게 자신의 이름이란 걸 알자 렘은 괜히 기분이 이상해졌다.

'버릴 때는 언제고 이제 와서 찾는 거야? 여기 있다, 이 바보 놈아.'

하지만 소리쳐 알렸다가는 딘이 어떤 행동을 보일지 모르고, 구하러 왔다가 자칫 팔마가 당할 염려도 있었다. 안타까운 눈으로 팔마를 지켜보던 렘은 말을 다루는 그의 동작이 평소와 다르다는 걸 알아차렸다. 좀 더 주의 깊게 보니 자꾸만 상체를 숙이거나 배를 가리는 것이 어딘가 부상을 당한 것 같았다.

'저 멍청이가! 평소에는 생채기 하나 안 날 정도로 튼튼하면서 어쩌다 다친 거야?'

속이 상했지만 그를 위해 당장은 해 줄 수 있는 게 없었다. 대신 렘은 아까부터 계속 보고 싶어 한 사람을 찾아 시선을 이리저리 돌렸다. 하지만 싸움이 벌어지는 양방향 어디에서도 그의 검은 모자나 코트 자락이 보이지 않았다. 독특하고 강한 울림을 가진 사탄의 뿔이 내지르는 비명도 없었다. 더 자세히 보려고 렘이 고개를 돌리는 순간 딘이 뒤에서 의자를 끌어당겼다.

"그만큼 봤으면 충분하잖아. 기껏 잡은 인질이 어디서 날아왔는지도 모르는 총알에 맞아 죽는 건 싫으니까 이제 뒤로 빠져."

"언제까지 이러고 있을 건데. 얼마나 겁쟁이기에 인질을 잡는 것도 모자라 다들 싸우는데 숨어만 있어? 그러고도 스스로를 총잡이라고 불러?"

딘은 의자를 놓고 대신 렘의 머리카락을 확 잡아챘다. 억지로 고개가 쳐들린 렘은 코앞에서 기이하게 일그러진 딘의 얼굴을 마주 보았다.

"쓸데없이 도발하지 마. 내 목적은 오직 하나, 베르네율을 잡는 거야. 그럴 수만 있다면 대륙 제일의 비열한 인간이 되든 겁쟁이가 되든 상관없어. 하지만 진짜 겁쟁이라고 해도 자꾸 그렇게 놀리면 화나는 법이잖아. 그러니 그만하지?"

렘이 아무 소리도 하지 않자 그는 머리카락을 놓아주고 대신 의자 뒷다리를 걸어찼다. 요란한 소리를 내며 의자가 뒤로 넘어갔고 등받이에 허리를 부딪힌 렘은 짧게 신음을 내뱉었다. 거기서 그치지 않고 딘의 발이 그녀가 부상당한 왼쪽 팔꿈치를 지그시 밟았다. 렘은 비명을 지르지 않기 위해 이를 꽉 물어야 했다.

"이 몸의 이름은 후대의 총잡이들에게 영원히 기억될 거야. 렘과 베르네율을 죽인 자로서 말이지."

렘은 그의 부츠에 대고 침을 뱉었다.

"여기서 벗어나기만 하면 결단코 너는 내가 죽인다. 기억해라."

"내가 더한 짓을 했으니 이 정도 무례는 용서해 줄게. 이제 얌전히 있도록 해. 난 상황을 좀 더 볼 테니까."

딘이 창가로 가서 밖을 내다보는 동안 렘은 왼팔을 움직여 보았다. 아무 생각 없이 한 행동이건만 하마터면 까무러칠 뻔했다.

'이래 가지고 라이플을 드는 건 무리겠어.'

그녀는 이를 꾹 깨물고 고통이 사라질 때까지 참았다. 그러고 나니 조금 전까지는 몰랐던 어떤 사실을 깨달았다. 몸을 감고 있는 밧줄이 조금 느슨해져 있었던 것이다. 방금 전 의자가 넘어졌을 때 땅에 끌린 탓인 듯했다.

'어쩌면.'

렘은 딘의 눈치를 보면서 천천히 팔을 움직였다. 조금이라도 더 느슨해지기를 기도하며.

그라노스의 대로 한가운데에서 말을 탄 채 고래고래 소리 지르는 한 남자를 발견했을 때 녹스는 눈이 뒤집힌다는 게 어떤 기분인지 알 수 있었다.

어떻게 저 얼굴을 잊겠는가. 저 찢어져 있는 십자 흉터, 저 목소리도.

볼 때마다 내 생각하렴, 예쁜 아이야.

그가 남긴 말은 마치 저주처럼 머릿속에 틀어박혀 거울을 볼 때마다 정말로 그의 얼굴이 떠올랐다. 한데 지금 환영이 아니라 진짜가 눈앞에 있었다. 저주받을 베르네욜의 오른팔이라는 팔마가!

녹스는 자리에서 벌떡 일어났다. 함께 매복해 있던 잔센이 깜짝 놀라 그를 붙잡았다.

"녹스, 아직 아니야. 조금 더 가까워질 때까지……."

하지만 이미 머리끝까지 피가 쏠린 녹스의 귀엔 아무 말도 들어오지 않았다. 그는 잔센을 어떻게 뿌리쳤는지도 의식하지 못했다. 다만 총을 뽑아 들고 성큼성큼 앞으로 걸어 나갔다.

"팔마아!"

그가 찢어져라 외쳤다. 그리고 위험천만하게도 정면으로 걸어가며 들고 있던 리볼버를 사정없이 발사했다. 이 소리에 팔마도 돌아봄과 동시에 사격을 가했다.

운이 좋았는지 녹스의 리볼버가 먼저 팔마가 탄 말을 맞혔다. 말은 크게 앞발을 들어 올리더니 머리부터 땅에 처박혔다. 말에서 떨어짐과 동시에 땅을 구른 팔마는 배 쪽을 움켜쥔 채 비틀비틀 물러났다. 그의 등이 훤하게 드러난 순간 놓치지 않고 녹스가 방아쇠를 당겼지만 총알이 모두 떨어져 빈 탄창이 철컥거리는 소리만 났다.

몇 번 더 방아쇠를 당기던 녹스는 분노를 이기지 못하고 소리 지르며 총을 집어 던졌다. 품에서 다른 총을 꺼냈지만 이미 건물들 사이로 팔마가 사라진 뒤였다. 녹스는 성큼성큼 걸어서 그 뒤를 쫓아갔다.

"젠장, 녹스!"

결국 잔센도 참지 못하고 뛰쳐나갔다. 그사이 녹스와 팔마는 건물 하나를 두고 2차 총격전을 벌이고 있었다. 팔마는 양손에 총을 들고 있었기에 녹스의 총알이 먼저 떨어졌다. 녹스가 수레 뒤에 몸을 숨기고 총알을 채워 넣는 사이 팔마가 앞으로 걸어 나오며 총을 쏘았다.

녹스의 코앞에 팔마가 당도한 순간 아슬아슬하게 잔센이 도착했다. 잔센은 즉시 상대를 향해 방아쇠를 당겼고 팔마는 재빨리 물러났다. 총알이 애꿎은 나무 기둥만 흠집 내며 지나갔다. 잔센은 여섯 발의 총알을 모두 소진했지만 하나도 맞히지 못했고 팔마는 여관 건물 뒤로 돌아가 숨었다. 녹스의 옆으로 몸을 숨기면서 잔센이 나무랐다.

"뭐 하는 건가? 양손잡이한테 혼자 달려들다니."

"저놈이야."

잔센은 총알을 채워 넣으며 친구의 얼굴을 돌아보았다. 녹스로부터 그런 끓어오르는 목소리를 듣는 건 처음이었다.

"저놈이 팔마야. 내 얼굴을 이렇게 만든 놈이야. 내 가족을……."

"알겠네. 내가 도와주지. 같이 해치우세나."

그때 다른 베르네욜 일당이 그들을 발견하고 뒤에서 총을 쏘기 시작했다. 두 사람은 재빨리 피했으나 서로 반대 방향이었다. 녹스는 팔마를 뒤쫓아 갔고 잔센도 따라가려 했지만 총알이 그들을 갈라놓았다. 하는 수 없이 잔센은 새롭게 나타난 상대를 겨냥했다.

자세를 낮춘 채 주위를 살피며 걷던 녹스는 여관 뒷문이 부서져 있는 걸 발견했다. 그 문을 열고 들어가자마자 눈앞에 보이는 테이블을 향해 몸을 던졌다. 옳은 판단이었다. 기다렸다는 듯 총알이 날아들었다. 녹스의 머리 위에서 병이나 식기들이 총알에 맞아 깨져 나갔다.

잔해가 떨어지는 동안 머리를 감싸고 있던 녹스는 총성이 멎을 때쯤 팔을 들어 총알이 날아온 곳으로 짐작되는 방향을 향해 무작정 쐈다. 다 쏘고 나서 얼른 몸을 숨기고 빠르게 장전했지만 기다리던 총성은 들리지 않았다.

한동안 숨을 고르던 녹스는 조심스럽게 고개를 들어 보았다. 여관 안은 이상할 정도로 적막했다. 그제야 자기 가슴이 터질 듯 날뛰고 있다는 걸 알아차렸다. 복수심과 증오심에 불타는 동시에 너무도 두려웠다.

상체를 낮춘 채 이곳저곳을 살피며 녹스는 조심스럽게 이동했다. 당장이라도 어디선가 십자 흉터를 가진 남자가 눈을 부릅뜨고 나타나 그의 얼굴에 대고 칼을 휘저을 것 같았다. 지금은 총보다 그게 더 무섭게 느껴졌다.

그때 어딘가에서 유리병이 홱 날아왔다. 녹스는 급히 몸을 숨겼고 유리병은 화덕에 맞아 깨졌다. 독한 위스키 냄새가 확 번져 왔다. 그 냄새를 맡자마자 녹스는 흉터가 쑤셔 오는 걸 느꼈다.

"왜 그렇게 죽일 듯이 쫓아오나 했더니, 나한테 세례받은 녀석이구나."

어수룩한 듯 끓어오르는 저 목소리. 녹스의 가슴속에서 분노가 치밀었다. 그가 기억하는 저 가증스러운 목소리는 그때와 변한 것이 하나도 없었다.

"죽인다, 팔마! 너는 내가 죽여 버릴 거야!"

"어이구, 무서워라. 얼굴 좀 보여 주지? 그럼 기억이 날 것도 같은데. 내가 세례를 내려 준 애들이 너무 많아서 말이야."

"반드시 네놈은 산 채로 잡는다. 나와 똑같은 상처를 남겨 주겠어!"

"그건 좀 봐주지 그래. 흉터라면 이미 차고 넘치게 있으니까."

녹스는 소리를 지르며 일어나 목소리가 들려온 쪽으로 총을 마구 난사했다. 멀지 않은 탁자 뒤에서 팔마 또한 벌떡 일어나 녹스를 겨냥하고 한 발을 날렸다.

두 사람은 처음으로 서로의 얼굴을 똑똑히 보게 되었다. 녹스의 총알은 팔마의 머리 옆을 스치고 지나간 반면 팔마의 총알은 녹스의 가슴과 어깨 사이에 박혔다. 충격으로 녹스가 놓친 총이 호를 그리며 날아갔다.

녹스는 재빨리 주저앉아 총을 찾아 두리번거렸으나 팔마가 양손으로 불을 내뿜으며 걸어오고 있었기에 시간이 별로 없었다. 그는 옆에 있는 계단으로 몸을 날려 네발로 기다시피 계단을 올랐다.

계단 맨 위에 다다르는 순간 팔마가 밑에서 나타나 총을 쏘았다. 녹스는 복도로 몸을 굴려 간신히 피하고는 가장 먼저 보이는 방문을 걷어찼다. 허겁지겁 안으로 들어가 문을 닫고 보이는 모든 것을 쓰러뜨려 입구를 막았다. 그리고 헐떡이며 피할 곳을 찾으려 몸을 돌렸을 때 그는 마주치고 말았다.

녹스 자신과 마찬가지로 이게 무슨 상황인지 전혀 판단할 수 없는 두 사람과.

"이게 뭔……."

딘, 그리고 어째서인지 의자에 묶여 있는 렘이었다. 그러나 물을 새도 없이 문밖에서 총성이 들려오기 시작했다. 나무로 만들어진 문이기에 총알이 뚫고 들어와 방 안 여기저기를 부서뜨렸다.

녹스는 얼른 침대 뒤로 피했고 딘도 렘의 의자를 쓰러뜨린 뒤 탁자를 끌어와 몸을 숨겼다. 졸지에 두 번이나 땅바닥에 처박히게 된 렘은 신음과 함께 무자비한 욕설을 내뱉었다.

총알이 떨어졌는지 총성이 잠깐 그치자 딘이 녹스를 향해 소리 질렀다.

"누가 쏘는 거요?"

"팔마요. 바깥에 팔마가 있습니다!"

녹스가 헐떡이며 대답했다. 그러자 바닥에 쓰러져 있던 렘이 외쳤다.

"멍청아, 옆에 있는 이 녀석도 베르네욜 무리야! 날 붙잡았다고!"

녹스가 놀라 돌아보자 딘이 렘의 등을 걷어찼다.

"어디서 뻔한 수작질이야? 믿지 마십쇼. 이 여자가 렘입니다."

"렘? 어…… 그 렘이라고?"

"당연히 거짓말이지! 내가 어떻게 렘이겠냐, 멍청아!"

렘과 딘이 동시에 무어라 마구 쏟아 냈기에 녹스는 정신이 하나도 없었다. 어쨌거나 녹스에게는 지금 총도 없었다. 그는 시험해 볼 겸 딘에게 말했다.

"총을 잃어버렸으니 하나만 빌려주시오."

딘은 처음에는 여분의 총을 향해 손을 뻗었지만 곧 의혹이 섞인 눈으로 녹스를 바라보았다.

"당신이 내 편이란 걸 어떻게 믿죠?"

"바깥에 팔마가 쫓아오고 있다니까! 이 흉터 그가 만들었다고 했잖아요. 빨리!"

딘은 잠깐 갈등했지만 결국 총을 빼서 던져 주었다. 녹스는 총알을 확인한 뒤 장전하곤 렘을 내려다보았다.

"당신이 렘이라고?"

"아니라니까, 멍청아! 이 뒤에 있는 녀석이 뭘 오해해도 단단히……."

그 순간 렘이 그리워한, 그러나 지금은 결코 듣고 싶지 않은 목소리가 문밖에서 들려왔다.

"렘? 너 렘이야? 그 안에 있어?"

렘은 눈을 질끈 감았다. 팔마였다. 평소 원숭이 같은 지능을 가졌다고 놀려 왔지만 그건 실수였다. 사실은 원숭이가 팔마보다 훨씬 똑똑했던 것이다!

딘이 그거 보라는 듯 의기양양한 표정을 지었다. 문을 바라보던 녹스는 바닥에 있는 렘에게 천천히 고개를 돌렸다. 그리고 총을 들어 그녀를 겨냥했다. 녹스의 눈은 살아 있는 사람의 것이라고 생각하기 힘들 만큼 얼어붙어 있었다.

"잘 들어라, 팔마. 렘이 죽는 꼴을 보고 싶지 않다면 그 총 버리는 게 좋을 거다!"

녹스가 문밖에 대고 외치자 딘이 얼굴을 일그러뜨렸다.

"뭐 하는 겁니까? 그거 내 인질입니다. 베르네욜에게 쓸 거란 말입니다."

"시끄러워, 닥쳐. 팔마가 먼저니까."

딘은 녹스에게 총을 던져 준 걸 후회했지만 이젠 어쩔 수 없었다.

문밖에서는 아무 대답이 없었다. 녹스는 렘의 머리 쪽을 겨냥하고 방아쇠를 당겼다. 총알이 그녀의 머리를 바로 스치고 바닥을 때렸다. 렘은 소리를 지르지 않기 위해 이를 악물었다.

"들었냐? 나 지금 인내심 따위 없거든. 다음에는 머리를 쏠 거니까 빨리 결정하는 게 좋아."

렘은 이를 갈며 녹스를 노려보았다.

"멍청이들아, 우리 사이에 인질 같은 게 통할 것 같냐? 다른 사람이면 또 모를까 팔마는 아니야. 저 녀석만은 절대로 아니라고 할 수 있지."

녹스는 듣지 않고 문을 바라보며 공이치기를 당겼다.

"난 셋 같은 거 안 센다. 지금 대답 안 하면 그걸로 끝이야!"

렘은 눈을 감았다. 생각나야 하는데, 뭐라도 생각나야 하는데. 죽을 때가 되면 인생이 주마등처럼 스쳐 지나간다 하지 않던가? 하지만 그녀의 머릿속에 떠오르는 건 아무것도 없었다. 그렇게 그리워한 사람의 얼굴마저도.

"멈춰. 총 버린다."

렘은 눈을 번쩍 떴다. 두 개의 쇳덩이가 차례대로 땅에 떨어지는 소리가 들렸다. 무슨 일이 벌어진다 해도 지금 상황보다 놀랍지는 않을 터였다.

녹스는 조심스럽게 문 쪽으로 다가가 막아 놓은 것들을 치웠다. 그리고 다시 침대 뒤로 물러서며 말했다.

"이 안에 한 명 더 있다. 그 녀석이 지금 렘을 겨누고 있어. 나는 너를 겨눌 거다. 그러니 허튼 짓거리 하지 말고 천천히 문 열고 들어와."

쓰러진 채로 바라보면서 렘은 문이 열리지 않기를 간절히 기도했다. 혹은 팔마가 떨어뜨린 게 사실은 총이 아니라 다른 쇳덩이기를, 그래서 총을 버린 척하고 들어와 이 개자식들을 다 쏴 버리기를 바랐다.

팔마는 문을 걷어차 열었다. 움찔한 녹스는 한순간 그를 쏴 버릴 뻔했다. 문밖에 떨어져 있는 두 개의 총이 보였다. 팔마는 총을 복도 저편으로 걷어찬 뒤 두 손을 들어 올려 아무것도 없다는 걸 확인시켜 주었다. 그리고 방 안으로 뚜벅뚜벅 걸어와 의자에 묶여 쓰러져 있는 렘을 내려다보았다. 그의 얼굴에 비웃음이 번졌다.

"꼴좋다."

"너……"

렘이 말을 잇지 못하는 사이 녹스는 팔마를 겨누며 그의 뒤로 걸어가 품을 뒤졌다. 확실히 다른 총은 없었다. 녹스는 잠시 자기 입을 틀어막았다. 이 기막힌 행운이 믿기지 않아서 미친 사람처럼 웃을 뻔했다.

"드디어 내 손에 팔마가 들어왔군. 드디어 내가 널 잡았어."

팔마는 녹스를 쳐다보았다. 그의 시선이 녹스의 입 근처 흉터에 닿았다.

"아, 기억나네. 확실히 내가 한 거야. 난 그런 식으로 찢어 놓는 걸 좋아하지."

녹스는 발로 문을 차 닫은 다음 총으로 팔마의 머리를 내리쳤다. 팔마는 신음 소리를 내며 땅에 무릎을 꿇었다. 렘이 그의 이름을 비명처럼 불렀다. 머리에서 피가 뚝뚝 떨어졌지만 팔마는 소리 내서 웃었다.

"멍청한 녀석 같으니. 이로써 우리 무리의 부두목 자리는 내 거야. 이딴 녀석들한테 붙잡히는 부두목이 어디 있냐?"

"이 멍청이가, 지금 그게……."

녹스는 무릎 꿇은 팔마의 머리채를 휘어잡고 고개를 들어 올리게 했다.

"눈물겨운 재회는 나중에 해. 이쪽 볼일이 먼저니까."

총을 침대 위에 던진 녹스는 부츠에 매달린 나이프를 꺼내 들었다. 그리고 팔마의 얼굴을 내려다보는 채로 고개를 약간 비틀었다.

"그날 이후로 이런 날이 오길 매일을 매년같이 기다렸다. 이렇게 그어 버릴까, 저렇게 그어 버릴까? 어떤 식으로 할지 상상하면서 말이야. 그런데 역시 내가 당한 대로 해 줘야겠다는 생각밖에 안 나더라. 사람이 그래야지. 원래 배운 대로 행하는 법이잖아."

말이 끝나자마자 녹스는 팔마의 얼굴에 칼을 대고 할 수 있는 한 깊이 힘을 주어 그어 내렸다. 얼굴이 갈라지고 입술을 지나 턱까지 내려오면서 시뻘건 피가 비집고 흘러나오다 끝내 분수처럼 솟아올랐다.

처음에 비명을 참던 팔마는 칼이 입술을 지날 무렵 참지 못하고 소리를 질렀다. 자기 머리채를 잡은 녹스의 팔을 뿌리치려고 애썼으나 나중에는 도리어 매달리는 꼴이 되고 말았다.

렘은 두 눈을 부릅뜬 채 그 모든 광경을 바라보고 있었다. 깨문 이에서 피가 흘렀다. 그녀는 두 팔에 힘을 주었다. 지금 행동으로 밧줄이 풀리든 말든 상관없었다. 더 이상은 가만히 보고 있을 수가 없었다.

그녀는 숨을 들이쉰 다음 한 번에 밧줄을 들어 올렸다. 짓밟힌 뒤 감각이 사라졌던 왼팔이 차라리 죽고 싶을 정도로 아파 왔지만 덕분에 밧줄은 쑥 벗겨져 나갔다.

녹스가 하는 짓을 보느라 멍하니 있던 딘이 퍼뜩 정신을 차리고 총을 겨누려 했다. 그러나 렘이 먼저 홱 돌면서 그의 다리를 걸어찼다. 딘이 넘어지자마자 렘은 침대로 몸을 날렸다. 거기에 녹스가 던져 둔 총이 있었다.

아차 하며 녹스가 손을 뻗었지만 렘이 더 빨랐다. 렘은 침대 위로 쓰러지듯 누워 총을 잡았다. 곧바로 몸을 돌려 딘부터 쏘았다. 자세를 추슬러 렘을 쏘려던 딘의 머리 정중앙에 구멍이 뚫렸다. 그는 미력하게 고꾸라졌다.

다음으로 녹스를 겨눈 렘의 시야에 피를 흘리며 헐떡거리는 팔마가 들어왔다. 녹스는 팔마의 뒤에서 그의 목에 칼을 대고 있었다.

"베르네율의 저격수라는 명성이 과장은 아니었나 보네. 인질만 바뀌었을 뿐 아까와 같은 상황인가?"

렘은 그의 말을 듣지 않았다. 다만 피투성이 얼굴 사이로 팔마의 눈을 똑바로 바라보았다. 아직 살아 있는 눈이었다.

"나 믿지?"

팔마는 아무 말도 하지 않았지만 녹스는 희미한 불안감을 느꼈다. 동시에 렘이 총을 쏘았다. 총알은 칼을 쥔 녹스의 손을 정확히 뚫고 들어가 팔마의 목을 스치고 뒤쪽 벽에 박혔다. 녹스는 칼을 놓쳤고 팔마는 뒷발로 그를 걷어찼다. 그리고 렘이 있는 쪽으로 뛰었다. 렘은 당연히 그가 비켜서서 자기 뒤에 몸을 숨길 거라 믿었다. 그러면 바로 녹스를 쏴 버릴 참이었다.

그러나 팔마는 정면으로 와서 그녀를 꽉 끌어안았다. 렘은 한순간 목표물을 놓쳤다.

"팔마?"

그의 입에서 피거품 섞인 어떤 말이 흘러나왔다. 듣고 난 렘은 눈을 크게 떴다. 아직 적이 남아 있는데, 아직 쏴 죽여야 할 놈이 남아 있는데, 그녀는 아무것도 행동에 옮길 수가 없었다.

"녹스!"

그 순간 문이 벌컥 열렸고 팔마는 재빨리 렘을 안고 몸을 돌렸다. 이내 총소리가 들리고 팔마의 몸이 움찔거렸다. 렘은 팔마의 이름을 소리 높여 불렀다. 총소리가 두어 번 더 들린 뒤에야 그녀는 겨우 팔마를 밀쳐 냈다. 그리고 자신도 의식하지 못한 소리를 지르면서 마구 총을 난사했다.

녹스에게 가려던 잔셴은 다시 물러나 벽 뒤에 숨는 수밖에 없었다. 총소리가 끝나기를 기다렸다가 빈 탄창을 때리는 소리가 들릴 때 다시 몸을 내밀었다. 그러나 순간 녹스의 절박한 외침이 들려왔다.

"오지 마!"

어마어마한 굉음과 함께 라이플 총탄이 벽을 관통해 잔셴의 어깨를 뚫고 지나갔다. 잔셴은 얼른 몸을 굽혔다. 그러나 숨어만 있다간 녹스가 당할 판이라 엎드린 채 팔만 문 안으로 내밀어 견제 사격을 했다. 상대방의 총소리가 잠시 그친 사이 녹스가 기어서 문밖으로 나왔다. 두 사람은 더 돌아볼 것도 없이 계단을 구르듯이 내려왔다.

"왜 팸이 우릴 공격하나?"

"팸이 아니야, 렘이다!"

계단 아래에 내려설 때까지 라이플의 총성은 계속해서 들려왔다. 녹스는 잔센을 부축해서 뒷문으로 나갔다. 두 사람 다 옆 건물 창고로 옮겨 짚단 뒤에 숨어들었다. 그대로 벽에 몸을 기 댄 채 녹스가 말했다.

"진짜 죽을 뻔했네. 고마워."

"별말을. 쫓아갔던 게 팔마였나?"

"그래. 네가 세 방이나 박아 넣었으니 아무리 놈이라도 버티 지 못하겠지."

"괜찮나? 네 복수를 내가 대신해서."

녹스는 길게 입을 찢어 킬킬거리고 웃었다. 입가가 움직일 때 마다 흉터도 같이 들썩거렸다.

"괜찮아. 나도 나름의 복수를 했으니까."

"그래, 그럼 이제 알고 있겠군."

섬뜩한 기분이 들어 녹스는 웃음을 멈추고 잔센을 바라보았 다. 잔센도 고개를 돌려 그를 마주 보았다.

"이것으로 은혜 갚음은 끝났다는 걸."

"이 망할 자식…… 원숭이 같은 게……."

렘은 한 손으로 팔마를 부둥켜안고 다른 손에는 여전히 라 이플을 들고 있었다. 렘의 눈에서 떨어지는 눈물이 팔마의 얼 굴에 흥건한 피를 훑고 지나갔다. 팔마는 웃었다.

"울지 마라. 그런 건 너랑 안 어울려."

"뭐 하러 왔어? 놔둬도 어련히 알아서 잘 살아날걸. 왜 와서……."

더는 말을 이을 수가 없었다. 팔마는 손을 들어 렘의 얼굴을 닦아 주고 싶다고 생각했지만 팔에 힘이 들어가지 않았다. 하는 수 없이 포기하고 그다지 폼은 나지 않지만 렘에게 그동안 하고 싶었던 일을 부탁하기로 했다.

"키스 한 번만 해 줘라. 마지막으로 진하게."

"뭐? 웃기지 마. 내가 왜?"

"너무하네. 너 때문에 난 만신창이가 됐는데."

"그게 내 탓이냐? 그러니까 총은 왜 버려!"

팔마는 피식피식 웃기만 했다.

"이 꼴만 아니었으면 너…… 내가 억지로 해 버렸다."

렘은 눈물을 흘리면서 웃음을 터뜨렸다.

"또 그 소리냐? 어디 한번 해 보시지. 결국엔 목말이나 태워 주고 말걸."

"어, 알았냐? 그때……."

"그걸 모르겠냐? 넌 뭘 숨기려고 해도 못 숨기거든."

팔마는 여전히 웃고 있었지만 더 이상 대답이 없었다. 퍼뜩 겁이 난 렘이 그를 흔들었다.

"팔마? 팔마!"

"……흔들지 마. 아파."

"놀랐잖아, 망할 자식!"

렘은 눈물을 슥 닦아 내고 팔마의 얼굴에 묻은 피를 조심조심 닦아 주었다. 한동안 말없이 그녀의 손길을 받고 있던 팔마가 입을 열었다.

"형님, 꿈쩍이나 하실까? 내가 죽으면."

"삼촌? 당연하지. 말은 그렇게 해도 널 제일 아낄걸. 눈물 한 방울 안 흘리면 내가 때려서라도 울게 해 줄게. 걱정 말고 어디 한번 죽어 봐."

"빈말이라도 죽지 말란 말은 안 하냐."

"넌 원래 죽으라고 해야 살아나는 놈이잖아. 너 죽으면 나야 좋다? 귀찮은 놈 사라지고, 부두목 자리도 내 거고."

팔마는 쿡쿡거리고 웃다가 피를 토해 냈다. 렘은 아무렇지 않은 척 그 피를 닦아 주려고 했다. 그렇지만 자꾸 눈물이 비집고 흘러나와 앞이 보이지가 않았다. 팔마는 그녀의 눈물이 한두 방울씩 떨어지는 것을 보고 있다가 말했다.

"너 어릴 때, 기저귀 갈아 주면서 얼마나 냄새가 심했는지 알아?"

렘은 어쩔 수 없이 웃음을 터뜨렸다.

"이런 때 꼭 그런 얘길 해야겠어?"

"땅에 내려만 놓으면 울어서 맨날 업고 다녀야 했어. 내가 너를 그렇게…… 애지중지 키웠다."

"알아, 다 안다고. 내가 못된 애라는 거지. 그렇게 끔찍하게 예뻐하며 키워 줬는데 커서는 바락바락 대들지, 원숭이라고 놀리지, 자기보다 총도 잘 쏘지, 호시탐탐 오른팔 자리를 노리지.

얄미웠다는 거지? 네가 모르는 게 있는데 나도 다 살자고 한 일이었어. 솔직히 어린애가 험악한 남자들 사이에서 얼마나 무서웠겠냐? 난 그냥 강한 척하고 싶었어. 무서워한다는 걸 들키고 싶지 않았어. 특히 삼촌이 제일 무서웠고, 너도 그랬어. 생긴 건 네가 제일 흉악하게 생겼잖아. 이제 흉터까지 하나 더 늘어났으니 어쩔래? 그런 얼굴을 해 가지고는 어울리지도 않게 그런 소리는. 아침마다 네 얼굴 보면서 경기 일으키라는 거야 뭐야. 나랑 같이 살고 싶으면……."

렘의 말이 거기서 멎었다. 그녀는 팔마의 눈을 내려다보았다. 조금 전까지 있던 무언가가 더 이상 거기에 없었다. 어딘가 허전했다.

"팔마?"

렘은 그를 조심스럽게 흔들었다. 그의 팔이 툭 떨어져 바닥에 닿았다. 생기라곤 하나 없는 둔탁한 무언가가 부딪히는 소리였다. 렘은 총을 놓고 팔을 뻗어 그 손을 잡아 보았다.

얼마나 오랜 시간 총을 잡고 살았으면 마디마다 굳은살이 박여 있었다. 특히 방아쇠를 당기는 검지는 볼록 튀어나와 있었다. 20여 년. 그 오랜 시간 베르네욜과 함께했으니 그럴 만도 한가.

하지만 지나온 시간보다 훨씬 더 많은 시간을 그와 함께할 줄 알았다.

"팔마."

렘은 그 손을 잡고 흔들어 보았다. 미동도 없었다. 그의 가슴에 머리를 대고 귀를 기울였다. 아무 소리도 들려오지 않았다. 아무 움직임도 없었다. 일어나서 숨소리도 확인해 봐야 한다고 생각했지만 렘은 몸을 일으킬 수가 없었다.

"곧 죽을 놈이…… 그런 말은 왜 하는데?"

렘은 그의 가슴을 어루만졌다. 그러다 목으로, 얼굴로 손을 뻗었다. 그녀의 손이 팔마의 입술에 닿았다. 피투성이지만 아직 온기가 남아 있었다. 혹은 남아 있다고 그녀가 착각한 것인지도 모른다.

아직 따뜻한데, 아직 이렇게나 따뜻한데.

렘은 그제야 몸을 일으켰다. 그리고 팔마의 눈을 감겨 주고 고개를 숙여 그가 그렇게나 바라던 입맞춤을 해 주었다.

북서쪽을 막고 있던 빈쿠스를 비롯한 검은 개 일행은 갑자기 뒤에서 동료들이 하나둘 쓰러지기 시작하자 눈에 띄게 당황했다.

"뭐야? 어디서 오는 거야?"

그들의 앞으로 사람 머리 하나가 굴러떨어졌다. 위를 올려다 본 빈쿠스는 지붕 위에서 도끼를 든 피투성이의 쿤족을 발견했다. 그는 또 다른 머리를 빙빙 돌리고 있었다.

"쏴라, 쏴!"

총잡이들이 총을 겨누는 순간 가니시오는 머리를 던지고 몸을 낮춰 지붕 뒤에 숨었다. 그는 이미 몸 여기저기에 총상을 입은 상태였다. 지옥 같은 아래의 풍경과는 대조적으로 지나치게 깨끗한 하늘을 올려다보며 그가 중얼거렸다.

"언제까지 할 건가, 대장? 슬슬 지치는군."

검은 개를 비롯해 수사나드 무리까지 모두 가니시오를 겨냥하는 사이 북서에 남아 주춤했던 베르네욜 무리는 다시 밀고 내려오고 있었다. 동시에 남동쪽에서는 기관총이 느리지만 꾸준한 속도로 올라오는 중이었다. 수사나드 진영은 포위된 것이나 마찬가지였지만 아직 아무도 그 사실을 모르고 있었다.

심판의 광장에 혼자 늘어져 있는 수사나드를 제외하고는.

"내 왕국은 여기까지인 거로군."

그는 햇빛 아래에서 몸을 일으켰다. 별로 아쉽지는 않았다. 지금 다가오는 사람과 마찬가지로 그의 목적도 하나뿐이었기 때문이다.

멀지 않은 곳에서 품에 무언가를 안은 한 남자가 걸어오고 있었다. 스스로도 믿기 어려웠지만 수사나드는 반가움을 느꼈다. 확실히 꽤 오래간만의 재회였다. 그러나 상대와 마침내 가까워졌을 때 수사나드는 세상이 뒤집히는 것 같은 충격을 느꼈다. 남자는 혼자가 아니었다.

"뭐냐, 그게? 오다가 머리에 총이라도 맞았냐?"

베르네욜은 수사나드와 약 열 걸음 정도 떨어진 거리에서 멈춰 섰다. 그는 덥다는 듯 태양을 한번 올려다보고 모자를 벗어 부채질하며 대꾸했다.

"무슨 뜻인지 모르겠군."

"무슨 뜻인지 모르겠다고? 손에 뭘 들고 있는지나 좀 보고 말하지? 뒤에 있는 건 또 뭐고."

베르네욜은 고개를 내렸다. 오른손에 더위 때문에 축 늘어진 강아지가 있었다. 작은 혀를 내밀고 끊임없이 헉헉대는 중이었다. 그리고 뒤에는 미리온이 떨면서 서 있었다.

"아, 렘 말이군."

"렘? 저 여자가 렘이냐? 그 유명한 베르네욜의 저격수가 여자라고?"

베르네욜은 헛웃음을 터뜨렸다. 그가 웃는 걸 보고 수사나드는 두 번째로 세상이 뒤집히는 충격을 느꼈다.

"여자인 것은 맞아."

"……내가 알던 그 베르네욜이 아니로군. 확실히 아니야. 어디서 겉껍질만 빌려 왔어."

베르네욜은 대꾸하지 않고 주위를 한번 둘러보았다. 그의 시선이 광장 끄트머리에 있는 무너진 탑에 닿는 순간 수사나드는 속으로 움찔했다. 하지만 그대로 시선은 덤덤히 지나가 수사나드에게 되돌아왔다.

"오랜만이군, 레모."

"이제는 그 이름으로 불리지 않는다는 것쯤은 알 텐데."

"수사나드라는 이름 말인가. 어째서 그런 웃기지도 않는 이름으로 바꿨지? 나는 레모라는 이름이 꽤 좋다고 생각했는데. 렘의 이름도 그걸 따서 지었지."

의외의 말에 수사나드는 멈칫했다.

"렘의 이름에 내 이름을? 왜?"

"그 이름을 지을 당시엔 아직 우리가 친구라고 생각했으니까."

수사나드는 혐오감을 느꼈다. 그가 상상한 베르네욜과의 대면은 이런 게 아니었다. 베르네욜이 그런 감상적인 말을 하는 것이 너무나 싫었다.

"그런 날이 있었던가? 난 기억 안 나는데."

"내 적은 테사르뿐이었다. 너를 적이라고 생각한 적은 없어. 그라노스에 발을 들이지 않은 건 너에 대한 존중 때문이기도 했다."

"지랄 마, 개자식아."

수사나드는 씹어뱉듯이 말하고 긴 모자를 들어 올렸다.

"네놈은 옛날부터 그런 식이었어. 내가 네 동생이나 부하라도 되는 양 염려해 주고 걱정해 주고 돌봐 주려고 하고. 하지만 그 딴 게 네 녀석의 본심일 리가 있나. 그냥 동정한 거지. 나 따위는 너한테 위협이 되지 않는다고 우습게 본 거겠지."

"그렇지 않다. 그랬다면 카라보로부터 독립할 때 내 밑으로 들어오라고 했겠지. 하지만 우리는 서로 흩어졌다. 누구도 누구의 밑으로 들어갈 수 없다는 걸 알았기 때문이야."

"시끄러워. 카라보 얘기가 나와서 말인데, 그 영감탱이도 내가 죽여 버렸어."

베르네율은 차지도 뜨겁지도 않은 다만 무심한 눈길로 수사나드를 바라보았다. 동요하지 않는 그에게 수사나드는 묘한 초조함을 느꼈다.

"그 영감이 그랬지? 저격으로는 테사르가 제일이고 다수를 상대할 때는 내가 제일 낫고 결투로는 네놈이 최고라고. 난 그 말 인정 못 해. 그러니 깔끔하게 우리 둘이 끝내 버리자. 다른 놈들이야 저기서 다 뒈지든 말든 상관하지 말고."

베르네율은 대꾸하지 않고 강아지를 내려다보며 그 머리를 한 번 쓰다듬었다. 두 번, 세 번. 수사나드가 참지 못하고 입을 열려는 순간 그가 말했다.

"렘은 어디 있나."

"응? 뭔 소리를 하는 거야. 네 뒤에 있잖아."

"이 렘 말고, 진짜 렘."

"진짜 렘이 따로 있어?"

베르네율이 고개를 갸웃거렸다.

"못 알아봤단 말인가? 네가 데리고 있을 줄 알았는데."

"알아보다니 뭘……."

그제야 수사나드의 머릿속에 스쳐 지나가는 사람이 있었다. 처음부터 어딘가 수상하다고 생각했던 그 여자. 분명히 처음 보는 특이한 라이플을 들고 있었다. 손에 박인 군살과 총의 상태로 봤을 때 단지 장식용은 아니었다. 수사나드는 발작이라도 일으키듯 제자리에서 펄쩍 뛰었다.

"그게 렘이었어?"

"정말로 몰랐단 말인가. 실망스러운데, 레모."

"젠장, 어쩐지 수상하더라니. 그 여자라면 검은 개랑……."

수사나드는 아차 하면서 도시 중앙 쪽을 바라보고는 어쩔 수 없다는 듯 혀를 찼다.

"다들 당했겠구만, 젠장."

"글쎄. 나는 렘이야말로 붙잡히지나 않았으면 다행이라는 생각이 드는데."

"네 전용 저격수라며 그 정도도 못 믿냐?"

"총 쏘는 실력 말고는 모든 게 형편없어서."

"모든 건 아니던데. 늘씬하니 미인이더라. 사실은 밤에 가지고 놀 용도로 데리고 다닌 거 아냐?"

그건 베르네욜을 일부러 도발하기 위해 던진 말이었다. 베르네욜은 가만히 입을 다물었다. 겉으로는 별 차이 없이 서 있을 뿐이었지만 편안히 늘어져 있던 강아지가 움찔하고 고개를 들더니 낑낑거리고 울었다. 수사나드는 그것을 똑똑히 보았다.

'이것 봐라? 의외로……'

설마 하면서도 수사나드는 입을 열었다.

"여기 와서도 꽤 많은 놈들이 치근덕거리던데. 아무나 네 장난감을 가지고 놀아도 되는가 보지?"

베르네욜은 한심하다는 표정을 지었다.

"빤히 보이는 짓을 하는군, 레모. 대화는 그만두고 우리가 할 일이나 마무리 짓는 게 어떠한가."

말을 마치고 그는 오른쪽 코트 자락을 걷었다. 허리춤에 그때까지 한 번도 뽑지 않은 사탄의 뿔이 꽂혀 있었다. 내색하고 싶은 생각이 조금도 없었건만 수사나드는 반사적으로 몸이 경직되는 걸 느꼈다. 그리고 그런 자신에게 화가 났다. 베르네욜의 표정에는 별 변화가 없었지만 수사나드는 그가 꼭 비웃고 있는 것처럼 느껴졌다.

"그래, 어디 한번 해 보자. 한데 그놈의 어울리지도 않는 강아지는 계속 안고 있을 거냐?"

"한 손으로도 충분하다. 테사르라면 모를까 너는."

수사나드는 머리 위로 무언가 확 쏠리는 기분을 느꼈다. 자기가 무얼 한다는 의식도 없이 건홀더에서 총을 꺼냈다. 그러나 베르네욜을 겨냥하는 순간 그가 먼저 자신을 겨냥하고 있음을 직감적으로 알았다.

죽는다.

날카로운, 빠르고 뾰족한 무언가가 바람을 찢어 놓듯 쇅 하는 소리가 들리고 동시에 베르네욜의 총이 날아갔다. 수사나드의 눈에 사탄의 뿔이 부서지고 동시에 베르네욜의 손에서 피가 뿜어지는 것이, 그의 얼굴에 드문 놀라움이 번지는 게 느린 장면처럼 똑똑히 보였다.

베르네욜의 뒤에 서 있던 여자가 대신 비명을 질렀다. 동시에 수사나드의 총에서 총알이 발사되었다. 다만 마지막 순간 놀라 흔들렸기 때문에 총알은 베르네율의 옆구리를 스치고 지나갔다.

베르네율은 피가 흐르는 오른손을 꽉 쥐었다. 옆구리가 불에 지지는 듯한 느낌 때문에 한쪽 무릎도 꿇었다. 하지만 다른 쪽 손에 든 강아지는 놓치지 않았다. 미리온이 뒤에서 그를 껴안다 시피 했다.

"괜찮아요? 괜찮아요?"

베르네율은 대답하지 않고 다만 마른 눈으로 부서진 자기 총을 내려다보았다. 그가 군림하는 시간 동안 단 한 번도 타인에 의해 떨어뜨린 적이 없던 총이었다. 그는 고개를 들어 수사나드를 바라보았다. 수사나드는 총을 든 손을 치웠다.

"미안. 이건 정당하지 않았어."

멀리, 아까 베르네율의 시선이 하찮게 훑고 지나갔던 무너진 종탑 뒤에서 누군가 걸어 나왔다. 멋진 저격 솜씨로 희대의 악당을 무력화시킨 사람답지 않게 평범한 걸음걸이였다. 그의 손에는 체격에 비해 길고 무거워 보이는 롱라이플이 들려 있었다. 수사나드는 그를 보며 작게 속삭였다.

"쏴. 끝장을 내 버려. 어쭙잖은 짓 하지 마."

그러나 그는 속이 탈 만큼 느리고 꾸준한 걸음으로 그들이 있는 곳까지 왔다. 그리고 수사나드의 곁에 섰다. 수사나드는 어쩔 수 없다고 생각하면서도 그의 머리를 쓰다듬었다.

"멋진 솜씨였다."

"끼어들고 싶지 않았지만 당신이 당할 것 같았습니다."

"날 뭘로 보는 거냐? 그나저나 나도 복수의 대상 아니었냐? 살려 줘서 뭘 어쩌려고."

라신은 그 말에 대답하는 대신 베르네율을 바라보았다. 두 사람의 눈이 처음으로 마주쳤다.

라신은 그토록 무섭게 가라앉은 깊은 눈을 태어나 처음 보았다. 누구도 사랑할 수 없고 누구도 믿을 수 없을 것 같은 자의 눈이었다. 예전이었다면 안타까움을 느꼈을 것이다. 그러나 지금은 단지 마주 볼 뿐이다.

문득 바드레 수사와 나눴던 대화가 떠올랐다.

그를 만난다면 레바트만이 그러했듯이, 악마일지라도 참회의 기회를 주겠습니다.

그건 진심이었다. 라신에게는 자신감도 있었다. 하지만 그와 직접 마주하고 눈을 들여다보는 순간 이해했다. 아무것도, 심지어 레바트만이 와도 그를 구원할 수 없을 것이다. 그 눈은 결코 변형되지 않는 성질의 어떤 것이었다. 어쩌면 가장 순수한 형태의 악인지도 모른다. 이미 불인 것을 물로 바꿀 수는 없는 법. 그도 마찬가지였다.

"당신이 제 가족을 죽인 분이로군요."

라신이 입을 떼자 베르네율은 천천히 자리에서 일어났다. 옆구리에서 피가 배어 나오고 있었지만 상관하지 않는 기색이었다. 대신 곁에서 미리온이 어쩔 줄 몰라 하며 상처를 지혈하기 위해 애썼다.

"글쎄, 몰살시킨 가족이 너무 많아서."

"제 아버지는 테사르십니다."

베르네욜의 눈이 한순간 번뜩였다. 입을 연 그는 잠시 후에야 끓는 듯한 목소리를 토해 냈다.

"뭐."

"당신이 얼마 전 선전 포고로 보내온 시체가 바로 제 아버지 시란 말입니다."

"어디서 뭘 듣고 착각하는 건지 모르겠지만 웃기지 마라. 테사르에게는 아들이 없어."

조금 전 뜸을 들였던 거에 비하면 다소 급하다고 할 수 있을 정도로 거친 대꾸였다. 라신은 주눅 들지 않고 말했다.

"그분에겐 아들이 있고 제가 바로 그 증거입니다."

"그와 나는 친구이자 형제였고 서로의 아내와 아이들을 다 알고 있다. 그러니 더 이상 헛소리하지 마라."

워낙 확신에 찬 어조였기에 라신은 고개를 돌려 수사나드를 쳐다보지 않을 수 없었다.

"저 말이 사실입니까?"

수사나드는 자기가 그것도 설명하지 않았던가 하는 얼굴로 머리를 긁적인 다음 말했다.

"한때 그랬을 뿐이야, 한때."

베르네욜은 수사나드 쪽으로 눈을 돌렸다.

"어디서 이상한 놈을 데려온 거냐. 네놈은 저 헛소리를 믿었나? 너도 잘 알고 있을 텐데."

"네 녀석들이 각자 아이를 갖기 전에 난 떠났거든. 잊었어? 그 후로는 대충 주워들은 것밖에 없다고."

"그럼 뭐 때문에 저 녀석이 테사르의 아이라고 믿은 거냐."

"카라보가 그렇게 말했어. 테사르 대신 그가 기른 것 같더군."

카라보라는 이름에 베르네율의 표정이 달라졌다. 놀라움과 혐오감이 뒤섞인 얼굴이었다.

"그럼 사실이란 말이냐? 그에게 아들이 하나 더 있었단 말인가, 하나 더?"

라신이 한 걸음 앞으로 나아갔다.

"듣기로 당신은 제 아버지뿐만 아니라 어머니와 누이도 죽였다고 하더군요."

잠시 동안 베르네율은 라신의 말을 이해하지 못하는 것처럼 보였다. 라신은 그의 반응에 상관하지 않고 말을 이었다.

"그러니 저는 당신에게 그 복수를 하겠습니다."

그는 내려뜨렸던 라이플을 우아하다고까지 느껴지는 동작으로 들어 올렸다. 그 모습이 젊었을 적 테사르와 거의 흡사해서 한순간 베르네율은 라신의 말을 모두 믿을 뻔했다. 하지만 여전히 강한 부정이 마음속에 자리했다.

저 나이쯤 되려면 테사르가 렘을 낳았을 때 이미 존재했어야 한다. 그러나 테사르는 다른 곳에서 자식을 만들지 않았다. 그랬을 리 없다. 오직 베르네율만 바라보던 여자를 10년간이나

단 한 번도 눈 돌리지 않고 사랑했던 그다. 그러니 확신할 수 있었다.

그렇다면 갑자기 튀어나와 테사르의 복수를 하겠다며 자신에게 총을 겨누는 눈앞의 녀석은 정체가 뭐란 말인가? 태도로 보아 수사나드는 그가 테사르의 아들임을 정말로 믿고 있는 듯했다. 게다가 카라보마저 그렇게 말했다면 정말로 베르네욜만 모르는 뭔가가 있을 수 있었다.

자식이 하나 더, 남아 있었단 말이지.

베르네욜의 눈이 라신의 총구와 수사나드를 보고 마지막으로 그때까지 손에 들려 있던 강아지에게 닿았다. 그의 머릿속에 동선이 그려졌다.

다음 순간 베르네욜은 라신의 총구 앞으로 뛰어들었다.

13. 복수의 기도

소년은 눈 밑까지 올려 썼던 두건을 내렸다. 사막을 지나오느라 층지어 묻어 있던 흙이 우수수 떨어졌다. 말도 신경질적으로 머리를 흔들어 갈기의 흙을 털어 냈다.

신기루처럼 그 도시는 적색의 안개 위에 갑자기 모습을 드러냈다. 사실 멀리서부터 총소리가 들려오지 않았더라면 소년은 그 도시를 발견하지 못하고 지나갔을지도 모른다.

붉음의 도시, 그라노스.

얼마 전 갑작스러운 불행이 닥쳤을 때 소년의 집을 잠시 방문했던 남자가 동료를 찾고 싶으면 가라고 말했던 곳이다. 그래서 소년은 그가 떠나자마자 이곳으로 왔다. 그날 이후 소년의 머릿속에 의미 있는 단어라고는 복수, 베르네율, 두 가지밖에 없었다.

무법자의 도시답게 심상치 않은 총소리가 들려와 소년은 걸음을 늦췄다. 특별히 겁을 먹은 까닭은 아니었다. 지금 소년에게 자기 목숨은 도구 정도로 여겨질 뿐이고, 그 도구를 헛되이 잃고 싶지 않다는 생각 외엔 없었다.

조금씩 마을에 가까워질수록 소년은 자기가 무법자의 도시를 책 속에 나오는 다소 거친 사내들의 땅 정도로 생각했다는 것을 깨달았다. 입구에서부터 시체가 널브러져 있고 성급한 까마귀들이 벌써 몰려들어 만찬을 즐기던 참이었다.

피를 보자 소년은 자신도 모르게 얼굴에 길게 나 있는 상처를 매만졌다. 이제 제법 아물었는데도 밤마다 고통에 시달렸다. 자꾸만 소년의 상상 혹은 꿈에서 똑같은 남자가 나와 소년의 얼굴을 칼로 그어 내렸고 그때마다 매번 같은 고통을 느꼈다. 억울하고 분하고 두려워도 그것을 막을 수가 없었다.

소년은 총을 빼 들었다. 사실 단신으로 놓고 봤을 때 소년은 마을 안 그 누구보다도 무장을 많이 한 상태였다. 짐 속에는 그의 아버지가 쟁여 두었던 다이너마이트가 들어 있었고 말의 옆구리에는 기다란 샷건이, 소년의 허벅지에는 각각 두 개씩 총이 꽂혀 있었다.

소년은 신경이 곤두서는 걸 느끼며 좀 더 안으로 들어갔다. 여기저기서 부상자들이 신음하거나 살려 달라고 부르짖고 있었다. 어느 총잡이 하나가 아무렇지 않은 얼굴로 걸어와 부상자의 머리에 대고 침착하게 방아쇠를 당기는 것을 보고 소년은 멈춰 섰다. 그 총잡이는 소년을 돌아보고는 그저 굴러다니는 돌멩이를 본 것처럼 흥미 없다는 얼굴로 눈을 돌렸다. 그리고 또 어딘가로 걸어가 버렸다.

소년은 한참 후에야 다시 움직일 수 있었다. 그러나 말 위에 앉아 있자니 온 도시로부터 겨냥당하는 기분이라 말에서 내려 그 옆에 딱 붙어 걸어갔다. 그렇게 얼마쯤 더 걸어갔을 때였다.

"얘, 얘!"

속삭이는 듯한 소리였지만 워낙 날카로운 음성이었기에 소년은 단번에 알아들었다. 돌아보니 비슷한 또래로 보이는 소녀가 입을 벙긋거리면서 다급히 손짓하고 있었다. 소년은 자기를 가리켜 보았고 소녀의 열렬한 끄덕임에 화답해 그쪽으로 갔다. 가까이 다가가자 소녀가 소년을 확 끌어당겼다.

"미쳤어? 전쟁이 한창인데 어딜 돌아다녀. 빨리 들어와!"

"잠깐, 내 말……."

"말 같은 건 잊어버려! 목숨이 훨씬 더 중요하잖아."

그럴 생각이 없었음에도 어쩌다 보니 소녀의 손에 이끌려 소년은 헛간 비슷한 곳으로 들어가게 되었다. 짚단과 의자, 식탁 등을 잔뜩 쌓아 둔 그 안에는 두 사람 말고도 서너 명의 어른들이 더 숨어 있었다.

"뭐 해, 엘리! 빨리 문 닫아!"

한 여자가 신경질적으로 외치자 엘리는 소년을 밀어 넣고 문을 닫았다. 낮임에도 안쪽은 깜깜했다. 바깥에서 나는 총소리 크기도 한결 줄어들었다.

"처음 보는 얼굴인데, 너 방금 온 거야?"

"응."

"운도 지지리 없다, 하필 이런 때 오고. 평상시에도 분위기가 좋은 건 아니지만 지금은…… 너 베르네욜 알지?"

소년의 눈매가 확 사나워져서 말을 꺼냈던 엘리는 뜨끔 놀랐다.

"베르네욜이 왜?"

얼핏 담담히 되묻는 듯했으나 소년의 목소리는 낮고 차가웠다. 엘리는 혀를 쯧 하고 찬 다음 대답했다.

"하기야 여기 오는 사람 중에 베르네욜과 사연 없는 사람은 없지. 놀라지 마, 그가 지금 이 도시에 있어."

"어디에!"

달려들 듯이 반응하는 소년의 손에 총이 쥐어져 있었기에 엘리는 두어 발자국 물러났다.

"너 그거 제대로 다룰 줄은 알고 들고 있는 거야?"

"어디 있는지나 말해."

"바깥 어디에 있겠지. 찾고 싶으면 어디 나가 봐. 몇 걸음 옮기기도 전에 총에 맞아 죽을 테니까."

소년은 입술을 달싹거리면서 문 쪽을 바라보았다. 원수가 여기 있다, 바로 이곳에! 그런데 숨어 있기만 할 셈인가?

"괜한 짓 하지 마. 테사르 알지? 남부 제일의 저격수. 그 사람도 덤비다 죽었으니까 네까짓 건 상대도 안 돼."

"뭐?"

그 이름을 듣는 순간 소년은 기억해 냈다. 달이 지고 아직 해가 떠오르기 직전 어스름, 차고 적막한 복도 위에서 자기 머리 위에 큼지막하게 내려앉던 손, 그 손의 주인을.

"테사르가 죽었어?"

"베르네율이 수사나드에게 보내는 선전 포고로 테사르의 시체를 보내왔어. 배짱 대단하지?"

소년은 엘리의 말을 듣고 있지 않았다. 다만 그 밤의 대화를 다시 떠올리고 있었다. 베르네율을 만나거든 꼭 전해 주라던 테사르의 말.

소년은 무언가에 홀린 듯한 표정으로 입을 열었다.

"여기에 라신이라는 사람도 있어?"

엘리가 어둠 속에서 눈을 크게 떴다.

"네가 그 애를 어떻게 알아?"

"있어?"

"어딘가에는. 아마도 수사나드의 곁에."

"수사나드는 어디 있지?"

"심판의 광장에 있을 거야. 여기서 남쪽으로 쭉 가면……."

"그렇구나."

소년은 혼잣말하듯 대답하고 몸을 돌려 문을 열었다. 말리려던 엘리는 빛이 들어오자 깜짝 놀라 멈춰 섰다. 소년은 마치 잠시 산책하러 나서는 사람처럼 밖으로 나간 뒤 문을 닫았다. 그리고 적막과 함께 사라졌다.

안에 남은 엘리는 다른 사람들과 함께 입만 벌리고 있을 뿐이었다.

"이 앞뒤 꽉 막힌 섬사람 놈아, 그 이야기를 지금 꼭 해야겠어?"

"그럼 언제로 할까. 베르네욜을 잡은 뒤에? 그들 일당을 모두 다 몰살시킨 뒤에? 수사나드의 손에서 벗어난 뒤에?"

"언제가 됐든 지금은……."

"녹스."

진중한 친구의 목소리에 녹스는 조심스럽게 그를 쳐다보았다. 약간의 두려움마저 느끼면서.

"내게는 그중 어느 것보다 자네와의 일이 가장 중요해."

녹스가 후회하는 몇 안 되는 과거의 기억 중 하나, 그 하나가 두 사람 사이에 없었더라면 녹스는 잔센의 말을 달리 들었을지도 모른다. 그러나 잔센이 말하는 그 빌어먹을 일이라는 건 서로를 죽이는 것에 관한 문제였다.

"진심이야? 우리가 같이 있으면서 그렇게 많은 일들이 있었는데, 함께 이렇게나 오랜 시간을 지냈는데 그럼에도 불구하고 날 여전히 죽이고 싶은 거야?"

"내가 갈라파스 사람인 이상, 섬의 율법을 따르는 이상은 해야만 해. 내가 죽이고 싶어 하고 말고는 상관없는 일이다."

"나한테는 있어, 망할 자식아! 말해 봐, 네놈이 내 목을 직접 따 버리고 싶다고, 머리에 쇳덩이를 박아 주고 싶다고 해. 아니, 말할 필요도 없어. 지금 해, 지금 죽여!"

녹스는 총을 쥔 잔센의 오른팔을 직접 들어 올려 자기 이마를 겨냥했다. 그리고 잔센을 똑바로 노려보며 씹어뱉듯 말했다.

"당겨 보라고."

잔셴의 눈은 침착하게 가라앉아 있었다. 그대로 침묵이 흘렀다.

자기가 만들어 놓은 상황이긴 하지만 녹스는 그가 정말로 쏴 버릴까 봐 두려웠다. 죽는 것보다는 친구라고 믿었던 사내가 그런, 아무 감정도 미련도 없는 얼굴로 자기를 쏴 버릴까 봐 두려웠다.

두 사람만이 있는 창고는 좁고 어두웠다. 바깥에서 들리는 총성 따위는 더 이상 그들과 관련된 세계가 아닌 것 같았다.

잔셴은 녹스를 바라보며 미동 없이 팔을 들고 있었다. 그러나 잠시 후 조용히 한숨을 내쉬고 총을 내렸다.

"힘들군."

지금 상황이 힘들다는 건지, 부상당한 채로 그러고 있는 것이 힘들다는 말인지는 알 수 없었다. 잔셴은 고개를 돌려 어느 한구석을 바라보며 혼잣말처럼 중얼거렸다.

"안타까운 일이지만 지금 이 상처로는 임무를 완수하는 게 무리일 것 같군. 출혈이 심하니 가만히 놔두면 정말 위험할지도 모르겠어. 나 혼자서는 움직일 힘이 없으니 그렇게 되면 많이 곤란하겠군."

녹스가 얼떨떨하게 바라보는 가운데 잔셴은 계속 혼잣말하듯 말했다.

"혹시 누가 도와준다면 모를까. 도와준다면, 그는 내 생명을 구한 셈이 되겠지. 그럼 나는 섬의 율법에 따라 그에게 은혜를 갚아야 하고 그런 날이 올 때까지 따라다녀야만 하겠지."

말을 마친 잔센은 녹스를 바라보았고 그의 눈을 보는 순간 녹스는 이해했다. 그래서 다만 고개를 숙인 채 조끼를 벗어서 잔센의 상처를 꽉 묶어 주었다.

"잊지 마. 네 생명의 은인은 나라는 걸."

"잊을 턱이 있나."

가니시오는 눈을 떴다. 뜨거운 오후에 낮잠을 자고 일어난 것처럼 온몸이 나른했다. 실제로 그는 총알이 빗발치는 도시 지붕 한가운데에서 선잠을 잤다. 몸 여기저기서 피를 흘리고 있었기에 그를 본 사람들은 죽었다고 생각했을 것이다. 몇 분 정도의 짧은 잠이었지만 이상하게 몸이 개운했다.

그는 일어서서 지붕 아래를 내려다보았다. 마을 대로는 처참했다. 양쪽 모두 살아남은 자가 얼마 없는 것 같았다. 기관총을 잡았던 쌍둥이 형제도 총 주변에 사이좋게 쓰러져 있었다. 가공할 만한 무기임에도 아무도 차지하지 않은 걸로 보아 총알이 다 떨어진 모양이었다.

가니시오는 혀를 차고 고개를 다른 방향으로 돌렸다. 그러다 누군가를 발견하고는 더 생각할 것도 없이 지붕 아래로 훌쩍 뛰어내렸다.

"렘!"

쿵 하는 소리가 나자 그녀가 가니시오를 돌아보았다. 그리고 솟아오르는 격정을 참아 내듯 어깨를 꽉 움츠렸다. 렘은 누군가를 힘겹게 업고 있었다.

가니시오는 그녀가 업고 있던 남자를 끌어 내려 땅에 눕혔다. 그도 익히 잘 알고 있는 사람이었다. 두 사람 다 잠시 아무 말도 하지 않았다. 가니시오는 렘의 어깨를 감쌌다. 그러자 렘이 신음을 내뱉었다.

"다쳤나?"

"그때 거기야. 좀 더 심해졌어."

가니시오는 그녀의 몸을 조심스럽게 돌려 상처를 살폈다. 왼쪽 팔이 부어오른 채로 딱딱하게 굳어 있었다. 그건 좋지 않은 징조였다.

"더 이상 움직이지 마라. 다시 팔을 쓰고 싶지 않다면 모를까."

"움직이고 싶어도 못 해."

그녀는 가니시오의 손을 밀어내고 자리에서 일어났다. 등에는 자기 라이플총을 메고 오른손에는 팔마의 리볼버를 들고 있었다. 렘이 힘없이 물었다.

"어디 있어, 삼촌은?"

"나도 모른다."

"다들 죽어 나자빠져 있는 와중에 혼자 어디 숨어 있는 건데."

가니시오가 대답하려는 사이 저편 골목에서 총잡이가 하나가 튀어나왔다. 렘은 총을 들어 그를 아무렇지 않게 쏴 버렸다. 남자는 이마 정중앙에 구멍이 뚫려 뒤로 넘어갔다.

오랜 시간을 함께해 온 사이지만 그 순간만큼은 가니시오도 그녀의 빠른 속도와 정확성에 감탄하지 않을 수 없었다. 본인만 몰랐을 뿐 사실 팔마도 예전부터 그녀의 상대가 되지 못했다.

혹은 베르네욜일지라도.

"숨어 있으면 찾으러 가야지. 어디에 있는지 몰라도 누구와 있는지는 알 것 같아."

그녀는 말을 마치자마자 곧장 걸음을 옮겼다. 가니시오는 팔마를 업은 채 그녀의 뒤를 따라갔다.

남아 있는 총잡이들이 간간이 모습을 드러냈지만 렘은 모두 단발 사격으로 처리했다. 예외도 있었다. 그중 한 명의 경우 일부러 맞아도 죽지 않을 곳을 골라 쐈다. 고통으로 몸부림치는 그의 상처를 지그시 밟아 주며 렘이 건조한 목소리로 물었다.

"어디 있어, 수사나드는?"

남자가 남쪽을 가리키자 렘은 주저 없이 그의 머리를 쐈다. 그러고 나서 고개를 들었을 때 창고 건물에서 서로를 부축한 채 나오던 두 사람과 정면으로 눈이 마주쳤다. 잔센과 녹스였다. 렘의 눈에서 불이 뿜어졌다.

"너 이 개자식!"

그녀가 총을 쏘는 순간 두 사람은 몸을 날려 다시 창고 안으로 쓰러졌다.

"빨리도 왔네, 저 여자!"

"내 총 이리 줘라, 녹스."

"하나뿐인걸. 부상자는 빠져!"

녹스는 잔센을 뒤로 밀치고 거리를 확인하려 고개를 내밀었다가 하마터면 저승으로 갈 뻔했다. 다행히 총알은 그의 머리 위를 때리며 튀어 나갔다. 녹스는 황급히 다시 문 뒤에 숨었다.

렘이 총을 쏘며 앞으로 나가려던 그때 가니시오가 그녀를 붙잡았다.

"넌 대장을 찾아라. 내가 상대한다."

"저놈들이 팔마를 죽였어!"

무뚝뚝한 쿤족 사내의 얼굴에 옅은 감정의 기색이 스쳐 지나갔다.

"그렇군. 알았다. 그러니 더욱 내가 상대해야 해."

가니시오는 팔마의 시체가 훼손되지 않도록 건물 벽에 기대어 앉혔다. 그리고 짧게 고개를 숙였다.

"기다려라, 형제여."

그가 도끼를 꺼내 드는 걸 보고 렘은 눈을 부릅떴다.

"그걸로는 안 돼. 상대는 둘이야. 내 라이플이라도 가져가."

"쿤족의 역사에 본래 총은 없었다. 그건 백인들이 가져온 거지. 이것으로 머리 가죽을 벗기고 생간을 꺼내 삼킬 거다. 그것이 쿤족의 복수니까."

가니시오의 표정과 목소리가 너무도 선명했기에 렘은 더 말하지 못했다. 녹스와 잔센이 들어간 창고 건물 쪽을 한번 보고는 다시 그를 보았다.

"꼭 복수해. 내 몫까지."

"알았다."

렘은 다시 남쪽으로 뛰었다. 홀로 남은 가니시오는 그녀의 뒷모습을 잠시 지켜본 다음 도끼를 가슴 앞에 세우고 창고를 향해 뛰었다.

총격이 그치자 슬쩍 고개를 내밀었던 녹스는 그런 가니시오를 발견했다. 놀란 그는 무작정 총을 난사하기 시작했다. 대부분은 넓은 도끼날에 맞았지만 한두 개는 가니시오의 팔을 뚫고 들어갔다. 그러나 쿤족 사내는 꿈쩍도 하지 않고 안으로 뛰어들었다.

좁은 창고 안에서 어린애만 한 도끼를 휘두르는 쿤족의 모습은 공포 그 자체였다. 총알이 다 떨어진 녹스는 장전할 사이도 없이 도끼를 피해 비명을 지르며 도망 다니기 바빴다.

짚더미 뒤에 숨어 있던 잔센은 거기 꽂혀 있던 쇠로 된 갈퀴 하나를 발견했다. 평소와 같았더라면 무기 비슷한 걸로도 안 보였겠지만 상대가 도끼를 휘두르는 통에 뭔들 못하랴 싶었다.

그는 부상당한 부위가 비명을 지르는 것도 아랑곳 않고 갈퀴를 들고 가니시오에게 달려들었다. 그때 가니시오는 녹스를 구석에 몰아넣고 도끼를 막 위로 들어 올리던 참이었다.

잔센이 먼저 갈퀴로 가니시오의 등을 찍었다. 다섯 개의 갈퀴 끝이 살에 박히면서 가니시오가 소리를 질렀다. 잔센은 갈퀴를 빼냈지만 부상 때문에 힘이 들어가지 않아 무게를 견디지 못하고 땅을 내리쳤다. 동시에 가니시오가 고함을 지르며 뒤쪽으로 도끼를 휘둘렀다. 잔센은 간신히 자루를 들어 막았지만 가니시오의 도끼가 나무로 된 자루를 가볍게 부서뜨리며 잔센의 허벅지를 찍었다.

고통으로 점철된 비명 소리가 창고 안에 울려 퍼졌다. 조금 전까지 다리가 있던 자리로 헛되이 손을 뻗으며 잔센이 바닥을 뒹굴었다. 가니시오는 끝장을 내기 위해 두 손으로 도끼를 위로 올렸다.

그때 탕 하는 한 발의 총소리가 들리고 그의 손에서 도끼가 뚝 떨어졌다. 쿤족의 머리에 난 구멍에서 피가 주르륵 흘러내렸다. 가니시오의 눈이 스르르 돌아갔다. 거구의 몸은 그 자리에 풀썩 무릎을 꿇었다. 그리고 마치 기도하는 사람처럼 고개를 푹 숙인 채 미동도 하지 않았다.

녹스는 헉헉대며 총을 내민 손을 여전히 뻗고 있었다. 떨어진 도끼가 그의 두 다리 사이에 아슬아슬하게 박혀 있었다. 움찔움찔하던 녹스는 잔센이 자신을 부르는 것을 듣고 나서야 정신을 차렸다.

"녹스……."

"잔센, 잔센!"

그는 총을 내던지고 뛰어가서 친구의 몸을 안았다. 잔센의 얼굴에 의지와 상관없이 흘러내린 눈물이 길게 자국을 내고 있었다. 그는 헐떡이며 간신히 말했다.

"가라. 가서 베르네욜을 찾아."

"시끄러워!"

녹스는 상의를 모두 벗어서 피가 철철 흐르는 잔셴의 다리를 틀어막았다. 그러나 잔셴은 자꾸만 녹스의 손을 밀어냈다.

"베르네욜에게는 지금…… 팔마도 가니시오도 없다. 렘도 다 쳤어."

"시끄럽다니까!"

사실 녹스의 머릿속도 베르네욜에 대한 생각으로 꼭 차 있었지만 도저히 잔셴을 두고 갈 수가 없었다. 복수가 그렇게 중요한가? 물론 중요했다. 그는 할 수 있었고 해야만 했다. 그럼에도 불구하고…….

"어, 의사. 의사, 가만있자. 마마 수. 마마 수!"

녹스는 튕겨지듯 일어나 창고 밖으로 나갔다. 그러나 금세 되돌아와 안에 대고 소리쳤다.

"나 오기 전까지 죽으면 죽을 줄 알아!"

그리고 다시 몸을 돌려 달리기 시작했다.

복수는 언제라도 다시 할 수 있다. 그러나 평생을 함께해도 나쁘지 않을 친구는 잔셴 하나뿐이었다.

녹스는 피가 나도록 이를 물고 마마 수의 바를 찾아 달리고 또 달렸다.

베르네욜이 달려드는 순간 수사나드의 본능이 가장 먼저 반응했다. 들고 있던 총을 들어 상대를 겨냥하자마자 쐈다. 그러나 베르네욜을 붙잡고 있다 떨어져 나온 미리온이 하필 그의 시야를 막고 있었다.

비명조차 없었다. 미리온은 가슴에 총을 맞고 풀썩 쓰러졌다. 수사나드가 당황한 사이 베르네욜은 처음부터 목적으로 삼았던 라신의 코앞까지 가 있었다.

베르네욜은 라신이 쏘지 못할 거라고 확신했다. 총을 든 자세로 보아 그다지 총을 많이 다뤄 본 인물이 아님을 알 수 있었다. 처음의 저격은 어쩌다 운이 좋아 성공했는지 몰라도 이런 상황에서는 당황한 나머지 방아쇠를 당기지도 못하거나 엉뚱한 곳을 쏴 버릴 게 뻔했다.

베르네욜은 라신이 쥔 총을 향해 손을 뻗었다. 그때 라신과 눈이 마주쳤다. 그 눈을 본 순간 베르네욜은 자신의 판단이 잘못되었음을 깨달았다. 라신의 눈은 완전히 가라앉아 있었다.

라이플의 총구를 베르네욜이 붙잡는 순간 거기서 불이 뿜어져 나왔다. 가슴에 품고 있던 강아지가 마치 사람처럼 처절한 비명을 질렀다. 바로 앞에서 발사된 총알은 강아지의 몸을 뚫고 베르네욜의 가슴에까지 와 박혔다. 바윗덩이가 전력으로 날아와 가슴에 부딪히는 느낌이었다. 베르네욜의 몸이 크게 출렁였다.

라신도 자기가 한 짓을 깨닫고 당황했다. 의식적으로 쏜 게 아니었던 것이다.

베르네욜의 상체가 뒤틀려 그대로 뒤로 쓰러지는가 싶더니 다시 앞으로 몸을 구부렸다. 그러곤 라신의 가슴을 그의 어깨로 받아 버렸다. 쓰러지는 와중에 라신은 자신의 손이 허전해지는 걸 느꼈다. 라이플이 더 이상 그의 손에 없었다.

라신과 같이 한 바퀴 구른 베르네욜은 라이플을 집어 들고 벌떡 일어섰다. 두 사람이 엉켜 있는 사이 혹시라도 라신을 맞힐까 봐 망설이던 수사나드가 정신을 차리고 방아쇠를 당겼다. 동시에 베르네욜의 손도 움직였다.

두 개의 총구가 나란히 서로를 바라보며 죽음을 낳을 쇳덩이를 발사했다. 불을 뚫고 앞으로 나아간 쇳덩이는 부드러운 살을 파고들어 뼈를 부순 다음 다시 붉은 것에 휩싸였다.

수사나드의 시야에서 세상이 뒤집어졌다. 구릿빛 피부의 거대한 몸체가 천천히 뒤로 넘어갔다. 평생을 지배하며 또한 지켜내리라 생각한 적색의 땅이 그의 몸을 품에 안았다. 그는 쓰러진 채 눈을 깜빡이며 숨을 두어 번 내쉬었다. 그리고 멎었다. 그것이 그의 마지막 숨이었다.

수사나드를 바라보던 베르네욜의 몸이 쓰러질 듯 휘청거렸다. 그도 무사하지 못했다. 가슴에는 라신이 쏜 총알이, 허벅지에는 수사나드가 쏜 총알이 박혀 있었다. 그는 라이플로 땅을 짚고 힘겹게 숨을 몰아쉬었다.

라신은 땅에 넘어진 채 상체만 일으켜 그를 올려다보고 있었다. 그가 지친 괴물 같다고 생각했다. 베르네욜의 고개가 천천히 돌아가 그런 라신을 마주 보았다.

"네 어머니가 내 아내를 죽였다."

갑작스러운 말에 라신은 눈을 크게 떴다.

"그래서 내가 네 어머니를 죽였다. 우리들의 세계에서는 그게 타당한 복수니까. 그랬더니 네 아버지인 테사르가 무슨 짓을 했는지 아느냐? 바로 태어난 지 얼마 되지 않은 내 아들을 데려가 개처럼 죽였다. 아직 젖도 떼지 못한 갓난아기를."

라신으로서는 처음 듣는 이야기였다. 뭐라고 대답해야 할지 알 수 없었다. 그보다는, 자기가 그 이야기에 대해 어떤 감정을 느끼는지 알 수 없었다.

"그래서 나도 똑같이 네 아버지의 딸을 죽였다. 네게는 누이든 뭐든 되겠지. 그렇다면 너는 이를 두고 타당한 복수가 아니라고 할 테냐?"

복수. 그 단어를 듣자 라신의 머리가 겨우 정리되었다.

"제 어머니를 용서해 주실 수는 없었던 겁니까?"

"네 아버지야말로 나를 이해할 수는 없었던 거냐?"

"서로가 형제와도 같은 친구였다고 들었습니다. 분명 누군가 먼저 용서할 수 있는 때가 있었을 겁니다. 그런데 어째서 제 아버지마저 죽인 겁니까?"

"착각하지 마라. 죽으러 온 건 네 아버지야. 딸의 복수를 하겠다면서. 하지만 그만 몰랐을 뿐 사실 나는 그의 딸을 죽이지 않았다. 아직 살아 있지."

거기서부터 더 따지고 들어갈 말이 없어졌다. 라신은 절박하게 물었다.

"살아 있다고요? 제 누이가 살아 있단 말입니까?"

"그렇다면 어쩔 건가. 왜, 누이에게 관심이라도 있나? 곧 죽을 놈이?"

말하고 나서 베르네욜은 기침을 했다. 그의 가슴에 난 상처에서 피가 울컥 쏟아져 나왔다. 총에 기댄 자세도 점점 더 낮아졌다. 그러면서도 그는 숨을 몰아쉬며 차게 웃었다.

"말해 줄 생각이 별로 없는데 어떻게 하지. 가서 네 아버지에게 안부나 전해라."

말은 그렇게 했지만 그는 서 있을 힘도 없어 보였다. 라이플을 들어 올리지 못하는 게 그 증거였다. 라신은 천천히 자리에서 일어났다. 이제는 그가 상체를 숙인 베르네욜을 오히려 내려다보게 되었다.

어떻게 해야 할까. 바드레 수사는 그런 걸 가르쳐 준 적이 없다. 복수하러 떠난다고 했던 테사르도 말해주지 않았다.

그러나 모든 사람들이 시련이 닥쳐 왔을 때 계속해서 선함을 유지할 수 있을 만큼 강한 것 또한 아니란다.

그렇다면 베르네욜은 약한 사람이군요.

자신이 정말로 바드레 수사와 그런 말을 과거에 나눈 적이 있었던가?

"안 돼에!"

찢어지는 듯한 비명이 저편으로부터 들려왔다. 먼 곳에서 울리는 천둥인 양 몇 번이나 총소리가 들렸지만 라신의 근처로는 총알조차 날아오지 않았다.

한 여자가 뛰어오다 비틀거리며 넘어지고, 또다시 일어서서 비틀거리다 넘어졌다. 결국 온몸이 흙 범벅이 되도록 기어서 그들의 앞까지 왔다. 중간에 총마저 흘리고 와서는 정신없이 베르네욜의 몸에 매달렸다. 더 이상 서 있을 기운이 없던 베르네욜은 그녀와 함께 땅에 풀썩 쓰러졌다. 여자는 허우적거리며 일어나 쓰러진 그를 붙잡고 흔들었다.

"삼촌, 삼촌, 삼촌, 삼촌!"

"……시끄러워."

차게 대꾸하긴 했지만 베르네욜의 시선은 그녀에게서 떨어지지 않았다. 렘도 주위에 있는 수사나드의 시체나 라신의 존재 같은 건 전혀 눈에 들어오지 않는 듯 베르네욜만 붙들고 있었다. 그녀는 어떻게든 상처에서 흘러나오는 피를 막아 보려고 했다.

"괜찮아요, 괜찮을 거야. 이 정도는 괜찮아요. 곧 가니시오가 올 테니까 어떻게든……."

"렘."

"출혈을 막고 총알을 뽑은 다음, 아니, 총알을 뽑는 게 먼저였지?"

"렘."

그제야 렘이 베르네욜을 바라보았다. 베르네욜의 머릿속에는 많은 말들이 있었다. 그녀에게 해 줘야 할 말들이 아주 많았다. 하지만 정작 입에서 흘러나온 말은 그중 어느 것도 아니었다.

"네 아버지는 테사르다."

렘은 고개만 갸웃거렸다. 베르네욜은 눈을 감았다가 뜨며 다시 한번 힘을 주어 말했다.

"네가 그토록 궁금해했던 네 아버지는…… 테사르라고."

렘은 숨을 멈추었다. 한순간 그녀는 눈을 뜬 채로 기절해 버린 것 같았다. 놀란 건 라신도 마찬가지였다. 그는 렘을 뚫어져라 바라보았다. 저 사람이 내 누이라고?

렘은 잠시 후에야 간신히 입을 열었다.

"총알을 뽑는 게 먼저였던 것 같아요. 가니시오가 오면 뽑을 수 있으니까, 미리 소독을 해 두었다가……."

"그리고 내가 테사르를 죽였다. 네 아버지를."

"소독을……."

렘은 고개를 떨어뜨렸다. 묵묵히 베르네욜의 옷자락만 쥐고 있던 그녀의 손에 힘이 들어갔다.

"왜 그런 말을 해요. 상처 때문에 열이 오른 거야? 열 때문에 오락가락하는 거예요? 내가 누군지, 테사르가 누군지 구분 못 해요?"

"네 어머니를 죽인 것도 나다. 죽어 있던 그녀의 품에서 너를 꺼내 데리고 왔지. 이날이 올 때까지 키우기 위해. 때가 되면 네

게 역할을 주기 위해."

라신의 몸이 움찔거렸다. 그는 두 사람에게 다가가려 했다. 그러자 그때까지 한 번도 그를 쳐다보지 않았던 렘이 고개를 획 들어 노려보았다. 마치 방금 그 말을 한 게 라신이라도 되는 것처럼.

끼어들지 마. 죽여 버린다.

라신이 반 발자국 물러나고 나서야 그녀가 살기 어린 눈을 거두고 다시 베르네욜을 내려다보았다. 그리고 그의 얼굴을 다정하게 쓰다듬었다.

"거짓말하지 말아요."

"내가 왜 거짓말을 하지."

"그럴 리가 없잖아요. 나는 그럼 원수의 자식이었던 거네요. 그게 사실이라면 나를 그렇게 키워 줬을 리가 없잖아요. 삼촌은 원수의 자식에게 총을 가르치나요? 최고의 저격수로 만들어요? 사막에서 길을 잃지 않도록 별자리를 가르쳐 줬잖아요. 대륙의 지도를 펴 놓고 도시의 이름을 가르쳐 준 것도, 동서남북 어디로든 다니면서 여러 세계를 보여 준 것도 삼촌이었잖아요. 내가 갖고 싶어 하는 건 뭐든 줬잖아요, 한 가지는 아니었지만."

"그건……."

"나를 사랑했잖아."

그녀는 속삭이듯 말하고 이를 꽉 물었다가 다시 말했다.

"나를 사랑했잖아요."

베르네욜은 초조하면서도 착잡한 눈으로 그녀를 바라보며 대답했다.

"네 착각이다."

"나는 다 알아요. 안다니까요."

"잘못 안 거야."

"거짓말…… 거짓말. 거짓말."

베르네욜은 대꾸하는 대신 고개를 돌려 곁에 놓여 있는 총을 바라보았다. 힘이 잘 들어가지 않는 손을 뻗어 그것을 잡고 끌어당겼다.

고개를 떨어뜨린 채 같은 말만 중얼거리고 있던 렘의 손에 무언가 닿았다. 그녀에게는 친숙한 롱라이플이었다.

"네 아버지 것이다. 이걸로 나를 쏴라."

렘의 몸이 딱딱하게 굳었다. 렘은 자기가 뭔가를 잘못 들었거나 단단히 착각하고 있다고 생각했다. 태양이 너무 뜨거운 탓일까. 그러고 보니 목덜미가 너무 아팠다. 가슴도 마찬가지고 온몸이 다 그랬다. 문득 머리가 어지러웠다.

"언젠가 내게 물은 적이 있었지. 너를 왜 주웠느냐고. 이날을 위해서였다. 때가 되면 나를 죽일 사람으로서 너를 준비했다."

렘은 무감각한 눈으로 그를 내려다보았다. 가만히 뻗은 그녀의 손에 총이 잡혔다. 베르네욜은 그녀를 마주 보며 미소 비슷한 것을 지어 보였다. 혹은 렘 혼자 그런 것을 보았다고 착각했는지도 모른다.

"너의 손에라면, 기꺼이 죽겠다."

그것은 최고의 영광이었다…….

렘은 고개를 숙였다. 눈물이 단 한 방울 또르르 떨어졌다. 그녀는 깨달았다. 베르네욜이 아무리 부정한다 한들 더할 나위 없이 그녀를 사랑하였음을. 이 총을 쥐여 준 것이 그 증거다.

얼마나 원했던가. 그의 뒤에서 걸어갈 때마다 그 넓은 등이 자신을 돌아봐 주기를. 거칠게 흐트러진 머리카락 너머 검은 눈동자가 자신을 쳐다봐 주기를. 까끌까끌한 수염 사이 마른 입술이 자신에게 입맞춤해 주기를.

사랑했다. 사랑했다. 당신을 쉼 없이 사랑하였다.

타앙…….

먼 곳에서 들려오는 메아리인 듯 귀에만 감도는 이명인 듯, 바로 곁에서 난 총소리가 그렇게 들려왔다.

지독히도 원했던 사람에게 마침내 안기듯 렘의 몸이 베르네욜의 품 안으로 스르르 무너져 내렸다.

"렘!"

분명히 죽어 가던 몸이었음에도 베르네욜은 벌떡 일어나 렘을 끌어안았다. 끌어안고, 끌어안고 목덜미를 잡고 허리를 휘감으면서 비명처럼 그녀의 이름을 부르고 또 불렀다. 그것은 울부짖음이거나 혹은 포효였다.

아아아아…… 흐.

축 늘어진 그녀의 몸을 안고 베르네욜은 일렁이는 파도처럼 이리저리 흔들렸다. 우는 법을 모르는 사자처럼 신음하고 다리가 부러진 말처럼 고통스럽게 투레질했다. 렘의 몸에서 흘러나오는 피가 베르네율의 피와 섞여 들었다. 그렇게 상처 입어야만 하나가 될 수 있다는 것처럼.

라신은 그 모든 광경을 그저 넋을 놓고 보고 있었다. 누이라고 했었다. 자신의 누이라고 했었다. 지금 당장 모든 걸 다 이해할 수는 없었지만, 총을 들어 올리던 누이의 마지막 시선에서 라신은 다만 느낄 수 있었다.

그것이 아버지를 죽인 원수이자 사랑하는 이에게 그녀가 할 수 있는 유일한 복수라는 것을.

라신은 그들에게 다가가고 싶었으나 그럴 수가 없었다. 죽은 새끼를 안고 신음하는 짐승을 보는 것처럼 두 사람 사이에는 감히 범접할 수 없는 무언가가 있었다.

잠시 후 베르네율이 흐려진 눈으로 라신을 보았다.

"쏴라. 그 총으로 나를 쏴라. 끝내자. 이 모든 것을 끝내자."

쥐어짜는 듯한 베르네율의 목소리에 라신은 조용히 고개를 저었다. 그가 자신의 원수라는 건 알고 있었다. 그러나 그를 한 번 더 쏘는 일은 할 수 없었다. 이미 죽음보다 더 고통스러운 상처를 입은 것처럼 보였다.

베르네율도 라신의 눈에서 그것을 읽었다. 그리고 깨달았다. 결국에는 자기 손으로 해야 할 일이라는 걸.

베르네율은 눈을 돌려 그때까지 렘이 쥐고 있던 총을 내려다보았다. 손을 뻗어 그녀로부터 그것을 빼앗으려 했다. 하지만 단단히 굳어 버린 손이 총을 놓아주지 않았다.

"괜찮아. 총을 놔. 총을 나에게 다오, 렘."

그는 속삭이며 렘의 손가락을 하나하나 풀어냈다. 그러면서 문득 그녀의 손을 처음 만져 본다는 생각이 들었다. 항상 자신을 감히 먼저 만진 것은 렘이었다. 헝클어진 머리를 넘기고 자기 등을 쓸어내리던 손.

내가 지금 기대어도 당신은 움직이지 않을 거예요.

그녀는 모를 것이다. 그때 그가 물고 있던 파이프에 잇자국이 난 것을.

베르네욜은 마침내 총을 풀어냈다. 하지만 렘을 안은 채로 긴 라이플을 자기 쪽으로 향하려니 쉽지 않았다. 그렇다고 렘을 놓고 싶지도 않았다.

"끝까지 방해할 셈이냐, 렘."

조금 더 시도하던 그는 결국 포기했다. 어차피 곧 누군가가 자신을 끝장내러 올 것이다. 누가 되었든 아무 상관없었다. 자신을 죽일 이로 오랫동안 준비했던, 자신을 죽여 주길 바랐던 상대는 이제 사라지고 없으니까.

라신은 더는 미동하지 않는 베르네욜의 등을 내려다보았다. 그를 구원한다는 게 정말로 불가능한 일일까. 이렇게 격렬한 감정을 보일 수 있는 이가 정말로 죽은 심장을, 악으로 굳어 버린 눈을 가졌을까?

아직 그들을 위해 기도할 수 있을까…….

그때, 모든 것이 잠잠해진 그 순간 저편으로부터 누군가 뚜벅 뚜벅 걸어왔다. 라신은 그를 돌아보았다. 형체가 꽤나 작았기에 엘리일지도 모른다고 생각했다. 그녀가 와서 손을 잡아 주었으면 좋겠다고 생각했다. 그러나 엘리는 아니었다.

형체가 조금씩 가까워져 마침내 분별할 수 있는 거리까지 다가왔다. 라신이 처음 보는 소년이었다. 소년의 표정은 독특했다. 단지 얼굴에 나 있는 칼자국 때문은 아닌 듯했다. 잔뜩 일그러진 기이한 미소는 묘하게도 찬란했다.

"죽었구나. 드디어 죽었어, 베르네욜!"

그 말에 라신이 대답하려는 순간 소년이 총을 꺼내 베르네욜의 등에 대고 쐈다. 라신은 깜짝 놀라 베르네욜을 돌아보았다. 그의 몸은 움찔했을 뿐 렘을 안은 채로 움직이지 않았다.

"잘도 우리 가족을, 아버지와 어머니를 죽였겠다. 악마의 자식, 잘도, 잘도! 너는 이런 꼴을 당해도 싸. 아니, 어떤 짓을 당해도 충분하지 않아!"

소년은 그의 등에 침을 뱉고 또다시 한 방을 쐈다. 이번에는 그 자신도 반동으로 뒤로 넘어갔다. 그럼에도 미친 사람처럼 웃으며 비척비척 일어나 또다시 총을 겨누었다.

"그만둬."

라신이 한 걸음 다가가며 말했다. 그러자 소년은 총구를 라신에게 돌렸다. 그리고 핏발 서린 눈으로 그를 노려보며 물었다.

"네가 라신이지?"

"날 알고 있니?"

"알다마다. 테사르가 나에게 말해 줬지. 너라는 녀석에 대해서."

"아버지가? 아버지를 만났니? 언제?"

소년은 나이에 전혀 맞지 않는 낮은 음성으로 한참을 웃었다.

"아직도 테사르를 네 아버지로 알고 있구나. 어리석은 놈아, 이 어리석기 그지없는 놈아!"

소년은 흥분한 듯 총을 든 손을 마구 흔들었다.

"네 진짜 아버지가 누군지 알려 줄까? 응? 알고 싶냐고!"

라신은 대답하지 않았다. 다만 기시감처럼 녹스의 말을 떠올렸다.

네가 네 아버지를 구원해야 한다고 하더군. 너로부터 구원을 받아야 하는 자가 네 진짜 아버지라고 말이야.

정말 테사르가 자기 아버지가 아니었단 말인가? 그렇다면 자신이 행한 이 모든 일들은, 복수에는 어떤 의미가 있는 건가.

라신은 천천히 뒤를 돌아보았다. 거기에 수사나드가 죽어 있었다. 소년의 말을 듣자마자 가장 먼저 수사나드가 떠올랐다. 테사르가 진짜 아버지가 아니라면, 설마 자신이 아들이길 진심으로 바랐던 이 사람이란 말인가?

라신은 충격으로 몸을 떨었다. 그러나 그 순간 소년이 손가락을 들어 라신이 예상한 것과 전혀 다른 방향을 가리켰다.

"이 작자가 네 진짜 아버지야! 네가 죽여 버린, 네 눈앞에서 죽어 버린 이 남자가 바로 네 아버지라고. 테사르는 널 속인 거야. 속인 채 길러 낸 거야. 그래서 원수의 아들이, 원수에게 복수할 수 있도록!"

라신은 고개를 갸웃거렸다. 소년이 가리킨 쪽은 라신이 이해할 수도 납득할 수도 없는 방향이었다. 그러고서 소년은 미친 사람처럼 웃음을 터뜨렸다.

"이 얼마나 멋진 복수인가! 이 얼마나 기가 막힌 복수란 말인가! 테사르, 보고 있어요? 당신이 성공했습니다. 당신이 복수했어요! 베르네욜의 아들이, 자기 손으로 아버지를 죽였습니다!"

라신은 미동 없이 소년을 가만히 바라보고만 있었다. 귓속에 이명이 들려왔다. 저게 대체 다 무슨 소리란 말인가?

하늘을 향해 한참을 더 소리친 소년은 고개를 내려 그런 라신을 비웃었다.

"이해가 안 돼? 아직도 모르겠어?"

소년은 참으로 가엾다는 눈길로 라신을 바라보며 친절하게 설명을 덧붙였다.

"이 사람이 네 진짜 아버지란 말이야. 네가 그 멋진 일격으로, 아 그래. 말 나온 김에 얘기하자면 참으로 멋진 저격 솜씨더군. 단 한 방으로 베르네욜을 무력화시켰어. 그렇게 네가 날려 버린 이 작자, 베르네욜이 바로 네 아버지야. 난 뒤에서 다 봤어. 아무나 그렇게 너처럼 깔끔한 솜씨로 쏠 수는 없을 거야. 자기 아버지를! 자기 아버지를!"

소년이 깔깔거리고 웃었다. 라신은 눈을 낮게 내리깔았다. 자기 내면으로 깊이 침잠해 들어가고 있었다.

이해가 안 돼.

소년이 대체 무슨 말을 하는 걸까. 갑자기 어디에서 나타나 이런 말도 안 되는 말을 던지고 있는 걸까.

라신은 테사르의 품을 떠올렸다. 그는 라신을 너무나 다정하게 안아 주었다. 진짜 아버지가 아니었다면 그렇게 안을 리가 없지 않은가. 그 품이 그렇게 따뜻하게 느껴졌을 리 없지 않은가.

뭔가 잘못됐어.

만약 진실로 그가 아니라면, 차라리 수사나드라면 납득할 수 있을지도 모른다. 절대로 저런, 내 손으로 쓰러뜨린 남자가…….

자신도 모르게 베르네율의 피 흘리는 등을 보는 순간 라신의 몸이 퍼뜩 떨렸다. 한 번으로 그치지 않고 발작이라도 일어난 것처럼 여러 번 떨렸다.

라신은 이미 죽어 있던 베르네율의 눈을 떠올렸다. 같은 피가 흐른다면 응당 알아봐야 하지 않은가? 자식이 자기 아비를, 아비가 자기 자식을 못 알아보는 일은 없어야 하지 않은가?

자식이 아비를, 총으로 쏴 버리는 그런 일은 일어나서는 안 되는 게 아닌가……?

"증명해."

라신의 입에서 어조 없는 목소리가 흘러나왔다.

"증명해 보여."

그러지 못한다면 너는 죽으리라. 혹 증명한다 해도 너는 죽으리라.

소년은 히죽거리면서 총으로 라신을 겨누었다.

"난 널 죽일 거야. 이 자리에서 죽여 버릴 거야. 베르네욜의 천한 핏줄 따위를 남겨 둘 수 없으니까. 아비와 아들이 나란히 사이좋게 가게 되겠지. 그리고 나서 나는 네 아버지의 시체를 모욕할 거야. 말에 매달아 그라노스 대로를 돌고 또 돌 거야. 아예 내 고향까지 데려가 죽은 가족들 앞에 엎드려 참회하게 만들 거야. 땅에 끌려 갈가리 찢겨지고 망가지고 부서지고! 아무 데나 내버리면 까마귀나 구더기 따위가 먹어 치우겠지. 그렇게 흔적도 남아 있지 않게 할 거야. 이 세상에서 베르네욜이란 이름 따위, 어디에서도 다시는 들을 수 없도록 할 거야!"

라신의 머릿속은 뜨겁다 못해 녹아내릴 것만 같았다. 그러한 감정은 태어나 어떤 순간에도 느껴 본 일이 없었다. 온몸에 불쾌한 소름이 돋았다.

어디서 뭘 듣고 착각하는지 모르겠지만 웃기지 마라. 테사르에게는 아들이 없어.

베르네욜은 분명히 그렇게 말했었다.

네 아버지가 무슨 짓을 했는지 아느냐? 태어난 지 얼마 되지도 않은 내 아들을 죽였다. 아직 젖도 떼지 못한 갓난아기를.

바드레 수사는 라신이 태어나자마자 수도원에 버려졌다고 말했다. 테사르는 그 아기를 죽인 게 아니었다. 그 아기를 버리고 간 것이다. 그렇게 하여 단지 죽이는 것보다도 더……

네가 구원해야만 하는 자가 바로 네 진짜 아버지다.

라신은 고개를 들었다. 바드레 수사가 남긴 마지막 말을 그제야 이해할 수 있었다.

깨달음과 결정은 한순간에 이루어졌다. 라신의 모든 감각이 하나로 집중되어 소년에게 파고들었다. 이상한 일이었다. 그 순간 라신은 소년이 다음으로 취할 행동을 또렷이 그려 볼 수 있었다. 자신이 움직이면 소년은 당황할 것이다. 세 걸음 내디딜 때까지 제대로 총도 겨누지 못할 것이다. 마침내 가까워지면 총을 들어 올릴 수는 있어도 쏘지는 못할 것이다. 그러지 못하게 만들 자신이 있었다.

라신이 움직였다. 소년은 아직 베르네욜의 등을 보고 있었기에 눈치채지 못했다. 라신이 한 걸음 성큼 나아갔다. 그제야 소년이 고개를 돌렸다. 그리고 눈을 크게 떴다. 두 걸음, 조금 더 가까워졌다. 소년은 이제 완전히 당황해 버렸다.

세 걸음, 소년이 총을 든 손을 들어 올렸다. 그러나 라신과 눈이 마주친 순간 소년의 머리가 새하얗게 변했다. 미동 않는 이의 등을 쏘는 것과는 다르게 산 채로 걸어오는 이를 마주 보며 방아쇠를 당기는 일은 생각처럼 쉽지 않았다.

네 걸음. 라신은 총을 든 소년의 손을 덥석 잡았다. 소년이 그제야 방아쇠를 당기려 했지만 당겨지지 않았다. 탄창이 돌아가지 않았다. 라신이 꽉 붙들고 있었다. 상대는 어른이 되어 가는 청년이고 소년은 그보다 한참 어렸다. 그 힘을 이길 수가 없었다.

그 전까지 라신은 그렇게 잡으면 총을 발사할 수 없다는 걸 몰랐다. 그러나 지금 이 순간에는 모든 게 이해되었다. 라신은 손에 힘을 주어 당겼다. 총은 생각보다 너무나 쉽게 소년의 손에서 빠져나왔다.

부드러운 동작으로 총을 돌려 라신은 소년을 겨누었다. 소년은 너무 놀라 퍼뜩 떨면서 뒤로 넘어졌다. 그리고 엉덩걸음으로 뒤로 기기 시작했다.

"잠깐만, 기다려. 기다려……!"

소년이 멀어질 때마다 라신은 한 걸음씩 옮겨 거리를 좁혔다. 소년의 얼굴은 시시각각으로 달라졌다. 희망과 절망, 두려움과 오기가 겹쳐 섞여 들더니 마침내 괴물과 같은 얼굴이 되었다.

"기다……."

소년은 한 손을 뻗어 라신으로부터 가리며 다른 손으로는 허리에 찬 총을 꺼내려 했다. 그러나 손을 대자마자 라신이 든 총에서 불이 뿜어졌다. 총알이 소년의 손에 박혔다. 소년은 비명을 지르며 뒹굴었다. 라신은 자비 없이 다만 차가운 눈으로 그런 소년을 내려다보았다.

먼 곳에서 혹은 기억 속에서 언젠가 자신이 읊은 적 있던 성경 구절이 떠올랐다. 라신은 신학교의 모두가 입에 마르도록 칭찬했던 그 듣기 좋은 목소리로 입을 열었다.

"그리하여 눈은 눈으로, 이는 이로 갚으라 하였다는 것을 너희가 들었으나, 나는 너희에게 이르노니 악한 자를 대적하지 말라. 누구든지 네 오른편 뺨을 치거든 왼편도 돌려 대며……"

"그만둬! 살려 줘!"

소년이 등을 돌려 땅을 기기 시작했다. 라신은 한 발 더 쏘았다. 총알은 소년의 다리에 박혔다.

"아악!"

소년이 다리를 움켜쥐고 밟힌 벌레처럼 꿈틀거렸다. 라신은 그 모습을 바라보며 눈물을 흘렸다.

"그러나 저들이 무고히 나를 잡으려 했나이다. 그 그물을 웅덩이에 숨기며 내 생명을 해하려고 함정을 팠사오니, 멸망으로 저에게 임하시어 저들을 멸망 중에 떨어지게 하소서."

또다시 총소리가 들리고 소년의 허리가 뒤로 틀어졌다. 소년은 이제 더 이상 비명을 지르지 못했다. 다만 꿈틀거리며 피거품을 토해 냈다. 간신히 고개만 돌린 소년이 라신을 애타는 눈으로 바라보았다. 그 안에 담긴 게 무언지 라신은 알 수 없었다. 슬픔, 분노? 애걸 혹은 절망? 예전이라면, 모든 게 이렇게 되기 전이라면 알 수 있었을지도 모르는데.

라신은 소년을 동정했다. 또한 소년을 위해 기도했다. 이것은 너의 잘못도 아니고 나의 잘못도 아니다. 네가 선이며 내가 악인지도 모른다. 아니, 틀림없이 그럴 것이다. 그러나 어찌하겠는가. 지금 이 순간 나는 한때 신실했던 신학교 학생이 아닌, 그토록 바드레 수사를 따랐던 아이도 아닌, 악의 핏줄을 이어받은 후예인 것을.

다만 베르네율의 아들인 것을.

라신은 차분히 방아쇠를 당겼다. 소년의 이마에 작은 구멍이 생겼다. 소년은 뒤로 풀썩 쓰러졌다. 그것으로 완전히 조용해졌다.

잠시 침묵하던 라신은 총을 떨어뜨렸다. 그리고 몸을 돌려 베르네율에게 걸어가 쓸쓸한 그의 등을 내려다보았다. 라신은 그 뒤에 앉아 등에 머리를 기대었다. 축축하지만 아직 따뜻했다. 두 팔을 벌려 그의 몸을 뒤에서부터 안았다. 베르네율이 안고 있는 여자까지 안을 수 있었다.

라신은 기도하기 시작했다. 아무것도 의식 속에 없었고 그저 본능처럼 흘러나오는 기도였다. 죽은 이를 위한 것도 자신을 위한 것도 아니었다. 그저 기도할 뿐, 무엇을 위해 하는지는 그도 몰랐다. 그로 인해 어떻게 되어도 상관없었다. 설령 그들과 함께 죽음으로 간다 해도 좋았다.

저희를 불쌍히 여기사 다만 악에서 구하옵소서. 아멘.

나무로 만들어진 허름한 요람 곁에는 아무도 없었다. 다른 이의 자식을 해치러 간 이가 자기 자식은 이토록 무방비하게 내버려 두다니 우스운 일이었다. 그러나 어쨌든 그에게는 잘된 일이었다. 그다지 바라지 않았을지는 모르지만.

베르네율은 다가가 요람 안을 내려다보았다. 아기가 옹알거리며 그를 올려다보았다. 까맣고 무구한 눈이다. 베르네율은 이미 그 아기를 몇 번 보았다. 품에 안기도 했었다. 내가 네 삼촌이란다, 그런 말을 하기도 했었다.

그는 총을 꺼내 아기의 머리에 대고 겨누었다.

분명히 그 아기에게는 죄가 없다. 그도 알고 있었다. 그러나 이 방법만이 그의 일생일대의 원수가 된 남자에게 가장 잔인한 복수가 될 것임을 알았다. 제 아비가 손이 닳도록 만든 요람을 피에 젖게 할 참이었다.

그때 아기가 그에게 손을 뻗었다. 베르네율은 미세하게 움찔했다. 그 손짓이 본능적으로 죽음을 피하려는 동작이라거나 그에게 살려 달라 구걸하는 것이라면 그는 조금도 흔들리지 않았을 거다.

하지만 아기의 의도는 순수했다. 그저 그에게 갈 것을 원하고 있었다. 자신에게 친숙한 남자의 품에 다시 한번 안기길 원하고 있을 뿐이었다. 그것이 그를 꼼짝하지 못하게 했다.

베르네율은 고민했다. 그러나 시간이 많지 않았다. 그의 머릿속에 더할 나위 없이 흡족한 복수의 방법이 떠오른 건 마침내 방아쇠를 당기려는 순간이었다. 베르네율은 총을 거두고 대신 아기를 안아 올려 품에 안았다.

"렘."

충동적으로 그의 입에서 하나의 이름이 흘러나왔다.

"네 이름은 이제 렘이다."

그는 행동뿐 아니라 생긴 것도 꼭 뚱한 원숭이를 닮았다. 그때는 아직 얼굴에 나 있는 십자 모양의 흉터가 흉측하게 두드러지던 때였다. 그는 사나운 눈으로 베르네욜을 노려보았다.

"당신을 따라가면 정말로 내 복수를 도와줄 겁니까?"

베르네욜은 그러마 하고 답했다. 그를 거두어 품에 안았다. 함께하게 된 그는 가장 먼저 베르네욜의 말에 짐짝처럼 매달려 있는 강보를 보고 물었다.

"그런데 그건 웬 아기입니까?"

그들 무리는 사흘 동안이나 혼자 저항한 쿤족을 마침내 포위했다. 쿤족 사내는 피를 흘리는 와중에도 도끼를 버리지 않고 베르네욜을 노려보았다.

"아무도 감히 쿤족의 전사를 무릎 꿇릴 수 없다."

그가 사납게 말하고 도끼를 들어 앞에 놓았다. 베르네욜은 말에서 내려 홀로 상대에게 걸어갔다. 부하들이 만류하는 소리가 들렸지만 그는 멈추지 않았다.

쿤족의 앞에 도달한 베르네욜은 그를 무릎 꿇리는 대신 손을 내밀었다.

"죽은 일족들 대신 내가 너의 형제가 되어 주겠다."

팔마는 아이의 기저귀를 갈았다. 가니시오는 아이가 울 때마다 달래 주고 우유를 만들어 먹여 주었다. 요리 솜씨가 별로인 가니시오는 그 쉬운 우유조차 제대로 타지 못했지만 아이는 잘도 받아먹었다.

베르네율은 오직 아이가 잘 때만 다가가 잠시 내려다보았다. 포동포동한 볼과 감겨 있는 두 눈, 이따금 옹알거리는 입술을 바라보았다.

그는 항상 시험당하는 기분이었다. 손을 아이에게로 뻗고 싶었다. 뻗어서 그 조그마한 목을 잡고 천천히 누르고 싶었다. 그러나 자신을 만류했다.

안 돼, 그건 너무 쉬워.

열 살 생일 때, 한 번도 무언가 갖고 싶다고 먼저 말한 적 없던 아이가 베르네율에게 선물을 요구했다.

"강아지가 갖고 싶어요."

베르네율은 일말의 고민도 없이 대답했다.

"안 돼."

"왜요? 뭐든 사 준다면서요."

"살아 있는 건 안 돼."

아이는 불만스러운 표정을 지었다.

"그건 무슨 기준이에요?"

"내 기준이야. 살아 있는 것은 귀찮아."

아이는 열다섯 살이 되었다. 아직 한참이나 어린데 벌써 성숙함이 묻어났다. 그녀를 볼 때마다 베르네욜의 마음속에서 증오가 꿈틀거렸다. 그녀는 너무나도 자기 아버지를 닮은 얼굴을 하고 있었다.

언젠가 모두가 잠든 한밤중에 그녀는 베르네욜이 누워 있는 자리로 왔다. 그리고 그가 잠든 줄 알고 그의 등에 기댄 채 조용히 중얼거렸다.

"당신은 날 사랑하게 될 거예요. 그러고 싶지 않아도, 아무리 그러지 않으려고 해도 안 될 거예요. 날 사랑하게 될 거야."

반대야, 렘. 아무리 사랑하고 싶어도, 아무리 사랑하려고 해도 나는 사랑하지 못해.

빛이, 기이한 온기가 느껴졌다. 눈을 감고 있던 베르네욜은 눈을 떴다. 짧은 듯도 하고 긴 듯도 한 잠에서 깨어나는 기분이었다. 그는 잠시 나른한 기분을 느끼며 그대로 있었다. 한동안 무슨 일이 벌어진 것인지 이해할 수 없었다.

무언가 축축한 것이 그의 손에 닿았다. 움찔한 그는 고개를 돌려 무엇인지 확인했다. 그리고 자기 눈을 의심했다.

하얗고 작은 개였다. 앉으라고 명령할 때마다 감히 배를 뒤집어 보이던 그 건방진 짐승. 분명 자신을 쏘는 총의 방어물로 삼았을 터였다. 한데 지금 일어나서 베르네율의 손을 핥고 있었다.

베르네율은 자신이 피를 너무 흘려서 머리가 돌아 버렸거나 혹은 이미 죽어 사후 세계에 와 있다고 생각했다. 왜냐하면 더 이상 그가 입은 총상에서 아무런 고통이 느껴지지 않았기 때문이다.

문득 그의 시야에 쓰러져 있는 한 청년이 보였다. 잠시 기억을 더듬어 가던 그는 누구인지 깨달았다. 테사르의 아들이었다. 어떤 이유에선지 그의 온몸은 피투성이였다. 이미 죽어 버린 듯도 했다.

의아해하던 베르네율은 곧 그런 것 따위는 신경 쓸 수 없는, 극도로 기이한 어떤 일과 마주하게 되었다.

렘이 눈을 떠 자신을 바라보고 있었다.

베르네율은 아무 말도 할 수 없었다. 나머지 세계는 그의 눈에서 지워지고 단지 렘의 모습만 보였다. 누군가 자신을 바라본다는 것만으로, 그 하잘것없는 이유 때문에 그런 기분을 느낄 수 있다는 게 믿어지지 않았다. 아마 그의 아들이 태어나던 날에 느꼈던 것과도 비슷한……

렘은 눈을 한 번 깜빡였다. 그리고 환하게 웃었다.

"가니시오의 말이 맞았어. 다시 만날 수 있는 거였어."

베르네욜은 여전히 아무 말도, 아무 행동도 할 수 없었다.

그래서 언제나처럼 이번에도 마찬가지로 렘이 먼저 그에게로 손을 뻗었다. 그리고 그의 머리를 소중한 무언가라도 되듯 다정하게 감싸 안고 이마를 맞대었다.

베르네욜은 자신의 것이 아닌 타인의 온기를 가까이에서 느꼈다. 그럼에도 불쾌하지 않았다. 렘은 마치 소녀처럼 웃음을 터뜨렸다. 그리고 속삭이는 목소리로 말했다.

"거긴 당신 세계였지만 여긴 내 세계야. 내 꿈이야, 내 죽음 속이야. 그러니까 내 마음대로 할래요. 내가 이 세계의 주인이야."

렘의 목소리를 듣는 순간 베르네욜은 그 모든 상황을 이해하는 걸 포기하기로 했다. 대신 그녀의 숨결을 느끼면서 눈을 감고 말했다.

"그래. 여긴 네 세계이고, 네 꿈이고, 네 죽음 속이다. 네가 모든 것의 주인이야."

14. 그리고 갈마바람이 불었다

붉음의 도시에 드리워진 죽음의 냄새가 걷히기까지는 여러 날의 시간이 걸렸다. 살아남은 자들은 꾸준히 움직이며 부서진 것들을 정리하고 도시를 재건하기 위해 애썼다.

파인 도로에 흙이 채워지고 길 여기저기를 막았던 엄폐물들이 사라졌다. 총알이 뚫린 벽은 다시 메워지고 여기저기 묻어 있던 피도 닦여 나갔다.

임시로 부상자들을 돌봤던 마마 수는 자신에게 천부적인 의사의 재능이 있다고 믿게 되었다. 그래서 아예 바를 닫고 병원을 열 계획까지 세웠지만 잔센과 녹스의 열렬한 만류에 힘입어 그 계획은 포기했다. 대신 치료해 준 총잡이들에게 은근한 부담감을 주어 바의 매상을 올리는 것으로 계획을 수정했다.

심판의 광장에는 많은 작은 둔덕들이 새로이 생겨났다. 심지어 그중 일부는 적들의 것이었다. 잃은 걸 슬퍼하는 데 익숙하지 않은 총잡이들은 무덤 앞에서 다만 짧게 한숨을 내쉬거나 혀를 차거나 모자를 벗었다 쓰는 것으로 감상을 대신했다.

그렇게 해서 그라노스는 점차 옛 모습을 되찾아 갔다. 그 증거가 바로 결전의 날 이후 처음으로 다시 문을 연 마마 수의 바였다.

"빨리빨리 좀 못 움직여? 그런 식으로 했다가는 열자마자 닫아야 되겠다!"

마마 수의 우렁찬 목소리에 의자를 옮기던 남자는 작게 투덜거렸다. 마마 수는 큼지막한 손을 자기 귀에 가져다 대며 못 들은 척 되물었다.

"방금 뭐라고 했어?"

투덜거림이 사라졌다. 마마 수는 돌아서면서 씩 웃고는 다시 행주로 바를 닦기 시작했다. 바깥으로 나온 남자는 테라스에 의자를 내려놓자마자 소리를 빽 질렀다.

"왜 이딴 걸 날 시키고 난리야. 목숨을 살려 준 게 나야? 나냐고!"

실상 눈앞에 있는 친구에게 들으라고 외친 것이었지만 친구는 태연히 대꾸했다.

"한소리 더 듣기 전에 어서 가서 남은 것도 가져오지 그러나."

녹스는 눈을 가늘게 뜨고 그런 잔셴을 노려보았다.

"한번 설명해 보는 게 어때? 내가 왜 너 대신 이런 짓까지 해야 하는지."

"그야 마마 수가 내 목숨을 구해 줬고 나는 그녀를 도와야 할 의무가 있는데 보다시피 부상자라 도울 수가 없으니 그렇지."

잔센이 비어 있는 자기 다리 쪽을 가리키며 말했다. 녹스는 일부러 그쪽을 보지 않고 콧방귀만 흥 하고 뀌었다.

"죽은 놈 한 번 더 죽이는 게 쉬울 걸 그랬어."

"지금이라도 늦지는 않았네만."

잔센은 웃지도 않고 그렇게 대꾸했고, 농담 삼아 말했던 녹스 쪽에서 오히려 뜨끔한 기색을 보였다.

"아니, 저기…… 가서 남은 의자 가져올게!"

그는 후다닥 안으로 들어갔다. 잔센은 피식 웃었다. 몇 번을 해도 녹스는 매번 잘만 속아 넘어갔다. 이제 없어진 다리를 그런 일에밖에 쓸 수 없다는 것에 그는 웃었다. 웃는 수밖에 도리가 없었다.

"제가 도와 드릴게요."

한 여자가 테라스로 나오며 말했다. 그녀는 녹스가 가져온 것과 같은 의자를 들고 와 잔센의 옆에 내려놓았다. 잔센이 바라보자 그녀는 대단히 수줍어하면서 도로 들어가려 했다. 그러다 녹스와 부딪혔다.

"아오, 뭐야."

여자의 얼굴을 확인하자마자 녹스의 표정이 험악해졌다.

"이봐, 미리온인지 뭔지. 거치적거리게 왜 자꾸 돌아다녀? 안에 들어가서 테이블이나 닦아."

"죄송해요."

그녀가 황급히 안으로 사라지자 잔센이 나무랐다.

"잘 좀 대해 주지 그러나. 혼자 이런 곳에 와서 얼마나 힘들지 생각 좀 해 봐."

"그래, 나 속 좁다. 너 돌보기만도 벅찬데 누굴 더 챙기라는 거야? 그런 오지랖 넓은 인간 못 되어서 미안하구만."

잔센은 고개만 저었다.

"우린 이만 출발해야겠군."

뒤쪽 테이블에 앉아 있던 대머리 남자가 일어서서 모자를 쓰며 말했다. 잔센은 그를 돌아보았다.

"이제 숫자가 반으로 줄었는데, 그럼에도 쫓아갈 셈이오?"

"우린 검은 개요. 대륙 끝까지라도 쫓아가서 물어뜯고 말지. 숫자가 줄기는 베르네욜도 마찬가지요. 이 기회를 놓칠 수 없지."

"행운을 비오. 일전에 친구가 모욕한 건 대신 사과드리겠소. 당신들은 이 땅에 있는 어느 얼간이들보다도 나으니까. 나를 포함해서."

빈쿠스는 픽 웃기만 했다. 잠시 후 빈쿠스를 포함한 세 명의 남자가 말을 타고 그라노스 대로를 달려 나갔다. 잔센은 그들에게 행운을 빌어 주고 광장 한쪽으로 눈을 돌렸다.

잔센도 익히 잘 아는 청년이 나무로 만들어진 휠체어에 앉아 있었다. 뒤에서는 평소 모습을 생각하면 그런 일을 한다고는 상상하기 힘든 남자가 휠체어를 밀어 주고 있었다. 두 사람은 마치 아버지와 아들처럼 다정해 보였다.

그들의 앞에 두 개의 무덤이 있었다. 그중 하나로 라신이 손을 뻗었다. 그러나 아직 거리가 있어 무덤가에 닿지 않았다. 뒤에 있던 남자가 좀 더 휠체어를 밀었다. 그제야 라신의 손이 붉은 봉분에 닿았다. 라신의 입에서 안도인지 슬픔인지 모를 한숨이 나왔다.

라신은 흙더미를 어루만지기만 했다. 예전이었다면 기도부터 했겠지만 그는 이제 더 이상 기도하지 않았다. 다만 무덤을 쓸면서 이런저런 말을 건넸다.

잠깐의 대화가 끝나면 그는 두 번째 무덤으로 갔다. 그러나 첫 번째 무덤 앞에서와 달리 아무 말도 하지 않았다. 라신은 그 무덤의 주인을 미워할 수 없었다. 그러나 더는 사랑하지도 않았다.

라신이 손을 내리자 뒤에 있던 남자가 물었다.

"떠날 거냐?"

라신은 대답하지 않았다. 다만 붕대로 감은 자기 눈가를 짚었다. 마치 이것 때문에 그 말에 대답할 수 없다는 듯이.

"네가 원한다면 내가 같이 가 줄 수 있다."

라신으로서는 뜻밖의 말이었다. 그래서 잠시 머뭇거리다 말했다.

"그 사람은 당신이 오길 원하지 않을 텐데요."

"너 또한 오기를 원하지 않기는 마찬가지일걸."

그 말은 라신의 가슴에 직격으로 와닿았다. 몸 상태도 그렇지만 계속 붉음의 도시를 떠나지 못하는 이유가 거기에 있었다. 아직도 그는 기억하고 있었다. 자신에게로 달려오던 남자, 본능적으로 당긴 손가락, 라이플이 주던 반동, 눈앞에서 폭죽인 양 터지던 피 안개.

나중에서야 라신은 자기가 쏜 그 남자가 누구인지를 알았다.

"난…… 네 녀석이 안 갔으면 좋겠다."

라신은 흠칫 놀랐다. 뒤에 있던 남자가 그의 양어깨를 잡았다. 목소리보다는 손에서 느껴지는 미세한 떨림 때문에 라신은 그가 그 말을 하기까지 얼마나 힘들었을지 짐작할 수 있었다.

"그냥 내가 네 아버지 하자. 너도 내 아들 해. 핏줄이니 뭐니, 그런 거 아무 의미 없다는 걸 이번 일로 느꼈을 거다. 네가 아버지라고 느낄 수 있는 사람을 아버지라고 불러. 나는 아들이라고 느끼는 너를 내 아들이라고 부를 테니까."

라신은 고개를 숙였다. 그도 그러고 싶었다. 진심으로 그러고 싶었다. 그러나…….

"그럴 수는 없습니다."

다른 건 모두 잊어버린다 해도 이제 불구와도 다름없는 자기 몸을 그에게 짐 지우고 싶지 않았다. 라신은 이제 걷지 못한다. 앞도 보지 못한다. 듣고서 말하는 것, 그게 그가 할 수 있는 전부였다.

수사나드는 옅은 한숨을 내쉬고 말했다.

"알았다. 그러나 어쨌거나 네가 갈 때는 나도 함께 간다. 네가 구해 준 목숨값은 해야지."

목숨값. 그 말보다 라신의 마음에 무겁게 와닿는 말은 없었다.

그날 무슨 일이 일어났는지 라신 스스로도 정확히 알 수 없었다. 다만 깨어났을 때 베르네욜과 그가 안고 있던 여자는 사라지고 없었다. 그렇다면 살아났으리라. 그런데 라신과 몸이 닿지 않았던, 그가 기도하지 않았던 수사나드와 미리온까지도 같이 살아나 있었다.

그리고 잘 떠오르지 않는 기억의 단편 곳곳에서 라신이 잔인하게 살해한 소년의 시체 또한 그 자리에 없었다. 라신은 자기가 정말로 그런 일을 했을까 의심스러웠다. 꿈에서 한 일이 아닐까, 상상 속에서 일어난 일은 아닐까 의심했다.

제발, 그러기를 바랐다.

"그렇게 생각하지 마십시오. 당신을 살린 건 제가 아닙니다."

"내가 아무리 정신이 없었다고 해도 그걸 모를 거 같냐? 나는 죽음을 봤다. 그런데 그곳에서 네 얼굴을 보고 다시 깨어났지. 아니, 봤다기보다는 느꼈다는 말이 옳겠다. 날 살린 건 분명히 너야. 그 정도는 안다."

라신은 입을 다물었다. 수사나드는 착잡한 눈으로 그를 내려다보며 덧붙였다.

"어떻게 그럴 수 있었는지 묻지는 않겠다. 어쨌든 그놈도 분명히 그걸 알 거다."

간신히 다잡은 라신의 마음이 그 말로 인해 다시 흔들렸다.

만나러 갈 수 있을까? 만나서 설득할 수 있을까? 그가 자신의 아버지라는 걸 그로 하여금 믿게 할 수 있을까. 왜 그를 쏘았냐고 묻는다면? 혹은 더 나아가서…… 라신이 자기 아들이라는 것을 알고서도 '그래서?'라고 되묻는다면.

라신은 수사나드의 손 위에 자신의 손을 가만히 얹었다.

"언젠가 그 모든 일이 일어날 때에…… 제 곁에 있어 주십시오."

무릎까지 키 큰 초원이 자라나는 곳. 사방 어디를 둘러보아도 가리는 것 하나 없는 드넓은 남서부의 초원은 아직 미개척지였다. 겨울에도 따사로운 햇볕이 들판을 휘감아 아른거리는 풍경을 만들어 냈다. 겨울 아지랑이였다.

그런 곳에 덩그러니 오두막집이 있었다. 문이 하나 달리고 작은 창문이 각 방향으로 네 개 나 있는 조그마한 집이었다. 현관 앞 나무로 된 테라스에는 안락의자 두 개가, 집 뒤쪽 공터에는 자른 지 얼마 되지 않은 마른 장작들이 쌓여 있었다.

오두막집 옆에는 나무가 한 그루 서 있었다. 앙상하기는 해도 그 초원에서는 보기 힘들 정도로 커다란 나무였다. 거기에 그네가 메여 있었다. 그네는 바람이 불 때마다 소리 없이 흔들거렸다.

그런 집에 남자와 여자, 단둘이서 살았다. 아니, 개도 한 마리 있었다. 그들은 하루 종일 몇 마디도 나누지 않는 조용한 사람들이었다. 특별히 다정한 모습을 보이거나 함께 붙어 있지도 않았다. 그저 대부분 각자의 소일거리를 했다.

그러다가 언젠가는 삼사일 동안이나 끊이지 않고 버팔로 떼가 지나가며 장대한 풍경을 남긴 적이 있었다. 두 사람은 사냥을 나갔고 신이 나서 버팔로를 몰다가 하마터면 성이 난 버팔로에게 둘 다 받힐 뻔했다.

죽을 뻔한 그 일이 뭐가 재미있다고 여자는 한참 동안 깔깔거리고 웃었다. 남자는 그런 여자를 보며 쓴웃음을 지었다.

그날 오후 두 사람은 오두막집 옆에 작게 솟은 두 개의 둔덕을 바라보며 앉았다. 멀지 않은 곳에서 하얀 개가 껑충거리며 뛰어다니고 있었다. 개는 초원에서 움직이는 것이면 뭐든 쫓아다녔다. 언젠가는 새끼 코요테를 물고 온 일도 있었다.

렘.

여자가 개를 불렀다. 개는 물고 있던 커다란 풍뎅이를 놓고 헐레벌떡 여자에게 뛰어왔다. 그리고 바닥을 뒹굴어 대며 만져 달라고 끙끙거렸다. 여자는 개의 배를 어루만져 주고는 둔덕 중 하나를 바라보며 말했다.

나한테 함께 살자고 했었어요. 그날, 그 모든 일이 끝나고 나면.

남자는 묵묵히 무덤가를 바라보다 툭 대꾸했다.

난 허락했을 거야.

여자는 남자를 바라보았다. 그녀의 눈빛에는 아무 감정도 담겨 있지 않았다. 잠시 후 여자가 일어나서 오두막집 안으로 들어갔다. 그리고 그날 하루 종일 남자에게 한마디도 건네지 않았다.

저녁때가 되자 붉게 끓어오르던 지평선은 어느새 잠잠해지고 하늘 끝에서 검은 물감을 부은 것처럼 밤이 번져 왔다. 여자는 그렇게 해가 지고 별이 떠오를 때의 광경을 제일 좋아했다. 그래서 바깥에 나가 남자가 만들어 준 그네에 앉아 흔들거리며 그것을 보곤 했다.

그러면 남자는 겉옷도 없이 나간 여자를 따라 나가서 말없이 그녀의 뒤에 선 채 그녀가 그네를 밀지 못하도록 꼼짝 않고 버티었다. 여자는 한두 번은 장난치듯 밀어내다가 그래도 그가 움직이지 않으면 기어이 성을 내며 일어났다. 남자는 도망치듯 안으로 들어가고 그러면 여자도 곧 뒤따라 들어오는 것이었다.

어둑해진 밤하늘 위로 굴뚝에서 솟은 풍성한 연기가 흩어졌다. 먼 길을 가던 배곯은 나그네라 할지라도 그 냄새를 맡고 식욕을 느끼긴 어려울 것이다. 대부분 타거나 싱겁거나 어딘가 맛없을 것만 같은 냄새였기 때문이다.

그래도 두 사람은 묵묵히 식탁에서 각자의 음식을 비웠다. 마치 서로의 음식이 훨씬 더 맛있다는 듯 과장되게 쩝쩝대는 소리를 내면서 식사했고, 밤이 되면 죽을상을 하고 화장실을 들락날락거리면서 서로에게 그 모습을 들키지 않으려고 애썼다.

그리고 다시 아침이 되기를 반복했다.

남자는 아침 식사를 마치고 오두막집 바깥 계단에 앉아 길게 파이프를 피웠다. 잠시 후 여자가 고소한 향이 나는 커피잔

두 개를 들고 나와 곁에 앉았다. 여자가 잘하는 음식이 딱 하나 있다면 바로 커피를 끓이는 일이었다.

남자는 잔을 받아다 바닥에 놓았다. 그리고 여전히 파이프만 태웠다. 여자는 익숙한 듯 신경 쓰지 않았다. 단지 남자가 바라보는 곳을 함께 지켜보았다. 하얀 개가 다가와서 그런 두 사람 사이를 비집고 앉아 헐떡였다.

두 사람이 보는 것은 방향은 같아도 대상이 달랐다. 남자는 멀리 하늘과 땅의 경계가 불분명한 흐릿한 선을, 여자는 멀리 우뚝 서 있는 나무 아래 그늘을 찾아 앉은 들짐승 무리를 보았다.

그랬기에 평원 너머에서 나타난 검은 점을 발견한 것은 남자가 먼저였다. 남자는 물고 있던 파이프를 빼고 입을 열어 말했다.

내 등에 기대어 앉아 있어.

여자는 고개를 갸웃거렸지만 군말 없이 그의 말대로 했다. 남자는 여자의 묵직한 등과 따뜻한 온기를 느끼면서 점이 조금씩 커져 가는 것을 바라보았다.

잠시 후 그것의 정체를 확인한 남자는 파이프에서 재를 털어내고 품 안에 집어넣었다. 그리고 대신 총을 꺼냈다. 익숙한 소리를 듣자 여자가 놀라 몸을 일으켰다. 그러나 남자가 고개를 저어 그대로 있으라고 했다.

점은 곧 마차의 형태가 되어 두 사람이 있는 곳으로 덜그럭거리며 왔다. 여자도 그제야 그것을 발견했다.

어디에서 오는 걸까요?

여자가 물었다. 남자는 여자의 얼굴을 한번 쳐다보고 대답했다.

우리를 찾아오는 건 모두 지옥에서 오는 거야.

여자는 고개를 끄덕였다.

하얀 개가 일어나서 낮게 으르렁거리기 시작했다. 들판을 타고 불어온 바람마저 어쩐지 타는 듯한 불길한 냄새를 풍겼다.

여자가 손을 뻗었다. 남자가 그 손을 잡았다. 두 사람은 손을 맞잡은 채 나란히 마차가 다가오는 것을 지켜보았다. 다가오는 새벽을, 혹은 밤을 맞이하는 자들처럼 평온한 태도였다.

마차는 그들과 적당한 거리를 두고 멈춰 섰다. 거기서 누가 내리든 남자는 확인하지 않고 자신이 바로 방아쇠를 당기리란 걸 알았다. 그들은 마땅히 받아들였어야 할 죽음을 거슬렀고 세계의 법칙이 그걸 좌시할 정도로 방만하지 않다는 걸 안다. 살아 있는 한 끊임없는 절망이 그들을 습격해 올 것이다.

그렇다면 남자는 그 절망을 먼저 쏘는 존재가 되리라. 혹은 희망일지라도. 무엇이라도 눈에 보이는 건 지금 그의 손을 잡은 여자를 제외하고는 무사하지 못할 터였다. 두려움은 조금도 없었다. 그가 존재하는 모든 곳이 이미 지옥인 이상 무엇도 그를 위협할 수 없었으므로.

남자는 마차를 향해 총구를 똑바로 겨누었다.

이윽고, 마차의 문이 열렸다.

외전. 새벽이 오기 전

그 계곡을 처음 발견한 건 언제나처럼 시선 끌기를 좋아하는 팔마였다.

"솔직히 이게 사람 몰골입니까, 형님? 잠깐 목을 축일 때를 제외하면 물 근처에 일주일이나 못 갔다고요. 그러니까 씻을 겸, 말들 물도 마시게 할 겸, 식수도 담을 겸 잠시만 쉬었다 갑시다."

부랑자처럼 흙먼지를 뒤집어쓴 무리의 다른 사내들도 말없이 눈빛으로 동의를 표했다. 그러나 팔마처럼 드러내고 입 밖에 꺼내는 사람은 없었다.

베르네욜은 대꾸하지 않고 계곡을 내려다보았다. 그도 모든 면에서 팔마의 말이 맞는다는 것을 알고 있었다. 다만 한 가지, 그 말을 팔마가 했다는 게 마음에 들지 않았다. 그래서 대답을 미루고 있던 그때 현명한 쿤족이 옆으로 다가오며 말했다.

"며칠간 이어진 강행군으로 사람과 말 모두 지쳐 있다. 전자야 알 바 아니지만 말들은 조금 걱정되는군."

다른 사람이 그렇게 말해 주길 기다렸던 베르네율은 곧장 대답했다.

"가니시오의 말이 일리가 있군. 계곡에서 잠시 쉬기로 한다."

처음 의견을 낸 게 자신임에도 다른 사람에게 공을 빼앗기자 팔마는 이를 드러냈다. 그러나 함께 말을 타고 있던 작은 형체가 고개를 들어 그를 올려다보자 언제 그랬냐는 듯 다시 근엄한 표정을 지었다.

"다 이 몸 덕인 줄 알아라, 렘. 너 지금 몸에서 얼마나 고약한 냄새가 나는지 알긴 아냐? 이참에 박박 씻겨 줄 테니까 기대하라고."

평소 같았다면 그런 말을 듣고 가만히 있을 렘이 아니었건만, 어째서인지 그날따라 침울하게 침묵을 지킬 뿐이었다. 그래서 팔마는 조금 당황했다.

"뭐야, 불만 있냐?"

렘은 팔마의 도발에도 대꾸하지 않다가 갑자기 말에서 풀쩍 뛰어내렸다. 당황한 팔마가 얼른 고삐를 잡아당기며 말을 세웠다.

"야! 너 그거 위험하다고 내가 하지 말랬지?"

그러거나 말거나 렘은 유연하게 땅에 착지했고 아무 일도 없었다는 듯 계곡 쪽으로 걸어갔다. 하지만 물 앞에 도착했음에도 땅을 발로 툭툭 차거나 손만 조금 담글 뿐, 옷을 벗을 기미가 없어 보였다.

이 모습을 베르네율의 무리 모두가 보지 않는 척 다 지켜보고 있었다. 얼굴에 땟국물이 가득한 험상궂은 사내들 사이에 말없이 필사적인 시선들만 오고 갔다.

그거 아냐?

드디어 그게 온 것 같지?

그럼 이제 우린 어떻게 해?

그들은 동료의 얼굴에서 자신과 똑같은 무지를 발견하곤 누구든 답을 아는 자를 찾아 필사적으로 두리번거렸다.(그렇다고 해서 감히 베르네율을 쳐다보는 자는 없었지만.)

이 시선들은 곧 세 방향으로 좁혀졌는데, 어릴 때부터 렘을 돌봐 온 가니시오가 첫 번째 후보였다. 그러나 모두의 기대를 받은 쿤족 원주민은 아무 근심 없이 옷을 벗고 물속으로 들어가 눈을 감아 버렸다. 두 번째는 별로 믿음직스럽지 않지만 어쨌든 귀찮은 일을 떠넘기기에 가장 적합한 후보, 팔마였다. 하지만 다들 물속으로 안 들어가고 대체 뭘 하는지 모르겠다는 표정으로 마주 보는 팔마의 대책 없는 순진함을 목격하고 이도 포기했다.

이제 다들 최후의 희망인 마르젤에게 시선을 모았다. 그는 불행히도 동료들의 시선을 알아차렸고 문제가 뭔지도 알아차렸으며, 무엇보다 렘을 걱정했다. 그래서 모두의 따끔거리는 눈총과 격려를 받으며 렘에게 걸어갔다.

"어, 저기…… 렘. 안 씻어?"

렘은 대답이 없었다. 마르젤은 다음 말을 하기까지 상당히 큰 용기를 긁어모아야 했다.

"창피해서 그래? 우리랑 같이 목욕하는 거 말이야."

여전히 대꾸가 없었다. 렘은 아니면 곧장 아니라고 대답하는 성격이기에, 마르젤은 제발 틀리기를 바랐던 자신의 짐작이 맞았음을 깨달았다. 안 보는 척 열심히 이쪽에 주의를 기울이고 있는 동료들을 향해 무겁게 고개를 끄덕여 보이자 다들 소리 없이 신음을 흘렸다.

그들 무리에 여자아이라곤 렘 하나뿐이었고 다들 여자아이를 키우는 일에 대해 무지하기 짝이 없었다. 그러다 누군가 앞으로 렘이 커 갈수록 사내들이 감당할 수 없는 문제가 생기지 않겠냐는 말을 꺼냈고, 그 후로 모두들 그런 일이 다가오는 걸 두려워하게 되었다.

그런데 오늘이 바로 그날인 것이다.

"음. 그럼 말인데, 렘……."

마르젤이 어떻게든 대안을 제시하려는 순간, 어딘가에 말을 매어 두고 나타난 팔마가 눈치 없이 렘의 등을 퍽 때렸다.

"뭐하냐? 박박 닦아 줄 테니까 얼른 옷 벗어."

이 말을 들은 동료들은 경악하며 팔마를 향해 그만하라는 온갖 동작들을 해 보였다. 그러나 팔마는 그들을 보고 어리둥절하게 되물을 뿐이었다.

"그건 뭐야? 물에 들어가기 전에 하는 준비 운동이야?"

보다 못한 마르젤이 팔마를 말리기 위해 어깨를 잡는 순간 렘이 몸을 돌리더니 물가를 따라 혼자 걸어 내려갔다. 팔마는 어이없어하며 그녀를 쳐다보았다.

"저거 왜 저래? 무슨 사춘기가 온 꼬마처럼."

"바로 그 사춘기라는 게 온 거라고, 이 무식한 놈아!"

렘이 시야에서 사라지자 마르젤이 참지 못하고 외쳤다. 팔마는 억 소리를 낼 만큼 당황했다.

"뭐? 무슨 벌써 사춘기야. 몇 살이나 됐다고."

"곧 있으면 열 살이잖아. 분명히 그때쯤 온다고 했어. 엘르 마담이 말했으니 틀림없을 거다."

"벌써 그렇게 됐다고?"

아직 렘이 대여섯 살 정도라고 생각했던 팔마는 깜짝 놀랐다. 늘 같이 있다 보니 성장하거나 변화하는 걸 별로 못 느꼈던 것이다. 개구지고 건방진 꼬마라고만 생각했던 렘이 어쨌든 여자아이였다는 걸 깨닫자 기분이 이상해졌다.

"그럼 이제 어떻게 해야 돼?"

"글쎄…… 아무튼 이 일을 형님께 보고하는 일은 네가 맡아라, 팔마."

"뭐야? 내가 왜?"

"그야 형님이 네 말을 제일 잘 들어주니까 그렇지."

"웃기시네. 너네 그런 식으로 다 같이 짜고 나한테 떠넘기는 거 모를 줄 알아?"

"그런 식으로 말하면 서운하지. 지금 여기 멈추기로 한 것도 다 네가 의견을 내서 그런 거잖아. 가니시오가 말을 보냈든 뭐든 형님은 네 말을 들어주신 거라고."

팔마는 이 말에 금세 혹했다.

"그런가?"

"그렇다니까."

그래서 팔마는 다시 상의를 입고 베르네욜에게 걸어갔다. 베르네욜은 부하들과 달리 계곡으로 내려오지 않고 시야가 탁 트인 위치에서 모두를 내려다보며 태연히 담배를 피우고 있었다.

"저, 형님."

"꺼져."

팔마는 한마디도 하지 못하고 다시 마르젤에게 돌아와 그를 죽일 듯이 노려보기 시작했다. 마르젤은 한숨을 푹 내쉬고, 결국 이번 일을 감당할 사람은 자신밖에 없다는 걸 깨닫곤 렘이 내려간 길을 따라갔다.

렘은 무리의 모두가 보이지 않는 위치에서 홀로 돌탑을 쌓고 있었다. 자그마한 형체의 뒷모습을 보며 마르젤은 가슴 근처에 따끔거리는 통증을 느꼈다. 그에게는 술집 종업원들을 통해 낳은 자식이 둘이나 있었다. 하지만 그 아이들에게 특별히 애정을 느껴 본 적 없고 이름조차 서로 헷갈렸다. 그래서 자신이 퍽 냉정한 인간이라는 생각도 했었다. 하지만 렘에게는 마치 진짜 부모가 된 것처럼 자꾸 마음이 쓰였다.

마르젤이 다가오는 걸 본 렘이 쏘아붙이듯 물었다.

"왜 난 남자애가 아니야?"

"어? 그거야…… 네가 여자애로 태어났으니까 그렇지."

"난 여자애로 태어나고 싶지 않았어."

"그건 자기가 선택할 수 없는 거야."

렘은 여전히 볼이 부은 채 말했다.

"남자애였으면 나도 아무렇지 않게 옷 벗어 던질 수 있어. 남자애였으면 술도 같이 마시고 진탕 늘어져서 잤을 거라고. 남자애였으면…… 삼촌은 나한테 나만의 말도 줬을 거야. 나한테 총 쏘는 법을 가르쳐 주고 무법자들 이야기도 다 해 줬을 거야."

쉬울 거라 생각한 건 아니지만 마르젤은 이 정도로 할 말이 없어질 줄은 몰랐다. 그게 단지 렘이 여자아이기 때문만은 아니라고 어떻게 설명할 수 있을까. 사실 마르젤도 잘 이해하지 못하는 것을.

베르네욜은 처음부터 무리 모두에게 확실히 못 박아 두었다. 렘에게 총 쏘는 법을 가르치지 마라, 렘에게는 따로 말도 주지 말아라, 특히 총잡이들의 세계에 대한 이야기는 절대 해 주지 마라……. 그렇다고 그게 렘을 무슨 상류층 레이디로 키우기 위함도 아니었다. 사실 그들의 대장이 무슨 이유로 갓난아이를 주위 왔는지부터가 무리 내에서 가장 큰 미스터리였다.

"여자애로 태어나다니 정말 재수 없어."

"무슨 그런 소리를 해. 여자애로 태어나는 게 얼마나……"

"얼마나?"

"……귀여운데."

렘의 표정이 형용하기 어려울 정도로 일그러졌다. 땀만 뻘뻘 흘리는 마르젤을 보고 실망스럽다는 듯 고개를 저은 렘은 결국 공들여 쌓았던 돌탑을 무너뜨렸다.

"기대한 게 잘못이지."

렘은 자리를 털고 일어나 더 아래쪽으로 내려가기 시작했다. 마르젤이 기다리라고 외쳤으나 뒤돌아보지 않고 계속 걸어갔다.

그렇게 몇 걸음이나 갔을까. 뒤에서 왠지 모르게 부자연스러운, 누군가 숨이 막히는 듯 껙껙거리는 소리가 들려왔다. 렘은 자기가 잘못 들었거나 마르젤이 주의를 끌기 위해 일부러 그런다고 생각했다. 하지만 소리가 이내 고통스러운 신음으로 바뀌자 깜짝 놀라 뒤를 돌아보았다.

도대체 어디에서 어떻게 나타난 건지, 얼굴을 검게 칠한 사내가 마르젤의 목을 뒤에서 밧줄로 힘껏 죄고 있었다. 마르젤의 얼굴은 보기 힘들 정도로 시뻘겋게 변한 상태였고 두 눈은 금방이라도 튀어나올 듯했다. 렘은 너무 놀라 비명을 지르는 법도 잊었다.

숨이 막혀 의식을 잃어 가는 와중에도 마르젤은 간신히 허리춤에서 총을 꺼내 들었다. 하지만 채 들어 올리기도 전에 낯선 사내가 발로 차서 저편으로 날렸다. 얼마 지나지 않아 마르젤의 눈에서 초점이 사라지더니 다리가 풀썩 꺾였다. 그러곤 그대로 축 늘어졌다.

렘은 입을 벌린 채 여전히 제자리에 굳어 있었다. 갓난아기 시절부터 베르네욜과 함께 해 온 터라 죽음을 목격한 게 이번이 처음은 아니었다. 그러나 자신과 가깝던 사람이 눈앞에서 목이 졸려 죽어 가는 모습을 본 건 맹세코 처음이었다.

얼굴을 검게 칠한 남자는 마르젤의 몸을 놓더니 렘을 향해 뚜벅뚜벅 걸어왔다.

"여자애를 데리고 다닌다고 하더군."

남자의 억양은 기괴했다. 그런 식으로 말하는 사람은 대륙 어디에도 없을 것 같았다.

"너는 베르네욜의 딸인가?"

렘은 대답하지 못했다. 그러나 그게 오래전부터 자신이 간절히 바라 온 일이라는 건 알았다. 렘의 바로 앞까지 다가온 남자는 인간보다는 짐승에 가까운 서늘한 눈으로 그녀를 내려다보며 물었다.

"여자애로 태어난다는 게 어떤 이점이 있는지 가르쳐 줄까?"

이 말을 듣는 순간 렘은 그게 어떤 뜻인지 정확히 이해하지 못했으면서도, 공포와 더불어 그걸 넘어서는 분노와 혐오감을 느꼈다. 상대가 방금 전까지 마르젤과 나눴던 대화를 엿들었다는 사실은 자신을 말에 태워 주고 함께 빵을 나눠 먹고 같이 웃고 떠들었던 마르젤을, 눈앞의 남자의 손에 목이 졸려 죽어 간 마르젤을 상기시켰다.

렘은 공황 상태에서 벗어나 이성을 되찾았다. 그러곤 남자가 자신의 어깨에 손을 대는 순간 그걸 떨치고 옆으로 빠져나갔다. 하지만 상대가 바로 발을 걸어 넘어뜨렸다. 땅바닥에 턱을 세게 부딪친 렘은 두개골이 울리는 듯한 고통에 정신을 차리지 못했다. 그 상황에서도 필사적으로 바닥을 기어가다 무언가가 손에 닿는 걸 느꼈다. 마치 선물처럼 마르젤이 준비해 둔, 죽기 전 그가 떨어뜨린 총이었다.

총을 집어 든 렘이 그걸 장전하고 몸을 돌려 남자를 겨냥하기까지 걸린 시간은 찰나에 지나지 않았다. 남자는 그런 렘의 모습을 보고 조금 놀랐다. 날렵함은 물론이고 망설임 없이 확고하기까지. 수많은 총잡이들을 죽이고 수많은 총잡이들로부터 가족을 잃은 그에게조차 신선했다.

렘을 고요히 바라보며 남자가 입을 열었다.

"총을 쏴 본 적 있나?"

렘은 대답하지 않았다. 단 한 번도, 베르네욜이 금했기에 손에 총을 쥔 적조차 없었다. 그러나 수많은 총잡이들에 둘러싸여 살면서 그들이 하는 걸 옆에서 늘 지켜봤다. 자신이 총을 쥐면 어떻게 할지도 수없이 머릿속에 그려 보았다. 실제로 해 보면 무서울 줄 알았는데 막상 손에 쥐고 보니 별것도 아니었다.

심지어 눈앞의 상대를 한 방에 맞힐 수 있겠다는 생각까지 들었다.

"사람을 죽여 본 적이 있나?"

남자의 두 번째 말은 렘을 조금 동요시켰다. 그러나 필사적으로 마음을 억누르며 물었다.

"왜 마르젤을 죽인 거야?"

"베르네욜의 부하니까."

그건 너무나 간결한 대답이었지만 또한 정당한 이유라서 렘은 미칠 듯한 기분을 느꼈다. 마치 산이 거기 있다는 당연한 사실을 두고 화를 내야 하는 처지가 된 것 같았다.

"그럼 이제 내가 당신을 죽여도 할 말 없겠지."

"너는 하지 못해."

"아니, 할 수 있어. 왜냐하면 난, 나는……."

남자의 시선이 렘이 든 총으로 향했다.

"너는 못 한다. 공이치기를 당기지 않았으니까."

이 말에 렘의 시선이 잠깐 총으로 내려갔다. 남자는 그 순간을 기다리고 있었다. 초보적이고 뻔한 술수였으나 상대는 어린아이에 불과했다. 총을 잡는 자세로 보아 많이 다뤄 본 것 같지도 않았다. 그러니 자신의 말에 다시 총을 장전하려고 허둥댈 것이라 생각했다.

그러나 남자가 한 발 떼자마자 렘의 총에서 망설임 없이 불길이 솟구쳤다. 가슴에 정면으로 맞은 남자는 그대로 고꾸라졌다. 고통스럽게 숨을 몰아쉬며 남자가 렘을 향해 무언가를 말하려고 했지만 렘은 그의 가슴을 발로 지그시 밟았다. 그러곤 머리에 대고 다시 한 방을 쏘았다. 마치 수백 번 같은 동작을 연습해 본 사람처럼 침착했다.

그녀는 아까 잇지 못했던 말을 끝마쳤다.

"나는 베르네욜의 딸이니까."

총소리를 들은 무리의 남자들은 옷도 제대로 걸치지 못하고 뛰어왔다. 그들은 마르젤의 시체를 보고 탄식하곤 얼굴이 검은 남자의 시체를 보고 욕설과 함께 침을 뱉었다. 마지막으로 총을 든 채 묵묵히 서 있는 렘을 보고 놀라워했다.

"렘! 괜찮나, 렘?"

가니시오가 달려와 그녀의 어깨를 붙잡고 흔들었다. 렘의 얼굴은 무섭도록 창백했고 누가 무슨 말을 해도 대꾸하지 않았다. 상태가 심상치 않았기에 가니시오는 렘이 들고 있는 총을 빼앗으려고 했다. 그러나 그녀의 손은 시체처럼 단단하게 굳어서 총을 놓지 않았다.

"이제 괜찮아. 괜찮으니 총을 내게 다오."

가니시오가 아무리 어르고 달래고 소용없었다. 렘은 자기가 죽인 남자의 시체만 묵묵히 내려다보고 있었다. 언제나 그녀를 함부로 대하던 팔마조차 이 날 선 분위기에 쉽게 다가오지 못했다.

혼란스러워하는 무리를 헤치고 한 남자가 걸어왔다. 그는 렘의 머리를 애정이라곤 없는 손길로 툭 친 뒤, 그녀의 손에서 총을 풀어냈다. 렘은 홀린 듯 그에게는 순순히 총을 내주었다. 탄창을 확인한 베르네율은 마르젤과 그를 죽인 남자를 돌아보고 말했다.

"묻어 줘라."

팔마가 즉각 반발했다.

"이놈도요?"

그가 가리킨 건 얼굴을 검게 칠한 남자의 시체였다. 베르네율은 그를 내려다보다가 덧붙였다.

"복수를 위해 3년을 쫓아왔는데 그 정도 대우는 해 줘야지."

팔마를 비롯한 부하들은 결국 군말 없이 움직였다. 땅을 파서 동료와 적의 시체를 묻어 주고 몸을 씻은 뒤 간단한 식사를 마쳤다. 조금 전까지 함께 웃고 떠들던 동료가 허망하게 떠났음에도 그들이 하던 일은 변하지 않았다. 나아가는 방향도 마찬가지로 변하지 않을 터였다.

떠날 때가 되자 가장 먼저 말에 올라탄 베르네율이 말했다.

"마르젤의 말을 렘에게 줘라."

내내 표정 없이 서 있던 렘이 처음으로 고개를 들었다. 하지만 베르네율은 그녀와 눈을 마주치지 않고 먼저 떠났다. 가니시오가 마르젤의 말을 데려와 렘의 손에 고삐를 쥐어 주었다. 그건 렘이 처음으로 갖게 된 자기만의 말이었다.

가니시오를 한번 쳐다본 렘은 그가 말없이 고개를 끄덕이자 말에 올라탔다. 익숙한 말에 올라앉아 익숙한 말갈기를 내려다보는데, 익숙한 등 뒤의 감촉은 없었다. 그제야 렘의 눈에서 눈물이 흘러내렸다. 그녀는 아무 소리도 내지 않고 무리 맨 뒤에서 동료들을 따라가며 내내 눈물을 흘렸다.

가니시오는 일부러 렘을 혼자 내버려 두고 앞쪽으로 말을 몰았다. 그러곤 베르네율의 곁에서 나란히 걷기 시작했다.

"처음 사람을 죽였다. 한마디 정도는 해 주는 게 좋을 거다."

베르네율은 그 말에 대답하지 않았다. 다만 입을 열어 다른 말을 했다.

"단 두 발. 심장과 머리였어."

가니시오는 대장이 무슨 말을 하는지 알아들었다. 렘이 적에게 완벽하게 박아 넣은 두 개의 총알에 대해서였다.

"내일부터 렘에게 총 쏘는 법을 가르쳐 줘라."

웬만한 일에 감정을 드러내지 않는 쿤족조차 놀라 베르네율을 바라보았다. 그의 대장은 말에 이어서 총까지 렘에게 내줄 것을 명하고 있었다.

"대장."

"원하면 총잡이들에 대해서도, 대륙의 지도에 대해서도 가르쳐 줘."

"대장."

베르네욜의 시선이 가니시오에게 힐끗 향했다. 그는 베르네욜이 늘 껄끄럽다고 생각하는 검고 무심한 눈으로 이쪽을 바라보고 있었다. 그 안에는 무한한 지혜와 인내심이 들어 있거나, 어쩌면 아무것도 아닌 그저 검은색의 돌이 박혀 있는 것 같았다.

"대장이 있던 위치에서는 계곡이 모두 내려다보였을 거다. 목욕하던 우리들뿐 아니라 하류로 내려간 두 사람의 모습도."

베르네욜은 이를 꾹 다문 채 아무 내색도 하지 않았지만, 속으로는 언제든 허리춤에 있는 총을 꺼내 그의 형제를 쏠 준비를 하고 있었다. 가니시오는 갈색 사막으로 이어지는 구불구불한 길을 향해 무감정한 시선을 던졌다.

"렘에게 총 쏘는 법을 가르쳐 주겠다. 총잡이들과 그들의 세계에 대해서도, 대륙의 지도에 대해서도 가르쳐 주겠다. 나는 대장이 렘을 죽이도록 놔두지 않겠다."

그 말을 끝으로 두 사람은 입을 다물고 나란히 말을 몰았다. 대륙을 횡단하는 고단한 여정은 이제 막 시작되었을 뿐이다.

그날 강행군이 끝나고 자리에 누운 렘은 자기가 처음으로 사람을 죽였다는 사실을 떠올렸다. 그 사실이 딱히 그녀에게 어떤 변화를 가져온 건 아니었다. 의외로 두렵지 않았고 죄책감은 더더욱 거리가 멀었다. 그녀는 다만 마르젤을 생각했다.

모닥불이 하나둘 꺼지고 달도 모습을 감춘, 그러나 아직 해가 뜨기엔 이른 시각. 누군가 그녀의 곁으로 와서 누웠다. 렘은 그토록 바라던 묵직한 감촉이 등 뒤에 닿는 걸 느끼고 미소 지었다.

"사람을 죽이는 건 그리 특별한 일이 아니야. 너를 죽이려 했기에 네가 먼저 죽였을 뿐. 그거면 된 거다."

그가 그렇다고 말하면 그런 것이리라. 렘은 안도하며 입을 열었다.

"오늘은 운 좋게 피했지만 언젠가는 나도 죽을 테죠. 어쩌면 삼촌보다 일찍. 그때 삼촌은 나 때문에 조금이라도 울까요? 내가 오늘 마르젤을 위해 흘렸던 눈물의 반만큼이라도."

등 뒤에서 대답은 한참 후에 들려왔다.

"그런 일은 일어나지 않아."

예상했던 대답이기에 서운하지는 않았다. 다만 베르네욜이 말하는 그런 일이라는 게 자신의 죽음을 뜻하는 건지, 아니면 자신을 위해 눈물을 흘리는 일을 두고 한 말인지 알고 싶었다. 어차피 물어도 답해 주지 않을 테지만.

등을 단단히 받쳐 주는 사람이 있어서인지 렘은 편안함과 더불어 자신이 안전해졌음을 느꼈다. 그제야 눈을 감고 잠들 수 있었다.

자신의 품 안에서 고르게 숨을 내쉬는 작은 아이를 바라보며 베르네욜은 참았던 숨을 천천히 내뱉었다. 그러곤 새벽 별이 사라질 듯 점멸하는 모습으로 눈을 돌렸다. 동트기 전 무심하게 고요한 순간은 짧기만 하다.

아이가 아이로 남아 있는 시간 역시 그렇다고, 그는 생각했다.

〈끝〉

오만한 자들의 황야

1판 1쇄 찍음 2023년 5월 4일
1판 1쇄 펴냄 2023년 6월 16일

지은이 | 하지은
발행인 | 박근섭
편집인 | 김준혁
책임편집 | 정미리
펴낸곳 | 황금가지

출판등록 2009. 10. 8 (제2009-000273호)
주소 | 06027 서울 강남구 도산대로 1길 62 강남출판문화센터 5층
전화 | 영업부 515-2000 편집부 3446-8774 팩시밀리 515-2007
홈페이지 | www.goldenbough.co.kr

도서 파본 등의 이유로 반송이 필요할 경우에는 구매처에서 교환하시고
출판사 교환이 필요할 경우에는 아래 주소로 반송 사유를 적어 도서와 함께 보내주세요.
06027 서울 강남구 도산대로 1길 62 강남출판문화센터 6층 민음인 마케팅부

© 황금가지, 2023. Printed in Seoul, Korea
ISBN 979-11-7052-242-3 03810

㈜민음인은 민음사 출판 그룹의 자회사입니다.
황금가지는 ㈜민음인의 픽션 전문 출간 브랜드입니다.